民俗民風民韻

MINSU · MINFENG · MINYUN

殷耀散文自选集

殷耀◎著

新华出版社

图书在版编目（CIP）数据

民俗·民风·民韵：殷耀散文自选集 / 殷耀著.
--北京：新华出版社, 2021.1
ISBN 978-7-5166-5636-5

Ⅰ. ①民…　Ⅱ. ①殷…　Ⅲ. ①散文集－中国－当代
Ⅳ. ①I267

中国版本图书馆CIP数据核字（2021）第023815号

民俗·民风·民韵：殷耀散文自选集

作　　者：殷　耀

封面题字：姜在忠　　**插　　画：**康祖怡
责任编辑：林郁郁　　**封面设计：**刘宝龙
特约编辑：康志华

出版发行：新华出版社
地　　址：北京石景山区京原路8号　　**邮　　编：**100040
网　　址：http://www.xinhuapub.com
经　　销：新华书店、新华出版社天猫旗舰店、京东旗舰店及各大网店
购书热线：010－63077122　　**中国新闻书店购书热线：**010－63072012

照　　排：六合方圆
印　　刷：三河市君旺印务有限公司

成品尺寸：170mm×240mm
印　　张：22.75　　**字　　数：**300千字
版　　次：2021年7月第一版　　**印　　次：**2024年10月第二次印刷

书　　号：ISBN 978-7-5166-5636-5
定　　价：89.00元

目 录
CONTENTS

一 放马阴山歌敕勒

二　自叙少小欢乐事

三　教子读书继家风

四 家乡风物永难忘

五　难忘父母养育恩

六　情义绵绵家乡话

一

放马阴山歌敕勒

从云中郡到敕勒川

——呼和浩特历史漫话（一）

我的家乡在内蒙古托克托县团结村，向北约四十公里就是横亘绵延的阴山，向西南约二十多公里就是奔腾不息的黄河。团结村坐落在肥沃的土默川平原上，这片一望无垠的平原就是古老的敕勒川，团结村东北约十公里处便是秦汉云中郡故城。从古老云中郡到苍茫敕勒川，这片土地秉赋了太多的天地英雄气，曾使弯弓射雕的帝王雄心勃勃，也曾使壮志未酬的英雄慷慨悲歌，还曾引发了诗人们“持节云中，何日遣冯唐”的壮心。

从地图上可以看到，黄河由甘肃和宁夏交界的黑山峡沿贺兰山北流，遇到阴山山脉转而东下，到了托克托县境内转而南下进入晋陕大峡谷。黄河这个大大的“几”字湾，就是今天“黄河百害，唯富一套”的粮仓，它包含银川平原、巴彦淖尔平原和土默川平原，也包括黄河几字湾内明长城以北鄂尔多斯的广大地区。阴山以南这片沃野战略地位可想而知，它可以是“风吹草低见牛羊”的牧场，也可以是“夹路离离禾黍稠”的良田，屯田固守可以进退有据。这块本应成为牧场良田的沃野，历史上经常狼烟四起。因为“地扼塞北、水草丰饶”的地理优势，成为西北用兵必争之区，历史上许多少数民族政权得之则蓄兵牧马以图南下。

土默川平原又称作前套平原，是指大青山以南黄河以北包头和呼和浩特这一带黄河和大黑河冲积平原。水草丰美而且地势平坦的土默川平原，春秋战国时期是草木茂盛、禽兽繁殖的地方，林胡、楼烦等北方少数民族在这里放牧狩猎。《史记·匈奴列传》载前300年赵武灵王“变俗胡服，习骑射，北破林胡、楼烦”，不断在土默川平原上开疆拓土，势力向西向北延伸到阴山脚下。为了防御北方游牧民族南下，赵武灵王接着便沿着大青山南麓“筑长城，自代并阴山下，至高阙为塞”，这条长城从今河北省张家口市宣化区境内一直向西修到了巴彦淖尔市境内阴山一处被称为“高阙”的豁口处。

长城只是第一道防线，完整的防御体系应该有城障堡塞等。于是赵武灵王“置云中、雁门、代郡”，云中郡是如何设立的？《水经·河水注》引《虞氏记》说是赵武侯筑的云中城，应是赵武灵王之误，因为赵武侯时赵国的势力还到不了这里。《虞氏记》里说“赵武侯自五原河曲筑长城，东至阴山。又于河西造大城，一箱崩不就，乃改卜阴山河曲而祷焉。昼见群鹄游于云中，徘徊经日，见大光在其下，武侯曰：此为我乎？乃即于其处筑城，今云中城是也。”这段文字的大意是：赵武灵王在黄河西岸筑城崩塌失败，就跑到了黄河东北离阴山不远处另觅城址。当他白天打马来到托克托县古城镇附近，看见一群天鹅整日翱翔云中，天鹅下方光芒耀眼，赵武灵王认为是吉兆，乃重新筑城，在这块风水宝地上筑城非常顺利，遂命名为云中城。

云中城是呼和浩特市附近最古老的城池，任何一个大一统的王朝都知道这块土地对于保境安民的重要性。秦并六国后沿袭赵国所置，分天下为三十六郡，云中郡是不能少的。汉承秦制，仍置云中郡并加强其驻防功能，在今天的呼和浩特市旧城一带设立北舆县为云中郡的中部都尉治所。都尉相当于现在的省军区司令，掌管地方驻军和治安，防御外族的侵扰；西汉还在沙陵湖东置县，沙陵县遗址在今托克托县哈拉板申村西，古城遗址现在还有残存的绵亘的城墙，著名的云中丞印就是从这里出土；还设置了陶林、桢陵等古县，作为东部都尉和西部都尉的治所。为了加强防御匈奴，汉高帝六年（前201年）分云中郡东北部置定襄郡，属县十二，郡治成乐在今内蒙古和林格尔西北土城子，管辖今山西右玉县以北及内蒙古和林格尔县、清水河县等地。当汉武帝之时名将李广曾驻扎云中，雄才大略的汉武帝誓扫匈奴，元狩四年（前119年）发动漠北之战，卫青、霍去病等名将寻歼匈奴主力，经此一战匈奴远遁，从此出现了“漠南无王庭”的局面。

从两汉到三国，土默川平原一直是匈奴、乌桓、鲜卑等北方少数民族政权侵略袭扰的目标。不少文臣武将及后来的历史地理学者都详论过阴山以南这片沃野的重要性。《汉书·匈奴传下》载汉元帝时把王昭君嫁给呼韩邪单于，呼韩邪单于一高兴上书想替汉朝保塞安民，守卫从上谷以西至敦煌这片土地，汉朝就可以省下大量军费开支并裁撤戍守吏卒。熟悉边事的郎中侯应知道其中的利害，认为不应该把这地肥沃的屏障之地交到匈奴人手中，侯应说：“北边塞至辽东，外有阴山，东西千余里，草木茂盛，多禽兽，本冒顿单于依阻其中，治作弓矢，来出为寇，是其苑囿也。”明末清初的顾炎武先生在《天下郡国利病书》卷一百一十六《河套序》中说河套地区“周回六七千里，其土肥沃，可耕桑。三面阻河，敌难入寇而我易防守。故自古帝王及前明皆保有其地，以内安外攘而执其要也”。

翦伯赞先生在《内蒙访古》分析得非常精辟到位：“阴山以南的沃野不仅是游牧民族的苑囿，也是他们进入中原地区的跳板，只要占领了这个沃野，他们就可以强渡黄河，进入汾河或黄河河谷。如果他们失去了这个沃野，就失去了生存的依据，史载‘匈奴失阴山之后，过之未尝不哭也’，就是这个原因。而汉族如果要排除从西北方面袭来的游牧民族的威胁，也必须守住阴山的峪口，否则这些骑马的民族就会越过鄂尔多斯沙漠，进入汉族居住区的心脏地带。”匈奴失阴山过之未尝不哭之事见《汉书·匈奴传下》，历史上如汉文帝时期匈奴攻破北地郡，一路纵兵劫掠至长安附近。东汉末到隋统一前的三百多年里，阴山以南的沃野是一个民族大融合的舞台。三国魏文帝时，鲜卑部落首领轲比能称雄漠南，尽收云中、九原等匈奴故地，一度开拓了“自云中、五原以东抵辽水，皆为鲜卑庭”（《三国志·魏书·乌丸鲜卑东夷传》）的强盛局面。魏明帝时幽州刺史王雄派勇士韩龙刺杀轲比能，其部族离散，边陲稍安。又过了约四十年，在大兴安岭深处游猎的鲜卑索头部在首领拓跋力微的带领下，一路南下西进来到河套平原和土默川平原，并迁居定襄之盛乐，即今呼和浩特市和林县，一个英雄的北朝要从这片土地上孕育兴起。

在盛乐建都的鲜卑拓跋部日渐强大，呼和浩特一带的土默川成为鲜卑拓跋部的龙兴之地。拓跋什翼犍时期拥众数十万开始设置百官，并在今呼和浩特市西南的和林格尔县和托克托县之间筑盛乐新城和云中之盛乐宫，并修建云中金陵作为北魏帝王的陵寝。到了拓跋什翼犍之孙拓跋珪之时，在呼和浩特市东南的牛川举行部落大会，自称代王，重建代国，定都盛乐。公元398年，拓跋珪确定国号为“魏”，将国都从盛乐城迁到平城（今山西省大同市），即皇帝位。北魏这个从呼和浩特出发的王朝，完成了从塞外草原游牧政权到中原王朝的嬗变，到孝文帝迁都洛阳后，为缔造大一统的王朝奠定了基础。之后，北魏分裂演变为北齐和北周，北周灭北齐，杨坚篡北周后统一南北肇基隋朝，开启了大一统的隋唐盛世。

北魏迁都平城后，呼和浩特市附近地区成为北魏的重要边陲。就在道武帝拓跋珪雄心勃勃向东迁都时，另一个游牧民族柔然在漠北之地兴起，他们不时越过阴山的峪口侵扰漠南之地。北魏太武帝拓跋焘即位不久，公元424年柔然南侵攻陷盛乐宫。据《魏书·世祖纪》载：“蠕蠕率六万骑入云中，杀掠吏民，攻陷盛乐宫。”盛乐宫是在秦汉云中故城附近修筑的，在今呼和浩特市托克托县古城村，这里再往东南几十里地便是北魏故都盛乐城。在云中和盛乐这片土地上，还有北魏帝陵金陵，北魏当然不能坐视柔然南侵，为拱卫首都平城的安全，从今天的河北省张北县到内蒙古五原县沿阴山山脉的豁口处设立六镇，其中靠近呼和浩特市北边大青山的是抚冥（今内蒙古四子王旗东南）、武川（今内蒙古武川县西）、怀朔（今内蒙古固阳县西南）三镇。北魏降服的数十万落敕勒族安置在“漠南千里之地，乘高车，逐水草，畜牧蕃息”，包括呼和浩特在内的广阔的漠南之地，有了新的称谓——敕勒川。

敕勒族又称高车族，是一个善于驾高车游牧的部落。《北史·高车传》载敕勒族“迁徙随水草，衣皮食肉，牛、羊畜产，尽与蠕蠕同。唯车轮高大，辐数至多”。敕勒族来到漠南之地后极大地推动了畜牧业的发展，“岁致献贡，由是国家马及牛、羊遂至于贱，毡皮委积”。同时部族也逐渐繁盛兴旺，北魏文成帝拓跋濬时期，五部高车“合聚祭天，众至数万，大会走马，杀牲游绕，歌吟忻忻。其俗称自前世以来，无盛于此会”。在敕勒川上敕勒族在和汉族交往中“渐知粒食”，逐渐学会了种田，从事农业生产。北魏孝文帝元宏太和十二年（488年）曾“诏六镇、云中、河西及关内六郡各修水田，通渠灌溉”。第二年又“诏诸州镇有水田之处各通灌溉，遣匠者所在指授”。说明敕勒川一带的农田水利颇有规模，引起了北魏朝廷的关注。

“敕勒川，阴山下。天似穹庐，笼盖四野。天苍苍，野茫茫，风吹草低见牛羊。”这首北朝民歌描绘出了北魏时期呼和浩特附近土默川平原壮阔美丽的景象，使这片土地扬名千载。我们好好欣赏下这首古老的歌谣，你看像不像黄土高原上响遏行云的信天游，像不像黄河岸边响彻云霄的漫瀚调。天然的声音才叫天籁，古朴的文字才称绝唱，金代元好问对这首民歌的评价是：“慷慨悲歌绝不传，穹庐一曲本天然。中州万古英雄气，也到阴山敕勒川。”敕勒歌历代不乏知音。明代胡应麟说：“此歌成于信口，正在不能文者以无意发之，所以浑朴苍莽，使当时文士为之，便欲雕缋满眼。”的确，一语天然万古新，豪华落尽见真淳。明末遗民诗人方文写过一组著名的《都下竹枝词》，其中一首是：“东戍榆关西渡河，今人不及古人多。风吹草低牛羊见，更有谁能敕勒歌。”榆关在今托克托县东北，河即黄河，意思是后人很难再会唱出《敕勒歌》这样的绝响。胡适先生感叹：“‘风吹草低见牛羊’七个字，真是神来之笔，何等朴素！何等真实！”

据《北齐书·卷二·神武纪下》记载东魏权臣高欢率兵十万攻打西魏玉壁（今山西稷山西南），在西魏大将韦孝宽固守下，苦攻50天而不下，高欢忧愤成疾折返晋阳，西魏军传出谣言说他已中箭将亡。为稳军心高欢带病勉强设宴会见大臣，命敕勒族部将斛律金唱《敕勒歌》，歌声响起高欢和唱，感伤之际泪落如雨。但也有的研究者说流传下来的《敕勒歌》并非斛律金所作，而是流传已久的敕勒族牧歌。每每读《北史》或《北齐书》到“神武自和之，哀感流涕”这一段时，我就想起了王勃《滕王阁序》里的“天高地迥，觉宇宙之无穷；兴尽悲来，识盈虚之有数”这两句。当年，壮志未酬的高欢听着这首荡气回肠的歌谣，是否感到在“天苍苍，野茫茫”的天地间人是多么渺小啊！

“天地英雄气，千秋尚凛然。”从云中郡到敕勒川，这片土地上诞生了不少铁血男儿，中国历史上大一统的隋唐盛世在这里孕育。从北魏到隋唐王朝更迭，不少帝王将相来自今天呼和浩特市的武川、和林和托克托县。陈寅恪先生在《李唐氏族推测之后记》说：“李唐一族之所以崛兴，盖取塞外野蛮精悍之血，注入中原文化颓废之躯，旧染既除，新机重启，扩大恢张，遂能别创空前之世局。”这“塞外野蛮精悍之血”就来自塞外呼和浩特市附近的武川六镇和古云中郡，来自“天似穹庐，笼盖四野”的敕勒川。

当敕勒歌在阴山下响彻的时候，距离中国封建社会上最为辉煌的隋唐盛世不远了。

白道川上的隋唐风云

——呼和浩特历史漫话（二）

“秦时明月汉时关，万里长征人未还。但使龙城飞将在，不教胡马度阴山。”——这首妇孺皆知的唐代诗歌让人们记住了阴山。在呼和浩特市，人们亲切地把城市北边的这段阴山山脉称作大青山。大青山像一位肃穆的父亲用臂弯搂定呼和浩特，为这座城市遮挡着风沙和寒流，使这座塞外名城变得温暖而雄浑。

横亘于内蒙古中部的阴山山脉，从西向东由狼山、乌拉山、色尔腾山、大青山以及大马群山等山峰组成，东西绵延 1200 多公里。阴山是历代王朝守御的重要屏障，明代魏焕的《九边图考》云：“中国得阴山，则乘高一望，寇出没踪迹皆见，必逾大碛而居其北。去中国益远，故阴山为御边要地，阴山以南即为漠南，彼若得阴山，则易以饱其力而内犯，此秦、汉、唐都关中，必逾河而北守阴山也。”历史上来自阴山北边骑马民族的威胁从未中断过，匈奴、鲜卑、柔然、敕勒……一个又一个游牧民族从阴山南北打马走过。

当北齐与北周之际突厥崛起于漠北，不时越过阴山侵扰中原。为了避免来自突厥的进攻和侵扰，北周和北齐争相与之和亲或以财物厚赂突厥，突厥佗钵可汗骄横地对其部下说：“但使我在南两儿（指北齐、北周）常孝，何忧于贫！”直到隋开皇二年（582 年）多次击败突厥，李充在黄河北面的阴山一带击败突厥。突厥悉发控弦之士四十万入长城，从多路侵略。第二年隋文帝下令让卫王杨爽等为行军元帅，分八道出塞击突厥。杨爽率领李充等四将从今山西省朔州市进入呼和浩特市一带，在白道（今大青山内蜈蚣坝）与突厥沙钵略可汗遭遇，打得沙钵略丢弃所穿金甲潜伏草中逃遁。隋军乘势占领漠南之地，将今呼和浩特市及附近地区纳入榆林郡管辖。接连被隋军挫败的沙钵略可汗，又受到西突厥达头可汗和契丹的进逼，开始向隋朝告急求和，开皇五年（585 年）隋文帝杨坚准许沙钵略可汗举全部落迁到漠南之地的请求，让晋王杨广“以兵援之，给以衣食，赐之车服鼓吹”。

沙钵略的突厥部落所寄居的漠南之地，便是北魏时期的敕勒川，这时有一个新的名称——白道川。因为隋初的大青山被称为白道岭，呼和浩特市北大青山中最险要的隘口称作“白道”。如今人们称这个险要隘口为蜈蚣坝，过去是呼和浩特进入武川的必经之路，有人形容其险要云“云催古道见天低，鞭打喘牛不能前”。《太平寰宇记》载“白道川，当原阳镇北，欲至山上，当路有千余步地土白如石灰色，遥去百里即见之，即阴山路也”，这应该是高岭土。1926 年春，时任绥远警务处长的吉鸿昌将军率军重修蜈蚣坝，将古白道从山顶改至谷底，亲书“化险为夷”四个楷书大字，刻于大青山乡马家店村东石崖之上。20 世纪 90 年代我参加工作以后，多次穿越蜈蚣坝去大青山后边的旗县采访。如今，人们不用再走险要的蜈蚣坝山梁了，穿山岭过隧道的呼和浩特市至武川县高速公路早已使天堑变通途了。

突厥沙钵略可汗去世后，隋朝扶持其子突利可汗染干。隋开皇十九年（599 年）突利可汗为其兄都蓝可汗联合东突厥达头可汗所败，突利可汗部落散亡被长孙晟带到了长安。隋朝名将高颎追击突厥，从蜈蚣坝翻越大青山追击七百余里而还。名将杨素率军与达头可汗遭遇，打得达头被重创而遁，其部众号哭而去。隋朝封突利可汗为“意利珍豆启民可汗”，汉语的意思是“智慧勇健”的可汗，并把启民可汗及其部众安置在白道川及河套平原一带。不久都蓝可汗为其部下所杀，达头可汗又在大青山一带被隋朝名将史万岁打得大败，达头可汗部众大部分叛降启民可汗，启民可汗于是尽有东突厥之地。隋开皇十八年（598 年）改阳寿县置金河县，置榆关总管，古城遗址即汉之沙陵县，即今托克托县双河镇哈拉板申村大黑河东岸古城。开皇二十年又置胜州，治榆林（准格尔旗十二连城古城）。从隋文帝开皇末年到隋炀帝大业初年，隋朝在和林格尔、托克托县境内修筑大利、金河、定襄等城池，供启民可汗避御都蓝可汗的侵扰，任其在白道川或黄河南边的鄂尔多斯地区驻牧。

白道川在启民可汗时期，又成为“风吹草低见牛羊”的乐土。启民可汗对隋文帝感恩戴德，上表称颂隋文帝“怜养百姓，如天无不覆也，如地无不载也”。并表示自己的部落赤心归服，“或南入长城，或住白道，人民羊马，遍满山谷。染干（启民可汗的名字）譬如枯木重起枝叶，枯骨重生皮肉，千万世长与大隋典（管理）羊马也。”到了隋炀帝之时，启民可汗入朝甚至要求穿戴隋朝衣冠。大业三年（公元 607 年）隋炀帝北巡于六月十一来到榆林郡，即今内蒙古准格尔旗东北十二连城一带。逗留期间隋炀帝还登上榆林郡城的北楼，看渔民们在黄河里打鱼，看对岸的托克托县烟树历历。在榆林郡逗留近一个月后隋炀帝打算继续北上向启民可汗炫耀隋朝的富足与兵威，八月初六从十二连城进入托克托县境内，一路沿金河（今大黑河）向东北行进。

隋炀帝这次进入呼和浩特境内真是太威风了。在隋文帝的治理下到了隋炀帝大业初年“天下承平，百物丰实”，进入托克托县境内有“甲士五十余万，马十万匹”相随，旌旗辎重千里不绝，这得花多少钱呀！隋炀帝又命宇文恺等制造观风行殿——下面有轮子可以移动的宫殿，上面可容纳数百人。还制作了周长二千步的皇帝住的宫城，这宫城以木板为主体框架，外边蒙画有丹青的布。城上用来瞭望的高台等一应俱全。突厥人惊以为神，每望见御营，十里之外就不敢乘马，开始屈膝跪拜。八月初九，隋炀帝巡幸了启民可汗的牙帐。有考证者说启民可汗的牙帐在和林格尔的土城子或今乌兰察布市察右中旗的灰腾梁地区，我觉得都不对。隋炀帝初六渡黄河出发初九到了启民的牙帐，浩浩荡荡的人马三天是到达不了灰腾梁的。隋炀帝的行进路线是“历云中、溯金河”，从准格尔旗十二连城乡大队人马渡过黄河，沿大黑河的故道托克托县的河口镇、哈拉板申、五申、乃只盖、一间房到古城镇。这条路线约 40 多公里，少年时代我因为上中学的缘故不止一次走过，如果步行的话两三天也不轻松，我认为启民可汗的牙帐就应该在古城村附近，这里就是秦汉的云中故城。

渡过黄河后耀武扬威溯金河而上，隋炀帝来到了启民可汗的牙帐。启民可汗跪伏在地非常恭敬地举着酒杯祝寿。喝着启民可汗敬的酒，心花怒放的隋炀帝赋诗一首：“鹿塞鸿旗驻，龙庭翠辇回。毡帐望风举，穹庐向日开。呼韩稽颡至，屠耆接踵来。索辫擎膻肉，韦鞲献酪杯。何如汉天子，空上单于台。”酒酣胸坦踌躇满志的隋炀帝感觉：汉武帝也不如自己的丰功伟业，能让四夷宾服。我每每读《资治通鉴》至此时遥想当年：隋炀帝在呼和浩特境内原来有这么盛大的排场，大黑河故道旁我的家乡那个偏僻的小村旁，有蔽日旌旗曾从那里飘扬而过，有喧天鼓乐曾从那里响彻云霄。正是因为隋炀帝好大喜功，炫耀兵威不恤民力使天下很快分崩离析。但任何事情利弊都是两分的，就像隋炀帝修通大运河一样，人人评说修造此河导致隋朝覆亡，但后世南北通行还要依赖此河，所以皮日休说了一句公道话：“尽道隋亡为此河，至今千里赖通波。若无水殿龙舟事，共禹论功不较多。”隋炀帝这次北巡也一样，客观上促进了民族交往和融合，震慑了北方少数民族，带来了北方边境的和平。

白道川上畜牧业迅速发展，启民可汗愿为隋之“至尊臣民”。两年后启民可汗去世，隋炀帝为其废朝三日。

把白道川和漠南之地交给突厥，隋朝时就有人有着不同的看法。隋代名将兵部尚书段文振就认为“宠待突厥太厚”，把他们安置在塞内，将来肯定是国家的隐患，应该“令出塞外，然后明设烽候，缘边镇防，务令严重”，这才是国家长治久安之策。果然启民可汗去世六年后，他的儿子始毕可汗亲率数十万大军在雁门郡包围隋炀帝。隋末乱离之世，中国人归之者无数，薛举、窦建德、王世充、刘武周、梁师都、李轨、高开道等北方的起义首领都向其称臣，受其可汗之号，始毕可汗越来越强盛。李渊起兵曾向始毕可汗求助，始毕可汗自恃对唐有功非常骄横，当时始毕可汗有控弦百万，呼和浩特一带的白道川也被始毕可汗占领，他“高视阴山，有轻中夏之志”。始毕可汗去世后，其弟颉利可汗承父兄基业，兵马强盛，不断侵略唐边地，杀掠吏民，劫夺财物。武德九年（626年）再度入侵至长安附近，唐太宗李世民亲临渭水隔水斥责颉利负约，订结渭水便桥之盟，颉利可汗才退走。贞观三年（629年），唐太宗派遣李世绩、柴绍、李道宗、卫孝节、薛万彻等在李靖总节度下率领十万人马分道出击突厥。

阴山之战是这次唐与突厥战争的关键战役。贞观四年，李靖率三千精骑从马邑（今山西省朔州市）出发进驻恶阳岭（在白道川南今和林格尔县南部），趁夜袭击定襄（和林格尔北土城子）并破城，俘获隋齐王杨暕之子杨政道及隋炀帝萧皇后，颉利可汗仓皇逃往碛口（今二连浩特西南）。李世绩也从云中（今山西大同）率军出发，与突厥军在白道（今大青山蜈蚣岭）遭遇，重创突厥军，颉利向西逃往铁山（今白云鄂博一带）。李靖与李世绩在白道会合，决定宜将剩勇追穷寇，李靖率军进至阴山俘获突厥侦察兵千余帐，命与唐军乘夜继续前行。李靖命前锋苏定方率二百名弓弩骑兵乘雾秘密行进，行进至距牙帐一里远，突然雾散望见颉利可汗牙帐，颉利可汗仓皇骑马逃走，李靖大军继至，俘获甚众，这就是著名的“李靖夜袭阴山”。颉利可汗想退往大漠，在碛口遇到李世绩部队截杀。不久，颉利可汗被俘送往京师。

阴山一战使不可一世的颉利汗国彻底覆亡，白道川迎来了半个多世纪的安宁，唐朝把归附的东突厥部众仍安置在白道川上。为了管理这些降附之众，唐朝设立定襄、云中都督府，任命突厥贵族为都督管理归降部众。在云中故城（今托克托县古城镇古城村）设立云中都护府统辖这些都督府，管理阴山河套一带。不久云中都护府又改名单于大都护府，迁址盛乐（今和林格尔土城子）。尽管几易其名，终唐之世单于大都府一直管辖着漠南地区。唐高宗永淳元年（公元 682 年），东突厥贵族阿史那·骨咄禄纠合突厥人众占领黑沙城（在今呼和浩特市西北，约在武川境内），势力日益强大，其弟默啜继为可汗后不断侵扰漠南之地，一度围攻单于大都护府。默啜的势力一度占领黄河以北地区，唐朔方军与突厥以河为界。唐中宗景龙元年（公元 707 年）朔方军大总管张仁愿乘默啜悉众西击西突厥的突骑施，悉取漠南地于黄河北筑三受降城。东受降城在今内蒙古托克托县黄河东岸，对岸即胜州（治榆林，今准格尔旗十二连城）；中受降城即今包头市九原区敖陶窑子古城；西受降城在今巴彦淖尔市五原县西北。振武军以唐时黄河支流之一的振武河命名，其流经古云中城，向西南至今托克托县附近入河。张仁愿还置振武军于东受降城（今托克托县），37 年后王忠嗣将治所迁入单于大都护府城（和林格尔土城子）。三受降城首尾相应断绝了突厥南下之路，保护了呼和浩特以南和以西地区。默啜可汗死后，东突厥又与唐朝修好，白道川恢复了安宁。之后东突厥又被新兴的回纥取代，安史之乱后藩镇割据，沙陀部朱邪氏进入大青山一带，定居云中。

隋唐是一个诗意的年代，阴山以南这片广阔的土地引发了诗人们建功立业的狂想。我不止一次登上家乡托克托县境内的东受降城残垣，耳边就回荡起唐代李益的《夜上受降城闻笛》：“回乐烽前沙似雪，受降城外月如霜。不知何处吹芦管，一夜征人尽望乡。”这里曾萦绕着多少戍边将士的乡思；遥望托克托城北一望无边的土默川平原和天际绵延起伏的阴山，就会想起戴叔伦的《塞上曲》："汉家旗帜满阴山，不遣胡儿匹马还。愿得此身长报国，何须生入玉门关。"建功立业的豪情在一马平川的白道川上飞扬，朔风凛凛旌纛猎猎的隋唐风云在古老的边城上空激荡。"草茫茫秦汉陵阙，世代兴亡，却便以月影圆缺"，在日升日落、月缺月圆的轮回中，古老的土地和永恒的山川上又匆匆翻开新的历史。人的活动组成的历史在天地山川面前是多么脆弱，"到如今世事难说，天地间不见一个英雄，不见一个豪杰！"白道川上那些叱咤风云的王侯将相和英雄豪杰都成了过往的身影。

隋唐过去了，呼和浩特这一片土地被称为"丰州"的时代到了。当沙陀部李克用及后继者李存勖忙着与后梁朱温逐鹿中原时，沙陀部主力南下，契丹的杰出首领耶律阿保机在西征党项东返时乘虚打败李存勖的守军，几经争夺呼和浩特及大青山南的沃野并入辽国的版图，大青山下又要演绎新的历史。

丰州滩上禾黍稠
——呼和浩特历史漫话（三）

小的时候听评书《杨家将》《岳飞传》时，把韩昌、金兀术等"番国"的人物恨得咬牙切齿，想象番邦特别遥远而黑暗。长大以后才知道，生我养我的这片土地，在两宋之际先属辽后属金。当时两国交兵时，生活在这片土地上的百姓们该为哪一方助威助力呢？当然是管辖自己家乡的这一方，对方便是敌国了。

由此我想到，所谓传统的正统历史绝对是片面的，只有宋而没有辽金西夏的历史不是完整的中华民族历史。我当然至今仍是忠义杨家将、岳家军的铁杆粉丝，因为他们所尽力的保家卫国的战争是正义的。但从大的历史视野来看，宋辽金西夏之间的冲突有点像兄弟间打架了。中华沃土上曾有过无数民族冲突，但冲突之后是民族大融合，融合的结果是由分裂走向大一统。

就像我生活的大青山前的这片肥沃的土地，有无数北方游牧民族从这里打马走过，这片土地历史上归属过不同的“国家”，但终究是中华民族的土地。这些游牧民族南下以野蛮武力实现疆域上的一统，而中华文明又使“入侵”民族接受洗礼，征服者最终被先进文化征服，而中华文明在注入新的血液后也更加升华，革除其中腐朽僵化的成分，注入撤除藩篱的活力与生机，中华文明在不断丰富中累积，开辟了一个又一个文化、礼仪、制度和疆土形神皆备仪态万方的大一统王朝。

现在该回转到正题，说一说辽金元时代的呼和浩特地区。让我们先从辽代说起，辽太祖神册元年（916 年），耶律阿保机率兵西征突厥、吐谷浑、党项、沙陀突厥诸部，大胜而东归。来到今呼和浩特南边的和林格尔境内时，辽太祖率众三十万围攻晋王李克用养子李嗣本镇守的振武（今和林格尔县土城子），李嗣本是后唐庄宗李存勖的得力干将，围城后契丹人“为火车地道，昼夜急攻”，城中兵少的李嗣本力屈被俘。这是值得夸耀的大功劳啊，《辽史·太祖本纪上》载耶律阿保机“勒石纪功于青冢南”，青冢即今呼和浩特西南的昭君墓。夸耀完武功后乘胜东下，又攻取了李存勖所控制的“蔚、新、武、妫、儒”五州，于是“自代北至河曲逾阴山，尽有其地”。振武（和林格尔县土城子）被攻陷后，振武是后唐经营多年的重要军镇，契丹人怕这里的老百姓心思后唐，死灰复燃，便把这里的军民掳掠向东，《辽史·地理志五》载：“尽俘其民以东，唯存乡兵三百人防戍。”同年 11 月辽置西南路招讨司，管辖乌拉山和大青山之南、黄河和长城以北的广大地区。

耶律阿保机此次西征不仅开疆拓土无数，也俘获了大量的人众。契丹兵马攻取了党项诸部占领的胜州（今准格尔旗十二连城）后，因为辽兵要东返，处于黄河西岸的胜州不便管理，于是将胜州的居民迁移到黄河东岸的托克托县境内，在唐代东受降城故址另筑州城，因在原胜州东黄河对岸，故称为东胜州，遗址即今托克托县大皇城。东胜州城遗址在今托克托县酒厂院内，我好几次回家乡曾登临城垣，远眺黄河真是形胜之地。辽金两代一直置州，元代残破不再置州，元代耶律楚材过此见到的景象是“荒城萧洒枕长河，古寺碑文半灭磨”。在东胜州的东北约四十里处，契丹人另筑一座州城名叫云内州（今托克托县西白塔古城）。

辽太祖神册五年（920年）党项诸部叛，天德军城（今乌拉特前旗乌梁素海附近）和云内州（今托克托县古城乡西白塔古城）等地都被党项诸部占领。耶律阿保机和皇太子耶律倍率兵征讨，收复失地。据《辽史·太祖本纪下》记载，当契丹人攻打天德军时，后唐天德节度使宋瑶投降，契丹人改天德军为应天军，撤军东归后宋瑶复叛，契丹兵马攻入城内，擒获宋瑶及其家属。因为天德军城地处乌拉山前，契丹人觉得这里太过靠西边不便管理，便将天德军城和唐代丰州城（今乌拉特前旗东土城古城）的人口强行东迁至大青山南麓，在今呼和浩特市赛罕区巴彦镇白塔村附近另筑新城安置，此城便为丰州天德军。

这样，辽王朝在大青山南麓建起了丰州、东胜州和云内州三座鼎立的州城，构成了辽王朝西南边境重要的军事力量。西南路招讨司设在丰州城内，天德军节度使也驻守在丰州城内。之后，党项族建立起西夏王朝，辽王朝为了加强这里的军事力量，辽兴宗耶律宗真重熙十三年（1044年）将云州改为西京，设西京道大同府，为辽之陪都，将丰州等西三州划归西京大同府管辖。

在辽代统治的二百年里，丰州滩的人口和经济渐趋繁荣，大青山前肥沃的牧场不仅到处是牛羊散漫的景象，也是禾黍离离的景象。丰州滩上的各族百姓不仅向辽王朝提供着马匹和牛羊，还提供着租税和皇粮，尽管辽王朝的苛捐杂税繁重，但只要没有战争就是一件值得庆幸的事情，丰州滩上出现了人烟稠密的村庄。经过辽金两代经营，丰州滩的农业已颇具规模，元代诗人魏初的《丰州》诗云：“五更骑马望明星，细草坡坨迤逦行。一片长川天不尽，荞花如雪近丰城。”荞麦花开在了丰州城的近郊，说明当时人们已掌握了适应冷凉气候的杂粮种植技术。从考古发掘看，一些辽代古城遗址发现了铁制的犁铧和石臼，还有一些城址废墟上发现了大量陶瓷和砖瓦，说明辽代的呼和浩特市已有一定规模的陶瓷窑和砖瓦窑，这些促进了辽代庙宇、寺塔的繁荣。

辽王朝快被金灭亡前，天祚帝耶律延禧曾在呼和浩特市附近负隅挣扎了三年之久，研究辽金史者对这一段历史颇为关注。金太祖收国元年（1115年），完颜阿骨打建立金王朝，并开始扫荡腐朽没落的辽王朝，在金兵攻打下，辽五京相继沦陷，昏聩的天祚帝被金兵追赶至丰州、云内州一带。天祚帝选择大青山一带作为逃亡的目的地，一是认为这里远离女真的大本营，二是以丰州为中心的西南路招讨司经过辽代二百年经营，政治、经济都有一定基础。以丰州滩为据点，进可以收复山河，退可以奔亡漠北。果然天祚帝率数万人在此活动三年之久，粮食和畜产都是靠呼和浩特地区来保障。保大二年（1122年）被金兵追击的天祚帝逃至夹山（今土默特左旗和土默特右旗境内大青山），金兵无法进入夹山，围困了云内、东胜、丰州等州城，云内、东胜等州的守军纷纷放下了武器。这年4月辽西南路招讨使耶律佛顶终于向金人投降，丰州城终于以“和平”方式交接给金人，避免了战火的洗劫和生灵的涂炭。在夹山里盘踞了三年的天祚帝，最终被金军所俘虏。

金代的丰州城，沿袭了辽代的一些仪制。军事上仍沿袭辽制称做丰州天德军，金熙宗皇统九年（1149年）改天德军为天德总管府，也设置了西南路招讨司，以天德尹兼任招讨使，主要是为了防御北方的蒙古族。金代戍守大青山的汪古部本出自西突厥沙陀部，散居于阴山一带，蒙古兴起后汪古部统一于蒙古。蒙古进攻金国时，汪古部主动给蒙古军队提供情报并充当向导，蒙古军队顺利地越过了金的界壕边堡。元代的呼和浩特地区仍称为丰州，属中书省大同路管辖。在辽金两代经营的基础上，元代的丰州不仅成为一处繁荣的城市，而且成为中原通往漠北的重要交通枢纽。

恰恰是辽金元这段人们认为动荡和分裂的时代，是呼和浩特市比较安宁和平的时期，昔日被称为“敕勒川”“白道川”的漠南之地又有了新的称谓——丰州滩，这里五谷丰登畜牧蕃息。从契丹入主呼和浩特地区到元末明初约四百年间，这里没有太大的战乱和动荡。元初名臣刘秉忠《过丰州诗》云：“出边弥弥水西流，夹路离离禾黍稠。山寨入塞动千里，去年今年经两秋。晴空高显寺中塔，晓日平明城上楼。车马喧闹尘不到，吟鞭斜袅过丰州。”他眼中的丰州城外大黑河水缓缓向西流去，马路两边是禾苗稠密的庄稼地，城内寺塔高耸、市廛栉比、车马喧阗——这是一个非常繁华的城市了。

经历辽金元三代之后，丰州城的商业非常繁荣。早在辽代丰州就建立了榷场，即皮毛杂货的交易市场。牧民们赶着牛羊牲畜、驮着皮毛来交易，内地商人将丝绢等日杂用品带来交易。到了金代商业有了更大程度的发展，从“天山榷场华天邑”的出土碑刻看，当年集贸市场非常繁荣。说起辽金时代的丰州城，不能不说一说俗称为“白塔”的辽代的万部华严经塔，呼和浩特白塔国际机场即因此而名。辽代在丰州城内修建大明寺，大明寺为存放众多的华严经卷，修筑了这座“万部华严经塔”。“白塔耸光”成为呼和浩特的胜景之一，至今犹矗立在呼和浩特市这片饱经沧桑的原野上。

从万部华严经塔上镶嵌的金代碑铭可知，除了以姓氏命名的街巷外，丰州城内以行业名称命名的有牛市巷、麻市巷、染巷、酪巷，不同的手工业按行业分工，各自有专业的集市，说明城市已相当繁荣。以寺院名称命名的有药师阁巷、北禅院巷、太师殿巷等，说明当时的丰州城中百业兴旺。从现存的六块捐资碑看，上面记录的村庄名称有 60 多个，加上丢失的另外五块碑来计算，至少有一百多个村庄。从残存的碑文上辨识，有好多少数民族部落的名称，还有至少八个少数民族的名姓，女真、契丹等少数民族也名列其上。到了元代，丰州城内除大明寺外，还建起了好多寺院。

这么多的村庄分布在丰州城附近，各民族的民众络绎于丰州城内城外。马可·波罗当年路过丰州滩时看到的是这样的景象：“天德是向东的一州，境内环以墙垣的城村不少，主要之城名曰天德。”说明当时村落不少，他还看到“州人并用驼毛制毡者甚多，各色皆有。并恃畜牧农为生，亦微做工商”。遥想当年的丰州城里：大明寺的白塔高耸入云，香烟缭绕的寺院中不时有经声佛号传出，聚满了诵经的僧众和俗客；城内商铺林立，有牛、麻、酪、药等各种集市，还有染布、制毡等手工作坊。由于多年没有战乱，城里大街小巷通达，人们各乐其业，丰州城呈现出老幼安乐的景象。

元末的战火打破了丰州滩的宁静和富庶。先是红巾军的战火洗劫了这里，元末将领孛罗铁木儿在云内、丰州等地与关先生率领的红巾军交战了两年之久。战火蹂躏再加上流寇抢劫焚烧和军阀抓丁纳粮，丰州滩上庐舍为墟。明初明兵不断出边烧荒，丰州滩上牛羊也无法生存。兵燹之后的丰州滩仅余丰州和云内州两座白塔，大青山南边被摧残的空旷原野倍显荒凉。

直到明嘉靖万历年间，蒙古达延汗的孙子阿拉坦汗率部进驻荒芜了近一百六十年的丰州滩，呼和浩特地区才重新恢复生机。这片饱经沧桑的土地进入了一个崭新的发展时期——土默川。

土默川上起青城
——呼和浩特历史漫话（四）

呼和浩特这座城市的性格粗豪率真，这里的人们热情奔放。而这样一座充满阳刚之气的城市兼具阴柔之美，它是由两位巾帼不让须眉的蒙古族女子奠定基础和主宰定型的。满都海夫人和三娘子是两位深明大义、文武兼备的巾帼英雄，她们是跨马弯弓驰骋沙场的“花木兰”，也是叱咤草原的权力主宰者。

繁华的丰州城在元末明初的战火中被毁，真是“兴亡无限惊心语，说与时人总不知”，辽金元时富庶的丰州滩荒芜了一百六十多年。明初虽然一度在今托克托县城设立东胜卫，但很快便内迁。终明一朝在巴彦淖尔的后套和大青山南麓的前套地区没有驻防，基本视这片辽阔土地如荒外而丢弃，. 明初强盛时每年命令军队在长城以北焚烧五十里至一百里宽的荒地清野，另外派兵力驱逐进入前河套地区的蒙古人，烧荒使这里变成了牛羊不生的焦土。直到十六世纪二十年代阿拉坦汗率领土默特部驻牧呼和浩特一带，这里才重新有了人烟和生机。

我说的第一位与呼和浩特有关的蒙古族女性是满都海彻辰夫人，又被称为满都海哈屯，哈屯（亦音译为哈敦）是蒙古语，汉语意思是娘子、夫人或王妃。在她的悉心照顾辅佐下，成吉思汗的第十五世孙孛儿只斤·巴图孟克成就了中兴之主的美誉。十五世纪中叶蒙古瓦剌部逐渐强盛，略知历史的人也知道土木堡之战中瓦剌也先率部打败明军，俘虏明英宗并包围北京。也先因部族之争被暗杀身亡后蒙古诸部分裂，直到孛儿只斤·巴图孟克成为达延汗后，草原上才重新出现霸主。

1478 年第三十一代蒙古大汗孛儿只斤·满都鲁去世，他的第二位夫人满都海彻辰夫人掌管察哈尔部并统辖蒙古诸部，满都海彻辰夫人拒绝非黄金家族贵族的求婚，精心抚育孛儿只斤·满都鲁的侄子孛儿只斤·巴图孟克，并扶立他成为察哈尔蒙古达延汗，并同他结婚。满都海彻辰夫人多次以座箱或皮囊驮载着幼小的达延汗率军出征，弯弓搭箭冲锋陷阵，征服了西部的瓦剌蒙古。达延汗在满都海彻辰福晋辅佐下执掌政事，在呼和浩特市北大青山和大黑河经过几次大的战事，打败蒙古右翼军队，蒙古草原重新统一到黄金家族后裔手中。

满都海彻辰夫人是蒙古汪古部人，相传就出生在土默川上。今天，呼和浩特市中心的满都海公园就是为了纪念这位杰出的巾帼英雄而建造，这个公园布局紧凑，造景优美，既有骏马秋风塞北之英气，又有杏花春雨江南之隽美。仿佛当年勇气智慧非凡的满都海夫人，将血雨腥风的草原导引为牛羊散漫的牧场。《蒙古源流》和《蒙古黄金史》记载着满都海彻辰的事迹，三十三岁的满都海在嫁给 7 岁的巴图蒙克时，曾当着蒙古贵族的面向忽必烈的生母也失哈屯的灵位前发誓，乞求能得到七子一女。后来达延汗恢复了万户制度，将漠南漠北蒙古划分为左右两翼六个万户，左翼察哈尔、兀良哈、喀尔喀三个万户部由他自己统治，右翼鄂尔多斯、土默特、永谢布三个万户部由其子孛儿只斤·巴尔斯博罗特为济农来统治。六个万户部、四个卫拉特部和大兴安岭以东的科尔沁万户、兀良哈三卫蒙古等都在大汗直接统治下。达延汗的孙子阿拉坦汗（又译为俺答汗、阿拉坦汗）在今内蒙古呼和浩特一带游牧并崛起，在土默川平原上修筑起了库库和屯——即今呼和浩特的前身。

可以说，满都海彻辰夫人不仅扶持了一位有作为的大汗，也奠定了呼和浩特市附近土默川在蒙古草原上的政治地位。

我要说的第二位杰出的蒙古女性，便是直接规划设计呼和浩特旧城的人，三娘子——她是满都海彻辰的孙媳妇儿，阿拉坦汗的王妃，史称“钟金哈屯”“也儿克兔哈屯”“克兔哈屯”等。她是瓦剌奇喇古特部落首领哲恒阿哈之女，土默特部首领阿拉坦汗征漠西时被掳回，因貌美被阿拉坦汗自娶之，20 岁的三娘子嫁给时年 63 岁的阿拉坦汗，成为他的第三位夫人，故被称为三娘子。

达延汗统一蒙古后不久，明朝嘉靖年间阿拉坦汗便率土默特部驻牧于呼和浩特市附近。逐渐强盛的土默特部驱逐原来的草原霸主察哈尔部于辽东，成为右翼蒙古首领，控制了东起宣化西至河套、北抵沙漠南临长城的广阔地区。在阿拉坦汗的统治下，呼和浩特市乃至河套地区逐渐恢复元朝中期之旧观，畜牧业、农业和工商业相继恢复和繁荣。阿拉坦汗鼓励畜牧业发展，经过一段时期恢复，畜牧业增殖甚多，沿用传统苏鲁克制度，鼓励汉族来放牧代养牧主牲畜。从 1571 年明朝和蒙古互市以来，通过马市呼和浩特地区的马匹输送到长城以南就有三百多万匹，还有牛、羊、驴、骡等牲畜。据《蒙古源流》记载，十六世纪中叶以后，蒙古地区贵族首领拥有的牲畜动以万计，阿拉坦汗即拥有四十万头牲畜。

在明朝与蒙古没有互市前，为解决单纯牧业经济难以自给自足的问题，阿拉坦汗决定在土默川发展农业生产。当时从事农业的主要是从晋北等地逃亡到土默川的汉人和与明朝战争掳获来的汉人。明嘉靖三十三年（1554 年）白莲教徒吕鹤、赵全等投奔土默特，阿拉坦汗听从他们的意见，还出榜招纳边墙内的汉人来土默川从事农耕，对农业生产轻赋薄徭，“岁种地不过（纳）粟一囊，草数束，别无差役”，这吸引众多边墙内的汉族穷苦百姓不惜冒险“走西口”去种田活命。土默川上出现了许多蒙汉人民杂居的村庄和小集镇，蒙古族群众把这些村庄和市镇称为“板申”，板申是蒙古语，原意为房子，引申为村庄。土默川上数年之间开田万顷，数百板申相连，到万历初年即十六世纪七八十年代，进入土默川屯垦的汉人已达十万人众，清代顾祖禹《读史方舆纪要》卷四十四载“明嘉靖初，中国叛人逃出边者，升板筑墙，盖屋以居，彼地呼为板申，有众十余万，南至边墙，北至青山，东至威宁海，西至黄河岸，南北四百里，东西千余里，一望平川，无山坡溪涧之险，耕种市廛，花柳蔬圃，与中国无异，各土酋分统之。”

直到如今土默川上有好多以板申命名的村庄，也简称为“板”，仍以板申来命名。这些村庄的名称体现了蒙汉交融的特点，如辛辛板是蒙古语“西信板申”的谐音，意为“官府存放红高粱的仓房”；再如桃花板是蒙古语“陶海板申”，意为“河湾处的村子”，后来演变为“桃花板申”；口可板（青房子）、乃莫板（八间房子）、色肯板（好看的房子）、塔布板申（五间房）……这样的村落在土默川平原上成百上千，板申的先民们就是第一批走西口的人：有秘密组织白莲教反对明政府的人们，有发配戍边的囚徒和罪犯，有因战争被掳掠来农民。但大多数是不堪明朝官吏压榨的北方边民，多逃亡到了土默川或进而逃亡至河套。明人方逢时《塞上谣》里写道：“人言塞上苦，侬言塞上乐。胡马不闻嘶，狼烟净如淮。时雨既降沙草肥，丁男释甲操锄犁。夫耕妇馌朝复暮，柴门鸡犬皆相依。塞上千山如列戟，烽火处处狼烟息……”土默川上的蒙汉人民聚居于板申，蒙汉两族人民在生产、文化、医药诸方面进行广泛交流，促进了土默川经济、文化事业的发展。

自阿拉坦汗引进板申农业后，游牧与农耕并重的土默川变得更加富庶，其战略地位也越来越重要。阿拉坦汗鼓励汉人引进农业技术，种植黍、糜、谷等作物，农业使土默川地区粮食可以自给自足，到明穆宗隆庆五年（1571

年）再度互市时，土默特部已用不着提出用牛羊换粮食的要求。在长期的生产生活交流中汉族群众向蒙古族群众虚心学习饲养牲畜的经验，定居板申的汉族人民传播中原地区先进的农业、手工业、建筑等技术。土默川上万顷的土地种植着麦、谷、黍、菽等五谷杂粮，栽培有瓜、果、梨、桃等菜蔬……“春夏耕牧、秋冬围猎”是当时人们的生活写照。当时呼和浩特市的手工业也有了很大的发展，蒙汉族群众已经会制作许多复杂的手工艺品，如摇车、皮箱、盔甲、马鞍、辔头等；锻铁业和铸造业也达到了相当高的水平，今天呼和浩特大召正殿的银释迦牟尼像和前殿的铁香炉，便是在那个时候铸造的。当时已经有许多手工业分工的村落，如“察素齐”是蒙古语“查斯沁”的音译，汉语意为“造纸者”，说明这里有造纸的手工业；再如“毕克齐”是蒙古语“毕谦契”的音译，汉语意为“书写者”；“萨拉齐”及“沙尔沁”是蒙古语“萨勒沁”的音译，汉语意为“挤奶者”；说明当时手工业和工商业分工非常细。

筑板申蒙汉聚居的影响是深远的，阿拉坦汗的做法为东边的地区所效仿，影响着中国历史的走势。明万历年间兵部尚书王崇古《散逆党说》指出：“自丰州以西，沿河一带至于多啰土蛮住牧之地，亦有板申，分隶麦力艮台吉与大成台吉，但不及丰州川之众耳。此辈咸系即年被掳及逋逃为虏耕种以就食者。”这种半农半牧区不断扩大，对保守的明朝构成了严重的威胁，活动于今赤峰和通辽一带兀良哈三卫逐渐“人皆土著，可以耕稼，比之北虏，势实不同”。万历三十六年（1608 年）熊廷弼为巡按辽东御史，他上疏《务求战守长策疏》云：“往虏故穷馁，又马于冬春草枯时瘦如柴立，故我犹得一间。近所掠人口筑板申居之，大酋以数千计，次千计，又次数百计，皆令种地纳粮料，人马得食，无日不可图我。”说明板申之筑已使南下的少数民族有了根据地。熊廷弼还向朝廷进言听到的到长城外耕种的汉族百姓的肺腑之言：“向特怕虐杀我耳。今闻虏筑板申以居我，推衣食以养我，岁种地不过粟一囊、草数束，别无差役以扰我，而又旧时掳去人口，有亲戚朋友以看顾我。我与其死于饥饿作枵腹鬼，死于兵刃作断头鬼，而无宁随虏去，犹可得一活命也。”我看了这个就想起了隋朝百姓写的《无向辽东浪死歌》。虏是指蒙古诸部的贵族，明朝的腐朽统治逼迫衣食无着的汉族人民逃亡草地求生，使板申遍于长城之北。熊廷弼是我特别敬重的忠臣，他提到北边长城的“砖石虏皆拆去为板申”，规模相当可观，老百姓活不下去才走西口和闯关东，拆掉长城上的砖石盖房子也是为了活命呀。

农牧经济的发展需要和内地贸易互市，才能满足日常生活的需要。蒙古族群众要出售大量的牲畜和畜产品，换取内地的铁锅、布匹、茶叶等，嘉靖年间阿拉坦汗提出“通贡互市”的请求因遭到明廷拒绝而屡起战端。嘉靖二十九年（1550 年），阿拉坦汗在多次遣使要求开放朝贡贸易未果后兵临北京，以武力要求明朝政府开放边贸，史称庚戌之变。之后短暂互市后双方再次开战。战争毕竟对谁都没有好处，明隆庆五年 (1571 年) 在三娘子佐助下，阿拉坦汗接受明朝“顺义王”封号，从此明廷和蒙古之间友好贡市，关系日渐和睦。明朝接受大臣们的建议，在大同、宣府、延绥、宁夏、甘肃等地开马市 11 处，开通便于蒙汉人民自由贸易的月市或小市。从而“东自海谷，西尽甘州，延袤五千里，无烽火警”。

在土默川上，阿拉坦汗早早就延揽汉族能工巧匠们建筑宫殿和寺庙。嘉靖年间投靠阿拉坦汗的白莲教徒丘仝等组织能工巧匠在今土默特右旗的美岱召村一带修筑大板申城，后在战火中焚毁略尽。据明人瞿九思《万历武功录》记载，嘉靖四十四年 (1565 年) 由白莲教徒赵全、李自馨等进行重建，“创起长朝殿九重”，成为土默川上一处漂亮的定居宫殿。与明朝达成封王、通贡、互市协议后，阿拉坦汗另谋在靠近大同的地方修建城市。明隆庆六年 (1572 年)，阿拉坦汗和三娘子共同主持修建一座城池，明朝政府帮助给了部分建筑材料等，城池建在“青山如屏，黑水如带”的土默川上，大青山如同一座古铜色的屏风矗立在北。那时的大青山千里郁苍林木繁茂，山中松柏连抱。城池建成后明朝赐城名为“归化”，意思是接受明朝的教化，带有浓厚的大民族主义味道。归化城就是今呼和浩特旧城区的前身，当时的归化城由青砖砌成，在层峦叠嶂的大青山映衬下，真是青山如黛美如画。远望城池一片青色，当地蒙古族人民给它起了一个美丽的名字，叫“库库和屯”，又译为“呼和浩特”，汉意为“青色的城”。在修建归化城时，阿拉坦汗已老病缠身，筑城之事主要由三娘子来运筹谋划，三娘子还主持扩建归化城，又修筑了规模宏伟的外城。呼和浩特大召寺也是阿拉坦汗和三娘子共同主持修建的，由于寺中供奉银制释迦牟尼像，亦称为银佛寺。阿拉坦汗去世后，三娘子一直居住在归化城，因此人们更愿意亲切地把归化城称为“三娘子城”。

明隆庆五年(1571年)封贡互市和议之后，阿拉坦汗和三娘子一直维护着土默川平原的和平局面。一些部属破坏盟约在边境掳掠侵扰，都被阿拉坦汗严厉惩罚，阿拉坦汗去世后维系与明朝和平的大任落到了三娘子肩上。阿拉坦汗去世后，依旧风俗三娘子被阿拉坦汗长子乞庆哈收继为妻；乞庆哈死后再嫁其子扯力克。三娘子嫁给三任土默特部首领，掌握兵符和实权，致力与明朝通贡互市之后，塞外草原上出现了各族人民“醉饱讴歌，婆娑忘返”的景象，宣化大同至甘肃等地开设互市贸易罢兵二十年，明朝敕封三娘子为忠顺夫人。万历四十年（1612年）三娘子病卒，明朝遣使给予赐祭七坛的隆重祭礼。明清两代有许多诗人歌咏三娘子，《忠顺夫人三娘子小像》画卷题诗末云：“春风难于传英概，秀眉长眉胡不群。”近代藏书家傅增湘《咏昭君墓》诗云：“麟阁云台盖世勋，论功一例逊昭君。若从边塞争芳烈，顺义夫人亦不群。”我觉得这个评价非常中肯。

据史籍记载，明天启七年(公元1627年)年，察哈尔部林丹汗“克归化城，夺银佛寺”，暂时拥有土默川及内蒙古西部地区。明崇祯五年（1632年），皇太极战败林丹汗，追到归化城后纵火焚城，只对银佛寺加以保护。在疆场战火和人间烟火中历史在不停续演更迭，只有和平和友爱最令人珍惜和念想。清朝时，后金烧毁的归化城又建了起来，人们还叫他“三娘子城”，这就是人心。

康熙年间佳话多

——呼和浩特历史漫话（五）

呼和浩特市的将军衙署就在我家东边约一里地，将军衙署悬挂着一副对联“柳营春试马，虎帐夜谈兵”。这是好多将军府常用的一副对联，柳营是指汉文帝周亚夫细柳军营，虎帐也是指将军营帐。将军衙署门前照壁书写着“屏藩朔漠”四个大字，意思是守护漠南之地的重要屏障。没错，从云中郡到丰州城，从振武军到天德军，呼和浩特的前身都是以军事意义为第一位的，是一座非常地道的边城。

我不止一次说过，呼和浩特是一座英气勃发的城市，是一座充满阳刚之美的城市，是因为它骨子里是一座军旅边城。“宴罢白沉千帐月，猎回红上六街灯。”——这是驻防将军的生活写照；“半天高截来鸿路，万古寒凝战士愁。”——这是戍守士兵的思乡情绪。在这里你可以有“举头西北浮云，倚天万里须长剑”的豪情，也可以有“撩乱边愁听不尽，高高秋月照长城”的怅惘。充满阳刚之美的呼和浩特市总会使我想起“日暮拂云堆下过，马前逢着射雕人”“射雕紫塞秋云黑，走马黄河夜雪深”等诗句，以至于我在读金庸小说《射雕英雄传》时，常常把诗中那些豪气干云的英雄和呼和浩特郊外的土默川联系在一起，只有这“风吹草低见牛羊”的地方，才能有“秋日平原好射雕”的英雄气概。

边地自古出英雄，妇女也矫健豪爽。北朝民歌《木兰辞》里写道：“旦辞爷娘去，暮宿黄河边，不闻爷娘唤女声，但闻黄河流水鸣溅溅。旦辞黄河去，暮至黑山头，不闻爷娘唤女声，但闻燕山胡骑鸣啾啾。”花木兰的行军路线就在今呼和浩特附近，黑山头据说便是呼和浩特东南的杀虎山，当然也有别的说法，但应距呼和浩特不远。北魏太武帝拓跋焘北伐柔然，便是“车驾出东道，向黑山”。还有一首北朝名歌《李波小妹歌》：“李波小妹字雍容，褰裙逐马如卷蓬。左射右射必叠双。妇女尚如此，男子安可逢。”赞美了李波小妹的骑射本领，描绘出了北国妇女的矫健。今天这种尚武的性格演变成了北方女子的干净利落，呼和浩特市好多女同志酒量好、人豪爽。

“青山如壁地如盘，千里耕桑一望宽”，一次又一次的兵燹使城池化作田野，一代又一代农民用犁铧耕耘着历史。话说明代的归化城毁于明末清初的战火，顺义王卜失兔的小王子俄布木在其废墟上因陋就简重建了一座小城。清崇德元年（1636年）清朝以俄布木私通明朝和喀尔喀而革爵贬为庶人，把土默特改为左右两翼，以古禄格为左翼都统，以杭高为右翼都统。左右两翼后来改为左右两旗，阿拉坦汗的后人分隶左右两旗称作“台吉”，这就是土默特左旗和右旗的来历。这个时候归化城非常简陋，康熙二十七年（1688年）以索额图为首的使团赴边境与沙俄谈判划界，路过了没有重修的归化城，使团中张鹏翮《奉使俄罗斯日记》中的归化城“城周可二里，惟仓库及付都统署瓦屋，余廖廖土屋数间而已”。钱良择的《出塞纪略》也说“惟官仓用陶瓦、砖壁坚致，余皆土屋，空地半之……”。

这样破败狭小的城池失去了其军事价值，根本无法城守屯兵以御敌。杰出的军事家皇太极就对古禄格说归化“城小壕狭，势难御敌。宜于城外建筑层垣，垣如城高一丈五尺，阔称之，俾可屯兵其上。垣四面置四门，各置瓮城，四隅各建望楼，垣外环以深壕……敌自不敢窥伺”，皇太极的这一筑城计划没有实施，但到了康熙年间为了统一漠南及漠北地区，抵御漠西卫拉特蒙古准噶尔部的进攻，必须重修归化城以满足驻军的需要。

康熙二十七年（1688年）噶尔丹勾结沙俄，率三万精骑越过杭爱山进攻喀尔喀蒙古土谢图汗部，当时沙俄正大举入侵西伯利亚，喀尔喀在贝加尔湖地区与沙俄激战。土谢图汗仓促撤回正在与沙俄作战的部队，初战即失败。噶尔丹乘势击溃车臣汗和扎萨克图汗两部。在噶尔丹与沙俄侵略军钳形夹击下，喀尔喀蒙古诸部遭受惨败举部内迁，导致沙俄由贝加尔湖向东大幅度扩张。之后康熙皇帝考虑到噶尔丹正在进攻喀尔喀，为了尽早与沙俄划定国界，腾出手来对付噶尔丹，在尼布楚谈判时做出重大让步，最终确定以尼布楚为界的结果。康熙二十九年（1690 年）噶尔丹尾追喀尔喀蒙古至乌兰布通（今内蒙古克什克腾旗境内），康熙派遣几路大军分进合击，在乌兰布通击败噶尔丹，败退到科布多（在今蒙古国西部）的噶尔丹招集旧部图谋再举。

雄才大略的康熙皇帝在平定噶尔丹叛乱的过程中，把呼和浩特地区作为重要的前敌指挥部增修和扩建，并和当时的归化城结下了不解之缘。康熙皇帝的爱将费扬古曾驻守归化城六年之久，这位立下赫赫战功的清初名将整饬归化城风纪，维持了正常的商贸秩序，深受一方百姓的爱戴，老百姓给他立生祠来纪念他。康熙皇帝本人更是在归化城驻跸十一日，留下了许多传说和佳话，并吟诗十余首描述了眼中所见的塞外风光。在呼和浩特市至今还有保存完好的公主府，这是康熙皇帝六女儿和硕恪靖公主居住过的府邸，这位要远嫁到漠北的公主贪恋呼和浩特市的风光而居住在了这里。“塞上风云接地阴”，康熙年间的呼和浩特市的历史事件和重要人物关乎当时的统一大业，值得我们今天认真回望。

为了彻底消灭噶尔丹，康熙皇帝积极备战，增筑和扩建了归化城城池。据呼和浩特首部方志《古丰识略》记载，康熙三十年（1691 年），土默特左、右旗两都统亲率六召喇嘛、台吉等各族军民在原有城池基础上，“于旧城南增设外城，包东、西、南三面，筑城置门，东曰‘承恩’、西曰‘柔远’、南曰‘归化’、北曰‘建威’……”这次增筑扩大城池面积，扩建后的归化城平面略成“凸”字形。城池修好之后要派得力大将在归化城增兵戍守，派谁呢？康熙三十二年（1693 年），以费扬古为安北将军驻守归化城，费扬古全名董鄂·费扬古，他的姐姐是顺治帝的孝献皇后。费扬古可是以军功成名的，曾参与平定三藩之乱，也参与了三年前的乌兰布通大战。两年后康熙皇帝二次御驾亲征噶尔丹，被任命为抚远大将军的费扬古担任西路统帅的重任，在库伦（今乌兰巴托）南边的图拉河之北的昭莫多（地名，汉语意为一百棵树。又译为宗莫德）与噶尔丹的叛军遭遇，费扬古以吹号角为令发炮箭，临危不惧，指挥若定，噶尔丹的一万精兵铺天盖地而来，敌人临近约十步时，费扬古才吹响鸣枪发炮的号角，炮箭齐发，全歼噶尔丹的主力，奠定了康熙二次御驾亲征的大胜。

这么大的功劳，还不被洋洋得意的人走到哪里说到哪里！费扬古真还特别低调。《清史稿》云，费扬古“朴直有远虑”，这就是说他是一个敏于行而讷于言的君子，西征那么大的功劳被他轻描淡写地说：“师行迷道绝粮，皆臣失算，赖圣主威福，侥幸成功，非意料所及。”——这让我想起了东汉光武帝时大树将军冯异的风范。他是一个“静坐常思自己过，闲谈不论他人非”的君子，这样一个人治理一方还愁没有政绩吗？史称费扬古一生好读《左传》，手不释卷。据《绥远通志稿》卷八十八记载，他初到归化城时，一百姓抓着一兵丁来叩见费扬古，告这个兵丁进家调戏其妻。费扬古问：“你老婆被奸污了吗？”老百姓说没有。费扬古解下佩刀递给百姓说：“老乡，我刚来建营杀他不祥，以后他若再去你家，就用此刀劈了他！”后来在昭莫多大战中，这个兵丁冲锋在前奋勇杀敌。费扬古还打击了归化城祸害百姓的不法之徒和团伙，约束了一些欺侮商贩的兵丁，稳定了归化城的社会秩序，促进了商贸的繁荣。

康熙三十七年（1698 年）费扬古奉诏令回京。归化城的商贾百姓纷纷“攀辕迎颂”，为纪念他筹集建了一座生祠。费扬古在归化城驻守六年，归化城的变化正如《费公祠堂碑记》所载：“鸡犬不惊，贸易交错。兵无匮饷之怨，民鲜输挽之苦……”“于归化城驻跸数载，以致商贾骈集，泉货流通，荒莱既垦，黔黎茂育，兵戈之余，倏成繁华之地。虽古之纪功狼居胥，勒石燕然山者，未若斯之盛也”。是啊，将兵革之余的城郭变成黎庶繁育的乐土，才是名将良臣的功德。康熙四十年（1701 年），已是一等公的费扬古因病去世，“赐祭葬，谥襄壮”，清廷追谥重臣名号最高即“襄”字级，所以归化城的费公祠又名费襄壮公祠。费公祠位于呼和浩特市玉泉区的财神庙巷南，这是一处有正殿、厢房、耳房的四合院，祠内悬挂“德被商民”和“公侯干城”的匾额，正殿供奉着费扬古大将军，遗像题诗云：“勒石全军胜，屯田上策奇。”直到民国初年每年都要在费公祠举办红火唱戏，《归绥识略》记载："春三月和秋七月，由集锦社组织唱戏，夏四月和冬十月由十二行社和醇厚社组织唱戏，主要来纪念费扬古大将军。"举办庙会红火期间，归化城的各行社、商号、店铺的人们进殿祭祀。1939 年"绥蒙各界抗日救国会"还在费公祠内进行抗日爱国地下活动。可惜，2006 年旧城改造时，费公祠被迁往位于土默特左旗台阁牧大西营的明清建筑博览园内。

康熙三十五年（1696 年）是平定噶尔丹叛乱关键的一年，这一年康熙皇帝亲冒霜雪戎马倥偬，两次亲征噶尔丹。这年农历二月三十日，康熙帝率中路兵从京城启行二次亲征噶尔丹，十二天前费扬古率西路军最先启程，率领土默特等部从归化城出发，翻越大青山又穿过浩瀚的沙漠寻歼噶尔丹的叛军，三路大军约期于克鲁伦河一带歼灭叛军。康熙帝率领的中路军经沙河、南口、怀来，三月初十出独石口（今张家口市赤城县北）。五月初，先抵克鲁伦河逼近准噶尔军。噶尔丹没想到康熙皇帝亲自出征，看到御营黄幄龙幡军容极盛，传令众人尽弃庐帐器械乘夜西撤。康熙皇帝即命费扬古西路军截准噶尔军退路，设伏袭击。五月十三日，费扬古在昭莫多之战全歼噶尔丹主力，噶尔丹引数骑远窜西遁。康熙帝闻报大喜，降旨嘉奖并于六月初九日回到京师。为了彻底消灭噶尔丹，这年秋天康熙皇帝不辞劳瘁决定前往归化城，亲自督战消灭西遁的噶尔丹残部，同时安抚蒙古诸部。农历九月十九日，康熙皇帝出京"巡行北塞，经理军务"，一路经昌平、怀来、沙城、张家口等地，在到达归化城之前的路途中，康熙皇帝让人把五千两银子送到费扬古军前，购买皮裘、牛羊等犒赏西路军将士。同时谕示，将昭莫多战役中所擒准噶尔男妇三千余人赐银赎出，使其父子、夫妻、兄弟完聚，以示皇恩浩荡。

秋末冬初的塞外天高气爽，阴山南麓的万里晴空上不时有南飞的雁阵掠过。自从二次亲征重创噶尔丹后，康熙皇帝心情不错，十月十二日立冬这一天近四千人的队伍浩浩荡荡地驻跸于白塔之前，虽然早晨已是清霜满地，但太阳升起来后天气依然晴朗暖和，康熙皇帝写给皇太后的书信云，"此间河尚未冻，帐房中不需置火。天无风云，时尚暖燠”，告诉远在京城的皇太后不必过分担心，这里气候好着呢。站在白塔前看着这大好山河，想一想御宇三十五年来平三藩、收台湾，大败噶尔丹……诗兴大发的康熙皇帝即兴吟成《塞外初冬》一诗：“阴山南去雁行多，渺渺沙原六御过。报是初冬新律改，依然霜晓气暄和。”十月十三日，康熙皇帝“自白塔往归化城，卤簿全设。副都统阿迪等率官兵来迎。民间老少男妇，皆执香集路旁跪接”，这天晚上康熙帝驻跸于托音胡图克图（小召）。心潮澎湃的康熙皇帝写下《驻跸归化城》一诗：“一片孤城古塞西，霜寒木落驻旌霓。恩施域外心无倦，威慑荒遐化欲齐。归戍健儿欣日暖，放闲战马就风嘶。五原旧是烽烟地，亭障安恬静鼓鼙。”表达了自己恩施域外、威慑荒遐恩威相济的治边谋略，抒发了渴望健儿归戍、战马放闲的弭战销兵思想，企慕北疆亭障安恬、鼓鼙不振的豪情壮志。

康熙帝在驻跸归化的日子里，忙的仍然是调遣部队、奖励军功等军国大事。如频繁部署兵力进驻甘肃防止噶尔丹流窜哈密，同时写书劝降噶尔丹，优待噶尔丹部降人以分化瓦解其部众，销磨其斗志；康熙巡视归化城是想把归化城作为战前指挥部，当他看到“归化城土默特两旗官兵士众萎靡、弓马不娴、法度废弛”，皆由左翼都统阿喇纳及右翼都统阿弼达等军律废弛所致，回到京城后便将二人削职，另选在京都统、副都统等管辖，逐渐训练有方、军律严整、旧习渐改；在归化城他参加了各种献俘活动，对昭莫多之役有功将士念念不忘，赏赐有加，亲自犒师并把 79 门大炮留在归城。康熙皇帝非常重视宗教在平叛和维护国家统一中的作用。起初，归化城里大召的额尔德尼伊拉古克三呼图克图喇嘛宗教地位最高，但他背叛清廷投靠噶尔丹。康熙皇帝开始重用忠于清廷的小召托音呼图克图二世，托音二世奉康熙之命赴漠南蒙古各部弘宣佛法，赴西藏联络班禅五世，揭穿噶尔丹叛乱所持“奉达赖喇嘛之教”的谎言。就在这年春天托音二世随康熙出中路亲征噶尔丹，积极出谋划策，进行宗教宣传，深受康熙嘉许。这就是康熙帝驻跸小召的原因。在小召驻跸三日对托音二世恩宠有加，赏赐大量战袍、锦靴、腰刀、鞍辔等御用物品。以后每年正月十五，小召内将这些物品陈列展出，这天称为“小召晾甲日”。在小召驻跸期间，康熙还到历时两年刚刚修葺一新的席力图召参加诵经法会，观看了迎神的傩舞，赐席力图汉名为“延寿寺”。十月十六日，康熙转入八旗军营驻跸，还赐宴蒙古族上层贵族，在《赐宴诸蒙古》中“内外绥怀一体中”的诗句体现了他内外一体的安边策略。

康熙皇帝是一个既勤政又勤奋的君主，这次北巡在处理繁重的军国大事的同时吟咏不辍，写作了大量的诗歌，体现了他治国安邦的思想。在《塞外寒夜书怀》中他写道，“帐殿深沉夜未眠，静思筹略听羌弦”，夜已深沉别人都入睡了他还在静思筹策，说明了他勤于政事。“金瓯更辟千千里，瀚海无波万万年”——目标有点太宏大了，但康熙正是奔着这个目标“宜将剩勇追穷寇”，紧锣密鼓地征剿噶尔丹以绝后患。十月二十四日离开归化城前往今托克托县境内的黄河渡口，路过游览昭君墓时，写下了“目睹当年冢，心怀四海图。开诚示异族，布化越荒途……”的诗句。二十五日驻跸于今土默特左旗白庙子镇内，右卫八旗劲旅奉命前来迎接，康熙赐食并让索额图等传谕曰：“昭莫多之役，尔等乏粮步行而能御敌，故特赐食。悉免所借库银。其伤病之人，另颁赐之。”二十八日，康熙帝率军抵黄河边湖滩河溯。湖滩河溯位于托县西南的黄河岸边，现在的村名叫沙拉湖滩，分为上下两个村。这位精力旺盛的皇帝用自己学习的数学知识算出“归化城距黄河岸一百七十里”。在渡河之前康熙皇帝目睹了今托克托县旧城的脱脱城，写下了“土墉四面筑何坚，地压长河沿屹然。国计思清荒服外，早将粮粟实穷边”。自昭莫多战后，费扬古所部已移驻今阿拉善盟一带，康熙皇帝一直惦记着费扬古所部的军情，早在二十三日已“命督运于成龙等，运湖滩河朔仓米一千五百石至大将军费扬古军前”，此时在黄河渡口前想着粮食能尽快运来，“早将粮粟实穷边”。这时正是黄河流凌但未结冰的季节，大军急切渡河不得。到十一月初六，忽报有一处叫喀林拖会的地方黄河结冰可渡，大军顺利渡河进入准格尔旗境内。《清实录》记载得有点神乎其神：“十一月六日，时天气温暖，自喀林拖会东西数里外，河水疾流，独我军济渡之处，冰坚盈尺。上命军士等分三路垫土，辎重渡河，如履平地。”我是托克托县人，一直找不见喀林拖会这个地方，有人说是满语河水拐弯处，确切地点不知在哪里。我怀疑这段史实是编造的，但康熙皇帝确实有《冰渡》诗为证：“云深卓万骑，风动响千旗。半夜河冰合，安然过六师。”

康熙三十六年（1697 年）春三月，鉴于“噶尔丹仍未向顺”，康熙帝第三次御驾亲征，出京城，经大同，过保德、榆林、定边赶赴宁夏。这时噶尔丹已是众叛亲离，原来的根据地伊犁已被其侄儿策妄阿拉布坦占领，左右亲信纷纷降请愿为向导。走投无路，噶尔丹就服毒自杀。噶尔丹这个劲敌被消灭了，康熙皇帝从黄河宁夏段乘舟顺流而下又来到湖滩河朔，写下了“自宁夏出塞，滨河行至白塔，乘舟顺流而下抵湖滩河朔作”，舟中看到了“潆洄大野势几曲，沙岸颓突还巃嵸。乱柳排生枝干密，中有巨鹿藏榛丛。遥山转转行莫尽，忽前俄后迷西东。有时塞云催急雨，晚天霁色横长虹。旌门月上夜皎洁，水光直与银汉通”的景色；也体验了黄河泛舟“放棹百里只瞬息，迅于走坂驰骏骢”的迅捷；心中充满了“自此寰海乐清晏，熙恬万国咸亨丰”的喜悦之情。在班师回朝的途中，康熙还写下了《凯旋言怀》一诗：“兵革方既偃，风教期还淳。兴廉遵昔轨，崇文育群伦。所用惟才俊，非仅荣簪绅。尔俸与尔禄，脂膏出细民。永念固邦本，不愧王国宾。六载不止息，三度勤征轮。边柝自此静，亭堠无烟尘。”抒发了平定叛军之后的兴奋心情，体现了他治国用人唯才是举的思想，述说了六载平乱、三度亲征的不易，憧憬着边境从此安宁的太平景象。的确，是康熙的执著坚持才取得平叛的全面胜利，正如他给宫中总管太监谕示所言：“朕两年之内三出沙漠，栉风沐雨，并日而餐，不毛不水之地，黄沙无人之境，可谓苦而不言苦，人皆避而朕不避，千辛万苦之中立此大功。”噶尔丹叛乱彻底平定后，天山南北和蒙古高原从此和平宁静，归化城不仅是屏藩朔漠的重镇，而且成为商贾蜂集蚁屯的漠南商埠。

康熙四十二年（1703 年）分别在小召、席力图召敕建御碑纪念平定噶尔丹的胜利，康熙亲撰碑文说明三次率兵亲征准噶尔部噶尔丹经过及建碑原委，用满、汉、蒙、藏四种文字镌刻，上建六角碑亭护碑。由于康熙的支持和倡导，归化城召庙发展迅速，成为塞北著名的召城。

康熙皇帝驻跸归化城和两次经过今托克托县，留下了大量传说。内蒙古博物院珍藏着《康熙私访月明楼》的古画，为清末画家韩葆纯根据流传在归化城的民间传说所作。讲述康熙私访大召前街的豪华酒楼兼戏馆子——月明楼，吃完饭后忘带银两被店主恶霸安三泰讹诈，要强行剥脱衣服扣留马匹，幸亏堂倌儿刘三挺身护住康熙帮他解围，提出愿用自己一年工钱替客人付款，这一传说还衍生出了刘三发明呼和浩特地方名吃稍麦的传说；在呼和浩特市玉泉区流传着康熙骑马在大召之南马踏而出玉泉的故事。张曾《古丰识略》卷八记载：“玉泉井，在无量寺前，俗传康熙中圣祖仁皇帝驻跸崇福寺，过此，马蹄踏地有泉涌出，味清而甘，四时不竭。”这一御马刨泉的民间传说流传甚广，清代山西文人王用祯用棉书题写了“九边第一泉”匾至今悬挂大召山门上方正中檐下，可惜玉泉井 1975 年干涸了。在托克托县，流传着康熙皇帝在黄河岸边的浦滩拐渡口附近认义子，在黄河渡口赏赐船工银两和黄马褂等故事；在土默特右旗，还有老农王国亮受赏二十四顷土地的故事……这些民间传说虽然有虚构夸大甚至神话的成分，但也体现了这里的人民对这位杰出的封建帝王的喜爱。

康熙皇帝对待北方的蒙古部落并非只用武功，而是兼用宗教、和亲等各种怀柔之策。就在康熙三十六年（1697 年）彻底消灭噶尔丹后，康熙皇帝为了羁縻漠北喀尔喀蒙古的土谢图汗，把自己心爱的六女儿和硕恪靖公主，赐嫁给土谢图汗察珲多尔济的孙子敦多布多尔济。由于噶尔丹的侵扰，当时敦多布多尔济正在清水河一带借牧，公主先下嫁住在清水河县，后来迁到归化城北五里处的公主府，康熙专门题写“静宜堂”“肃娴礼范”二匾。后来敦多布多尔济回漠北继承汗位，始终潜心内附忠于清廷，公主则长住归化城府中。

和硕恪靖公主的婚姻意义非常重大，她是喀尔喀蒙古内附之后第一位下嫁的公主，民间传说恪靖公主也叫“静宜公主”，民间还称“海蚌公主”“四公主”。“海蚌”是满语音译“参谋”之意。当时恪靖公主在呼和浩特地区权力很大，归化城各级官吏政事的处理都要请她参政议事。

如今公主府还保留在呼和浩特市，是目前全国保存最完好的清代公主府。如今每到清明节前后，公主府公园桃花怒放，成为呼和浩特市一大盛景，是市民们踏青赏花的好去处。《公主府志》对恪靖公主评价很高：“外蒙古二百余年，潜心内附者，亦此公主。”呼和浩特城南的昭君墓和城北的和硕恪靖公主府，是人们永远纪念这两位“自有千秋在”的美丽女子的地方，她们给北疆带来了平静和安宁。

康熙年间呼和浩特地区，名将建功、皇帝出巡、公主下嫁这些有趣的史事，给美丽的青城留下了千秋佳话。

细雨梦回鸡塞远

——河套访古之一

“细雨梦回鸡塞远，小楼吹彻玉笙寒”，这句如风行水流般自然的绝妙好词是南唐中主李璟的代表作，此词道出了思妇思念征夫之苦，征夫远戍鸡塞之外，思妇梦醒徒增悲苦。这句对仗工稳的词句所述情事虽悲苦，然而文字及其意象却极优美，其中提到了汉代要塞——鸡鹿塞。

生于江南之地长于后宫之手的李璟，当然没有去过远在内蒙古巴彦淖尔市磴口县境内的鸡鹿塞。就像龙城、玉关、阴山、金河成为唐人边塞诗中意象中的边关一样，李璟词中的鸡塞也是指代边塞的文学意象，并非实指。隋炀帝和薛道衡在诗里都把它省作“鹿塞”，李商隐有“鸡塞谁生事，狼烟不暂停”的诗句，也是指代边塞的文学意象，宋代陆游“意气已无鸡鹿塞，单于合入蒲萄宫”的诗句完整地使用了这一古塞的名字。李璟的词句写得太优美了，文学意象太丰富了，后人含英咀华叹赏不已，宋人吴泳“鸡塞雨寒，戍楼烟渺”的词句既是对李璟词的化用，也是对李璟此词文学意象的诠释。

我两次前往鸡鹿塞都没有遭遇雨雪天气，一次是在凛冽的三九天，另一次是在炎热的三伏天。鸡鹿塞位于磴口县西北狼山（阴山余脉）西南段哈隆格乃峡谷的南口，哈隆格乃其实是蒙古语哈拉盖的音转，是一种可食的野菜。2018 年 12 月 26 日我第一次来到鸡鹿塞，猎猎长风从宽阔而孤寂的哈隆格乃峡口刮过，送来了凛冽的切肤般的寒冷。2020 年 8 月 9 日，我再次来到经过文物部门修缮的鸡鹿塞，近处阴山如簇，远处黄河萦带。烈日炙烤着大地，蓝天白云之下是苍茫的鸡鹿塞，河滩上的卵石沐浴着亘古长风，从红柳滩里牧归的羊群踱着惬意的步伐，鸡鹿塞孤寂地伫立在峡谷南口的台地上。“万里河山观古塞，百年荆棘叹神州”，想想古代将士戍边之苦，想想那么多刀光剑影从这里掠过，感慨和平宁静的岁月真好啊！

鸡鹿塞应该是匈奴语而非蒙古语，因为它的名字最早出现在汉代的典籍上。《汉书·地理志》“朔方郡”条载窳浑（窳音 yǔ）县“有道西北出鸡鹿塞。屠申泽在东”。《汉书·地理志》颜师古注鸡鹿塞“在朔方窳浑县西北”。《后汉书·南匈奴列传》李贤注鸡鹿塞在“朔方郡窳浑县北”。《水经注》云：“河水又北迤西，溢于窳浑县故城东……有道自县西北，出鸡鹿塞……其水积而为屠申泽，泽东西一百二十里。”各种史籍的记载很明确，窳浑县建于汉武帝元朔二年（前 127 年），据考古发掘位于磴口县沙金套海苏木西南约三公里处，这座汉语称作土城子的古城，蒙古语称作保尔浩特古城，意思是棕色的城。窳浑县是朔方郡西部都尉的治所，鸡鹿塞在它的管辖范围内，站在鸡鹿塞向东远眺是巍峨耸峙的巴彦乌拉山，所以亦称作巴彦乌拉障城，巴彦乌拉是蒙古语，意思是富饶的山。

和其他的汉代关塞障城一样，建在山口的鸡鹿塞也是就地取材用石头砌成。石头的蒙古语音译为“础鲁”或“朝鲁”，和“鸡鹿”音转后有些接近，有人说鸡鹿塞就是蒙古语石头要塞的意思，但我还是觉得这种说法不可靠。鸡鹿塞是一座四四方方的石城，精确的考古测量确定它每边的外墙长为68.5米，约合汉代的三十丈。在等级森严的汉代，边郡的城障建置、大小、规制都有严格的等差和制度，都尉府城障的边长规制约为汉代五十五丈。内蒙古自治区文物考古研究所副所长张文平说，边长三十丈的障城属于汉代障城之中规模较大者，居延地区的甲渠候官障边长仅23.1米，相当于汉代的十丈。

修缮后的鸡鹿塞城墙残高4—8米，这比侯仁之先生当年实地踏勘的高度要低。障城的四角修有用来加固城池凸出两米左右的角台，角台可以建角楼瞭望，城角侧面凸出部分称作“马面”。最为险要的东墙残高4米左右，过去它紧傍河床谷底边缘修筑，壁立而起约20多米，这样的城池很难攀缘。南墙偏西处开设城门，此次修缮了已坍塌的瓮城，瓮城门向东开。南墙东侧修有石砌的磴道直达城顶的东墙，说明东墙是防御的重点。磴口县文物管理所副所长王浩说，过去东墙下就是断崖，断崖下就是河槽，2007年以后修筑了围堰以防洪水冲蚀东墙，防洪围堰距东墙外侧25米。沿着石砌磴道登城四望，北面是峰簇峥嵘的群山，群山秃岭状若莽夫握拳相向，鲜少植被；山前是空旷坦荡的乱石戈壁滩。站在塞城上一览无余，一只飞鸟掠过也不会逃脱关塞上守卫者的眼睛。

鸡鹿塞所扼守处极为险要，北面的山腰底处还修筑有一段清晰的塞墙，障城东的哈隆格乃沟沿线的烽燧等组成了这一要塞完整的防御体系。据考古人员实地勘察，从鸡鹿塞向北穿越哈隆格乃沟长约25公里，两壁山崖陡峭形势险要，每隔数里分布有烽燧遗址，现还能找到的烽燧有五六个。20世纪60年代初侯仁之、俞伟超等考古前辈在哈隆格乃山口走过10公里左右，发现了九座烽火台，有的烽火台当时已全部坍毁仅剩石砾一堆，连范围都难以辨清，近六十年过去后岁月和风沙又湮没了好多古迹。如果哈隆格乃沟北口出现警情，烽火很快传到鸡鹿塞障城乃至二十多公里外的窳浑和三封，提醒那里驻扎着的大部队备御匈奴，鸡鹿塞更多还是传烽示警和人员过往住驿的作用，而不是用来驻军抵御匈奴主力的入侵。

哈隆格乃沟的谷底颇为平坦，汽车可以畅行无阻。河谷最宽处有百余米，窄处也有五六十米，在没有山洪的情况下这里不仅是出塞的通道，也是大军理想的行军之地，汉代由西北出兵讨伐匈奴多经此道。汉武帝元狩二年（前121年）春，霍去病从北地郡（郡治义渠，在今甘肃庆阳市西南）出发，西北行经鸡鹿塞，过钧耆(水名，今地不详)，跨越千里戈壁至居延海，然后沿黑河南进入张掖郡,反向包抄回击今甘肃省酒泉市境内的祁连山,杀伤匈奴甚众。据《后汉书·南匈奴列传》记载，到了东汉和帝永元元年（89年），窦宪、耿秉选择当年霍出病出兵的路线，从鸡鹿塞出兵过居延，出塞三千里一直追击到燕然山(今蒙古境内杭爱山)，几乎全歼北单于主力。“穹庐烧尽龙庭破，却上燕然更勒铭”，2017年8月间，中蒙联合考察队在蒙古国杭爱山一带发现了东汉班固所撰《燕然山铭》石刻。《后汉书·南匈奴列传》还记载了汉和帝永元二年（公元90年）汉朝遣南匈奴之左谷蠡王率八千骑出鸡鹿塞袭击北单于的主力，北单于被创只身逃脱。

在汉代京师长安的正北方，从漠北之地进入河套和黄河以南前往长安，最直捷的道路就是经行朔方郡的鸡鹿塞或东边五原郡的五原塞。呼韩邪单于第一次款塞入朝经由五原塞，归国经过鸡鹿塞，《汉书》里都有明确的记载。《汉书·匈奴传》载呼韩邪单于“自请愿留居光禄塞下，有急保汉受降城。汉遣长乐卫尉高昌侯董忠、车骑都尉韩昌将骑万六千，又发边郡士马以千数，送单于出朔方鸡鹿塞”。呼韩邪单于多次入朝这段的史实为后人所熟知，后来隋炀帝北巡，来到在呼和浩特市境内突厥启民可汗的牙帐，启民可汗跪伏在地敬酒祝寿。喝着启民可汗敬的酒，心花怒放的隋炀帝赋诗一首：“鹿塞鸿旗驻，龙庭翠辇回。毡帐望风举，穹庐向日开。呼韩稽颡至，屠耆接踵来。索辫擎膻肉，韦鞲献酪杯。何如汉天子，空上单于台。”他想到了呼韩邪单于入朝的史实，甚至得意汉天子也比不过自己让突厥臣服的功绩。

汉元帝竟宁元年（前33年）呼韩邪单于第三次入塞赴长安朝见汉元帝，汉元帝以王昭君赐单于。王昭君出塞的路线当由长安经北地郡（今甘肃庆阳市），然后由上郡（今陕西省榆林市）进入西河郡（内蒙古鄂尔多斯市东胜区），大体沿当年的秦直道北行。到达黄河北岸后出塞路线有了争论，或者是从九原县进入昆都仑沟进入五原县出塞，或者是由鸡鹿塞进入哈隆格乃沟出塞。内蒙古文物考古研究所副所长张文平先生复原的昭君出塞路线是经五原塞的，和内蒙古大学老一辈历史学者林幹先生所说的路线相同；巴彦淖尔的研究人员相信昭君经行鸡鹿塞，甚至说她和呼韩邪单于因匈奴国内纷争避居鸡鹿塞八年，不知所据史料从何而来？南宋陆游的《明妃曲》这样写道：“汉家和亲成故事，万里风尘妾何罪？……蒲桃宫中颜色惨，鸡鹿塞外行人稀。沙碛茫茫天四围，一片云生雪即飞……”但这只是文人为诗想象的情景。此外，在山西省还有昭君从杀虎口出塞的说法，围绕昭君出塞路线的争论一直没有中断，说明人们都喜欢这位美丽的和平使者，都想让昭君经过自己的家乡。

“昭君自有千秋在，胡汉和亲识见高。”昭君出塞给后人留下无数想象和创作的空间，历代的文人词客“各抒胸臆濾”，留下了海量诗词，民间也争颂这位带来和平和宁静的奇女子，流传着说不完的民间故事。在呼和浩特市附近和黄河南部的达拉特旗，有许多昭君坟的遗迹；在山西省雁门关外的左云县境内，也流传着阴地关、蹄窟岭等许多和昭君出塞有关的地名遗迹和故事；在巴彦淖尔市，更是广为流传着鸡鹿塞和昭君的故事。

风从鸡鹿塞穿过，留下多少传说。这座古塞在哈隆格乃峡谷南口已伫立守望两千余载，封狼居胥的名将，勒铭燕然的英雄，秉持汉节的使者，犹抱琵琶的美人……都曾从这宽阔的峡口走过吗？“古塞千年空，阴山独崔嵬”，峡口吹过的罡风蚀化了河床的卵石，黯淡了历史的背影。夕阳中沐浴着橘红色斜晖的鸡鹿塞渺然无语，它清楚地知道：谁从哈隆格乃铺满了卵石的河床走过。

英雄不愧武灵王
——河套访古之二

20世纪60年代，翦伯赞先生来内蒙古访古，当他登临大青山踏访赵长城遗址后，感慨赋诗“骑射胡服捍北疆，英雄不愧武灵王”。是啊，这位两千三百多年前的英主通过胡服骑射变革图强，北破林胡、楼烦，向阴山南麓广袤的河套平原和土默川平原开疆拓土，并修筑长城来防御北方民族的侵扰，成就了一时的丰功伟烈。

“长城何连连，连连三千里”，作为北方游牧民族和中原王朝争夺的战略要地，历朝在内蒙古境内修筑的长城构成了我国北方长城的主体之一。在内蒙古境内遗存的历代长城的墙体为7570千米，约占全国长城墙体总长度的35%。在早期的战国之时，秦、燕、赵修筑的长城在内蒙古境内都有遗迹分布，其中战国赵长城是阴山河套地区修筑的第一道长城，也是内蒙古境内修筑最早的长城。

历史上“天苍苍，野茫茫，风吹草低见牛羊”的敕勒川，广而言之即河套平原，巴彦淖尔平原和土默川平原分别被称作后套和前套平原。横亘于河套平原之北的阴山山脉由东到西分别称作大青山、乌拉山和狼山。清代以前的黄河自今内蒙古自治区磴口县以北，分为南、北两支，南河即今自西而东的黄河干流，在当时为支流；历史上黄河主流是北支乌加河，《水经注》里称作北河。由于流沙浸入和狼山山洪冲积，到了清道光年间乌加河上游河床抬高淤断，现已成为河套灌区的主排干渠，余水汇为乌梁素海。

阴山阻挡了蒙古高原上没有遮拦的寒流，黄河滋润了河套的千里沃野，阴山河套地区从来都是北方游牧民族理想的牧场和家园，阴山河套曾是北方少数民族的苑囿。当春秋战国之世，《史记·匈奴列传》载“晋北有林胡、楼烦之戎，燕北有东胡、山戎”，林胡、楼烦等北方少数民族在河套地区和黄河几字湾里的鄂尔多斯地区逐渐强大。后来阴山南麓的千里沃野也成为匈奴的发祥地之一，《汉书·匈奴传》载汉元帝时郎中侯应上书言边事云：“阴山东西千余里，草木茂盛，多禽兽，本冒顿单于依阻其中，治作弓矢，来出为寇，是其苑囿也。”

三家分晋后的赵国处于四战之地，国力非常孱弱，赵武灵王接掌王位时，赵国国事更是衰微，日子非常不好过。在与齐魏等国的攻伐中赵国经常处于下风，经商鞅变法强起来的秦国蚕食了赵国不少的土地，《史记·赵世家》里记载了不少赵肃侯时期和赵武灵王初期丧师失地的史实。北方游牧民族骑兵也经常袭扰，中山国是赵国的心腹之患。赵武灵王分析当时形势是“中山在我腹心，北有燕，东有胡，西有林胡、楼烦、秦、韩之边。”在这种形势下，公元前 307 年赵武灵王下决心推行胡服骑射，于公元前 300 年破林胡、楼烦，“攘地北至燕代，西至云中、九原”，赵国的西北部疆域拓展到了阴山脚下。公元前 296 年赵武灵王遂灭中山，解除了来自邯郸正北方的心腹之患。

攻灭中山并向西北攘地拓疆，这是赵武灵王精心算定的几步棋。消除了来自西北和北边的威胁，赵国可以抽调北方边境防御游牧民族的兵力，专心与群雄争霸。另一方面，这些新拓展的疆土，由过去防御的重点地区变成了可以依靠的根据地，这一广袤的根据地不仅可以给赵国的骑兵提供优良的马匹，还可以输送擅长骑射的胡人骑兵。胡服骑射后赵国军队里有不少招募来的胡人骑兵，灭林胡、楼烦后赵国把归附的胡人也编入骑部队，《史记·赵世家》里有“代相赵固主胡，致其兵”“赵希并将胡、代”等记载，说明赵军里有专门主管胡人骑兵的将军，胡人骑兵来自代地和胡地，代地同时盛产良马。

赵武灵王攘地“西至云中、九原”还有另一层打算，就是以阴山河套地区为根据地，向南进袭秦国。《史记·赵世家》记载得明明白白：“主父（赵武灵王）欲令子主治国，而身胡服将士大夫西北略胡地，而欲从云中、九原直南袭秦，”他还乔装打扮为使者入秦，观察沿途山川和进攻路线，顺便观察一下秦昭襄王是否英明。秦昭襄王的确不是吃素的，等赵武灵王走后，觉得这个使者仪表堂堂、身材魁伟，不是一般人臣的样子，派人追赶时，赵武灵王已出关。

为了巩固北方新拓的疆土稳固“大后方”，赵武灵王便沿着阴山南麓修筑长城防御北方游牧民族南下。《史记·匈奴列传》载，这道长城“自代并阴山下，至高阙为塞”，内蒙古文物考古研究所副所长张文平先生说，相对于“属阻漳滏之险”的赵南长城，这道长城一般称作赵北长城，亦称作赵武灵王长城。这段长城始建于公元前300年，大约完成于赵武灵王之子赵惠文王之世，这一时期赵国国力渐强，有能力完成这样一个浩大的工程。

赵北长城西至高阙，史籍有明确的记载，但高阙的地望到底在哪里？古今学术界聚讼纷纭，近世学者有持磴口县哈隆格乃沟口之说；有持乌拉特中旗西南石兰计山口之说；有持在狼山西段乌拉特后旗达巴图沟和西侧查干沟的台地断崖之说；还有的学者认为高阙在乌拉特前旗白彦花镇张连喜店村东的大沟口；还有的学者认为高阙在乌拉山之中……我曾和当地考古界的同志一起去实地踏勘过一些山口，西部的狼山最为险峻，“其山中断，两峰俱峻”的山口不少，但两边没有长城的遗址。

从2011至2016年开展的长城资源调查结果看，战国赵北长城在巴彦淖尔市境内，仅分布于乌拉特前旗东部乌拉山前的山麓地带。其实，早在20世纪90年代，内蒙古文物考古研究所著名考古学家李逸友先生就对赵北长城进行了深入细致的调查研究，通过调查他认为赵北长城西端在今巴彦淖尔市乌拉特前旗乌拉山山前，未跨越明安川进入后套平原北侧山系。2005年北京大学辛德勇教授撰文也提出赵北长城的西端点所在的高阙为阴山高阙，大约在今乌拉特前旗乌拉山大沟口。

这次长城资源调查佐证了这样的判断。调查表明，赵北长城西端点终止于乌拉山前大沟口东侧400米处的小红石沟，位于乌拉特前旗白彦花镇张连喜店村北侧。张文平先生介绍，大沟口两侧山峰高耸，形似高阙。大沟口南侧平原之上有张连喜店古城，考证为秦汉时期的西安阳县。他认为必须澄清的一个问题：战国、秦代至西汉早期，高阙并非军事建制，只是一个重要地名而已。《史记》《汉书》均只记“高阙”，《后汉书》才提到“高阙塞”。高阙塞最早只能是卫青北伐、修筑了阳山朔方郡汉长城之后，在长城沿线设置的一个军事建制。赵武灵王时“自代并阴山下至高阙为塞”这句话里的“为塞”，并非设置高阙塞，而是形成防御之意，即“自代并阴山下至高阙”的一线形成防御体系。

过去，赵北长城东端点在河北省境内似成定论，但最新的长城资源调查结果却不支持这样的结论。当年李逸友先生通过大量调查认为，赵北长城的东端应是在内蒙古乌兰察布市兴和县境内，未进入河北省。赵北长城的东端起点在今河北省境内之说不确，无论在蔚县或宣化、尚义县境内，均无遗迹可以证实。此次调查结果佐证了李逸友先生的结论，东端点终止于兴和县城关镇脑包窑村东 1.8 千米处，恰好是今天内蒙古自治区与河北省的省区界。

不管赵北长城东西端点的地望争议如何，2300 多年前赵武灵王能修筑这样一道长城足见其雄才伟略。河北省境内是否存在赵北长城尚存争议，这次长城资源调查仅内蒙古境内就发现赵北长城 505 公里，墙体多为土墙，仅有 5 公里石墙和 15 公里山险墙。石墙是因山就地取材垒砌而成，要比夯土省工省力。赵武灵王修这道长城其实疆界的意义远大于防御的意义，其时匈奴势力尚弱，被赵武灵王击败的林胡、楼烦除归附者外，余众或渡河进入鄂尔多斯游牧，或退避西北的巴彦淖尔，或远遁阴山之北，是不敢轻易越过赵国这段“土长城”的。况且，就当时情势而言，赵国的对手是强秦和燕、韩、魏等国家，主要国力和精力是用来对付这些国家的，因此不能耗损太多人力、物力来修长城，以夯土为主的赵北长城主要是划定疆界宣威北边的，只要这块新拓的疆界能成为稳固的后方就行。

由于是夯土而建，历经风雨的赵北长城墙体毁损比较严重。北魏郦道元曾登临呼和浩特市大青山蜈蚣坝之下的赵北长城，当时的景象是“有垣若颓基焉，沿溪亘岭，东西无极”；20世纪60年代翦伯赞先生踏访赵长城遗址时，感慨“只剩蓬蒿伴土墙”；在呼和浩特市回民区攸攸板坝口子村东南，有一座古城就是郦道元所见的白道城旧址，如今附近的古城墙体已荡然无存。由于赵北长城沿阴山南麓的山脚或半坡而建，墙体被村镇、公路、农田等损毁严重，最新调查发现赵北长城墙体消失部分达330公里，占整个赵北长城墙体的三分之二。

赵武灵王不仅修筑了长城，由东向西还设置了代、雁门和云中三郡，这种边郡加长城的守边方式为后世所效仿。当长城附近出现警情后，会通过烽燧迅速传递到驻防的城堡准备作战。因为战线太长不可能分散兵力去守卫长城一线的障城，而是在重要的障城甚至郡城驻军，这样有利于物资保障和部队训练。赵国后期匈奴羽翼渐丰，良将李牧防御匈奴时大军驻守代、雁门等郡城，日常“日击数牛飨士”厚待战士，加强骑射练习，同时“谨烽火，多间谍”加强情报的作用。此次长城资源调查表明，505公里赵北长城沿线约有90座障城，除了极少数障城外，许多障城遗物甚少或没有遗物，说明这些障城虽建但没有布防兵力。

云中郡是赵武灵王设在最西部的边郡，也是内蒙古境内最古老的城池。云中郡旧址在我的家乡托克托县古城镇古城村，这座古城是如何兴建的呢?《水经·河水注》引《虞氏记》云：“赵武侯自五原河曲筑长城，东至阴山。又于河西造大城，一箱崩不就，乃改卜阴山河曲而祷焉。昼见群鹄游于云中，徘徊经日，见大光在其下，武侯曰：此为我乎？乃即于其处筑城，今云中城是也。”这里的赵武侯应为赵武灵王之误，因为赵武侯时赵国势力还到不了这里。《虞氏记》的记载充满了传奇甚至神话色彩，就连云中这个郡名也充满了诗意。《虞氏记》这段文字大意是，赵武灵王在黄河西岸筑城崩塌失败，就跑到了黄河东北离阴山不远处另觅城址。当他白天打马来到托克托县古城镇附近，看见一群天鹅整日翱翔云中，天鹅下方光芒耀眼，赵武灵王认为是吉兆重新筑城，在这块风水宝地上筑城非常顺利，遂命名为云中城。

赵武灵王修筑的赵北长城和云中郡成为阴山河套防守之襟要，为后世所沿用。秦并六国后沿赵所置，仍置云中郡，郡治仍设在托克托县古城镇北的云中古城，同时大段沿用了赵北长城。西汉也沿用了部分赵北长城，并在沿线增设了烽燧、障城等……任何一个大一统的王朝都知道这块土地对于保境安民的重要性，都知道“地扼塞北，水草丰饶”的阴山河套地区的战略意义。而第一个发现这里战略价值并攘地设郡、筑城为塞者是赵武灵王。只可惜赵武灵王因立储之事犹豫不决，一代英雄饿死于沙丘宫变，没能下完南下袭秦等大棋。

我因为回老家托克托县团结村，无数次经过云中古城的断壁残垣。伫立于“塞云漠漠际寒沙”的残垣上，我不止一次遥想当年赵武灵王胡服骑射的飒爽英姿，遥想这位帝王看到鸿鹄翔集后开始筑城设郡的情景，他把一个强大起来的赵国交到了儿子赵惠文王手中。如果没有他胡服骑射变革图强，就不会有《将相和》里赵惠文王和秦昭襄王分庭抗礼的一幕，就不会有蔺相如、廉颇、平原君、赵奢等文臣武将演绎赵国短暂的繁荣气象。

夏秋之季的云中古城周围，农田里是“离离禾稼满平畴”的景象，古城是“败壁断垣成怅望”的景象。向北遥望是“秋高山色青如染”的大青山，那里的山脚下有赵武灵王时修筑的长城遗迹，我的耳际还是回荡起了翦伯赞先生的那首诗：“骑射胡服捍北疆，英雄不愧武灵王。邯郸歌舞终消歇，河曲风光旧莽苍。望断云中无鹄起，飞来天外有鹰扬。两千几百年前事，只剩蓬蒿伴土墙。”

长城未竟秦皇崩

——河套访古之三

提起万里长城人们就会想到秦始皇，人们把秦始皇比作桀纣一样的暴君，修筑长城成为其罪行之一。“泪满征衣怨暴秦”，历代文人在诗词里刻画出了一个暴戾恣睢的秦始皇，描绘出了一道用血泪和骸骨修筑成的万里长城，演绎出了孟姜女哭倒长城的故事。秦国到底修了哪些长城？秦始皇又是怎么修筑万里长城的呢？

从秦昭襄王开始秦国就开始修筑长城了，战国秦长城不断向西北方向延伸的过程，也是秦国不断兼并它国开疆拓土的过程。《史记·匈奴列传》载“义渠之戎筑城郭以自守，而秦稍蚕食，至于惠王，遂拔义渠二十五城……秦昭王时……起兵伐残义渠。于是秦有陇西、北地、上郡，筑长城以拒胡。”秦灭义渠在周赧王四十三年（公元前272年），大约从这一年开始，秦昭襄王在义渠故地修筑长城来防御鄂尔多斯境内的林胡和楼烦。这个时候肤施（今陕西省榆林市东南、无定河北岸）以北的广袤的鄂尔多斯高原还是赵国的领土，秦昭襄王长城还没有进入鄂尔多斯境内，更没有到达阴山下。

考古专家的田野调查认为，秦昭襄王长城西部起始于甘肃省临洮县北新添乡三十里墩杀王坡。秦昭襄王时期修筑的长城向东经甘肃、宁夏进入陕西省吴旗、志丹、靖边、安塞、子洲、绥德等县，止于榆林市榆阳区的鱼河镇。鱼河镇明代以来称作黑土圪垯，这里是无定河与其支流榆溪河交汇处，古称鱼河堡，秦汉时上郡的郡治肤施县便在附近。从杀王墩到鱼河堡的长城长约750公里，把秦国的陇西郡、北地郡和上郡圈在了长城内，拒林胡、楼烦于长城之外。

战国末年秦始皇在兼并六国的过程中，不断开疆拓土，不断增修秦昭襄王长城向东北方向延伸，进入鄂尔多斯市境内。新补修的长城过无定河经榆林市北进入神木县，沿窟野河向北由府谷县进入内蒙古鄂尔多斯市伊金霍洛旗境内。战国秦长城由伊金霍洛旗进入准格尔旗，再向东北进入达拉特旗，向西进入东胜区铜川镇，终止于铜川镇店圪卜村西南约1公里处。据考古人员实地调查，战国秦长城在鄂尔多斯境内全长94公里，构筑方式有石块垒砌、毛石干垒、石块堆积、土夯筑四种。伊金霍洛旗境内纳林陶亥战国秦长城，是保存最好、最完整的段落，这也是鄂尔多斯境内修建最早的秦长城，内蒙古文物考古研究所副所长张文平先生推测，战国秦长城修至鄂尔多斯市，应该在长平之战之后。

今天，在鄂尔多斯市境内还有两段秦长城遗迹，即鄂托克前旗秦长城和新民堡秦长城。准确地说这两段长城应该是在蒙恬逐退匈奴收河南之地修筑的，是秦统一六国后修筑的，是秦始皇万里长城的组成部分。鄂托克前旗境内毛乌素沙漠南缘的秦长城，起自上海庙镇特布德嘎查四十堡小队东南 3.1 公里处，止于特布德嘎查十三里套小队西 1.4 公里处。这道大体上东西走向的长城，东西两端均可与宁夏境内的长城相连接，把河套地区包裹在了秦王朝的腹地。宁夏的考古工作者为这是为防御突厥而修筑的隋长城，张文平先生认为该段长城为隋长城的说法疑点很多，从分布和走向来看，这段长城向西可与黄河对岸乌海市的桌子山长城相连接，向东与战国秦长城相衔接，应该是秦国在北地郡北侧修筑的防御体系。

在达拉特旗王爱召镇新民堡村也有一段长城。这段长城东起于新民堡村附近的西岸，西部端点已难辨识，土墙仅存1.8公里，大部分已湮没于农田之中。学术界对其年代争议很大，有人曾认为该段长城为战国时期的秦长城和魏长城，有人认为是赵武灵王二十六年（公元前300年）“攘地北至燕代，西至云中、九原”后修建的长城，还有人认为是汉武帝北逐匈奴前修建的西汉长城。张文平先生说，这段长城沿线有泥质灰陶遗片，纹饰多为具有秦代和汉代早期特征的绳纹、抹断绳纹等，应该明确为秦朝始筑、西汉早期沿用的长城，这段长城意图延伸过河与乌拉山西山嘴附近的赵北长城衔接起来，将黄河两岸的平原包围起来。

战国之世七雄争竞无遑北顾，占据阴山南北及河套平原的匈奴羽翼渐丰。第一代匈奴单于头曼的王庭设在了今乌拉特中旗乌加河北的阴山南麓，和秦、赵、燕三国邻边，但实力还无法与中原强国争衡，战国末赵国的良将李牧使“匈奴不敢入赵边”。秦始皇十三年（公元前234年），秦国将占领的赵国云中郡沿置为郡，疆土拓至阴山脚下，这一时期秦的西北界还在土默川一带，巴彦淖尔市的大部分地区已成为匈奴活动的范围。直到秦始皇统一天下，于公元前214年遣大将蒙恬北逐匈奴，《史记·蒙恬列传》载“秦已并天下，乃使蒙恬将三十万众北逐戎狄，收河南”，这个“河南”不仅包括今黄河几字湾内的鄂尔多斯市，也包括了今天的巴彦淖尔市，因为这个河指的是“北河”，即清代已淤塞的乌加河，历史上这里才是黄河的主河道，水量远大于现今的黄河主河道南河。“头曼不胜秦，北徙”（《匈奴列传》）到了阴山之北的荒漠草原。

根据《史记》记载，为了防御逐渐强大起来的匈奴，匈奴被蒙恬斥逐北徙后，秦始皇开始加强系统防御体系的修筑。首先，修筑一条“北据河为塞，并阴山至辽东”（《秦始皇本纪》）的长城，这条长城“因地形，用险制塞，起临洮（今甘肃省岷县）至辽东，延袤万余里”（《蒙恬列传》）。这就是著名的秦始皇万里长城；其次，移民实边来守边。把罪人和戍卒发配到新收的河南地，即“因河为塞，筑四十四县城临河，徙适戍以充之”（《匈奴列传》），就是说把内地的罪民和戍卒充实到这新筑的四十四个县城中；最后，就是修筑直道。《秦始皇本纪》记载公元前 212 年修秦直道，“道九原，抵云阳，堑山堙谷，直通之。”《蒙恬列传》记载蒙恬负责修通直道，“自九原抵甘泉，堑山堙谷，千八百里。”秦直道从咸阳一直向北，从陕西省进入鄂尔多斯市境内，从达拉特旗昭君坟渡过黄河，到达今包头市九原区麻池古城。

秦始皇万里长城的修筑，主要沿用了战国秦长城、赵北长城和燕北长城。《史记·匈奴列传》载长城“因边山险溪谷可缮者治之，起临洮至辽东万余里。”从临洮（今甘肃省岷县）经宁夏的长城进入内蒙古乌海市和鄂托克前旗，沿用以前修缮的鄂托克前旗和新民堡的长城，然后由达拉特旗境内过黄河，与乌拉特前旗境内西山嘴附近的赵北长城衔接起来。在阴山河套地区，秦始皇长城主要沿用了赵北长城，从乌拉山西山嘴沿乌拉山、大青山南麓向东直到乌兰察布市卓资县卓资山附近，蜿蜒进入河北省境内与燕北长城相接。据内蒙古文物考古研究所已故的著名考古学家李逸友先生实地考察，大青山以南的赵武灵王长城，大部分为秦代所沿用，只是个别地方有新筑，个别地方利用了山险。

秦国都城咸阳直北的阴山河套是防御匈奴的重点，因此在修筑连接万里长城的同时，蒙恬同时修筑了阳山长城以加强防御。《蒙恬列传》载蒙恬“于是渡河，据阳山，逶蛇而北”。这里的“河”指黄河在巴彦淖尔境内的故道乌加河，“阳山”是相对于“阴山”而言，山之南水之北为阳，黄河原主河道乌加河之北的阴山称作阳山。蒙恬所修的阳山长城西起于乌拉特前旗和乌拉特中旗交界处，经乌拉特中旗进入乌拉特前旗小佘太乡，然后由西向东进入包头市固阳县和呼和浩特市武川县，最后进入呼和浩特市新城区毫沁营乡，沿大青山南坡向东南延伸在新城区坡根底村东侧与赵武灵王长城相交会。这段全长 410 多公里的长城大体沿狼山、色尔腾山、大青山的山脊北坡延伸，将乌拉特后旗、乌拉特中旗和乌拉特前旗的明安川一带组成的“北假中”包围起来。

这样在秦始皇时期阴山河套地区有了两道防御匈奴南下的防线。一道是阴山南麓的秦始皇长城，这是修缮赵北长城而成，以土夯为主。另一道便是“北假中”北侧的蒙恬阳山长城。这两道长城将匈奴彻底赶出了肥沃的河套地区和明安川一带，使他们不能以河套地区为据点直接威胁阴山南麓。从地图上看，蒙恬阳山长城保护的地区向南正对着秦国都城咸阳，如果从咸阳向北划一条直线为“秦直道”，这条秦直道直抵阴山脚下的麻池古城，这也是秦直道修筑的战略意义所在：一旦长城沿线和边境出现警情，直道可以迅速向边境地区输送军队和物资，考古发现秦直道每隔 15 公里左右就有一处兵站，沿途约有 30 多处兵站。所以，秦直道尽头一带的长城修筑最为用工坚固，今天所能看到的小佘太和固阳秦长城修筑最为用工精细，尽管好多是汉代缮治。

秦始皇时代在阴山河套地区修筑的这两道长城战略构思是高明的，可以使“胡人不敢南下而牧马”，是递万世而为君的长久治安之策。可惜秦朝国祚短暂二世而亡，没有完成这样宏大的防御体系的建设。从秦始皇三十三年（公元前 214 年）蒙恬西北斥逐匈奴开始，到秦二世二年（公元前 209 年）陈胜吴广起义爆发，短短五六年修筑不完延袤万里的长城，秦亡时长城成了一个“半拉子工程”，直到汉武帝时才重新缮治加固并增修，完成了秦始皇时期蒙恬的战略构想。张文平先生说，最新长城调查的结果表明，秦始皇万里长城主要沿用战国时秦、赵、燕三国长城，新筑了连接这些长城的线路；蒙恬所筑阳山长城沿线可见个别秦代修筑的长城墙体、烽燧和障城，其主体均属汉长城。

但历代相传修筑万里长城已成为秦始皇的“暴政”之一，“秦世筑长城，长城无极已。暴兵四十万，兴工九千里。死人如乱麻，白骨相撑委……”，这一“暴政”已成为历代文人讽咏不绝的题材。在文人们的笔下，长城是白骨撑起来的，“长城窟，下见征人骨。长城窟虽深，见骨不见心。谁知征人心，怨杀秦至今……”“古来长城窟，中有战士骨。骨久化为泉，马来吃不得……”；在文人们的笔下，长城塞下血泪成河，“长城窟深战骨寒，万古牛羊饮冤血”“黄河直北千余里，冤气苍茫成黑云”；在文人们的笔下，不施德政的“暴秦”是愚蠢的，“秦筑长城比铁牢，蕃戎不敢过临洮。虽然万里连云际，争及尧阶三尺高”“仁守国自固，不仁祸期宏。祖龙不知此，纵暴劳苍生……”。遍览历代歌咏长城诗，我们看到的是骷髅和血泪。万里长城积聚沸腾的民怨失去了天下的民心，宋刘克庄《蒙恬》诗云：“绝漠功虽大，长城怨亦深。但知伤地脉，不悟失人心。”其实蒙恬统兵的数量就有不断的夸大，《史记·匈奴列传》作“始皇帝使蒙恬将十万之众北击胡”，《蒙恬列传》及《秦始皇本纪》并作“三十万众”，《淮南子·人间训》已经增益成为“五十万”。

后来，民间还演绎出了孟姜女哭长城的故事，这个家喻户晓的故事使人们更加对嬴秦痛恨不已。其实孟姜女哭长城的故事源自春秋时的齐庄公时代，这个记载于《左传·襄公二三年》的故事，说齐庄公的先锋杞梁攻打莒国时战死，齐庄公班师在莒城郊外遇到杞梁妻时向她吊唁，杞梁妻不以郊吊为然，“齐侯吊诸其室”。到了汉代演绎成了孟姜女哭夫崩城的故事，到了唐代已有了杞梁妻哭倒长城的完整故事，哭倒的是秦始皇的万里长城。明代开始还出现了给孟姜女立祠立庙的风俗，孟姜女的丈夫万喜良（也作万希郎）被秦始皇抓去筑长城的故事渐成妇孺皆知的故事。其实万喜良是“万杞梁”的谐音，秦始皇实在是给比他早300多年的齐庄公背了锅。文人们绘声绘色地给这个故事添油加醋，唐代诗僧贯休的《杂曲歌辞·杞梁妻》写道：“秦之无道兮四海枯，筑长城兮遮北胡。筑人筑土一万里，杞梁贞妇啼呜呜。上无父兮中无夫，下无子兮孤复孤。一号城崩塞色苦，再号杞梁骨出土。疲魂饥魄相逐归，陌上少年莫相非。”杞梁妻成了诗人们笔伐暴秦的又一个流行题材，“一叫长城万仞摧，杞梁遗骨逐妻回”。

“匈奴驱向长城外，当日蒙恬计未非”，秦始皇让蒙恬斥逐匈奴筑长城是非常必要的，把修长城作为秦始皇的“暴政”实非公允之论。长城未竟秦皇崩，秦始皇和蒙恬没有修成他们规划的防御体系，到了汉武帝时终于完成，才有了卫、霍的功劳，才真正使“匈奴不敢南下而牧马”，才有了“犯我强汉虽远必诛”的大汉气魄。秦始皇真有那么罪大恶极吗？宋洪迈《容斋续笔》卷第五“秦隋之恶”条云“自三代讫于五季，为天下君而得罪于民，为万世所麾斥者，莫若秦与隋，岂二氏之恶浮于桀、纣哉？盖秦之后即为汉，隋之后即为唐，皆享国久长。一时论议之臣，指引前世，必首及之，信而有征，是以其事暴白于方来，弥远弥彰而不可盖也”，此实为诛心之论。后来的文士不敢对当时朝事置喙，只能极力渲染秦朝和隋朝的残暴不仁。

“秦皇扫六合，虎视何雄哉。挥剑决浮云，诸侯尽西来。明断自天启，大略驾群才。收兵铸金人，函谷正东开……”秦始皇实在是有雄才大略的千古一帝，在统一天下短短几年，便完成了统一度量衡、文字、车辆轨距等，同时收军器、堕城郭、决川防、夷险阻，防止六国死灰复燃，又在北方修筑长城和直道使匈奴和东胡等北方游牧民族不敢窥边，这样浩大的一系列工程和制度设计，决定了中国历史的大一统走向，“秦王手创万世业”，所以柳宗元在《封建论》里说“公天下之端自秦始”。现代的考古成果显示，好多关于秦始皇的暴政其实是人们有意归恶于这位目光如炬持虑深远的皇帝。就像考古发现秦时长城汉时修一样，极尽奢华的阿房宫只是一个传说，根本没有建成的阿房宫仅有地基而已，项羽火烧阿房宫更是子虚乌有之事。

“长城万里英雄事”，如果不是秦皇汉武修筑长城斥逐匈奴，哪里会有后来呼韩邪单于款塞入朝请求为臣，哪里会有自汉宣帝之后“数世不见烟火之警”的和平。“百年功业秦皇帝，一代文章太史公”，金秋时节伫立于长风浩荡的秦长城遗址旁边，我遥想“秦皇按宝剑，赫怒震威神”的威仪，我浮想“六国敛衽朝秦王”的场景，我感佩“秦王筑城三千里，西自临洮东辽水”的气魄。

不教胡马度阴山
——河套访古之四

“秦时明月汉时关，万里长征人未还。但使龙城飞将在，不教胡马度阴山。”王昌龄的这《出塞》可谓妇孺皆知，历史上李牧、卫青、霍去病、李广等名将都有“不教胡马度阴山”的震慑作用，但名将好比千里马一样不常有，真正能“不教胡马度阴山”的是西汉时修筑的长城。

在广袤肥沃的河套地区，逶迤的阴山和乌拉山南北麓上，分布着大量战国和秦汉长城的遗迹，这些长城就是为了“筑来直欲障胡尘”，就是为了“匈奴驱向长城外”，就是为了“不教胡马度阴山”。内蒙古自治区的考古人员在进行长城资源调查时发现，人们印象中秦始皇所修的万里长城，实则多为汉代修筑。内蒙古文物考古研究所副所长张文平说，北方地区战国秦汉长城，绝大部分均可认定为汉长城或者为汉代所沿用。战国秦长城在鄂尔多斯市沿线分布有 19 座烽燧和 3 座障城，最新长城调查表明也都是汉代的遗迹。

秦始皇统一天下，命蒙恬斥逐匈奴并修筑长城。从秦始皇三十三年（前 214 年）蒙恬西北斥逐匈奴开始，到秦二世二年（前 209 年）陈胜吴广起义爆发，短短五六年秦代没有完成修筑“延袤万里”长城的宏图，秦亡时长城成了一个“半拉子工程”。万里长城主要沿用战国时秦、赵、燕三国长城，新筑了一些连接这些长城的线路，蒙恬所筑阳山长城主体也属汉长城。秦朝二世而亡，匈奴头曼单于越过阴山，把王庭又从阴山北徙入今巴彦淖尔市五原县西北，逐渐恢复匈奴故地。

就在公元前 221 年秦始皇兼并六国不久，匈奴出了一个有雄才大略的首领——冒顿单于，这是一个杀人不眨眼凶狠手辣的主儿。为了夺取单于之位冒顿处心积虑地训练出一支射响箭的冷血骑兵步队，只要冒顿眨一眨眼睛指示射击目标，他们可以射杀冒顿的名马、爱妻和头曼单于的爱马，好比小说里描写的明代臭名昭著的血滴子。训练成这支冷血鸣镝后，冒顿诱骗他的父亲头曼单于去打猎，眨眼之际响箭齐发，射向头曼单于，“尽诛其后母与弟及大臣不听从者”，冒顿踏着父亲的鲜血和兄弟的骸骨自立为单于。冒顿可不是一个光会刀头上舔血杀人如麻的莽汉魔头，在带兵打仗方面他可是智计百出，王维祯评价他“虽胡人其兵谋在汉将之上”。在他的带领下匈奴统一了北方草原，建立了庞大强盛的匈奴帝国。在北方草原，他用骄兵之计消灭了东方骄横愚蠢的东胡王；向西又打败了居于敦煌、祁连间“控弦十余万”轻视匈奴的月氏；向南吞并了秦末乘机占据今鄂尔多斯和巴彦淖尔等“河南地”的楼烦王和白羊王。

称霸北方草原后冒顿又乘着秦末中原大乱，尽复匈奴故地。《史记·匈奴列传》载：“十余年而蒙恬死，诸侯畔（同“叛”）秦，中国扰乱，诸秦所徙適戍边者皆复去，于是匈奴得宽，复稍度河南与中国界于故塞。”这“故塞”在哪里？就是今天陕北的延安和宁夏的固原一带的长城，即“与汉关故河南塞，至朝那、肤施”，这个“关”就是为界的意思。汉文帝后来写给匈奴单于的信说，“先帝制：长城以北，引弓之国，受命单于；长城以内，冠带之室，朕亦制之”，这个长城也是指不包括匈奴故地的陕北和宁夏一带的长城。同时，冒顿把匈奴单于庭向东迁徙到了呼和浩特市一带的阴山南麓，这为他后来“侵盗代、云中”创造了条件。《史记·匈奴传》载冒顿单于时期的单于之庭“直代、云中”，张守节正义云“言匈奴之南直当代、云中也”，就是说在阴山之南的匈奴王庭，南边正对着代郡和云中郡，云中郡治在今托克托县东北的古城镇。

楚汉相争逐鹿中原，鏖战之际无遑北顾，遂使匈奴不断坐大。《史记·匈奴列传》云：“是时汉兵与项羽相距，中国罢（同“疲”）于兵革，以故冒顿得自强，控弦之士三十余万，”汉初国力孱弱，此时却是匈奴最为强盛的时期，冒顿单于围韩王信，迫使韩王信投降，冒顿率兵进攻太原。汉高帝七年（前200年），冒顿纵精兵三十万骑围困汉高帝于白登山（今山西省大同市东北一带），困饿七天的汉高帝最后不得已用陈平之计厚赂单于阏氏才得突围。之后，汉高帝用刘敬之策与匈奴和亲，使得百战余生的百姓休养生息，疮痍满目的国家得以涵养国力。兵燹之余新建立的汉朝，诚如苏洵《几策》所言“古者匈奴之强，不过冒顿，当暴秦刻剥，刘、项战夺之后，中国溘然矣”，这里“溘然”差不多是“奄奄一息”的意思。后来意气用事的书生们来评价刘敬这一权宜的良策，讥笑“汉祖谩夸娄敬策，却将公主嫁单于”；责怪当时无人斩刘敬，“汉帝西征陷虏尘，一朝围解议和亲。当时已有吹毛剑，何事无人杀奉春（刘敬之号）”；嘲笑汉高帝已英雄暮年，“一带阴山浪引弓，运移婚媾一朝通。英雄白首消磨尽，甘与枭雏作妇翁。”

为了不起战端，汉朝一直在隐忍。汉高祖去世后吕太后执政，骄横的冒顿单于给吕后写了一封极尽调戏侮辱的书信，吕后大怒之后权衡利弊，忍了这口气；汉文帝初立之后仍然走和亲路线，汉文帝之世匈奴三易其主：冒顿单于末期匈奴右贤王入居河南地，侵盗上郡等地，杀掠人民；老上单于曾挥兵十四万入侵，火焚汉回中宫，铁骑逼近长安。骄横的匈奴每年入寇边郡，每年被杀掠人口上万；军臣单于时匈奴骑兵经常杀掠，烽火曾通于甘泉、长安……但文帝没有冲动，以和亲止战换得国内休养生息。到了汉景帝时仍然隐忍采取和亲之策，“通关市，给遗匈奴，遣公主，如故约”，终孝景之世匈奴“时小入盗边，无大寇”。尽管景帝时涌现出了李广、程不识等一批名将，但景帝不想大动干戈，而是以大局为重积极防御。就在匈奴的不断袭扰中，汉朝完成了文景之治的养精蓄锐，《史记·平准书》载：“汉兴七十余年间，国家无事……京师之钱累巨万，贯朽而不可校；太仓之粟，陈陈相因，充溢露积于外，至腐败不可食。”汉匈之间的力量对比发生了根本变化，就在“狂胡遽指汉无人”的骄横时刻，使匈奴帝国彻底溃败并最终走向消亡的杰出人物诞生了。

汉武帝元光二年（前133年）雄才大略的汉武帝在马邑（今山西省朔州市）预伏三十余万大军，打算围捕军臣单于，发现不对头的单于没有走进这个口袋，但汉匈关系就此破裂。之后匈奴“绝和亲，攻当路塞，往往入盗于汉边，不可胜数”。但汉武帝可不会忍气吞声，而是要主动出击！老天爷也赐给他两位战神——卫青和霍去病。从这一年开始直到元狩四年（前 119 年），汉武帝多次派兵出击匈奴，元朔二年（前 127 年）卫青率 3 万骑出云中（今内蒙古托克托县古城镇），西至陇西（甘肃东部），收复河南地，扫除匈奴进犯长安的巢穴和跳板，河南之战的胜利，使得“匈奴失阴山之后，过之未尝不哭也”，汉朝的北部边防推移到了北河沿岸的阴山河套地区。

汉武帝元狩二年（前 121 年）春夏，19 岁的名将霍去病两次如电击雷震般长驱横扫河西走廊一带的匈奴，俘斩匈奴八万余人。这一年春天，霍去病率一万骠骑出陇西，转战越过焉支山（甘肃省山丹县东南胭脂山），6 天中入匈奴境千余里，斩杀匈奴折兰王和卢胡王，擒获浑邪王子及其贵臣，俘获匈奴祭天金人。夏天，霍去病又从北地郡（郡治义渠，在今甘肃庆阳市西南）出发，西北行经鸡鹿塞(今内蒙古磴口县西北哈隆格乃山口)，过钧耆(水名，今地不详)，跨越千里戈壁至居延海，然后沿黑河南进入张掖郡，反向包抄回击今甘肃省酒泉市境内的祁连山，杀伤匈奴甚众。两次河西之战的胜利使河西走廊彻底为汉朝控制，置武威、酒泉、张掖、敦煌四郡，打开了西域通道，翦除了匈奴右臂（右贤王部），切断匈奴与羌人联系。匈奴失去了河西走廊上的祁连山和焉支山，唐代司马贞《史记索隐》引《西河旧事》，“匈奴失二山，乃歌云：‘亡我祁连山，使我六畜不蕃息；失我燕支山，使我嫁妇无颜色。’。”后代诗人皆羡慕赞美霍去病横扫匈奴彪炳青史，如李白《塞下曲》“功成画麟阁，独有霍嫖姚”，司马光《边将》诗云，“红旗一簇聚山椒，霁日清风看射雕。脱帽胡儿遥稽首，汉家新将霍嫖姚。”

河西之战后匈奴遭受重创，但匈奴左贤王犹有一定实力，伊稚斜单于仍未停止南下袭扰。雄才大略的汉武帝誓扫匈奴，元狩四年（前 119 年）发动漠北之战，卫青和霍去病分东西两路向漠北远征，卫青北进千余里与伊稚斜单于主力遭遇，卫青指挥骑兵两翼包围单于，自料难以取胜的单于向西北溃败，卫青派轻骑追击并率主力跟进至窴（音 tián）颜山（今蒙古国杭爱山南）赵信城，俘斩一万九千人，烧其积粟还师；霍去病深入千余里追击匈奴左贤王至狼居胥山（今蒙古国肯特山），霍去病所部队以一万人的损失俘斩匈奴左贤王七万余人，彻底打残废了匈奴的左臂，只剩下伊稚斜单于悬孤漠北。经此一战匈奴不敢再在大漠北缘立足，向西北方向远遁退缩，出现了“漠南无王庭”的局面，匈奴主力消耗殆尽，再无能力大规模入侵汉朝，危害汉朝百余年的匈奴边患基本得到解决。

在军事打击的同时，汉武帝一直重视修缮加固并增修长城和各种防御体系，正是由于长城的修筑再配合军事打击，把匈奴一步一步逼到绝地。元朔二年（前 127 年）卫青夺回河南地后，汉武帝筑朔方城，“置朔方、五原郡……募民徙朔方十万口”（《汉书·武帝纪），修缮了秦始皇时未竟的万里长城，在阴山河套地区主要沿用了赵北长城，同时缮治了蒙恬所筑阳山长城，形成了云中塞和五原塞，修筑了当路塞、烽燧和障城等完善的防御工事，可以说实现了秦始皇时期蒙恬筑长城时的战略构想，使长城真正拥有了完备的战略防御功能。今天的战国赵北长城、燕北长城、秦始皇万里长城以及蒙恬阳山长城，所能见到的多是汉代遗物，汉代在前代长城的沿线构筑了大量障城和烽燧。

漠北之战后匈奴远遁，汉朝要在更远的地方修筑长城。太初三年（前 102 年）汉武帝派遣光禄勋徐自为出五原塞（今乌拉特前旗及固阳县一带）。《汉书·武帝纪》载“遣光禄勋徐自为筑五原塞外列城，西北至卢朐，游击将军韩说将兵屯之”，“塞外列城”是光禄勋徐自为修在五原塞外的长城，《汉书·匈奴传》云长城距五原塞“数百里，远者千里，筑城障列亭”。汉外长城由两条几乎并行的长城组成，在《汉书·匈奴传》里也称作“外城”，汉外长城北线起始于武川县哈拉合少乡后石背图村，西北走向进入达尔罕茂明安旗、乌拉特中旗和乌拉特后旗，进入蒙古国南戈壁省又变成东西走向，向西到阿尔泰山脉；汉外长城南线东起于武川县西南的乌兰不浪乡，几乎与北线长城并行，在东段相距几公里到二十公里，进入乌拉特中旗和后旗等地广人稀的地方后距离有所扩大。南线长城也由乌拉特后旗进入蒙古国南戈壁省，最后折而西南向与阿拉善盟额济纳旗境内的长城相接。

太初三年（前102年）让徐自为修塞外列城的同时，汉武帝还命“强弩都尉路博德筑居延”。据《史记·大宛列传》载，汉武帝“益发戍甲卒十八万，酒泉、张掖北，置居延、休屠以卫酒泉”。汉王朝擢用前伏波将军路博德为居延都尉，路博德当年曾随霍去病出征过匈奴，熟悉居延的地形要害，他在这个广大的区域修筑了一道长城。这道长城沿弱水两岸由张掖郡筑塞至居延泽，南从今甘肃省高台县境内正义峡起始，沿黑河东岸的毛目东山绵延修筑亭鄣、长城、烽燧、斥堠等防御设施，经肩水金关直至居延泽西北的殄北候官。在修筑五原塞外列城、居延泽长城的同时，汉武帝派人还把蒙恬所筑的阳山长城向西南方向延伸，修缮了河西地区的长城，这些长城构成了完整的防御体系，将阴山南北和河西地区牢牢地控制在了汉王朝的掌握之中。

2020年夏天我去踏访乌拉特后旗境内汉外长城，终于识得“犯我强汉虽远必诛”的大汉气魄，终于识得汉武帝誓扫匈奴的决心和魄力。从临河乘车出发经历约四个小时的跋涉，我们才到达潮格温都尔镇境内的汉外长城南线，在“绝塞少人行”的这个地方，我们被两千多年前石头垒砌而成的长城震撼了。汉外长城南线沿线20多个列城，我们实地踏勘的青库伦和朝鲁库伦（蒙语，汉意石头城）都约是五十五丈见方的古城，在等级森严的汉代，边郡的城障建置、大小、规制都有严格的等差和制度，都尉府城障的边长规制约为汉代五十五丈，说明这些城的等级不低，我想到了“游击将军韩说、长平侯卫伉屯其旁”的记载。城中有许多石头垒砌的房屋遗址，考古发现这些城址内有陶片、瓦当等汉代遗物，确认为汉代所筑无疑。

从长城向北延伸的范围，你就可以看出一个朝代的气魄。赵修长城时匈奴势力微弱，阴山南麓的赵北长城只有疆界的意义；秦长城修筑不久而天下易代，选址在山脊上的蒙恬阳山长城到了汉武帝时才修完，故名之秦汉长城。雄才大略的汉武帝在阴山之外修筑两道长城，且修列城烽燧，构成完整的防御体系，使得“匈奴不敢南下而牧马”。明朝是个最猥琐的朝代，它修筑的长城将肥沃的河套平原和土默川平原丢弃到了“塞外”。

“汉塞自此无风尘”，但汉武帝把汉世的谤名留给了自己，把和平留给了子孙。被汉武帝打残废了的匈奴一蹶不振，汉宣帝地节二年（前68年），汉罢外城，这外城包括了河套地区的汉外长城和河西的部分长城。汉代营造长城历朝无过之，《汉书·匈奴传》载：“起塞以来百有余年，非皆以土垣也，或因山岩石，木柴僵落，溪谷水门，稍稍平之，卒徒筑治，功费久远，不可胜计。”汉武帝所经营的，是一劳永逸的事情，可惜后世腐儒不知其权变，对他笔伐不休。

“汉家烟尘在东北，汉将辞家破残贼”，我们需要的是这种血性和气魄，这才是汉唐的气魄！我的朋友内蒙古文物考古研究所副所长张文平说：“面对强悍的匈奴帝国，一味苟且忍让、委曲求全，又岂能造就宏大的汉帝国，孕育出绵延流长的汉民族？”斯言信哉！

塞外青城：壮似阴山歌敕勒

呼和浩特为蒙古语，意思是“青色的城市”，简称“青城”。我在这里已经生活工作了二三十年，渐渐喜欢上了这座城市。有一个笑话说：呼和浩特人爱喝酒，喝酒前说我是呼和浩特的，喝多了说呼和浩特是我的。

城市是有性格的。就像这笑话里讲的，呼和浩特人性格粗豪率真、热情奔放。“敕勒川，阴山下。天似穹庐，笼盖四野。天苍苍，野茫茫。风吹草低见牛羊。”这首北朝民歌，反映了当时呼和浩特地区的景象。“中州万古英雄气，也到阴山敕勒川”，在呼和浩特仰望苍穹，常使我联想到金庸先生《天龙八部》里萧峰这个人物。

这种天地英雄气由来已久。早在战国时，北方地区的赵武灵王冲破传统观念，实行“胡服骑射”，把游牧部落驱逐到阴山以北，在呼和浩特一带设云中郡，成为中原王朝在此设置的第一个行政建制。自此，呼和浩特地区以“云中”著称。赵国为防御游牧民族南下，还在阴山南麓修筑长城。在呼和浩特西北部的东乌素图村，修建于两千多年前的赵北长城依稀可辨。沙土质的长城上，古木傲然挺立，记录着岁月印痕。秦灭六国后，把燕、赵和秦的长城修缮连接，建成万里长城。呼和浩特的一段，基本上就是赵长城的那一段。如今，呼和浩特北郊一些老人还传诵着“秦始皇走马修边墙”的故事。

到了西汉，呼和浩特市仍属云中郡。“云中”这个诗意的名字，给这里留下了诸如“朝入云中郡，北望单于台”等歌诗佳句，但我最激赏的是苏东坡《江城子·密州出猎》中“持节云中，何日遣冯唐”。颇有作为的云中太守魏尚为争军功多报了6颗首级，汉文帝便把他免职并处刑一年，冯唐据理说服文帝，文帝马上任命冯唐为特使到云中郡赦免了魏尚。《史记》卷一百零二《冯唐列传》详细记载了这件事。经过古城镇时，我想象历史深处应该有这样一幕：手持天子符节的冯唐从长安跋涉而来，满城百战能胜的士卒为平日体恤他们的太守魏尚遇赦荷甲而舞、欢声雷动。

翦伯赞先生在《内蒙访古》里说：“阴山以南的沃野不仅是游牧民族的苑囿，也是他们进入中原地区的跳板。”在呼和浩特市这块巨大的“跳板”上，北方游牧民族打马走过，繁衍生息，创造文明，演绎了威武雄壮的历史剧目。魏晋南北朝时期，在呼和浩特地区活动的民族主要是鲜卑和敕勒。公元258年，鲜卑族的拓跋部在呼和浩特南45公里的盛乐（今和林格尔县一带）举行部落酋长祭天大典，建立都城。大青山以南的呼和浩特一带被称为“敕勒川”，著名的《敕勒歌》就诞生于此。

从盛乐迁都平城（今山西省大同市）的北魏王朝，完成了从塞外草原游牧政权到中原王朝的嬗变。孝文帝迁都洛阳后，这个从呼和浩特出发的王朝为缔造大一统的王朝奠定了基础。之后，北魏分裂演变为北齐和北周，北周灭北齐，杨坚篡北周后统一南北肇基隋朝，开启了大一统的隋唐盛世。

陈寅恪先生在《李唐氏族推测之后记》说："李唐一族之所以崛兴，盖取塞外野蛮精悍之血，注入中原文化颓废之躯，旧染既除，新机重启，扩大恢张，遂能别创空前之世局。"这"塞外野蛮精悍之血"就来自呼和浩特市，隋唐盛世就从这里打马走出。从北魏到隋朝王朝更迭，不少帝王将相来自今天呼和浩特市的武川、和林格尔和托克托县。

"野蛮精悍之血"，在我看来是一种尚武精神。边地自古出英雄，妇女也矫健豪爽，这从妇孺皆知的《木兰辞》里就可以领略其精神。还有一首北朝民歌《李波小妹歌》："李波小妹字雍容，褰裙逐马如卷蓬。左射右射必叠双。妇女尚如此，男子安可逢。"今天，这种尚武精神演变成了北方女子的豪爽性格。

"岁岁金河复玉关，朝朝马策与刀环。三春白雪归青冢，万里黄河绕黑山。"这是唐代柳中庸的《征人怨》。金河、青冢、黑山都在呼和浩特市境内。我一直怀疑"玉关"或许是"榆关"，榆关就在呼和浩特市托克托县一带。在呼和浩特市这片土地上，有一个人人们不会忘记——王昭君，青城千古，青冢千古。昭君出塞，远嫁异族，播下和平睦邻的种子，对当世及后来民族的平等团结产生了深远影响。历代文人极尽想象之能事，描写"昭君不惯胡沙远"的一面，但董必武先生说得好："昭君自有千秋在，胡汉和亲识见高。词客各抒胸臆懑，舞文弄墨总徒劳。"如今，"青冢拥黛"已成胜景，呼和浩特有"昭君路"，羊绒衫等也有"昭君"品牌。

从军事重镇到商贸中心的转变，是从辽金元开始的。这一时期在呼和浩特东郊白塔村一带设立了丰州。到了元代，这里贸易活跃，商业兴旺，各族人民和睦相处。元代学者刘秉忠《过丰州》云，"车马喧阗尘不到，吟鞭斜袅过丰州"，擘画出商贸兴旺、清秋扬鞭、歌谣慷慨、炊烟斜袅的意境。明初，元室后裔首领达延汗统一蒙古各部，他的孙子阿拉坦汗在嘉靖年间率部驻牧丰州一带，仿元大都建了一座新城——“库库和屯”，蒙古语意为“青色的城”，就是今天的呼和浩特。

粗犷尚武的地区性格，在民族交融中又赋予了呼和浩特包容大气的气质。明末清初，山西等地的人们背井离乡，走西口到塞外经商，促进了当地经济的繁荣，密切了蒙汉等各族人民的交往，这一迁移被称为走西口。除了经商，不少移民还辛勤耕作、盖房垒院、安家落户，使塞外单一的游牧经济，逐渐转变为农牧并举、蒙汉共居。

走西口人不仅带来了内地的特色曲艺，还带来晋陕的特色美食。如果你在我们家乡托克托县的农家做客，常会吃到用糜米制作的酸粥。相传，酸粥最初流行于山西河曲，正是走西口人带来这一美食，让它在内蒙古中西部流传至今。当然我们也爱喝奶茶、吃烤全羊。

饮食蒙汉相通，性格你我包容，连地名也你中有我。在呼和浩特，常见以“板”命名的村庄，遍布走西口移民搭建的住宅或凿制的窑洞。他们采用蒙古语音译，称之为“板升”或“板申”，简称“板”，并以此命名村庄。呼和浩特东南部的和林格尔新区，就有公布板、板定板、姑子板等村庄。

在呼和浩特，朋友之间很少问对方的民族，都盼着城市更漂亮。小时候，我在托克托县只见过杨树、柳树、榆树和一些夏果树。1993 年大学毕业来到呼和浩特，看到的也常是“杨花榆荚无才思，惟解漫天作雪飞”，只多了松树和丁香。现在的呼和浩特真像一座森林里的城市。以往，市民赏桃花主要是去公主府公园。如今，呼和塔拉万亩草原、成吉思汗公园、草原丝绸之路文化主题公园等如雨后春笋般冒出来，一个比一个漂亮。绿地越来越多，我们喜欢这种城市中有草原的感觉。

站在城东北的呼和塔拉万亩草原上，风吹草低见到的不再是牛羊，而是一座壮阔的草原新城。耳际敕勒歌穿越千年响起：敕勒川，阴山下。天似穹庐，笼盖四野……风景千年殊，不变的是生活在这片土地上人们的豪情，有了这豪情，城市的未来更加壮阔。（本文与于嘉合作完成）

闲话家乡托克托

我的家乡是内蒙古托克托县，我给好多外地同志介绍，他们卷着舌头半天说不来。我就给他们介绍：这么着吧，黄河之水天上来，厉害吧，可来到我们托克托得拐弯向南流，黄河上中游的分界点在托克托。

一条大河向东流，碰到托县就得拐，说明托克托水土硬。我曾经和朋友回托县，有两个小姑娘骑车在马路中间，朋友鸣笛示意半天，其中一个小姑娘回头甩了一句："不用嘀，嘀也不给你腾路。"还有个笑话说一帮人在托县下馆子，有人向服务员催菜，服务员回道："号甚了，熟了给你上呀哇。"又有人问服务员菜名，服务员没好气地说："你吃的还不知道，我能知道了？"

笑话归笑话，道出了托县人的性格。黄河水来托县会拐弯，但托县人不会拐弯；托县出产的糕软溜溜的，可不少托县人的腰硬僵僵的。我认识好些托县老乡，因为性格原因和人家上司闹矛盾，结果眼乌鼻青。说好听的是"不为五斗米折腰""安能摧眉折腰事权贵"，说不好听是"情商太低"，用托县话说就是有一股"灰劲气"。

历史文化钟爱托克托这个地方，这里有着沉甸甸的文化遗产。最早的是7000年的仰韶文化遗址——海生不浪。之后战国时建云中城、秦时置郡、北魏时拓跋氏建都；从唐代设云中、单于都护府，到明朝筑东胜卫城……托克托县曾上演过许多辉煌与显赫，留下许多可供登临凭吊的胜迹遗址。

今天，历史文化开始成为一个地区发展最可借力的韧带，不少地区出现了历史和文化名人故里之争，出现了文明发祥地之争。但托县人不用去觊觎和嫉妒别人的历史和文化遗存，先辈们留下的东西管够，只要稍下功夫整理下历史，重新填上已被岁月凋落的色彩，这里的历史就会由风干变得丰腴，由黯然变得有神，由模糊变得清晰。

托克托有个好听而充满诗意的名字——云中郡。战国秦汉时筑城设郡，因此我常和朋友们开玩笑，两千二百多年前呼和浩特市归托克托管辖。云中郡是赵武灵王筑城置郡。但北魏郦道元《水经注》所引《虞氏记》误为赵武侯，其文曰：“赵武侯自五原河曲筑长城，东至阴山。又于河西造大城，一箱崩不就，乃改卜阴山河曲而祷焉。昼见群鹄游于云中，徘徊经日，见大光在其下，武侯曰：此为我乎？乃即于其处筑城，今云中城是也。”

《虞氏记》说这位赵武侯在黄河西岸筑城崩塌失败，就跑到了黄河东北离阴山不远处另觅城址。白天看见一群天鹅整日翱翔云中，群鸟下方光芒耀眼，赵武侯以此为吉兆筑城，筑城成功遂命为云中城。黄河千古，云中千古。云中城故址在今托克托县东北的古城镇，再说得明白点，这片平原就是北朝人歌咏的敕勒川的一部分——“敕勒川，阴山下。天似穹庐，笼盖四野。天苍苍，野茫茫。风吹草低见牛羊。”在这里建城可以放牧战马、胡服骑射。

漫长的岁月湮没了城址、荒芜了朝代，但总有一些事令我们神往。我因为回老家五申镇团结村，无数次经过云中古城的断壁残垣，“远水平芜开野花”，春季这里的农民用犁铧耕耘着历史，夏季这里是“夹道离离禾黍稠”的景象，在“塞云漠漠际寒沙”的残垣上，我不止一次遥想当年赵武灵王胡服骑射的飒爽英姿，遥想这位帝王看到鸿鹄翔集后开始筑城设郡的情景。

“云中”——这个好听的名字给托克托留下了许多宝贵的歌诗佳句，这些边塞诗至今读来英气勃勃，词句铮铮：“朝入云中郡，北望单于台”“为报如今都护雄，匈奴且莫下云中”“见说云中擒黠虏，始知天上有将军”……但我最激赏的是大文豪苏东坡《江城子·密州出猎》中的一句“持节云中，何日遣冯唐”，这件事发生在汉文帝时期，颇有作为的云中太守魏尚为争军功多报了六颗首级，汉文帝便把他免职并处刑一年，冯唐据理说服文帝，文帝恍然大悟，马上任命冯唐为特使来到云中郡赦免了魏尚。唐王维《老将行》中“莫嫌旧日云中守，犹堪一战取功勋”的云中守，就是指魏尚。

《史记》卷一百零二《冯唐列传》详细记载了这件事，冯唐对汉文帝两次提到魏尚的名字，南宋洪迈《容斋随笔》卷十五“云中守魏尚”条感叹“重言云中守及姓名，而文势益遒健有力，今人无此笔也”，也就是佩服太史公司马迁笔力遒劲，气势磅礴。经过古城镇时，我想象遥远的历史肯定有过这样一幕：手持天子符节的冯唐翩然从长安跋涉而来，满城百战能胜的士卒为平日体恤他们的太守魏尚遇赦荷甲而舞、欢声雷动。

后来，托克托在隋唐先后设云中都护府、单于大都护府。隋开皇十八年（598 年）改阳寿县置金河县，置榆关总管。古城遗址在今内蒙古托克托县北双河镇哈拉板申村大黑河东岸古城。唐柳中庸《征人怨》："岁岁金河复玉关，朝朝马策与刀环。三春白雪归青冢，万里黄河绕黑山。"我一直怀疑"玉关"或许是"榆关"，因为他诗中的地名就在呼和浩特市和托克托县一带。

托克托境内有好多古城。除了云中城，还有在今哈拉板申村东的沙陵古城、章盖营子村的桢陵古城、葡滩拐的阳寿古城……这么多古城的出现，肯定是因为水美地肥。托克托县地势低，有"万水归托"之说，就是好多河流到托克托汇入黄河。北魏郦道元所著《水经注》载："芒干水又西南注入沙陵湖，湖水西南入于河，河北南入桢陵县。" 芒干水就是大黑河，沙陵湖是五申镇伞盖村西的七星湖，桢陵县就是燕山营镇章盖营村东梁汉代古城遗址。

大黑河又称作金河，我的家乡团结村就在黑河故道旁边，小的时候记得父亲他们防过洪。现在大黑河干了，父亲带我去换鱼吃的七星湖也干了。河湖是有生命的，干涸了的湖泊好像精灵从风中逝去。我一直为家乡的水担心。海生不浪就是蒙古语"奇怪的泉水"的意思，在有泉水处先民们开始繁衍生息。托县是个风水好的地方，水不能干了也不能被污染，一代又一代云中后人还要在这里生活呢。

明太祖洪武年间，在东胜州旧址置东胜卫，就是现在的县城圐圙，又在黑城村置镇虏卫。明嘉靖中期西土默特部阿拉坦汗的义子恰台吉（即脱脱，或称妥妥）驻牧妥妥城，托克托城名由此而来。历代建城是因为托克托地势平坦，水草丰美，宜农宜牧。水，是托克托的命呀。

真的做过一个梦：大黑河有水了，七星湖又像天上的星星眨眼睛，有了鱼和鸥鹭。

听父亲说土默川俗谚

记得二十六年前我去五原县采访，有一名农民叫王三儿，他形容农民生活好，说“冬天杀了三口猪，天天吃猪肉片子烩酸菜，放屁还得脱裤子了，怕油了裤子”；形容当时基层政策走样是“烟锅子里熬稀粥了——到我这儿只能喝点拐弯米汤”，意思稠的被人捞走了。乡村俚语虽然有点粗、有点俗，但有时细琢磨还真特别在理，细思之下让人忍俊不禁。

回想起父亲在世的时候，我习惯晚上坐在父亲屋子里的炕上。我把炕桌摆开用便携电脑写作，我坐在炕的东边，父亲就靠着靠枕坐在炕的西边。父亲偶尔扫两眼电视，但主要看着我写作。有时看我写累了，他就和我有一搭没一搭地聊，我一边喝着父亲泡的砖茶，一边听他说些谚语。父亲聊的谚语、俗语内容非常广泛，有许多内蒙古西部的谚语、俗语和歇后语，里面有气象知识，有人生哲理，包罗万象。闲暇时我就琢磨这些谚语：有意思，长知识！

每当一个节气到来，父亲总会念叨一些关于节气的谚语。如当地的数九歌，“一九二九闭门插手，三九四九隔门喊狗。五九六九沿河看柳，七九河开，八九燕来。九九加一九，耕牛遍地走”，父亲说的是山西版的数九歌。父亲说一句谚语“长五月，短十月，不长不短二八月”，我琢磨了好长时间没弄明白，后来他给我解释：一年中白天最长的夏至在五月，白天最短的冬至在十月，春分和秋分白天晚上一样长短，春分在二月，秋分在八月。

二十四节气里父亲最惦记的是耕种。比如今年是一个闰月年，每当遇上闰月年，父亲就念叨“过了闰月年，走马就种田”，意思是闰月年春浅，天气转暖早，一过年差不多就得春耕备耕了。“清明种麦堆满仓，再迟种麦一把糠”，是说清明节前后播种小麦是最好的季节，如果再有一场春雨滋润，那就更好了，因此父亲经常念叨“春雨贵如油”。“小满前后，种瓜点豆”，父亲告诉我这是指到了小满这个节气，天热得快，还没种就得赶紧抢种一些瓜、豆等适合生长的庄稼。再比如“芒种糜子急种谷”，如果芒种时节大秋作物种不下去就吃不上了。如果过了芒种再种，就不行了，所以“过了芒种给牛种”，结不出籽实的庄稼只能是喂牛的一把饲草了。

误了节令农时，就会误了收成。父亲经常说的一句农谚是“处暑不出头，割了喂老牛”。意思是一到处暑葵花、糜黍等作物还没有开花出穗，就干脆割了给老牛当饲料吧，今年不会有收成了，无霜期明显不够了。这一点我有体会，时令到了处暑早晚变凉，这时土默川的田野里就有露水了，小时候我出去地里割草，裤脚和鞋被田垄里庄稼和草上的露水沾得湿透。有一年牛年，父亲一边撕日历一边和我说“牛马年，好种田，预备鸡猴那两年”，我问为啥，父亲说牛年马年风调雨顺，庄稼会有好收成，鸡年和猴年则很有可能歉收。

这是一种对年景的预测，这样的预测父亲念叨得太多了。比如“二月重河冻，米面憋破瓮”，意思是农历二月气候转暖，突然降温使河水再结一次冰，会降温杀死病菌并保墒，有利于春耕作物生长，产下的米面等粮食会多得没有放的地方。“清明不见风，麻豆好收成”，清明时节天气清和晴朗，便于作物生长；“三月里下大雪，八月里打早霜”，说实在我还真说不清二者的联系，好比“正月十五雪打灯，八月十五云遮月”，这种联系不知是如何总结出来的。受苦人盼望着好收成，对丰收的预测谚语往往是父亲最爱念叨的，比如“三九不冷夏不收，三伏不热秋不收”，夏秋分别指夏季作物和秋季大田作物。

父亲是农民，说道最多的当然是农谚，这里边有宝贵的农业种植经验，听着父亲的农谚，我懂了一些粗浅的农业生产知识。比如说锄地，父亲经常说“锄头自带三分水”，越是天旱他越勤着锄地，所谓“不怕天大旱，就怕锄头断”“干锄湿耧，赛如浇油”。锄地的时候“头遍浅，二遍深，三遍把土拥到根”。锄地的火候也有讲究——“旱锄地皮湿锄根，不旱不湿锄半寸”，父亲说旱锄地皮是怕水分跑了，湿锄根是让根部通风蒸发一些，避免把根沤坏了。再比如浇水讲究更多，“麦浇黄芽谷浇穗”“麦要浇芽，菜要浇花”，小麦要在刚出苗浇，谷子出穗老了一些再浇，谷子抗涝能力低，浇得早了茎叶易腐烂。“寸麦不怕尺水，尺麦就怕寸水”，小麦初出苗时要浇好水，快成熟时要严格控制水量，水大容易使麦茎倒伏而减产，所谓“麦壮四月雨”，刚出苗时降雨那才叫及时雨。

“三年能学成个好买卖人，一辈子学不会个庄户人”，父亲告诉我庄稼地里学问大了。除了锄地浇水其他农活也各有各的讲究，比如麦收的时候要看小麦的成色，收割的时机要把握好，“麦拔花红蛋，不拔是懒汉”，麦子要在黄中泛绿时就得下手拔了，如果全部黄了就会掉穗或籽粒脱落。再比如“重茬谷子抱着哭”，意思是谷子不宜重茬，每年要合理轮作。最好是“瓜茬种谷、谷茬点瓜”，这样作物才能病虫害少，长势也喜人。再比如胡麻种在立夏，收在处暑，所以说“立夏撒胡麻，九股八圪叉”。再比如“种地不上粪，等于瞎胡混”，种地一定要施肥才能有好收成。

日常生活中也有很多俗谚，父亲经常提醒我添衣或减衣。春天的时候内蒙古西部依旧很寒冷，父亲当年每到春天刮风的时候，就说“春风吹破琉璃瓦”，意思是春天的风寒冷入骨，即使是皇宫上结实的琉璃瓦也经不住春风吹，他反复叮嘱我开春一定要捂着，要多穿衣服。看云识天气，也是父亲经常说的谚语。“云往东刮大风，云往南水飘船，云往西下大雨，云往北打倒糜子带倒谷。”这说的是云的走向决定着阴晴风雨。“天上鱼鳞天，不是下雨也刮风”“不怕云里黑，就怕云里黑夹红，最怕黄云下面长白虫”等谚语准确地预报刮风下雨天和冰雹天。

人生世态的俗语和谚语，老爷子也和我聊了不少。比如“有钱的娃娃会说话，没钱的老汉力气大”，是说有钱的小孩子腰杆子硬，说话神气十足，别人也一个劲点头称是。没钱的老汉说话谁听呢，只好用一把好力气埋头干活；“一分钱逼倒英雄汉”，真是说出了人没钱的无奈，我想起了秦琼卖马；“人穷志短，马瘦毛长”，是说人穷了就懒得打扮了，我想起了“马行无力皆因瘦，人不风流只为贫”“吃米不如吃面，走亲戚不如住店”，是说住店更自在一些，在土默川农村，人们的主食是面，没吃上面就等于这顿饭没有吃。

当然父亲教给我的更多是传递正能量的俗谚。如“帮过别人要忘了，别人帮我要记牢”，告诉人们要牢记别人的好处，淡忘自己的善事；“越坐人越懒，越吃嘴越馋”“人哄地皮，地皮哄肚皮”等告诉人们要勤劳，过日子不可懒馋，种庄稼要下辛苦。“不怕慢，就怕站。站一站，二里半”，告诉人们干事干农活或学习工作不怕做得慢，只要不停地做就会有成绩，反之迁延停留就会拖沓无成。

父亲说的好多俗语谚语非常接地气，我特别爱听，因此下乡时也喜欢听其他农民说这些俚语。一代又一代农民不断积累总结，俗谚里不仅有劳动的经验，还有人生的智慧和处世的原则，值得我去久久玩味。多想再坐在炕上，听他说一说这耐人寻味的土默川俗谚啊。

炕上看画忆流年

我是在炕上被接生婆迎接到这个世界上的，我的第一声啼哭和第一面微笑都是在炕上发出的，展油活水的火炕使我的哭笑都那么洪亮而甜美。在土默川农村和我年龄相仿的那一代都出生在炕上，炕是我们成长的襁褓和摇篮，我们没有那么多故事和绘画书，铺在炕上的油布画和腰墙上的炕围画就是那一代人的绘本，从那里知道炕外的世界很大很精彩。

我们小的时候，土默川农村的人家住的几乎都是土坯房，都有一盘用土坯垒砌的炕。土炕靠着窗台的一侧连着灶台，烧水做饭时柴烟从曲折的炕洞里缓缓流过，烟囱上升起了袅袅炊烟，土炕变得温暖无比。人间烟火本来就是这烟囱上流云般的炊烟和炕洞里流淌过的灶火。过了火的炕温暖而体贴，人们在上面寝食休闲、生育繁衍，受苦人盼望着好光景，这好光景就是——三十亩地一头牛，老婆孩子热炕头。在地里挣命一天的男人们在炕上熨平了疲累和劳乏；女人们在炕上裁衣服纳鞋底操持着家务；孩子们在炕上嬉闹成长。朴实的土炕是乡村生活的支撑点和落脚点，是生命的产床也是好多农村老人生命的归宿点，农村的老人在炕上去世后，亲人们烧完下炕纸才入殓入土为安。

土炕一面紧邻窗台，另外两面依墙，或者三面依墙。土坯墙的墙壁和屋顶是用白泥粉刷的，我小的时候每隔半年就和父亲从供销社买来这种刷墙的“粉土”或“白泥”，据说产自黄河对岸的达拉特旗。这种白泥其实是一种高岭土，容易脱落起皮，为了避免墙灰弄脏衣服被褥，人们便围绕墙面刷上二尺多高的炕围子，也叫“腰墙子”。

为了炕围子既整洁又美观，为了铺炕的油布耐用耐脏，人们就要请来画匠画油布画和炕围画。再土气的房子有了一盘大炕，铺上绘有花卉鸟兽的油布，画上美观耐看的炕围画，屋子里就变得有山有水有诗意、有滋有味有幸福。20 世纪六七十年代，人们都不富裕，请画匠到家画油布和炕围画是一件大事情，画匠请来要好吃好喝好招待，希望把自家的腰墙子画得漂漂亮亮的。当时在土默川农村，来自土默特右旗定襄营和繁峙营等村庄的画匠特别多，这些画匠都是心灵手巧走西口人的后代。人们时兴在炕上铺油布画，定襄营周围的村庄几乎家家户户的男人都会画油布、油红躺柜，木头湖一个小村就出了二三十个画匠。

请来画匠画炕围一并就把油布画了，先说说画油布的事情。在土默川农村人们最早在炕上铺炕席，后来才铺大毡，再到了 20 世纪八九十年代人们有了钱才织一块地毯来铺炕。最早铺炕的席子是用高粱秸秆的篾条编制而成，篾条断了就有好多刺，我小的时候腿上屁股上没少被这种刺扎，听说家里要在炕上铺油布高兴坏了。终于有一天，家里请来二画匠画油布。二画匠本名李成良，是我们村李万良的二哥，老家是双龙镇张宽营村的。他戴个眼镜挺文雅的，为人谦和，擅长画老虎、孔雀等鸟兽，我们村好多人家的油布和腰墙都是他画的，托克托县老云中集贸市场里仿古建筑的画不少也是他画的。

根据炕的大小买好一块粗白棉布，二画匠给白布上浆刷好底色，然后画上飞禽走兽、花草鱼虫，我家的油布画的是一只开屏的大孔雀，四角是梅兰竹菊等花卉。油布画好刷上胶矾水保护画面，再上几遍清漆就好了，晾干之后就是经久耐用的油布。也有卖现成画好的油布，但总不如请来画匠画个自己喜欢的花鸟鱼虫。油布的好处是防水，家里的小孩屙上去尿上去，用尿布一擦就行了，更不用说倒上水洒上饭菜了。油布也耐脏，有了浮尘用鸡翎掸子掸一下就行了。改革开放后人们改铺羊毛毡和地毯，上面再铺一块人造革塑料布，油布画淡出了人们的视野。

绘制炕围画之前要把墙面处理平整，适合于作画。年逾古稀的张三铁是炕围画艺术的自治区级非物质文化遗产传承人，他说好的炕围画保存四五十年都光彩照人不会褪色，这就要求把墙面处理好。有的墙面是用红胶泥和纸筋来处理，还有的用牛粪来和泥，这样和好的泥不开裂纹。处理好墙面可以有两种方法来作画，一种是在墙面上直接刷白底色作画，白底色就是“白泥”或“石粉”；另一种就是在用胶矾水处理好的墙面上贴一层薄光纸作画。这两种方法都可以保证炕围画既鲜艳醒目，又坚固耐久。

炕围画的工艺繁简和题材内容要根据主人家的要求来确定。家境不好的人家画个简单的“二道眉”，也称包黄土，底子上成黄色，边上镶上两道黑边，在炕正中央的墙壁上画上一幅山水鸟兽或人物，一个屋子用“包黄土”手法画下来，那个年头只需五元到九元钱；家境富裕一些的人家则要画繁复精美的“二细”炕围画，要画出边道和“池子”，在“池子”里画上花鸟鱼虫和山水人物，当时一个屋子画下来少则十五元，多则要收二十元。

炕围画由各种花边和池子组成。花边有点缀、装饰和衬托的作用，主要以“万”字边为主，万字边寓意万事如意，连珠边寓意珍珠滚滚。此外，还有褪色边、混色边、折带边等，花边是否工整匀称可以衡量一名画匠的功底深浅。衬托池子的边饰称作“开池子”，好比画框一样，最典型的是“卷云池”，就像翻卷的云朵镶在画的边上。“池子”是炕围画的主要内容，分为“主池子”和“副池子”，好比主画卷和副画卷。画匠们一般在“主池子”里画山水人物和传说故事，在“副池子”里画花卉草木和鸟兽鱼虫。炕围画画好后用胶矾水和清漆“封面”晾干，日常脏污后用湿布揩擦光亮如新。

池子里的画是衡量画匠手艺优劣的标准，也是炕围画的灵魂，我们小的时候每去一户人家都要从头至尾欣赏个遍。先说副池子里那些花花草草，寄寓了人们对美好生活的向往：画两只锦鸡在花边站立，这是“锦上添花”；画一只喜鹊栖于梅枝，这叫“喜上眉梢”……我家的第一遍炕围画画的是样板戏《红灯记》里的铁梅，旁边一句台词：“强忍仇恨咬碎牙”，仇呀恨呀的母亲不喜欢，铲掉画第二遍时就画了母亲喜欢的花开富贵、喜鹊登梅等。鸳鸯比翼、松鹤延年、花开富贵、竹拥熊猫……这些美好的东西哪里能画得完，好的画匠还根据自己的擅长灵活发挥。有了这些美好的寓意，再贫瘠的土房土炕也亮堂如宫殿，再黯淡的流年岁月也光彩如锦绣。

浩如烟海的中华文化赋予了画匠们源源不绝的创作灵感，使得炕围画题材包罗万象。脍炙人口的戏曲故事和妇孺皆知的民间传说刻画在千家万户的炕围子上，成了一代又一代人的启蒙读物，故事又刻画在了孩子们的心里。这里有奔月的嫦娥、献寿的麻姑、盗草的白蛇；这里有千里走单骑的关羽、大战长坂坡的赵云、倒拔垂杨柳的鲁智深；这里有十八相送的梁祝、七十二变的悟空、潇洒过海的八仙……神话传说、四大名著、民间文艺里的传说故事都可以在炕围画中找到，炕围画一下让你走到了历史之中和现实之外。

坐在炕上就可以欣赏颐和园、北海白塔、杭州西湖、苏州园林、桂林山水……青山绿水皆可入画。国画、油画、水粉画、版画……炕围画里都有。炕围画还烙着深深的时代印迹：铁梅、李玉和等样板戏人物，南京长江大桥、红旗渠、农业学大寨都是绘画题材，冒着黑烟的火车、烟囱林立的工厂、马路上奔驰的汽车也是入画的题材，因为那时没有人梦想汽车会进入寻常百姓家。

画匠们知道，人物画难度最大，走兽、山水次之，花鸟、草虫又次之。画完油布再画一组炕围画，一般怎么也得 5 天左右的时间，这几天画匠虽说辛苦，但为了不辜负主人们的好吃好喝和工钱，得全身心投入创作。没有哪个画匠会偷工减料敷衍了事，画在布上墙上，看在人的眼里，一个画匠手艺的好赖就在十里八村甚至一乡一县的农村传了开来，农村就是那么小又那么大。

崭新的油布一铺，绕墙的炕围画一画，家就像穿了新衣新鞋的人一样精神。屋子一下子亮堂了起来，贫穷被藏掖到了那盛开的牡丹花和金菊花里，恓惶被束缚到了那美丽的卷云边和万字边下。站着看炕上的油布画，坐着看墙上的炕围画，怎么看心里怎么舒坦，心里充满了对幸福的憧憬。

生活真的一天比一天好起来，可油布画和炕围画却淡出了人们的生活。20 世纪 80 年代之后，土坯房逐渐被砖瓦房和楼房替代了，土房和土炕越来越少，油布画和炕围画逐渐成了让人怀念的非物质文化遗产，走到几近消亡的地步。

人穷志不穷，这是先辈们留给我们最宝贵的遗产。先辈们物质生活很穷，但逢年过节就要把红灯挂在大门外，点燃了生活的诗意和远方；再穷也要铺一块油布，画一圈炕围画，打扮出生活的精气神。我们的物质生活远比先辈们富裕了，但精神世界却似乎变穷变懒了。那时的乡村有的是皮匠、画匠、毛毛匠，是不缺工匠的鲜活而饱满的农村。一个乡村里的泥腿子画匠，都能把生活装扮画得那么美。

有些话题百思不解。前两天回村发小利利和我说：“我们父母那一代人用力气和汗水把赖地种成了产粮的好地，我们这一代人用化肥和杀草剂把好地种成了长草的荒地，想一想不感到惭愧和不安吗？”听着利利的话，我突然想起了哺育我们成长的熟悉的土炕、油布画和炕围画，勤快的人再配上精致的画，生活的美才是摄魂夺魄的。

人穷也要走亲戚

老辈人有句话——“穷不走亲富不还乡”，体现了乡村的世态炎凉和人情冷暖，说得非常现实。穷困的时候走亲串友时，难免会被人瞧不起。但我觉得穷困的时候得走亲戚，富了也要还乡，只要问心无愧、心底释然就好。

人穷的时候人微言轻，别人往往不会重视你的话，俗语说“人穷少讲话，位卑别劝人。”记得我小时候家里特别穷，为人和善的父亲逢人便微笑，从不多言多语，心灵手巧的他默默地帮助乡亲们干些盘炕上梁、杀猪宰羊的技术活。父亲曾和我说：“有钱的娃娃会说话，没钱的老汉力气大。”有钱的小孩说出的话也有人注意，没钱的老汉靠自己的力气踏踏实实干活，少在人前说说道道、夸夸其谈。走亲戚也一样，在家境困难的时候，尽量少走亲戚，因为在一些势利的亲戚眼中，你也是没有一点份量的。

后来读《战国策·秦策一》才知道，世态炎凉自古有之。苏秦出游穷困潦倒回到家里时，妻子不下织机，嫂子不给做饭，父母不和他说话。后来佩六国相印再路过家乡洛阳时，父母听到消息后清水洒街黄土垫道，收拾房子准备酒席，到三十里外去迎接；妻子不敢正眼看他，侧着耳朵认真听他说话；嫂子像蛇一样匍匐在地再三跪拜谢罪。苏秦问：“嫂何前倨而后卑也？”嫂子的回答很现实：“以季子之位尊而多金。”苏秦感叹道：“嗟乎！贫穷则父母不子，富贵则亲戚畏惧。人生世上，势位富贵，盖可忽乎哉！”

我觉得苏秦这个遭遇有点离奇，或者说《战国策》的作者有点添油加醋了，司马迁在《史记·苏秦列传》里就没有全部采信《战国策》。我觉得人穷也要走亲戚，人活在世上不能不走动，像《红楼梦》里的刘姥姥因为年景不好家里揭不开锅走亲戚去贾府求救济，贾府那些好心人也接济她渡过了难关。

每次看《红楼梦》里刘姥姥的故事，我就想起了我的姥姥，姥姥家特别穷，家里六七口人的吃喝全靠她蹒跚着一双小脚去借米借面。一分钱逼倒英雄汉，不走亲戚求救济哪能行呢！孩子们就要挨饿，在饥饿难耐的那个年头，不挨饿比什么都重要，哪能死要面子活受罪。再说，不是所有的人都势利，对穷亲戚上门翻白眼，济苦怜贫的亲戚还是真心帮助穷亲戚的。

穷人是知道感恩的，刘姥姥二进荣国府时还带了瓜果看望凤姐，贾府落难后她救出了巧姐。渴时一滴如甘露，我的姥姥有一年去后山走亲戚，后山就是指呼和浩特市的武川县一带，回来带回不少莜面和稀罕东西。回来后姥姥不止一次兴奋地双膝叠放盘腿坐在炕上，滔滔不绝地讲到后山走亲戚的经历，每一个细节都清清楚楚，我那时也就是刚上小学的样子，羡慕地听着姥姥的走亲戚奇遇记，觉得走亲戚真好！

现在想来，姥姥把走亲戚时温暖的一面绘声绘色地渲染，把人情冷暖的一面隐忍不言了。永远记住别人的好，我的大爹也曾给我们像说书一样说他到后套走亲戚的故事，说了不止一次。后套是巴彦淖尔市，那时候我们这边吃玉米窝头都断顿，但后山盛产莜麦，后套盛产小麦，姥姥和大爹那一辈人走亲戚，也是多少想弄点吃的回来，接济过他们的亲戚他们会念念不忘。我父亲曾经去一位穷亲戚家，这位亲戚说给他做臊子面，那个年头肉臊子可是来招待贵宾的。饭上来一看，原来是把土豆切成小方块当臊子，父亲不止一次和我说："那个时候能吃上土豆面也相当不错了，人有一丁点好都要记得人家。"

我们家挺穷的，父母亲两头也都是穷亲戚，但穷亲戚也得走动。打我记事起，亲戚们就在七月十五互送面人儿，八月十月互送月饼，腊月里年货备好了互送一些炸糕、油圈等年货。互相送一些稀罕吃喝是一种礼尚往来，你有初一我有十五，要有来有往。我们家的果树丰收了，要给亲戚们分着送一些。开始父亲用借来的自行车驮着我走亲戚，后来自家买了自行车就更方便了。孩子们喜欢好吃的和新鲜的，我当然盼着走亲戚，既能打打牙祭，也能到一个陌生的村子，玩什么都新鲜，至于大人们之间有什么往来或心思，我们不用理会。当然我也盼着亲戚到我们家，母亲肯定会用最好的食物招待他们，我们也能沾些光。

穷人家的日子不好过，生活里的烦恼不少。我就见过村里有的人家亲戚之间因为银钱往来弄得反目成仇，互相不来往、不说话。还有的亲戚之间因为在红白事宴上搭礼的事情大吵大闹，甚至大打出手。还有的实在拿不出钱，就告诉亲戚："现在没收成的了，明年我儿子也娶媳妇，顶了吧。"记账先生就会喊个钱数，说礼钱"内收"了。还有个笑话，说托克托县某村有个老汉，快中午时有新婚的小两口上门来拜年，老汉连问两句"吃了没？"新女婿说"没有。"老汉急了："这个娃娃不实在，到底吃了没？"新女婿恍然大悟这是不想给吃饭的意思，只好说："吃了，吃了。"现实生活中，真的有这样的人吗?

我特别理解穷人走亲戚的难处。到了城里的亲戚家里，脱鞋也不是，不脱也不是；人家热情地做好饭，你吃也不是，不吃也不是。走亲戚前盘算好要说些什么，但"上山擒虎易，开口求人难"，话到嘴边说也不是，不说也不是。那种难受劲儿我是体会过，从亲戚家回来赶紧再吃烙饼就稀粥垫饱肚子。

所有的难处都经过了，亲戚如果答应你的请求还好办，如果拒绝了你的要求，恨不得有个地缝往里钻。

相信人世间还是美好的东西多，温暖的情感多。所以穷人也得走亲串友，别人才能多了解你，知道你的难处，再加上你自己诚实善良、勤劳肯干，肯定会有“山重水复疑无路，柳暗花明又一村”。像我们家是村里人少户稀的外来户，但乐于助人的父亲在村里有很好的名声，乡亲们也愿意帮衬我们家，我们家的老房子是村里的朋友帮助一起盖的，我上大学的学费是父亲从村里朋友们那里借的。生活尽管穷困，但回忆里有人与人最美好、最温馨的情感留存。

“穷不会生根、富不会天生”，穷不可怕，关键不能“人穷志短”。只要勤劳肯干，只要心地善良。在当今信息社会里，人穷更得走亲戚，去寻找致富的机会，去打问发家的路径，才会迎来穷变富的美好生活。

土默川村名趣话

土默川古称敕勒川，这里曾是“天苍苍，野茫茫，风吹草低见牛羊”的草原。明清之际蒙古族土默特部驻牧于此，故名土默川。这个时期长城内的汉族农民也走西口来到这里开垦定居，形成了你中有我、我中有你的风俗和文化，从土默川的村名地名就可以领略蒙汉各族人民和谐共处的独特风情。

还是在托克托县城上高中时，到了周末就想着回家，念叨着关于土默川地名的串话，觉得非常有趣。其中有一个串话用托县话念出来琅琅上口：“一出托城北阁外，哈拉板申来得快；走五申，过伞盖，路过走了个什达岱；祝乐沁、公布到大岱；口肯板申挨杭盖，塔布、帐房、波林岱；常合理、麻合理，大里堡，兵州亥；东西红岱到袄太，一蹦子到了旧城北门外……”，这是从托克托县到呼和浩特市经过的一些村庄的名字，我的家乡是什达岱村，现在称为团结村。参加工作后，我经常回团结村，所以串话里这些村庄非常熟悉，后来我学习了一些简单的蒙语，觉得这些蒙汉合璧的村名非常有意思。

就从这个串话里的村名说开来，先从托克托县境内说起。托城即托克托城，托城即妥妥城，是明代的东胜故城，因阿拉坦汗义子妥妥在此驻牧故名托克托。为什么要从托克托出发呢？托克托县的河口古镇是有名的商贾云集的水旱码头，渡过黄河来的商人和走西口的人们必须从托克托县旧城北阁出发，前往呼和浩特和包头去淘金或谋生。这个地名串话说的是前往归绥即呼和浩特的路线，还有一条去往包头的路线如《走西口》唱词所言“从家出口外，来到妥妥北阁外，面向青山往北迈……走包头，绕石拐，连夜返回巴拉盖（包头市东河区的村名），累得我真苦，没一点阿木尔泰（蒙语安宁）。晚上住在毛七赖（村名）”。

离开托克托县旧城北阁外，很快就来到一个叫哈拉板申的村子，唐代的东受降城就筑在这个村西的黄河故道边。哈拉板申是蒙古语，意思是黑色的房子。阿拉坦汗时期土默川上出现了许多蒙汉人民杂居的村庄和小集镇，蒙古族群众把这些村庄和市镇称为“板申”，板申是蒙古语，原意为房子，引申为村庄。明清之后农业开垦发展，土默川上出现了数百以“板申（升）”命名的村子，有的“板申”干脆被人们简称为“板”。比如依肯板申，“依肯”也可音译为“伊克”，蒙古语意为大的。再如乃莫板申被省作乃莫板，是八个房子的意思；后面的口肯板申是姑娘的房子的意思。不过也不能从字面意思来理解其意思，比如黑炭板，最初我以为是放黑炭的房子，后来才知道走西口人把“哈屯”讹成了“黑炭”，“哈屯”是夫人，黑炭板就是有夫人的房子，这意思真是剃头洗脚——大错一截子！

哈拉板申村北边有个村子过去叫忽拉格气，这个村名反映出蒙语地名汉译时把意思都给扭曲了。蒙古语“忽拉格”“忽拉盖”是贼寇的意思，把“忽拉格气”译成“贼营子”村民们当然不高兴了。20世纪80年代中期这个村子才正名为“忽日格气”，意思是“牧羊羔的人”，因为清乾隆年间这里住过饲养羊羔的蒙古族牧民。再比如土默特左旗有个把什村，全称是“巴嘎什音板申”，意思是教师的房子。走西口的山西人说蒙古语，最后转的本义很难追寻，如包头市的石拐是蒙古语“喜桂图”的音译，意为“有密林的地方”，从空中俯瞰阴山山脉，石拐这段是郁郁葱葱的一段有林区。再如野马图，我开始以为是有野马的地方，后来才知道是蒙语“牙马图”的音译之讹，是“有山羊的地方”。

哈拉板申村再往北过了大井壕村，就是伞盖村和五申村。伞盖源自梵语，意思是“僧人”。在土默特左旗察素齐镇，有个村名叫“山盖”，和“伞盖”是音译之异，应该是一个意思，历史上应该是有僧人住的地方。五申，可以写作兀慎或者乌审，在鄂尔多斯市有乌审旗。“乌审”为蒙古语“乌拉西”一词的音转。“乌拉西”，蒙语本意为“捕捉猎物的网套”，后引申为“使用网套的人及部落”，成为蒙古一个部落的名称。土默特万户内就有兀慎部，由阿拉坦汗之弟剌布克台吉及其子孙所领。

五申北边有两个村，什达岱和补还岱。我的家乡什达岱蒙语读音是 hi ta de，翻译过来就是汉人的意思。如今这个拥有 400 多户人家的村子，蒙汉村民和睦地生活在一起，所以早在 20 世纪 50 年代末改名团结村。补还岱村比什达岱村要小很多，补还岱是牛犊的意思，也译为养牤牛者。什达岱村的北边就是祝乐沁，也叫祝乐庆，这完全是一个汉语味儿特别浓的带有喜庆的译名，其实蒙语音译为“珠拉气”，意思是画匠。这种以手工匠人的行当命名的村庄在土默川上多的是，如点什气村，更准确一些的汉译音应为“得苏沁”，意思是麻绳匠。再如土默特左旗有一个村子叫“雨施格气”，意思为毡匠；察素齐是造纸者；毕克齐是会写字的人。毕克齐也译作笔写气、毕斜气，土默川上有大毕斜气、王毕斜气等村庄。再如什报气村，意思是养鸟者，元代有给宫廷驯鹰的人。

“祝乐沁、公布到大岱”，这就从托克托县进入土默特左旗。公布是阿拉坦汗长子黄台吉有孙子叫公布，后来也有叫温布台吉的。大岱可能是丹岱的音转，这是一个藏语词汇，意为传教者或传佛者。再往北走就是口肯板申和杭盖村了，杭盖也可写作杭锦、杭更，杭锦部落为土默特属部之一，今鄂尔多斯市就有杭锦旗。走西口的人们把这个村名叫成了寒盖或韩盖。“塔布”现在叫“塔布赛”，这里是乌兰夫同志的家乡。明末清初这里只有一户蒙古族在此放牧，乾隆初年，来自山西省榆次、代县的郭、南、马、宁四户汉族人家来此定居，形成了五户人家居住的村落，所以叫塔布子，即五家村。20世纪60年代中期根据乌兰夫同志建议改为“塔布赛”，意思是“五好村”，以示民族团结和睦相处。

塔布赛周围还有铁帽和善岱等村，这些村庄也是蒙语名字。善岱村是因地形而名，善岱即洼、壕沟的意思。也有人说这里是善岱台吉驻牧之地，是因人而名。“铁帽”，其实是蒙语特木尔的讹音，意思是铁。帐房我想就是放牧的毡房。“波林岱”是棕色的意思，也可能是“波勒格岱”的音转，意思是有泉水的地方。“波勒格”，即布拉格，汉语意思是泉水，这个词在土默川被译为“不浪”“卜拉”“不拉”等等，比如托克托县有毛不拉扬水站，毛不拉是不好的水；还有海生不浪，“海生”是蒙语音译，奇怪或神奇的意思，阿拉善的海生础鲁是奇怪的石头，托克托县的海生不浪是奇怪的泉水，因为这泉水冬天还冒着热气，不神奇吗？

不过，不是所有的“不浪”都作泉水来解释。赛罕区和土默特左旗都有叫“倘不浪”的地方，我小的时候父亲说要去倘不浪打工掏壕，土默川的农民管棍子叫“不浪”，我当时想这“倘不浪”是啥？是躺倒的棍子？后来才知道倘不浪就是汉语书籍上记载的“塔布囊”，这是一个蒙古语，意思是“第五王”，指同成吉思汗后裔结婚者的称号，清代用作蒙古王公封爵名，分为一等塔布囊至四等塔不囊，秩同一品到四品。清代世袭塔布囊的爵秩名称，源于元代成吉思汗的世袭驸马之意的塔布囊。清廷改塔布囊的驸马之意为爵位名称，使自己如同元朝之统治，并仿元朝为封爵者指妻称作额驸。从此以后，蒙语中塔布囊的驸马本意之词，用满语的额驸取代。清代称土默特左旗和喀喇沁两旗的扎萨克为“塔布囊”。所以“倘不浪”是“塔布囊”之讹，是驸马的意思。以官职命名的村子也不能望文生义，如察素齐镇有个参将村，这“参将”可不是古代的参将，而是蒙语的音译，汉语的意思是“磁”。

说到用官名做地名，在土默川上有好多这种村名，来自不同的语言，体现了多民族聚居的特点。比如土默川上有好多以“台基”命名的村，台吉是清代对蒙古贵族封爵名，位次辅国公，分四等。台吉是满语音译，在满族贵族中很常见，后来用“台吉”来称呼蒙古贵族，和贝勒、贝子意思差不多，汉语是太子。像皇太极其实是满语音译，可写作“黄台吉”。再比如托克托和土默特左旗有好多叫“章盖营”的村子，章盖是满语，是管辖一百五十户人家的小官。赛罕区还有一些村庄叫大台什、南台什等，台什是蒙语，源于汉语“太师”和“太史”。还有一些村庄叫甲兰板或甲兰营，“甲兰”是满语，汉语意思是参领，甲兰板是参领住过的房子。“甲兰”有时也被译作“扎兰”，又书为“甲喇”，呼伦贝尔市就有扎兰屯市，清代曾在此地设有“甲喇”衙门，后形成村屯，故名扎兰屯。

过去土默川上召庙林立，召庙文化对地名的影响也很大。比如有喇嘛营、喇嘛湾等村落，喇嘛是藏语。像前面说过的大岱可能是丹岱的音转，源自藏语，意为传教者或传佛者。美岱是梵语，是弥勒佛的号。再如苏木沁是蒙语，汉语意思是看庙人或建庙施主。再如，土默川上有一个村子叫多尔计，也作道尔济或道尔吉，这是藏语，在藏语里也译作“多吉”，就是金刚的意思，也有坚固的意思。我小的时候和母亲去姥姥家，路过土默特右旗的班头营子，班头营有叫班定板或班定营的，我琢磨是头扁的意思。后来才知道“班定”是梵语“班弟达”的简称，班禅的“班”也是“班弟达”的省称，梵语里称学识高深的学者为“班弟达”。土默川上还有好多村以“舍必崖”命名，有人说舍必崖就是沼泽地、烂泥滩之意，是蒙古语“沙巴日淖尔”的谐音，意为沼泽湖；但我觉得不一定准确，舍必崖也许是“沙毕纳尔”的谐音，从梵语沙弥转来，即汉语佛门弟子之意，这里可能是佛门弟子呆过的地方。

到了塔布赛和波林岱，离呼和浩特市就剩下25公里了。从东北方向前往呼和浩特选择常合理、麻合理，大里堡、兵州亥，然后到东西红岱到袄太，然后到了呼和浩特。如今从呼和浩特到塔布赛修建了宽敞的公路，我回老家时经常走这条路。常合理、麻合理过去叫常黑赖、麻黑赖，黑赖也译作耗来，是嗓子的意思，引申为通道的意思。常黑赖往东北走是海流村，海流是蒙语音译，汉语意为水獭。像乌拉特中旗的海流图，就是有水獭的地方。如今往呼和浩特走要经过主根岱大桥，这主根岱汉语意是“在东边”，当年三娘子有个女儿叫竹根岱儿，不知和这个村取名有无联系。大里堡村据说是有个叫“达里豹”的蒙古人在此驻牧，因此而名，音转为大里堡；兵州亥的意思是麻雀，袄太的蒙语和五台山是一个字，不知道二者有无关联。再经过台阁牧、达尔架村就进了呼和浩特。台阁牧是有拐弯的地方的意思，达尔架应该就是“道尔济／吉”的音译，即金刚或坚固的意思。

我的家乡托克托以农耕为主，但我从小接触这些村名觉得非常有趣。在一些传统的农业村落，从地名可以找到当年游牧的踪影。托克托县有一个村叫那木架和朱什拉，我的一位高中同学家就是这个村的。后来我一查那木架的汉语意思是秋营盘，朱什拉是夏营盘。我姥姥家是中滩乡把栅村，我以为把栅是栅栏之类的汉语意思，结果把栅是梵语“把扎日”的音译，是佛教护法神器——金刚杵的意思。以前我以为“沟子板”是有沟的房子，结果藏语意思是格惠执事喇嘛，清乾隆年间形成的村落，因村里有召庙的执事喇嘛居住而名，后来演变村名叫成了沟子板。

在广袤的土默川平原上，也留下了走西口先人们命名的一些村名。小时候经过土默特右旗去姥姥家，沿途走过一些村庄叫定襄营子、五台营子、朔州营子、繁峙营子、祁县营子、寿阳营子、武乡县等等，山西的县名在这里成了村落的名称。就在我的家乡什达岱东南就有崞县营子，我们还经常跑到那里看戏或看电影。

在土默川这片情深义重的土地上，先辈们给一个又一个村庄取了名，这些独特的村名如同一个又一个乳名，伴随着青山黄河流传久远。从村庄的乳名我们看到了各族人民阡陌相连、鸡犬相闻的生活场景。铁打的村庄流水的人，多少年了，村庄的名称没有多大变化，但人却换了一茬又茬。村庄哺育了一代又一代人，走的人走了，来的人还要一遍又一遍呼唤着村庄的乳名，在呼唤中长大变老，在呼唤中用汗水丰腴着这厚土。

说说归化城当年的讨吃子

在内蒙古西部方言里，人们把乞丐称作讨吃的。人们看着不顺眼的人，也骂对方是讨吃货或讨吃鬼。随着生活水平的提高，除了城市里的职业乞讨者，在呼和浩特市周边的农村几乎见不到讨吃要饭的了，但在过去几十年甚至百年前，由于天灾人祸民不聊生，呼和浩特和包头一带出现了大量的乞丐。

阿·马·波兹德涅耶夫是俄罗斯一位蒙古学学者，他曾于1893年来过呼和浩特。在他的著作《蒙古及蒙古人》中谈到，他曾在归化城一间空房内亲眼看到“地面上躺着一具乞丐模样的尸体，据说是六七天前死去的，”旧城北门外是“乞丐聚集的场所，无论什么时候都能看到这里有好几百个乞丐”。清代随着归化、包头等地的商业发展和土默川地区开垦规模的扩大，土默川地区人口大增，开始出现乞丐。波兹德涅耶夫来到呼和浩特是光绪末年，当时经济萧条，大量乞丐出现在城里，归化城出名的乞丐出没聚集场所叫“人市儿”。

“人市儿”在今天呼和浩特市玉泉区通顺街一带，清末出现的“人市儿”流传着好多关于乞丐的凄惨传说。“人市儿”是雇长短工和丫环老妈子的地方，好比今天说的“站桥头”的地方。清末这里有各种车马大店和店铺小摊，也有好多乞丐出没，人们叫他们打砖、叫街的。“打砖的”是跪爬在街边的乞丐，用烂鞋破砖拍打着自己的胸脯行乞；“叫街的”是夜间出来沿街串巷，叫着“行好”的乞讨者，人们也叫他们“嚎城的”“叫夜的”。

饥寒起盗心，年轻力壮的乞丐有时也干些小偷小摸的勾当。比如“人市儿”上就有无业者“提吼”，就是从当铺或其他摊位拿一件东西提着高声叫卖。土默川农村现在还有这个方言，有点像二道贩子。“提吼”的人卖出东西打闹一些钱，赚一顿饱饭和店钱。还有“黑刁”，“人市儿”附近有一家叫公义店的煤炭铺，无家无业的青壮年就跟在炭车后边摸捞几块炭，或帮着卸炭挣几块炭，这样连刁带偷弄上些炭卖了换个吃喝。所以过去呼和浩特市流传乞丐十二月忙的串话：“正月拉瞎子（去讨吃），二月套鸽子（套住卖钱），三月踩釉（在酱油醋坊踩釉挣钱），四月 záo 羊毛（即剪羊毛），五月锄地，六月割洋烟，七月上山（后山拔麦子），八月下川（收割），九月割枳芨（即芨芨草），十月打沙鸡，十一月下窑（背煤炭），十二月要糕。”这真是“营生做遍，穷死没怨”。

对于年老体弱的乞丐，那个时候真还有收容他们的地方。清末归化城里收养鳏寡孤独的地方有养济院、济生店和育婴堂。济生店这个地方，那时俗称大官店，是乞丐们的庇寒所，也就是怕讨吃子们冻死而建的收容所，大概在光绪三年（1877 年）修建，有九间房屋经后来扩建可收容五百人左右，冬春寒冷季节可遮风避寒。济生店因为收容无业游民和乞丐太多，到光绪中期二十多间屋子竟收容六七百人，吃住条件很差，到夜间乞丐们只能“挤束而坐，不能舒展而睡”，不少人染上了疾病。

染上疾病的乞丐被送到济生店东南不远的“二官店”隔离，“二官店”在今通顺北街一带，仅有三间土房一盘大炕，抬来的无依无靠者和乞丐一律被放到大炕上，盖上大被子捂汗，病重者就被捂死了，所以讨吃子进了大炕九死一生，很难活下来。“大官店”有官府拨给经费，“二官店”除了募捐的钱，就靠店内的人掩埋死人挣些钱。老呼和浩特人知道呼和浩特市过去有个孤魂庙，这一带被称为孤魂滩或漏泽园、济终社等。孤魂滩清代是一个处决犯人的刑场，后来城里一些无依无靠流浪乞讨者的尸体大都埋在这里，因而人们习惯称这里为孤魂滩。清末到民国归化城和绥远土匪多如牛毛，官府对土匪执行死刑前，把在孤魂滩挖坑和掩埋等事交给了“二官店”的人，他们能挣些酬金，还能剥下死者的衣物去卖。

靠舁死人和剥取死人衣服挣钱的乞丐或无业游民被称作“灰堆”，至今土默川一带的方言里还有这个词儿。除了掩埋被行刑的犯人，像“二官店”死的乞丐和饿冻而死的也由“灰堆”们拉到孤魂滩掩埋，乡耆地保给他们些酬金。史料记载，新中国成立前呼和浩特的“孤魂滩”有埋无业游民的“漏泽园”，有葬乞丐骸骨的“瘗骸所”，有存放死尸的“梦楼当”，“灰堆”们就混迹其间挣点钱糊口。“灰堆”们的钱是没人愿意挣的，有时甚至要搭上性命，如20世纪初鼠疫流行时，一些“灰堆”因舁尸体染疾暴毙，还有的“灰堆”因贪死者衣服和食物，也染病而亡。这是一个城市已经快要被人们忘记的惨痛记忆，记录着一个城市的苦难历史。

由于兵祸、匪祸横行，再加上自然灾害连年歉收，好多老百姓没有了活路才沦为乞丐，背井离乡进入呼和浩特和包头这些商业相对发达的地方乞讨度日。远的不说，就说民国十八年（1929年）那场灾荒，连续几年的旱灾使呼和浩特、包头一带民不聊生，人们靠“剥树皮、剜草根”以延一线之命。

有民谚云："民国十八年，绥远遭年馑。几年无收成，百姓遭劫难。扶老又携幼，啼饥又号寒。卖儿又卖女，爹娘泪涟涟。骨肉两分离，心肝肠欲断。"成群的饥民涌进归化城，在"人市儿"附近卖儿卖女。埃德加·斯诺当时在绥远城访问时，写了《拯救二十五万生灵》等多篇通讯，真实地向世界报道了绥远的受灾惨状。他在《饥民的寺院》一文中写道："在绥远城访问时，人间的疾苦和迷惘在我内心深处引起的哀伤和压抑是前所未有的……我竭力不夸张这些可怜的灾民的悲惨遭遇，事实上要加以夸张是不可能的。这些难民是几天前从附近的农村流落到归化城的……他们是至死不屈的人。褴褛的衣裳从他们瘦得失去原形的身体上掉落下来，杂乱无章地堆在一边。成群的苍蝇在他们身旁飞来飞去，叮咬他们，并在爬过的地方留下红肿的斑疮，可是，被叮咬的人却不理会这些苍蝇。他们看上去似乎睡着了，或许他们已因苍蝇叮咬而坠入昏迷状态，并逐渐进入生命的最后一段旅程。"

我翻阅《绥远通志稿·灾异卷》看到那些年真是"奇灾惨象，从古罕见"，我生活的这片土地和人民在那个年代充满了苦难。那是个"匪扰民逃"的乱世，那是一个"颗粒未收"的灾年，以我的家乡托克托县为例，由于郭长清、赵青山等土匪长期搜刮，乡村已非常穷困，再加上大旱，人们十之七八"日以树皮草根为活，死者相望于道。"当时山西来托县贩卖人口者极多，借以渔利，"半年中鬻出妇女三千人，男女小孩千余"，真是惨痛至极。贫民"投环仰药自杀者，报不绝书"，东去的火车上"牵衣顿足，日有哭声"，都是妇女为了使一家数口求活而被迫出卖自己。遍地灾民只能乞讨为生，当时的百姓真是在水深火热中求活。

乱世人命不如草，乞丐的命更像是风中残烛。那个年代偏偏被称为"椽头子病"的鼠疫在呼市、包头地区流行不绝，死亡者多以贫者、乞丐为主。据《绥远通志稿》记载：当疫盛时，城市街衢，寂无行人，城乡大道，人迹几绝，商家停止索债，死者尤以苦工、乞儿、住小店者居多。"民国七年（1918年）济生店即大官店贫苦乞丐聚居，"传染尤易，已死三百余人"。归化城内外每日死亡数十人，染病者也多为流民乞丐。“人市儿”因为居留的贫民乞丐稠密，成为疫病重要的传染地，死掉被送到“孤魂滩”的流民乞丐“积尸累累”，不得不焚毁以绝疫源。

讨吃者多了就出现了像电视里的丐帮组织。“人市儿”附近的讨吃者所占的街道都是有人分派的，20世纪二三十年代包头有乞丐组织“锁家”和“里家”，锁家以本地乞丐为主，里家以打快板的外地乞丐为主，故有“锁家独霸一方，里家走遍天下”之说。这些人听了说书唱戏后，把自己所住的讨吃窑取名“梁山”，里边还设有“忠义堂”，有着极严的帮规。一些较大的村镇也有著名的乞丐容身之所，像毕克齐的西行店、三合店，察素齐的“黄鹤楼”“金沙滩”等都是著名的讨吃店，有点像归化城的“大官店”“二官店”。新中国成立后一些乞丐组织如“梁山”才完全解散。“人市儿”上的那些讨吃叫街的乞丐，20世纪50年代后也被劳动教养成了自食其力的人。

如今，除了城市极个别的一些职业乞丐，讨吃的在呼和浩特市尤其是乡村几乎绝迹了。我记得20世纪六七十年代土默川农村还有不少讨吃子，但包产到户以后一年比一年少了。“人市儿”的讨吃店是一个城市的痛点，乞丐是一个可怜的群体，他们承受了那个时代挤压给他们的一切痛苦：天灾、人祸、兵燹、匪患……他们中可能有个别奸滑冥顽之徒，但大多数人是由良民沦落到了行乞为生的地步。他们曾有完整的家和团聚的骨肉，但天灾人祸的苦难压垮了他们，压得他们如尘土般轻贱而无奈。

在今天的呼和浩特市，我们享受着各种各样的幸福生活，但我们不应该忘记一座城市的伤疤。我们不应忘记那些衣衫褴褛、啼饥号寒、鬻妻卖子的人们，不应忘记这座美丽的城市的历史上还有那么多创痛的记忆。我们应该更加珍惜当下，让城市变得更加美丽，让人们拥有更多的幸福，让生活变得更加精彩。

散发泥土芬芳的草根戏
——说说二人台（上）

“哥哥你走西口，小妹妹我实难留。”这首情真意切、婉转凄美的二人台曲目《走西口》，在内蒙古中西部妇孺皆知，很多人张口便能唱出来。唱腔优美极尽抒情之能事的二人台是土默川上飘荡的天籁之音，是走西口先辈们亦歌亦哭的血泪心声，演绎着生活的酸甜苦辣，诉说着生活的悲欢离合，向往着未来的幸福美好。

二人台是走西口这一移民大潮卷起的艺术浪花，是蒙汉各族人民交融的文化结晶。浸透着先人们辛酸血泪的走西口，是明清以来直至民国初年我国北方地区的重要移民活动。为了躲避灾荒谋生糊口，山西、陕西、河北等地的灾民穿越长城关口，来到内蒙古中西部谋生。走西口这一移民潮带来内蒙古西部的繁荣与发展，促进汉族和蒙古族交往、交流、交融，形成了独具魅力的文化艺术，产生了你中有我、我中有你的风俗习惯。清咸丰年间出生于土默川农村的云双羊，是二人台艺术的创始人之一，他就是一位蒙古族民间艺人，蒙汉兼通的云双羊不仅能唱蒙古族民歌，也能唱码头调、地方小曲儿。二人台表演名家有的是晋陕冀走西口人的后代，也有世世代代在土默川生长的蒙汉各族艺人。

二人台艺术流行于内蒙古中西部和山西、陕西、河北三省北部地区的民间。以呼和浩特为界分为西路二人台和东路二人台，形成于民国初年的东路二人台历史较短，这里重点说一说西路二人台。关于西路二人台的诞生地争论不休，晋陕蒙不少地方都想把二人台的诞生地争到自己的家乡。这种争执其实意义不大，二人台是走西口先辈们共同的智慧结晶，在一代又一代的传唱中二人台曲目、内容及艺术表现形式不断丰富和繁荣，一代又一代的表演者使这一民间表演艺术不断趋于完美，不能把二人台的诞生和起源归于一人或一地。山西的山曲也好，陕北的信天游也好，在土默川地区融合产生了二人台这种艺术，不断丰富繁荣充实，又在口里口外广泛传唱，这是一个不争的事实。

就像“野火烧不尽，春风吹又生”的野草一样，二人台因其诞生于最基层的乡里民间，有着丰富的交流融合和繁荣发展的机会。想一想，约在150多年前的清咸丰同治年间，在土默川农村人们干完活后如何休闲娱乐，只能聚在一起漫无边际地聊天，土默川农村管这叫“打塌嘴”。聊天聊到高兴处便让有才艺的人表演：你会陕西的信天游，他会山西的山曲，我会蒙古族民歌……在南腔北调的才艺表演中，在互相表演学习的过程中，形成了二人台的独特的“打坐腔”，表演者信口开河即兴便来，现编现唱现蒸热卖，你一句我一句，怎么高兴怎么唱，这是一种随时随地便可以起兴歌唱的艺术，可以对着漫山的羊群唱，可以对着烂漫的山花唱，可以对着辽阔的旷野唱。打坐腔可以溯源到清乾隆年间的蒙古族坐腔，即围坐在一起人们在扬琴、四胡等的伴奏下即兴演出。

打坐腔是生长于最底层民间的原生态清唱艺术，“打”就是“表演”，“坐腔”就是坐在炕上清唱。坐在炕上不穿行头不打脸子化妆，有一副脆生生的好嗓子就可以尽情歌唱。炕上地下挤满了人，家里院里也进来了人，为了让观众看得见，唱的人就站起来尽情发挥。打坐腔最初是一个人表演，后来发展为一生一旦或一丑一旦的二人表演。最初打坐腔没有弦乐伴奏，土默川的人们称这种清唱为“干炸山曲”，后来先有了三件乐器伴奏：笛子、四胡、扬琴，后来有了四块瓦。四块瓦最初是因陋就简的四块瓦片，后来用快板替代，成为二人台不可或缺的伴奏乐器，除了伴奏四块瓦还能起到指挥和领奏的作用。不少二人台演员以擅打四块瓦著称，在艺术实践中发明了单击、双击、单手连击、双手连击、单击单轮、双击双轮等四块瓦演奏技巧。土默川地区管笛子叫“枚”，吹笛子叫“哨枚”，四胡也称作“胡胡”。我小的时候就见过村里的人们你拉胡胡我哨枚，打响快板弹起琴，很快就能红火热闹起来。

把打坐腔成功推向舞台表演成为独具魅力的二人台艺术，土默川的民间艺人云双羊功不可没。既熟悉蒙汉民间歌曲又能拉丝弦会打坐腔的云双羊，对蒙古族传统演唱形式进行大胆创新，吸收民间社火中踢股子和跑圈子的秧歌表演形成，在演唱中使用乐器伴奏，乐器发展到二人台四大件。演唱内容也逐渐丰富，除用汉语演出外，还首创用蒙汉两种语言混合的“风搅雪”形式演出。在打坐腔的基础上，云双羊最早尝试一丑一旦的“化妆表演”，旦角逐渐由男扮女装过渡到由女歌手担任，并最早组成“打玩艺儿”的小班演出，使二人台表演形式定型化，受到了群众的喜爱。在云双羊的创新推动下，二人台艺术逐渐成熟并走上舞台，深受蒙汉群众喜爱的“老双羊”成为比较公认的二人台创始人。

打坐腔的表演者手里，最初的道具是一把苕帚或一杆烟袋，到后来发展到二人台舞台表演才有了扇子、手绢和霸王鞭三大道具，所以群众也称二人台为“玩艺儿”。扇子可能是受陕北信天游的影响，后来成为二人台表演的重要道具，一般为旦角所持，所以二人台的旦角也称为“抹粉的”。演员通过扇子的开合、前飞、后抛等技艺“玩”扇子，将扇子功夫和舞蹈动作巧妙地结合在一起。千变万化的扇子功从玩扇子的动作上看有垂扇、翻腕扇、撒扇等，从扇子的形态上看有荷花扇、换花扇、扑蝶扇、戏水扇、十字桃花扇、凤凰单双展翅等，技艺高超者可以表演用扇子接物等。云双羊的高徒樊六对二人台扇子功的贡献颇大，在樊六的手中扇子像活了的蝴蝶，千变万化翩翩起舞。樊六发明的扇子表演技艺，后来成为二人台教学中的主要内容。

二人台里的手绢表演是受东北“二人转”的启发引进的。新中国成立初和刘银威一起进京演出的刘全，是扮演《走西口》中玉莲的男旦演员，他向进京演出的东北二人转演员虚心请教，学习了转手绢的表演，并把四角手绢改为八角，八角手绢用手指顶着转像旱伞，立着转像车轮，刘全还创造了前出手、后出手、大出手、小出手等动作。一代又一代二人台演员不断摸索完善，通过扔、顶、转、传、抛等多种技巧，使得原先的小小手绢变成了满台飞舞吸引观众眼球的活道具。

二人台道具里的鞭，又称作“霸王鞭”，一般为戏中丑角所持，所以丑角也称“滚边的”。这种霸王鞭其实是口内和其他内地的一种民间舞蹈道具，在长约一米的木棍、竹竿或藤棍的两端各开几个小洞，穿上数枚铜钱。演出时随着舞蹈节奏以鞭的两端碰击身、膝或肘发声，在明快的节奏下发出清脆的声音，所以打霸王鞭也称作打连厢、打花棍、浑身响。霸王鞭流行于皖、鲁、苏北等地，也流行于北方地区，如甘肃省嘉峪关市就把霸王鞭社火表演列为市级非物质文化遗产项目。陕西省榆林市也流行着“榆林霸王鞭”，在春节闹秧歌时演出。

霸王鞭成为二人台的道具之一，我觉得也是民族交融和文化交流的原因。二人台表演艺术家刘银威借鉴其他剧种的把杖技巧，将二人台演出的霸王鞭从一根发展到两根、三根，并创造出霸王鞭花式打法。像我们邻村五申镇南窑子村七八十年前有很出名的王在山二人台小班，王在山发明了纸鞭后来改为绸鞭，王家戏班的鞭艺当时在土默川非常出名。经过几代艺人的积累和发扬光大，二人台里霸王鞭的打法有上、中、下即头、腰、脚三路之分，有凤凰三点头、倒踢剪子股、风卷残云、苏秦背剑等精美的技法。

经历了几代二人台艺人的艰苦努力，带着泥土芬芳的二人台艺术绽放出了独特的艺术魅力，深受同样带着泥土芬芳的乡野百姓的喜爱。想看载歌载舞热热闹闹的“带鞭戏”吗？有，《打金钱》《挂红灯》《打连城》……一个比一个热闹，20 世纪 50 年代二人台表演艺术家刘全参加全国民间音乐舞蹈汇演，演出的带鞭戏《打金钱》一炮走红，刘全和刘银威还赴朝鲜为抗美援朝的志愿军战士进行慰问演出；想看唱功扎实委婉动人的硬码戏吗？也有！《走西口》《探病》《下山》……一出比一出精彩，刘银威和班玉莲合演的《走西口》20 世纪 60 年代拍成电影走向银幕，老艺术家樊六饰演的《探病》里的“刘干妈”幽默诙谐，老舍先生看完他的演出后，赞叹这是他在华北地区看到的最为精彩的老彩旦。

过去二人台是有钱人消遣解闷的地摊戏，被视为下九流的老一辈艺人们受人欺凌，尝尽辛酸。正是这批热爱二人台艺术的老艺术家们把火种保留了下来，新中国成立后各地出现了大量业余和专业的剧团。那些已逝的老艺术家们像走西口的先辈们一样尝遍艰辛但不惧艰难，为后人留下了最底层的不屈的声音，鼓励着后人决不向命运低头，要昂起头来去追寻美好的生活。

和所有的传统戏曲一样，如今二人台的演出舞台也在衰落，从演员到观众的数量都在萎缩。但不管如何，我相信二人台不会消亡，它那流畅的旋律仍然受到年轻一代的喜爱，那陪伴我们成长的熟悉的旋律和歌声因为植根泥土，当春风吹来的时候，就会像“远芳侵古道，晴翠接荒城”的野草一样在天苍野茫的敕勒川上滋长，在鸡犬相闻的口里口外荡漾。

回荡在西口内外的《诗经》
——说说二人台（中）

对于我这个不通音律的人来说，只知道二人台好听，听着那热情洋溢的旋律，仿佛是一个心直口快的朋友向你倾诉。作为一个文字工作者来说，我不只一次研究方言味很浓通俗易懂的经典二人台唱词儿，就像研究诗经、宋词、元曲一样。在我看来二人台就像“饥者歌其食，劳者歌其声”的《诗经》里《国风》篇，汇集了西口内外歌咏生活抒发情思的民歌精华，诉说着西口内外先辈们的爱恨情仇，诉说着黄河两岸老百姓的悲欢离合。

姥姥门前唱大戏，我最早是从姥姥家接触到二人台的。姥姥家在托克托县中滩乡把栅村，距黄河只有几公里，河对岸就是漫瀚调流行的准格尔旗。过去隔着一条黄河赛山曲，居然有成就美好姻缘的。把栅村北边与土默特右旗的二道河村相邻，土默特右旗出了不少二人台表演名家，附近这些村庄的男女老少张口就能来几句二人台。我小的时候经常往姥姥家跑，到黄河岸边的什四份、小把栅等村玩耍，到二道河三道河村赶集看戏，听村里的人唱二人台，听他们谈论二人台表演艺术家刘银威的故事，听他们讲《走西口》里的太春和玉莲。

那个时候二人台是被禁的旧文化，但能禁得了吗？这一演绎底层劳动者心声的剧种经历几代人的传播，已经种进了受苦人的心里。二人台不需要复杂的化妆和舞台道具，只要有能刮起春风的山峦和旷野，歌唱者扬手投足一张口，歌声就像清泉一样从山野中汩汩涌出；在老百姓心中已经生根发芽的二人台艺术，为艰难的岁月和贫穷的生活撑起了希望的绿荫，深受老百姓的喜爱。

二人台是穷人的艺术，深受最草根百姓的爱戴。像创始人之一的云双羊年轻时就给别人打过长工放过羊，我留心樊六、刘银威等好多二人台表演艺术家的履历，人生的苦难给了他们无尽的表演和创作源泉，使他们能感同身受地通过表演再现生活的真实。清贫的民众热爱这些同样是苦出身的演员们，给他们取了非常接地气的艺名和绰号：从河曲举家走西口在达拉特旗落脚的赵四，因笛子吹得好被老百姓称作“神枚”；从小打长工放牛的张挨宾同样哨得好枚，观众送艺名“吹塌天”；从小给人放牛的周治家因四胡演奏得好，老百姓送艺名“拉塌地”。随父走西口来到内蒙古的张羔换是著名的旦角演员，农牧民送艺名“小羔换”，并有“听说来了小羔换，媳妇们连鞋也穿不办（意是忙不迭穿鞋）之说。”

如同《诗经》里的《国风》篇一样，这里有最底层百姓“处处潜悲辛”的真实生活写照，这里有对剥削者的痛恨与控诉，这里有对美好爱情的讴歌，这里有对幸福生活的憧憬。二人台没有宏大叙事的渲染，而是撷取一个又一个转瞬即逝的生活场景，生活中的苦难一吐而快，生活中的快乐反复咏叹。在至今流传的120多个传统剧目中，酣畅淋漓地抒发劳动的快乐、鞭辟入里地揭露剥削者的丑恶嘴脸、率真坦荡地歌唱爱情的美好，在明快的节奏里荡漾着浓郁的乡土气息，在明白如话的说唱中显露出鲜明的地域特色。

走西口造就了二人台，二人台剧目当然也以《走西口》最为经典。《走西口》讲述的是太原府的太春与孙玉莲新婚不久就遭遇年馑，太春只得离开爱妻走西口去讨生活。临别之际这对恩爱夫妻难舍难分，泪水涟涟的孙玉莲千叮咛万嘱咐，在离别之际凄苦缠绵却也为生活所迫无可奈何。作为二人台中最具代表性的传统剧目，《走西口》为一代又一代艺人传唱。如20世纪50年代刘银威与高金栓合演《走西口》在京演出走红，第一位二人台女演员班玉莲和刘银威合演的《走西口》被拍成电影，二人台艺术第一次走向银幕。班玉莲演出的《走西口》轰动土默川和河套地区，老百姓流传“宁可不抽恒大烟，也要看看班玉莲”“不吃白面（或油糕、莜面）喝稀粥，也要去看班玉莲的《走西口》”。

《走西口》的剧情很简单，撷取新婚夫妻离别的场景，反映出波澜壮阔的走西口移民史。在走西口的路上有过无数这样离妻别子的辛酸场景，在《走西口》中孙玉莲“哭板”那一段，“止不住伤心泪，一道一道往下流”，好多演员真的是流泪哭着唱出来的，也催落了无数观众的眼泪。无可奈何的玉莲凄苦缠绵地叮嘱着丈夫：“走路走大路，你不要走小路，大路上人儿多，能给哥哥解忧愁……”“歇歇平地歇，不要靠崖头，恐怕崖头倒，压在你崖里头……”“坐船坐船舱，你不要坐船头，恐怕风摆浪，摆在你河里头”……如怨如慕、如泣如诉的歌声让人感到，尽管时代充满了沧桑和艰辛，但爱情永远是美好甜蜜的。知冷知热的玉莲，多好的媳妇啊！

在晋陕蒙冀流传甚广的《走西口》也吸收了不少各地民歌的精华。如女主角孙玉莲有一段捏子板唱段："初一到十五，十五月儿高，那春风摆动杨呀杨柳梢……"这是陕西民歌《绣荷包》；再比如另一段慢板《绣荷包》："一绣一只船，宿在江海岸。那二位艄翁，他们就在船头站……"这显然是说书艺人的鼓唱词，在河北、陕北等好多地区都有流传。《走西口》之所以广受百姓喜爱，还有一个重要的原因是地域特色浓郁的方言传递着生活的正能量，玉莲安顿太春"一不要抽洋烟，二不要贪要钱；学下那赖毛病，恐怕你受可怜。"这里洋烟指鸦片，要钱指赌博。"哥哥你西口外行，千万不要贪'花红'，恐怕你变了心，忘了妹妹好恩情。"贪"花红"就是逛妓院，玉莲告诫丈夫千万不要学会这些败家亡身的坏毛病。

《走西口》流行非常广泛，在山西、陕西和内蒙古流行的过程中都揉进了地方元素。陕西省流行的《走西口》主人公孙玉莲的籍贯为延安府人，而不是家住太原府。当年土默川的二人台艺人云双羊等在演出《走西口》时，就加入了蒙汉语混合道白："进了土默川，不愁吃和穿。乌拉（山）高，岗勒（河）弯，海海漫漫米粮川……'有水请你给一碗，我要解渴把路赶。''塔奈勿圪（你的话）免德贵（不知道），忽勒登雅布（快走）指向西。'手指口渴嗓子干，她却给一碗酸酪蛋（干奶酪）。"描述了太春进入西口外看到的情景。

二人台唱的是受苦人的心声，传统剧目《走西口》《打金钱》反映的是劳动生产生活的场景，唱出了穷苦人的辛酸和痛苦。但哀而不伤，也唱出了对美好生活的憧憬和对甜蜜爱情的追求。像《打金钱》就是马立渣夫妻俩给人家表演的歌舞戏，苦中作乐反映了旧社会艺人的苦难生活。打金钱就是穷苦艺人表演金钱莲花落赚几个钱养家糊口，但表演充满了喜气洋洋的气氛。看他夫妻二人的对唱："提起那个老天亲来它不亲，提起个老天最恼人，清风细雨它不下，每天起来刮怪风……提起那个大地亲来它不亲，提起大地最恼人，五谷杂粮它不长，遍地长的大沙蓬……"在欢快的表演中显得哀而不伤、怨而不怒。

《打樱桃》《打连成》同样是二人台的传统曲目，演唱的是你情我愿的爱情故事。《压糕面》《卖菜》等剧目，既是生产生活情景的再现，更是青年男女们追求自由爱情的歌唱，在这些健康活泼的青年男女心中，礼教和贫穷都不能阻挡追求真爱的步伐。就像《诗经》里最好看的诗莫过于《国风・周南・关雎》等描写男女恋情的诗歌一样，描写男女恋情的剧目在二人台剧目中中比例最大，这些剧目充满了生命的热度和生活的激情。《五哥放羊》这样唱："正月里来正月正，正月十五挂红灯，红灯挂在大门外，单等我那五哥呀来上工来……九月里秋风凉，五哥放羊没有衣裳，小妹妹拿出一件花衫衫，套在那里头五哥你穿上，"三妹妹如此痴情，放羊的五哥是幸福的。还有我喜爱的《挂红灯》里唱道："正月里来是新年，纸糊的灯笼挂在门前，风吹灯笼呼噜噜转，我和三哥哥过新年……"挂一对红灯就会点燃爱情，就会映红岁月，就会扮靓生活。在我们托克托县的农村过年时家家户户都要挂一对红灯到院门前，哼着《挂红灯》的调儿把红灯挂在大门外……生活再匆忙再艰辛，一定要挂起一对红灯，这是生活的一种仪式感，有了这一份庄重，才能有追求美好生活的动力。

还有的剧目反映了穷苦人的机智和智慧，充满了对为富不仁的有钱人的奚落和鞭挞。比如《王成卖碗》以诙谐幽默的剧情，展现穷苦人不畏剥削、乐观向上的品质。《王成卖碗》反映了地主薛存心对长工王成的盘剥，机智的王成巧施计谋与香兰一起将薛称心痛打一顿。一些剧中俗语我记得清清楚楚，如"炉坑里的烧山药——可是个灰圪蛋"。《借冠子》中机智的刘四姐把王婆调侃得淋漓尽致，《借冠子》里那些来自民间的串话让人忍俊不禁："你看那大娃娃喜的，斜眼儿，歪嘴儿，瘸胳膊拐腿。再看那二的更喜人，黄毛头发两根半，秤砣鼻子歪砍转，杏核眼睛灰蓝旦，大嘴一呲真难看，车轴脖子不洗涮，脸蛋子就像灰瓦罐，脊背宽的像煺猪案，肚子像个油罐罐，胳膊就像麻杆杆，两腿就像细椽椽，脚板就像煤铲铲。"

还有唱够十二个月忙的《方四姐》，小的时候我看《方四姐》，对折磨方四姐的老于婆痛恨死了。

在口外的土默川上，二人台最突出的特点是蒙汉混唱，老百姓管这种形式叫“风搅雪”。比如云双羊的代表剧目《阿拉奔花》(阿拉奔是蒙语，意即十朵花)和《海莲花》，男演员用蒙语唱一遍，女演员用汉语唱一遍，有时一问一答，形式活泼。再比如《亲家翁相会》的道白：“塔奈(你)到了玛奈(我)家，正赶上玛奈不在家。门上碰上个锁圪垯，对不起呀，失礼啦！瞎眼的脑亥(狗)咬塔奈，塔奈抽出大烟袋，狠狠地揍了它的陶勒盖(头)，让你受惊怨玛奈。”二人台音乐吸收了很多蒙古族曲调，如牌子曲《巴音杭盖》《四公主》《森吉德玛》《沙油圪包》等来自土默特或鄂尔多斯蒙古族民歌。

从《诗经》里我们可以看到二千五百多年前的风土人情和礼仪习俗，从二人台里我们可以聆听在西口内外生活过的先人们的悲欢离合。感谢那些先辈们，在生活的重压下还有剩余的力气来讴歌美好，宣泄不平，为我们留下了天籁之音。

“走不完的西口，打不完的金钱”，歌声是艺术化了的生活，生活在歌声的滋养下有了品位。

漫话二人台的姊妹艺术
——说说二人台（下）

说起二人台，不能不提起它的姊妹艺术：信天游、山曲儿、爬山调和漫瀚调。在黄河两岸的晋陕蒙大地上，信天游在沟壑纵横的黄土高原上飘荡，山曲儿在山峦起伏的晋北大地上回响……它们随着走西口的人们进入阴山南北和黄河北岸，进入一望无垠的土默川和河套平原，于是这片土地上回荡起了漫瀚调、爬山调和蒙古短调民歌，不断汲取这些民间艺术的营养，扎根于这些民歌的沃土孕育形成了二人台这一深受群众喜爱的地方戏曲剧种。

二人台是有丰富剧情和故事情节的地方小戏，载歌载舞的二人台唱念做打兼具、丝竹乐兼备，而信天游、山曲儿、爬山调、漫瀚调和蒙古短调等则是不同地域流传的民歌，这些民歌诉说着世间沧桑、相思爱慕、生活艰辛等内容，还是一种简单的歌曲艺术形式。这一点从乐器就可以看出来，二人台在最初打坐腔阶段只有三件伴奏乐器：笛子、四胡、扬琴，后来有了“四块瓦”。四块瓦成为二人台不可或缺的伴奏乐器，因为除了伴奏还起到指挥和领奏的作用，这是作为戏曲必不可少的，就像晋剧里的鼓师，也叫打板的。而漫瀚调、山曲儿等至今用的还是二人台早期的三大件乐器，即四胡、扬琴和笛子，这种笛子是粗管笛子，也叫做枚，吹笛子叫“哨枚”。

就其本质而言，信天游、山曲儿、爬山调、漫瀚调等都可归于西北民歌，因为演出地域不同它们冠以不同的名称。被人们称为“山曲儿”的民歌，在陕北管它叫“信天游”，又称“顺天游”或“小曲子”，在山西被称为“山曲”，在内蒙古则被叫做漫瀚调和爬山调。著名的漫瀚调歌王奇附林说，漫瀚调最早就叫山曲儿，后来有了蛮汉调、蒙汉调等名称，20 世纪 80 年代才正式命名为漫瀚调。不同的民歌在传唱交融中，既有继承又有发展，《我侬词》里说“把一块泥，捻一个你，塑一个我。将咱两个一起打破，用水调和；再捻一个你，再塑一个我。我泥中有你，你泥中有我”，用此来比喻这些民歌的关系也恰当不过，在彼此交流发展的过程中已经是“你中有我，我中有你”，腔、调、词都有很相似的地方。

信天游是黄土高原的精灵。“走头头的那个骡子哟哦，三盏盏的那个灯……”这信天游荡的歌声就像黄土高原千沟万壑飘起的袅袅炊烟一样，荡漾着不绝如缕的生机；就像窑洞窗户上贴的那些千姿百态的窗花一样，传递着向往美好的憧憬。对于信天游我不陌生，从小就听信天游《山丹丹开花红艳艳》里唱道，“一道道的那个山来呦一道道水，咱们中央（噢）红军到陕北……千家万户哎咳哎咳呦，把门开哎咳哎咳呦，快把咱亲人迎进来，咿儿呀儿来吧呦……”听着这欢快明亮的歌曲，感觉到一种天高云淡的开阔。再听“青线线（那个）蓝线线，蓝格英英（的）彩，生下一个兰花花，实实的爱死人……”，我们想象不出兰花花到底有多袭人。上了高中我们用托克托县话背诵贺敬之的《回延安》，“手抓黄土我不放，紧紧贴在心窝上。几回回梦里回延安，双手搂定宝塔山……”，觉得太亲切了，一下子把这几句词儿就拽到了记忆的深处，再也忘不了。

“歌从黄河来，曲由黄土生”，山曲儿流行于山西的河曲、保德和陕西的府谷、神木一带，内容多为情歌或走西口等内容。“妹妹唱曲儿哥哥听，十句有九句唱爱情”，因为以情歌居多，当地人也称作“酸曲”，比如“你走口外我在家，你打光棍我守寡”，感情炽烈，内容直白。语言纯朴自然的山曲儿一般以七八个字为一句，两句为一段，和信天游差不多，河曲民歌王贾德义搜集了一本晋陕蒙传统山曲儿，他把这种歌词儿称为“北方两句头”，我觉得非常形象。当山曲儿随着走西口的人们进入黄河对岸，在阴山南北响起时就被称为爬山调，“大青山来乌拉山，海海漫漫土默川”，爬山调有前山调、后山调和河套调之分，分别流行于大青山南的土默川、大青山北的武川和河套平原。爬山调多为一人演唱，赶车的、放羊的、耕地收秋的……为了解闷解乏，想唱就唱，高亢悠扬的歌声萦绕在山梁间，如怨如慕的旋律爬上了大青山的峰峦。爬山调最初是没有伴奏乐器的，新中国成立后被搬上文艺舞台，才加入以枚（笛子）为主的伴奏乐器，后来又加入电子琴、架子鼓等伴奏乐器，后来还增加了舞台表演动作。

爬山调的演唱，最让人拍手叫绝的是即兴以山川风物入歌。“山曲本是没梁子斗，甚会儿想唱甚会儿有”，天地星辰、河流山川、五谷六畜……都可以信口唱来，所以爬山调像山间清泉潺潺不绝，像山中雾岚氤氲如烟。“七月的糜子熟半穗，嘴唱曲子眼流泪”，如果说山曲是情歌的荟萃，爬山调更多的是穷人的辛酸倾诉和对剥削者的控诉，“山头高来树头低，山高树大人家的”“半碗黑豆撒河头，年年起来挨鬼头（方言：借高利贷）”“麻筋筋常是细处断，天年不好（方言：指遇上饥馑）饿穷汉”“沙蓬抛蛋滚墙根，少娘没老子叫谁亲”“冰摊上流水撑不起船，你看这受苦人有多难”……这些曲子一看就是倾诉生活的艰难；“辣子辣嘴蒜辣心，财主长的一颗害人的心”“一刃斧子两刃刀，剔剐穷人数他高”……这些曲子是控诉财主的毒辣和刻薄。

韩燕如先生搜集的《爬山歌选》里有一首《灵芝草送在沤麻坑》，是一位女子对包办婚姻的控诉和痛恨。这首爬山调从媒人说媒一直唱到所嫁老男人去世为止，好比是一首长篇叙事诗。从媒人说媒开始这位女子就恨死了这桩包办婚姻，“一怨老子二怨娘，三怨枪崩鬼媒人驴耳朵长”，她恨死了这个媒人诅咒其不得好死：“没头鬼媒人爱吃糕，一出南梁狼抓倒”“大青山石头乌拉山水，谁给俺们管媒五雷锥（即五雷轰顶）”。嫁到婆家才发现这个男人太老了：“嫩豆芽芽盆盆里生，海娜花配了个枯树根”“大出奇开花小出奇红，石榴花配了个老圪针”，回娘家后怨父母“二五毡毡拉溜溜铺，可叫老子娘害了个苦”。这位女子因为寻不下好女婿，“黑夜盘肠（方言：失眠）白天气（生气）”，整天以泪洗面，“二股股风箱双抱手拉，泪蛋蛋抹了一把又一把”……这位女子发誓“一对对白兔迎门卧，元宝顶门不和他过”。一口气读完像连续剧一样的《灵芝草送在沤麻坑》，使我想起了《孔雀东南飞》，想起了另一句山曲唱词——“鸡蛋壳壳点灯半炕炕明，烧酒盅盅挖米不嫌哥哥你穷”，这真像黄梅戏里唱的“寒窑虽破能避风雨，夫妻恩爱苦也甜”。

九曲黄河如弯弓般环绕鄂尔多斯，由准格尔旗进入晋陕大峡谷。准格尔旗的沟沟峁峁不时会传出高亢的“漫瀚调”，萦绕于漫漫山梁间，回荡在滔滔黄河上。“漫瀚调”是民族交融和文化交流的结晶，黄河岸边的准格尔旗是远近闻名的漫瀚艺术之乡。中原汉族不断进入鄂尔多斯，蒙汉人民水乳交融，孕育出了独特的民族民间音乐——漫瀚调。在长期的交流中，汉族群众学唱蒙古民歌时，取其曲调而以乐器演奏，这样的旋律演变成了内蒙古西部

“二人台”的部分曲牌，《巴音杭盖》《敏金杭盖》等名曲至今传唱草原。还有一些蒙古族民歌在口耳相传中，一方面保持鄂尔多斯民歌的规律和弦法，另一方面糅进了汉族的“信天游”“爬山调”“二人台”等音乐的要素，形成了独具特色的民歌新品种漫瀚调。

如果非要说出漫瀚调与其他几种民歌的区别，我觉得就是蒙古的元素更多一些，形象地说就是用蒙古族的短调唱汉语歌词。漫瀚调歌王奇附林说，百分之九十以上漫瀚调的曲子都是来自蒙古短调民歌，逐渐加上汉语编的歌词。传唱久远的《天下黄河几十几道湾》人们以为是晋陕民歌，其实用的是蒙古族短调《达庆老爷》的曲调，其歌词是后来用汉语编写的。“三十里的明沙二十里的水，五十里的路上来眊亲亲你……”，这首传唱地域很广的漫瀚调被好多人视为陕北民歌，歌名是《三十里的明沙二十里的水》，其实这首歌的曲调也源自一首优秀的鄂尔多斯蒙古族短调民歌《北京喇嘛》，在漫瀚调里这首歌就叫《北京喇嘛》。在内蒙古东部的科尔沁地区也流行着一首蒙古叙事民歌《北京喇嘛》（蒙古语：呼尔尼勒道），歌词与漫瀚调的歌词完全不同。《北京喇嘛》的曲调稍加变化就成了《拉骆驼》的曲调，“长脖颈骆驼细毛绳绳拉，也不知亲亲你游活在个那……”，听曲调很像《北京喇嘛》，到后来还衍变出了《刮野鬼》等爬山调。据《绥远通志稿·民族志》记载：“曩年，有蒙古曲儿一种，以蒙语编词，用普通乐器三弦、四弦、笛子等合奏歌之，歌时用拍板及落子以为节奏，音调激扬，别具一种风格。”这里的蒙古曲儿就是指蒙古短调民歌，土默川和鄂尔多斯等地都有流传。

在传唱的过程中，这一带的民歌达到了蒙汉一家亲的地步，很难分清你的或我的。河曲民歌王贾德义回忆自己小时候就听到了“大青山盖房还嫌低，坐在妹妹跟前还想你”的山曲儿，大青山显然是内蒙古这边的唱法，是走西口的人回河曲又把这种唱法带回去了。过去准格尔旗曾流行一些蒙汉语混合的漫瀚调，如“毛日牙乌奎（汉译：马儿不走）拿上鞭子打，努呼日依日奎

（朋友不来）捎给一句话。爬场（方言：不好的）毛驴也是额勒吉格（毛驴）哇，小脚脚女人也是努呼日（朋友）哇……”，再比如著名的漫瀚调《黑召赖沟栽柳树》的唱词，“黑召赖沟呀栽柳树，咱看那毛阿肯（汉译：坏丫头）妹妹扭两步；黑召赖沟呀栽柳树，正好是阿木尔门德（汉译：平安）的縻马处（方言：拴马的地方）……”，歌王齐附林告诉我，为了好多人能听懂，他把黑召赖沟这个地名改成了“黄河岸上”，但“黄”字不好起高音调，他就改成了“大”字，这样一起调就是高八度的音，这首漫瀚调如今变成了《大河岸边栽柳树》。

准格尔旗无论男女老幼，都能信口吟唱几句漫瀚调。漫瀚调最初是爱情的“鹊桥”，青年男女隔着沟壑，倾心吐露着爱情之声，《栽柳树》《唐庆扎布》等是有关爱情的漫瀚名曲。传唱历久，漫瀚调歌词内容已无所不包容：以叙事和抒情两种方式讽喻时政，歌唱对美好生活的向往，心里所想就成了口中所唱，即兴出口，语言无华，散发着浓郁的乡土风味和山野气息。鄂尔多斯民歌腔调潇洒、感情炽烈的特点，都为漫瀚调所传承，甚至就一首歌也能找到其间相承的关系。《阿拉腾岱日》是在准格尔旗布尔陶亥乡广为流传的一首漫瀚调，阿拉腾岱日是“金色的老虎”的意思，此歌从传统鄂尔多斯民歌《鄂托克西边》的基础上演变而来。但你看一看这唱词：“马群里挑马还数花马哎哟哟花马马好，人里头还数阿拉腾达日好呀哎哟哟阿拉腾达日好……”像不像信天游里“马里头挑马不一般高，人里头挑人数上哥哥好”这一句？看来这个金虎哥真英俊！

“想亲亲想得我手腕腕软，拿起个筷子我端不起个碗。想亲亲想得我心花花乱，煮饺子下了一锅山药蛋；头一回眊妹妹你不在，你妈妈劈头打我两锅盖……”，这样的山曲儿我在内蒙古听过不止一回，民歌在晋陕蒙的黄河两岸传唱，唱词有微微的不同，如为王朝闻先生所击赏的“山在水在石头在，人家都在你不在”，陕北信天游里后两句唱词是“刮起个东风水流西，看见人家想起你”，在河曲的山曲里前两句是“人家春出秋能回，看见人家想起了你”，说明在不同的地区传唱时有了不同的再创作。有些信天游的起兴要通过语用学的会话含义理论才能推导出它与内容的联系。再看《想情哥》：“东山上(那个)点灯(哎)西山上(得个)明，四十里(那个)平川了也瞭不见人……”这首歌在山西和陕西都有传唱，你看句法像不像漫瀚调《二少爷招兵》里这句“沙圪堵点灯（呀）杨家湾湾明”。

比兴手法的大量运用，方言土语的直白倾诉，让人感受到了民歌里洋溢着一种天荒地老、火热滚烫的情感。“一对对（那个）鸳鸯水上漂，人家（那个）都说是咱们两个好……”，小的时候听这个曲子觉得非常美。后来学《诗经》中“关关雎鸠，在河之洲。窈窕淑女，君子好逑”，感觉和听过的民歌怎么那么像呢？在反复的咏唱玩味中知道了比兴手法的美妙，歌唱者或者“比”——以彼物比此物，或者兴——先言他物以引起所咏之辞，有时皆用比兴手法。“长脖颈颈骆驼细毛绳绳拉，也不知亲亲你跌落在个哪；我好比十月的沙蓬无根的草，哪搭搭（方言：哪里）挂住哪搭搭好……”“阳婆婆落下又升起，月牙牙变圆见着你……”“云里的日头城门洞的风，蝎子的尾巴财主的心”；除了比兴手法，还有夸张手法“墙头上跑马还嫌低，面对面坐下还想你”“你要说我不想你天知道，泪蛋蛋和泥盖起一座庙”；还有写实白描的手法“春期耕地累断腰，夏天锄地赛火烧”“拔一把麦子看一看手，有钱的不知受苦人苦”。

“山曲儿就能顺口流，多会儿想唱多会儿有”，二人台及其姊妹艺术里有浩如烟海的民歌，倍受一方百姓的喜爱。蒙汉群众休戚与共的生活是这些民间艺术的根和魂，那质朴而高亢的嘶喊有着撼天动地的劲头，有着响遏行云的力量，有着入心入肺的情感。

当和炊烟一样质朴的歌声在口里口外的黄河两岸响起时，你才发现歌声使这些曾经的穷乡僻壤变得饱满而丰润，飞扬的歌声冲淡了既往岁月里的痛苦和沉重，一首首激越昂扬的民歌成了麻醉和忘却苦难的醇酒。

二

自叙少小欢乐事

民俗·民风·民韵

村里露天看电影

——自叙少小欢乐事（一）

20世纪70年代末，连饭都吃了上顿愁下顿的农村，没有多少文化娱乐活动。但我们是孩子，孩子是无忧无虑闲不住的，那些童年有限的文娱活动，让人刻骨铭心终身难忘。村里露天看电影，曾给我们带来了莫大的欢乐。

“社员们，今天晚上要放映电影了。”村里的大喇叭一喊，我们这些小家伙们就欣喜若狂。下午上学也不在心思上，一心想着晚上会放映什么电影，想着母亲也许会给我们兄妹炒些瓜子、大豆。那时，村里放映一场电影，不亚于过节。

太阳还没有落山，我们就早早来到供销社门前。看着放映人员把投影的银幕挂在二福贵家的后墙上，然后调试放映机。后来有了宽银幕电影，就得在场面旁边扎杆子放映。我们搬着小板凳抢占“有利地形”，因为占位置小家伙们往往拳脚相向。我才不跟他们打呢，往后边坐坐不就行了。

夜幕降临了，大人们陆续来了，找到自家孩子占的位置坐下。供销社门前的人越聚越多，连邻村补还岱、祝乐沁的人们也赶来了。广场里人声喧哗：大人高声喊孩子，大人们互相打招呼……“团结村的社员们安静了，电影马上就要开映！”大喇叭里放映员一声令下，全场一下子安静下来，先放十来分钟的一个加映片，有农业科技知识，有说国家大事的。我一心盼着正式片开始，乘这个空赶紧出去在墙旮旯或黑暗无人处小便，免得正式片开了以后憋得难受。

电影使我们认识了外面的世界。男孩子们最爱看的是《渡江侦察记》《南征北战》《英雄儿女》等战争题材的影片，我们几个小伙伴看《上甘岭》时，看到战士们吃不下饼干那一段，有些不明白：当时我们都吃不上饼干，怎么那么好吃的饼干会咽不下呢。工作后穿行沙漠无水，才知道干咽饼干之不易。

通过看电影，我们认识了小兵张嘎、海霞、潘冬子……我们也看《五朵金花》《刘三姐》《阿诗玛》，但那时不懂爱情为何物，不像战争片那样入迷，到现在都记不住情节了。

《大闹天宫》《三打白骨精》等动画片我们爱看，大人们也爱看，村里放映过不止一遍。这些片子看完，我们就到场院里翻跟斗比武，把向日葵杆当成金箍棒来玩耍。还有一些是戏曲片，比如《野猪林》《铁弓缘》等，大人们爱看，我们听着咿咿呀呀的快睡着了，打斗的场面开始才重新打起精神。国外的片子少，在农村好像不大受欢迎，但《瓦尔特保卫萨拉热窝》《桥》这两部南斯拉夫电影例外，村民们都爱看。还有一部印度的《大篷车》，我不知村里的人们为什么也爱看，可能当时可看的东西太少。

一些电影看完一遍还想看，我们就到邻村去看。每当听说邻村放映电影，我们就结伴赶往两三公里外的南窑子、补还岱等村看。晚上回来，有月亮的夜晚还好，能看见路。有时赶上漆黑的夜晚，深一脚浅一脚往前走，前边的孩子突然高喊“往明亮的地方走！”有不动脑子的孩子一脚踏到明亮处，结果走到水里了，前边制造恶作剧者看捉弄成功，哈哈大笑跑远了。我记得在邻村看过的电影有《洪湖赤卫队》《马兰花》等。

最后悔的是看一些鬼片和恐怖片，弄得彻夜心惊胆战的。有一次看了一部叫《神秘的大佛》的片子，其中好像有一个挖眼睛的镜头。回家后躺在炕上翻来覆去睡不着，更不敢朝窗户外面看。明知道父母就在身边，还是怕得不行。第二天迷迷糊糊、无精打采的。打那以后发誓再不看恐怖的镜头，感觉到恐怖镜头快出现了，就赶紧把头埋到腿上，免得晚上睡不着或做恶梦。

在村里看得比较晚的一部电影是《少林寺》，看完这部电影的第二年我就上高中了。上高中后隔两周回一趟村里，很难赶上放电影。赶上那么几场，是拍得很拙劣的武侠片，连名字都记不住。再说，上了高中忙学习，根本没心思看电影了。再后来有了电视，露天电影就渐渐淡出了我们的生活。

收听评书学古典
——自叙少小欢乐事（二）

电影毕竟不是天天放映，守在收音机旁听评书，使我喜欢上了古代，遥远的古代有那么多英雄豪杰。可以说，听评书是我古典文学的启蒙老师，精彩的评书世界吸引我喜欢上了古典文学。

听得最早的一部评书是《西游记》，记不清是谁讲的了，反正不是单田芳先生讲的。这部评书基本按原著来讲，文白相杂的风格我开始听得有点发懵。后来就习惯了，居然觉得这种叙述法挺好，这可能为我后来阅读四大名著打下了基础。

这部书我坚持听了下去，好多精彩章节如今都声犹在耳。听到唐僧到了两界山，猎人刘伯钦和母亲给他准备素斋，我当时就想“肉多好吃呀”。听到黎山老母、观音、文殊、普贤“四圣试禅心”一回，四圣点化的小院有“丝飘弱柳平桥晚，雪点寒梅小院春”这副对联，我听着觉得太美了，每到过年自家院子里就写上这对春联。

开始我家没有收音机，听收音机是到别的小伙伴家蹭。农忙时，大人们累了一天想睡，但看我们恋恋不舍的样子还是让我们在一边听。在我不断地央求下，父亲买了一个海燕牌的收音机。放在红躺柜上的收音机里播放着“小竹竿，细又长……”的儿歌，我激动地在被子上翻跟头。这是中央人民广播电台一个叫“小喇叭”的节目，好像至今还有。

“杨家将，真叫棒。程咬金，多英雄！”有了收音机，我就可以听各种评书。我们学着《大隋唐》里十八条好汉在村头打闹，我们学着《岳飞传》里的八大锤在打谷场里比试。从收音机里我们听到了单田芳的《隋唐演义》、刘兰芳的《岳飞传》、连丽如的《东汉演义》等经典。小学七年级，我在姥姥家上学，听完了袁阔成的《三国演义》。

那个年代收音机效果差，我轮换着各个台听评书。有的台杂音太大，就跑到房顶上，还是听不清，急得抓耳挠腮。听到关键地方电池没电了，听不成了，急得一个劲在地上打转，就像现在手机断网一样。我常常为评书里主人公命运担忧，有一次听秦琼和一个武将比武，到了结尾说书人卖关子："喀嚓一声人头落地，且听下回分解！"这一白天我失魂落魄的样子，非常担心秦琼被杀。到了晚上迫不及待地听下一回，知道是对手被杀，悬了一天的心才放下来。

收音机里听评书，使我爱上读古典名著。七八年级时我就买了原版的《西游记》《水浒传》读，还买了一些评书版的《杨家将》《兴唐传》等。买不起太多的小人书就蹭别人的看，工作后我买了一大堆小人书，好多是小时候听过的评书。高中没时间听评书，上大学时还保留听评书的习惯，和同宿舍的 5 位同学一起把李野默播讲的《平凡的世界》听完。

挤在一起看电视
——自叙少小欢乐事（三）

那个年代电视可是奢侈品，不是我家穷家薄业能买得起的。

最初在家里听母亲和隔壁的茂盛嫂聊电视，说是个头大小像梳头匣子，人在里边会来回动。我赶紧问："人能从里边走出来不？"茂盛嫂说："大概能了哇。"我就幻想——哪天见到这个东西，拎出两个小人人来玩一玩。

大概是小学四五年级的时候，一天晚上村里有人拿回一台电视机，大队院子里挤得人山人海，像看电影一样看这个稀罕玩意儿。我虽然人小个子又小，但还是从人群里挤到前头，看到 12 英寸的黑白电视机确实像个梳头匣子。我又挤到电视机旁边端详了半天：没有小人人能出来的出口呀？至于演什么电视节目，我记不清了。

后来有几户人家有了电视，但看的人太多，家里挤不下，只好在院子露天放。我记得在韩少雄老师院子里看过晋剧《下河东》，站了一院子人。晋剧表演艺术家张鸣琴扮演赵匡胤，扮相和唱腔都好，满院的人看到精彩处就喝彩。看到呼延寿廷被冤杀后气得直骂，恨不得扑向电视扇那个昏君几个耳光子。

我们在村东的小学院里看过连续剧，把教室里的凳子摆好，人们像看电影一样露天看电视。遇上下雨人们也舍不得走，把电视放在屋檐下，小雨里人们照看不误。我还记得在姜福的院子里看过《射雕英雄传》，好像包头台播出，电视信号非常不好，屏幕上有时全是雪花点点，有时画面扭曲变形……但我们眼睛还是舍不得离开屏幕。

当时在村里最火的几部连续剧是《霍元甲》《陈真》，一到连续剧播出的时候，村里的街巷上静悄悄的。这几部电视剧播出时已是20世纪80年代初，村里有些人家有了黑白电视，可以挤到有电视人的家里去看。看完《霍元甲》后街巷上热闹起来，有的人学唱连续剧的主题曲，还有三五成群的孩子们意犹未尽，学着电视里的招式来“比武”。

电视一般摆在红躺柜上，有脱了鞋上炕看的，有蹲在柜子前面的，后来的人干脆站在地下。不大的屋子里人们挤在一起，随着剧情人们嬉笑怒骂，或猜测着后面的剧情。如果有人不自觉抽烟，屋里就呛得不行，但我们还得忍着看，电视里的故事太精彩了。

我们家买电视机是我上了高中以后。父亲把养的一头上了年纪的骡子卖了，买回了一台14英寸的电视机。我坐着这头骡子跟着父亲经常一起出地干活，年纪实在大了就得把它卖掉。看到电视机就想起了那头骡子，心里头挺怅然的。

上高中以后我看电视就少了，尽管这期间播出了《上海滩》《万水千山总是情》等精彩的电视剧。因为我们高中农村班的同学们都在玩命学，我不能因为看电视耽误学习。对于我来说，从艰苦的农村走出去的路子只有一条：上高中、玩命学、考大学。于是电视就逐渐被我疏远了。

看着大戏赶交流

——自叙少小欢乐事（四）

农村唱戏往往是为赶交流压轴的，内蒙古西部地区叫作赶交流，别的地方叫作赶集。

在土默川农村，赶交流一般选择在农历七八月或秋收后的农闲时节，四邻八村的农民们聚在一起或购买各种日用品，或购买农用物资，或聚在一起喝酒吹嘘一下一年的收成，有庆祝放松一下的意思。赶交流要请一个晋剧团，唱上三到五天戏。每户人家都把亲戚请来，住在家里一起看戏，饮酒拉家常。

印象中，大戏是四旧，最早是被禁的。大概是 1978 年，几位叔叔大爷去我家串门，说政策放开了，能唱戏了，村里正张罗着唱《十五贯》呢。我听了个莫名其妙：贯是个啥东西？后来村里真的唱了这出戏，我才知道，贯是指一串钱。剧情没记住，倒是记住有个丑角娄阿鼠是个极坏的人。

我们村最早有个村民组成的戏班子，农闲时放下镰刀锄头就上台表演。有一次演《明公断》，到铡陈世美这一出戏，把生产队的铡刀搬到台上当道具，看着人头和身子分离，我们吓一跳。事后知道这是两个人表演，一个人把头伸下去光能看见身子，另一个人在铡刀另一侧把头伸上桌子不露出身子，就像真把人铡成了两段。

村里的戏班子毕竟不是科班出身，扮演包公的老苗忘了台词，朝台下唱道“台下坐的尽灰人”，让人给听出来了。毕竟一个村子人才太少，撑不起一个剧团，后来散班了。但这个剧团里也有名角，后来都去了县剧团，成了专业演员。

但打那年开禁以后，每年都能在本村和邻村看几场科班出身来的剧团唱大戏。经常唱的戏有《打金枝》《金水桥》《铡美案》等，这些剧目几乎逢唱必保留，老人们聚在一起，或说陈世美忘恩负义，或说包公刚正不阿，或说郭子仪大义灭亲，或说唐代宗深明大义……一些山西的剧团挺厉害，能把戏排练成几场，像电视连续剧似的。我看过的太谷县青年晋剧团演出的《薛丁山征西》，一连看了几天。

台上锣鼓铿铿，台下熙熙攘攘。戏场就是交流会场，有出售农机具和五金电器等日用商品的，也有卖粮油食品和小吃的，还有卖杂碎、熟肉的摊子，这些香味勾引着我们这些小孩，比大戏更有吸引力。在本村看戏时，母亲会给我们买些好吃好喝的。我和父亲曾去 4 公里外的五申村看戏，一路上是骑在父亲脖子上到了戏场的。本村的武召锁老汉在戏场里卖瓜子，看到我咽口水的样子，父亲给我买了一小杯瓜子。

有一年我带着两个妹妹去邻村祝乐沁看戏，母亲给了我五角钱。到了戏场戏没好好看，我在糖果摊和麻花摊前咽了咽口水没买，最后在杂碎摊上花四角五分钱买了三碗杂碎，兄妹三人每人一碗。回家后把剩下的五分钱还给母亲后，母亲直夸我不乱花钱。后来乃只盖村又唱戏，母亲给了我一元钱，我紧紧攥在手里揣在兜里，领着两个妹妹在交流会场里转，手心里都攥出了汗，买了一些吃喝也没全花完。

从小听惯了晋剧的旋律，也喜欢上了这一传统剧种。小时候看大戏是为了赶交流找美味，工作后我买了一大堆晋剧的 VCD，陪老父亲一起认真地听，老一代艺术家丁果仙、马玉楼、阎惠贞等的唱腔不用说，我对谢涛、孙红丽等新一代艺术家的唱腔也非常熟悉。

“下殿来，将皇兄急忙搀起。听孤王有话对卿提，从今后上殿来再莫下跪……”现在从手机上就能欣赏这样的晋剧名段，每当这悠扬的旋律响起，我就回到了儿时的戏场，想起了少年时在戏场吃过的三碗杂碎，也想起了父母亲慈爱的眼神。

夏日悠长欢趣多
——自叙少小欢乐事（五）

童年的快乐大多发生在夏天里，夏日悠长，可供孩子们玩的游戏太多了。

现在回想起来，童年时的夏天欢趣甚多，使我们在快乐中不知不觉长大。

夏天水多，村西的渠里经常有水，村里好多小孩结伴到水渠里游泳。我是特别想学会游泳，看到人像鱼儿一样在水里游来游去，多自在啊！从小在黄河边的把栅村生长的母亲，经常听到看到河里淹死小孩的事情，坚决不让我到水渠里游泳。有一次在渠埂我和小伙伴们正准备脱衣下水，远远看见母亲手持一根向日葵杆赶来，吓得我一溜烟地往村里跑。母亲叮嘱我：淹死的都是会水的，千万不能下水。

但有一次如愿以偿，我到水渠里扑腾了几下。大约是小学四五年级的样子，崔满威老师带我们到水渠里游泳，同学们欢呼雀跃。假如是现在，没有哪个老师敢带全班学生去玩这种危险游戏，可我们那个时候好多班都这样玩。一直是旱鸭子的我下去瞎扑腾了几下，到了水渠中间就被呛了好几口，幸亏同学张计平把我拉到了水渠边，打那以后，我不敢轻易下水了。

夏日里，我也曾急走追蝴蝶，我也曾悄声捕蜻蜓，但抓得最多的还是青蛙。池塘里、水渠边、田地里，到处是蟾蜍和青蛙，慢条斯理地鸣叫着。我们这帮淘气鬼，怎么能容忍它们如此傲慢，在地上扑跳几次，就能逮住一只青蛙。听大人们说蟾蜍有毒，我不捕它专捕青蛙。捕住后，抓住青蛙的腿，把它的肚皮贴在眼睛上捂着，青蛙的肚皮冰凉冰凉的，大人们说这样明目。捂一会儿便把它放了，因为书里说它是吃害虫的，我不会伤害它。几只青蛙的肚皮贴过眼睛，我也没觉得自己的眼睛变成了孙悟空的火眼金睛。

在那个缺荤少腥的年代，我们当然想摸捞上一两条鱼解解馋。假如是发现水渠或水塘里有鱼时，大人们会打起坝来，然后用水桶往出舀水，有时甚至用水泵抽水，然后再捕鱼。我们这些小孩只有远远看的份儿，根本轮不着我们捞，我们只能到村边的浅水塘里碰碰运气。有一年在村西的一个水塘里，我和张海兵等几个玩伴一起用筛子捞，几个人捞到了一些不到一寸长的小鱼，海兵的筛子捞到一条二寸多长的鱼，鱼又蹦回了塘里。啊，有这么大的鱼，我们来精神了，最后我终于幸运地捞到这条鱼，连同几条小鱼拿回家，母亲给我们兄妹美美吃了一顿鱼汤泡焖饭。海兵和我几天不说话，还动员别的玩伴别和我玩，我知道是因为这条鱼，可我吃了呀，不玩就不玩吧。

最淘气的孩子还要去掏麻雀窝。那个年代大部分人家都是土房子，麻雀一般在偏房的椽檩之间筑窝。夏天是麻雀产蛋孵小麻雀的时候，淘气的孩子下手找到鸟窝，有时会摸出一窝鸟蛋，有时会摸出嘴喙还是黄色的雏鸟，赶回来的大麻雀在周围乱飞，急得凄然地叫着。我从来不干这种掏麻雀窝的游戏，觉得太过残忍。房子的椽檩间当然还是燕子筑巢的地方，再淘气的孩子也不会对燕子下手，因为大人们告诫：燕子是有灵性的鸟，捅燕子窝会被啄瞎眼睛的。我家的老屋就曾有三窝燕子筑巢，我有时看着燕子甩着剪刀似的尾巴飘然来去，有时看着十多只燕子在屋檐下的电线上并排站立，呆呆地想象着它们的世界：它们也是有家、有爱、有灵性的呀，看成年燕子穿梭不停，衔来羽毛、软草为幼鸟筑巢，衔来虫子给儿女喂食……

夏天是麦收的季节，打谷场上柔软而温暖的麦秸垛是我们的乐园。可以把麦秸垛当成电影里的“阵地”，分成两拨人来玩抢夺阵地的游戏；还可以把大的麦秸垛掏出洞来，玩电影里的“地道战”；也可以在几个麦秸垛间玩捉迷藏、抓特务……翻跟头打滚、打斗抓痒，玩累了，躺在暖烘烘的麦秸上看蓝天白云，高高的麦秸垛渐渐被我们夷为平地。玩到天黑我们还不想回家，母亲们呼喊着自己的孩子的名字，我们才恋恋不舍地从打谷场往家走。

田野也是我们的乐土。早在小麦灌浆时，我们就在田野里摘一个麦穗，剥去还泛青的麦粒，用牙一咬，白色的麦浆在嘴里有点发甜。麦收后，我就在麦田里捡麦穗，捡好麦穗后回去缠着父亲加工后做饹饼吃。我们几个顽劣的，还在田头生上火，把捡来的麦穗烤着吃，弄得满嘴满脸黑乎乎的。除了烤麦穗，我记得还烤过不大成熟的毛豆和蚕豆。

最有趣的是结伙去偷瓜。西瓜和香瓜快熟的季节，生产队的瓜田里都搭有窝棚，看瓜的人白天晚上都在地里住着。大孩子们眉飞色舞地介绍自己偷瓜成功的经验，说得我们直羡慕。有一次我们几个结队去偷瓜，瓜田是续昌大爷看的了。父亲说："别去偷，给你拿上一小袋果子，去找你大爷去吧。"我们几个小家伙到了瓜地，还没把事先计划的"招数"使出来，就被发现了。看见续昌大爷追过来，这几个家伙跑得比兔子还快，我人小跑不动，赶紧迎着续昌大爷把装果子的袋子递上说："大爷，我们家的果子熟了，我大让我给你带来点。"续昌大爷接过来说："你大让你带来的？好孩子，大爷给你摘两颗瓜，拿回去！"我高兴地提着两颗西瓜回家了，打那以后，再没寻思偷瓜去：我这胆小的人是干不了偷瓜的营生。

无尽的快乐大大缩短了时光，夏天给我们带来的快乐，使我们浑然不觉蒸笼般闷热和难熬。转眼间夏天就要过去，暑假就要结束，我们只盼夏天再长一些，盼假期再长一些。

跟着父亲长见识

——自叙少小欢乐事（六）

小的时候，我是父亲的跟屁虫，他走到哪里我跟到哪里。跟着父亲我见识了与农村生活息息相关的各种手艺，这使我比同龄的农村孩子更有幸目睹各种乡村工艺的全流程，这种成长的经历充满了快乐。

父亲是我们村里有名的能工巧匠，除了会干各种农活外，上梁盘炕、杀猪宰羊、打猎捕鸟、烧窑制砖、嫁接果树、做粉条、做豆腐……小的时候我特别崇拜父亲：为什么就没有父亲不会的手艺？乐于助人的父亲经常被乡亲们请去帮忙，我就攥着衣襟跟在他的身后。

村里一到腊月，家家户户要宰猪杀羊准备过年。这个时节父亲忙得根本顾不上家里的活儿，往往得排出日子来，今天给东家杀猪，明天给西家宰羊。来请父亲的乡亲就顺便把我抱上，去等着吃杀猪菜。我看着几个壮汉把猪逮住摁倒，父亲杀猪的时候，我赶紧捂脸闭眼背过身去……然后一伙大人在热水锅旁褪猪毛，收拾杂碎肠肚，父亲熟练地分割着猪羊肉。

后来，父亲八十多岁时和我说："年轻时宰杀的牲畜太多了，想不到还能活这么大岁数。"我哄父亲说："没事，老爸，猪羊一把菜。再说，关羽杀了多少人，最后还不是成神了。"父亲说："那个时候还是穷，我还是不想杀牲的。"说心里话，打小看杀猪宰羊，我也不怎么喜欢这手艺，到现在我还连个鸡都没宰过，但我知道父亲学会这门手艺是有道理的。

那个时候生产队办有豆腐坊和粉坊，父亲当然是技术骨干。在豆腐坊里，我喜欢看毛驴拉磨磨豆子，人们怕毛驴转晕了，给毛驴眼前蒙一块布。做浆水豆腐的关键技术是点浆，父亲是点浆师傅。点浆时要慢火不鼓风，将浆水均匀倒入豆浆中，然后慢慢搅拌，助手这时要拉风箱烧火，豆浆快烧开时，父亲很权威地扬手说一声"停，关火！"。然后把豆腐脑舀到箱里压上盖板挤水分，半个小时后白白嫩嫩的豆腐就做好了。叔叔大爷们会用瓢给我盛半瓢豆腐脑，我在豆腐坊里耐心等待、观看，就是为了这一瓢豆腐脑。

粉坊里的活儿技术含量更高一些，乡亲们称父亲是粉大师傅。把土豆做成粉条，有一个较复杂的流程，首先要把土豆用磨磨成粉浆。然后在父亲的指导下，过滤粉浆把杂质滤去，滤完浆后再装缸，搅拌后过纱包挤水分。让浆水发酵沉淀出粉面，这个过程里父亲经常或嗅或尝浆水。该和面了，和面要加明矾，不然粉条一入锅就化了。父亲和面时根据需要和得软硬不同，把面和软了漏细粉，和硬了漏宽粉或粗粉。

煮粉条的大锅烧得热气腾腾，父亲系好围裙，顶着热气站到锅边。把和好的粉面揪到漏瓢里一团，一手端好用瓢葫芦做的漏瓢，一手半握拳拿捏好力度猛捣漏瓢的沿，成形的粉条就漏到锅里，锅这边的助手把粉条捞出去晾晒。葫芦漏瓢有好多个，下边的漏眼有大有小、有方有圆、有宽有细，可以漏出不同形状的粉条。漏细粉时，父亲把漏瓢举过头顶来捣，细长的粉条在锅里一过水，就变成了半透明的粉条丝。

小学二三年级的冬天，一放学我便往生产队的粉坊里跑，做粉条的工艺我看了一遍又一遍。其实，粉条这些复杂的生产工艺我只是爱个热闹，我心里更惦记父亲和粉坊里的叔叔们给我烙的粉面烙饼，在吃不上白面烙饼的年代，那是我童年所吃到的一种独特的美味。为庆祝生产顺利，父亲和叔叔们有时会打一些散酒在炕上庆祝，煮一些粉条，打一块豆腐就是下酒菜，再好的时候会弄些牛羊杂碎。我经常在粉坊炕上蹭吃蹭喝，有一次被几个叔叔逗着喝了几杯酒，走路开始晃悠，这是我人生第一次喝酒。

曾跟着父亲去看他们上梁盘炕，也跟着父亲看他打沙鸡捕兔子，但我最佩服的是父亲会烧窑制砖，这个手艺没有多少人会，他好像从一位山东师傅那里学的。生产队的砖窑在村东的一片盐碱地上，周围就能取到制土坯用的粘土。砖窑远远看上去要比村里人家的房子高多了，在我的记忆里它非常高大，大约有两层楼高的样子。青砖砌的窑口上部为拱形，宽敞的窑口朝南开着，砖坯、煤炭烧好的砖都要从这里运送。砖窑西北边有制坯场，还有两排平房，供来制砖坯的壮劳力们歇息。绕着砖窑盘绕着一条上到窑顶的坡道，也是用青砖砌成的。我喜欢顺着坡道跑上跑下，在窑顶上有一种“荡胸生层云”眼界开阔的感觉，可以眺望西边绿树掩映屋舍俨然的村庄，也可远望像一块块绿毯一样的庄稼地。

制砖坯的时候最热闹，二三十个壮劳力用坯模子拓砖坯，有时年轻人之间互相比赛谁拓得快。大人们热火朝天地干，我在一旁也学着用泥巴捏各种东西。把拓好的砖坯晒干装到窑里后，用泥糊住窑的侧口这叫封窑，只留下炉口可以往里填煤炭烧窑。终于开始烧窑了。找个好日子点火，父亲庄严地把火点燃，巨大的砖窑缭绕的烟雾，慢悠悠飘向天空，飘向远方。

烧窑挺累的，一烧就是三天三夜。我记得父亲和祥祯哥轮流守窑填炭，父亲常常通过火口看火的颜色是不是蓝的，由此估测窑内温度，温度恰好砖坯才能烧透。父亲掌握窑温变化，决定停火闭窑时间。这时要开始给砖窑洇水，洇了水的砖坯烧出的是青砖，不洇水烧出的是红砖。几个壮劳力从窑西南的水坑里担上水，顺坡道上去，从窑顶慢慢地浇水渗到窑里。这一浇又是三天三夜，窑顶热气蒸腾，好像生出朵朵白云，远远就能看得到。最后终于能出窑了，一车车青色的砖从窑里运出来了，父亲脸上露出了灿烂的笑容。

童年时跟着父亲见识了这些手艺绝活，如今好多手艺如烧窑已消逝在了远去的岁月里。今天，即使是故乡的农村孩子们也见识不到这些绝活了。时光如流水，冲走了许多东西，但抹不去我的记忆，美好的事让我回味无穷。

陪伴父母去收秋

——自叙少小欢乐事（七）

收秋，多么美好的一个词啊！这个秋字，就是指成熟的庄稼，《说文》云："秋，禾谷熟也。"庄户人面朝黄土背朝天忙了一年为啥？还不是为了这个沉甸甸的秋字。所以不少农民工在城里即使再忙，到了这个收获季节也会自豪地说"我回家收秋去啦！"

小的时候，跟着父母到田野里收秋是一大乐事，秋天的田野给了父母丰收的喜悦，也给了我童年无尽的欢乐。现在农民们种地讲效益，土地里种的全是效益高、费工少的玉米，而包产到户的头两三年里，责任田里种得五花八门：小麦、土豆、莜麦、高粱、谷子、黍子……人们被饥饿吓怕了，各式各样的作物搭配就是为了保证餐桌的自给自足，不至于遇到灾年没饭吃。而这种搭配使田畦变得高低错落有致，色彩绚丽多姿。

秋天来了，玉米黄了，高粱红了，谷子低垂着头，糜黍压弯了腰……庄稼依次要成熟收割了。开镰的季节，父亲套上小马车，磨好几张镰刀，顺便带上磨刀石。母亲准备好收秋时人们要喝的凉白开水，灌到塑料桶里。再撕扯出干净的布条来……一切准备停当后，父亲赶着马车，我们兄妹三人和母亲坐着。天空晴朗明净，气候凉爽宜人，马车驶向田野，我看着田野那头的山越来越近，村庄越来越远。低头看着马车下边的路慢悠悠地向村庄那边退去，看着天上的白云像一绺绺棉絮一样飘过，心情就像这天空一样爽朗，就像这风儿一样舒畅……

父亲在生产队时就是有名的好受苦人，镰刀拿捏自如割起来很快。他割一个来回，我只能割一个单程，不过对一个上初中的学生娃来说，这也不容易了。收割谷子、糜子和黍子时，我得像它们一样弯倒腰，俯首在田垄，一会儿就腰酸背疼。收割胡麻也一样，有时还得撕扯纠缠在一起的胡麻。脸庞、胳膊被庄稼茎叶划得全是伤痕，汗水一浸生疼。抬头望一望，是一眼望不到边的地顶头。弄不好镰刀会割了手指，就用母亲带的布条简单包扎后继续收割。

开始收割的几天里，手心被镰刀把会磨出血泡，父亲告诉我掌心和手指磨出老茧就好了。果然收割了几天后，腰不那么酸了，背不那么疼了，手掌心的茧子也生成了，“嚓嚓嚓”，我收割的速度快起来，感觉收割也是件轻松快乐的事。这种收割的经历对我今后的人生影响甚大：无论再大的困难，只要咬着牙挺一挺，就会战胜困难；父亲也不是天生好受苦人，是生活把他逼迫历练成了好受苦人。

在收割的间歇，父亲点上一袋烟告诉我，村里后街上最好受苦人是菅三富老汉，去武川赶工时闹肚子，就那样一天还能拔二亩麦子，当然集体的时候麦子种得稀。但就是这样，二亩地的麦子一天之内收拾完，让人难以置信。我特别佩服我的那些父辈们，他们再重的苦也能咽下，再累的活也能扛下来，他们那辈人骨头是硬的，苦是靠骨头撑下来的。吃苦受穷那是因为时势使然，一个普通的庄户人苦再好骨头再好，也只能使自己的生活多一些起色，而不能改变时代。

收割时，父亲还得开茬放腰子，准备将来打捆装车。庄稼打捆用的腰子打起来是个技术活，父亲把一绺庄稼抓起来，在有穗的这边一分为二，随手一拧就是一道腰子，我们把割倒的庄稼放到腰子里。我试着打过腰子，但一捆庄稼就开了，终究没学会这门技术。但我学会了一些作物的收割的技巧，比如削高粱穗不能用镰刀横着削，那样会很费劲，应斜着顺势“切”高粱秸，就能把穗轻松削下来。再比如削向日葵花盘，不能在茎上用劲，费力而且很难削断，应在盘底部转圈削，轻松搞定。

并不是所有的庄稼都用镰刀收割，比如掰玉米棒子。当玉米青纱帐泛白枯黄时，就该掰棒子了，把棒子从秸秆上掰下扔成堆即可，没多少技术含量。把玉米棒子拉回来扒了皮堆成堆，金灿灿的玉米棒子堆是一道风景线。我还和父母一起收过土豆，父亲怕坏了土豆，小心地用锹掏起土豆蔓子，又白又嫩的土豆就露出来了，非常可爱，母亲和我就把土豆堆成一堆一堆，清理蔓子时又用三齿小钉耙刨土豆的根部，免得拉下土豆。一亩地能产几千斤土豆呢。

收秋时摘绿豆是个要耐心的活儿，熟了的豆荚在绿豆秧上，手一碰就裂开了，豆粒掉进土里就可惜了。必须弯下腰把变黑成熟的豆荚小心地摘在手里，手要呈半握拳状，双手不停地摘下豆荚放到脖颈上挎的篓子里。摘绿豆这营生很缠手，又尖又硬的豆荚扎得手好疼，有时甚至被扎出血来。摘绿豆弯得腰疼，我就玩耍一会再摘，这个时候父母亲仍在不紧不慢地摘着，他们一点也不累……

庄稼收割好了，装车是个技术活。我们家那时只有那一辆小马车，父亲赶着马车在收割完的地里走，我用铁叉往上挑庄稼捆，父亲把庄稼捆“砌”在马车上，用脚踩瓷实了。父亲装的车结实不鼓胀，如果不是心疼家里那匹枣红马，他会装很高的。收割季节，往回运庄稼也得费好多工夫，拉运庄稼要带一张锹，路不平了就要垫几锹。遇上有水还得抱上树梢来垫路。经常有车被陷到泥泞里的事情出现，这时就得叫附近地里干活的乡亲们帮忙推车助力。

把庄稼运到场院里，离归仓越来越近了。场院是碾晒粮食的场所，也叫打谷场。我们村有十个生产队，每个生产队都有场院，我们二队场院有十几亩大，包产到户的时候都分给了社员们。碾轧谷物翻晒粮食一户人家的场院是施展不开手脚的，况且碾场、扬场是个讲究互相配合协调的活儿，于是几户村民们就一起合作。父亲和才元大爷、新乐哥他们把谷物铺在场院晾晒干后，就要碾场了。

用叉耙把晒干的糜黍或谷子摊开，就像摊煎饼一样摊得均匀了。然后把马或骡子的眼睛蒙上布，拉上碌碡开始转场，转场的人用长鞭赶着牲口转场碾轧，不时抖动鞭鞘，发出“啪啪”清亮的响声，牲口就转得更欢了。转场的人困了，会亮嗓子喊上几句爬山调——“六月的日头腊月的风，老祖先留下个人爱人……”，悠扬的爬山调在空旷的场院上空飘荡，飘向村头，飘向人们的心头。

粮食和穗壳分离了，把秸秆挑出去扬场。扬场是用木锨等农具播扬谷物、豆类等，以去掉壳、秸秆和尘土，这是个技术活儿，我没学会。一阵风吹来，父亲把木锨用力向上一抖，抖出一个漂亮的抛物线，糜黍、谷子的籽粒哗哗啦啦落在脚下，杂物等飘向另一边，另外一个叔叔用扫帚轻轻掠扫，一个漂亮的粮食堆出现了。粮食越堆越大，父亲扬得越来越有劲，脸上绽放出了笑容，这是丰收的笑容。

如今，收秋已经全部机械化了，镰刀、木锨、碌碡等也逐渐消失了。我们童年时玩耍的场院都已变成了人家的住宅，冒起了炊烟。但我每每走过那曾经的场院时，脑海里想起了父母和他们那一代农人，耳际飘起了熟悉的爬山调——“三月的桃花满山山红，难活不过个人想人……”

儿时面食真馋人

——自叙少小欢乐事（八）

我的家乡托克托流传一句俗谚：“吃米不如吃面，走亲戚不如住店。”这句话大概是说吃面比吃米感觉舒服，住店比走亲戚更自在不拘束。

在20世纪六七十年代，正是最贫困和饥饿的岁月。那时白面是很难吃到的奢侈品，一户人家从生产队分到几斤面，要等到逢年过节包饺子用。记得有一年家里请人给院里的枸杞树剪枝，母亲借了一斤白面做蒸饼招待人家，白面蒸饼和玉米蒸饼在一个笼里，饭快熟了，母亲安顿我：“蒸饼是招待客人的，咱们吃窝头啊，记住！”“嗯！”——我答应得很好，但饭熟了以后早把这话忘到了脑后，蒸饼像磁铁吸引铁块一样吸引着我的筷子。

吃米不如吃面，并不是说大米不好吃。那个时候我们这里很难吃到大米，包产到户前我基本没吃过大米。有一次父亲不知从哪里弄到一些大米，母亲在我们平常吃的糜米稀粥里掺了些大米粒，这些白胖白胖的大米粒我们兄妹头一次见，我管这稀粥叫“虫虫饭”。包产到户以后，大米才成了土默川人家的家常便饭。

再说油炸糕这种面食，那也是逢年过节的稀罕吃食。土默川一带吃的糕是用黍子籽面做的，黍子去皮后俗称黄米，黄米磨成面就是黄米面，非常黏，在笼里蒸成一块，然后赶紧用笼布兜到瓷盆里，双手蘸凉水使劲儿捶捣，捶捣绵软了就做成了素糕。抹上一层胡麻油，金黄油亮，真馋人。如果把素糕再用胡麻油在锅里一炸，就是待客最好的油炸糕了。过去白面稀罕吃不上，但糕面还是有的。困难年代胡麻油也缺，所以蒸出素糕后抹点胡麻油直接吃。贵客临门时，杀一只本地鸡，配上素糕，鸡肉汤汤蘸素糕，这是托克托县的一大名吃。

记得小时候一到腊月里，我们村每家每户都要蒸糕、炸糕，光景好的人家炸好糕冻起来，储存一大瓮放到凉房里，吃的时候取几个馏上。正月里除了吃几顿饺子，就主要吃烩菜馏糕。炸糕和豆腐粉条汤也是绝配，托克托县豆腐和粉条是呼和浩特一带的名吃，豆腐和粉条熬汤再配上红红的托县辣椒，蘸上软嫩的油糕，馋坏了一代又一代托县人。直到现在，遇有红白喜事，都讲究要吃汤糕。谁家有办红白喜事了，人们就说“要吃糕了”。

小时候庄户人家哪有那么多鸡来杀了做菜，哪有那么多黄米用来做糕。我们那里有一个笑话流传甚广，说村里两个人见面了，一个人问：“吃甚来？”另一人神气作答：“糕！”“呀，五黄六月能吃上糕，厉害了哇。炸糕还是素糕？”对方口气顿时软下来了：“拿糕……”拿糕是用玉米面、高粱面、莜面或荞面做成的，拿糕特别是高粱面拿糕在粮食短缺年代是穷人们的当家食品，它使多少穷苦人熬过了那饥饿的艰难岁月。

做拿糕要先烧开半锅水，舀出一瓢开水放在一旁备用。然后用左手把面粉匀匀地撒进锅里，右手握住几根筷子使劲搅拌，锅里的面粉被搅成了面团。用铁匙把面团划成几块，把瓢里的开水浇在面团上继续搅。面团把水全吸收了，盖上锅盖用温火再焖几分钟。然后揭开锅再使劲搅，直到水全部掺到面团里。用铁匙铲几下，不要让糕糊在锅上，拿糕就做成了。我吃过高粱面拿糕，真不好吃，有的人家为了改善下口感，把榨过油的胡麻籽渣掺到高粱面里，也好吃不到哪里去，但那时穷苦人家吃它是为了糊口续命。

土默川各式各样的面食里，使人们赖以糊口存活的第一功臣当属玉米面。在我的印象里，我们兄妹几个吃了好几年玉米面窝头，上顿是窝头，下顿还是窝头；想吃是窝头，不想吃还是窝头……有那么几年，我们村家家户户都是那样，母亲看着我们天天吃窝头流泪了：孩子们何时能吃上白面呀。贫穷，也能使人穷开心，村里的主妇们居然把玉米做出二十多种吃法：窝头、蒸饼、锅贴、渣子粥、钢丝面、饸饹、煎饼……玉米面是困难时期人们的当家食品，救过好多穷苦人的命啊！

过年的时候，家家户户要做几大瓮玉米摊花饼存起来。现在做玉米摊花饼讲究多了，打上鸡蛋、掺上白面，加上牛奶和白糖，甚至再加上葡萄干、花生仁等。我们小时候吃的是糖精水和玉米面的摊花饼，冻在瓮里挺硬挺瓷实，我们取出来咬着甜甜的冰渣子吃，这是腊月里最好的年货。除了把玉米面做成摊花饼，还要做炸油圈等，还要压一些钢丝面，记忆里这些食品回味绵长，好像比现在好多油腻食品健康多了。有一次，我同村朋友的一个孩子在饭馆里吃现代版的玉米面窝头，这窝头其实玉米只是个配角，朋友告诉孩子我们小时候天天吃这个，孩子一脸羡慕：“喔，爸爸你太幸福了！”我心里想：把这代孩子搁到那个年代连吃上十天窝头，哭娘都找不着调了。

说到面食不能不说说莜面，小时候莜面也不是经常能吃到。在我看来，那个年代莜面既不像白面那样是贵族食品，也不像玉米面、高粱面是穷人食品，莜面算个中等人家食品吧。莜面的吃法特别多，我最爱看姥姥和妈妈她们捏莜面窝窝、搓莜面鱼鱼，擀莜面墩墩、炒莜面块垒、搅莜面拿糕的样子。莜面有时也用饸饹床子压出细细的面条蒸熟吃，这个叫饸饹。还有一种吃法，是把山药擦成细丝，然后裹上莜面蒸，老乡们管这叫莜面丸丸。包产到户之前，庄户人家也没那么多莜面，就把高粱面掺和到莜面里吃，美其名曰二莜面。再有穷的人家，就只能吃高粱面饸饹。

现在看来，这些困难时期糊口的杂粮面食，都成了营养保健的好食品。科学证明莜面、玉米面、高粱面是不可多得的好东西，能减肥、降血脂、降血糖，是糖尿病人最理想的食品，于是莜面等成了好多城里人的保健食品。只是它们的口感差一点，消化难一点。包产到户以后一直到现在，村里人吃白面吃大米成了常事，吃鱼吃肉也不是难事，但各种因肥胖引发的病也多了，都是信着嘴吃出来的。

有时我想，人满足了口感上的好吃，就会好吃难消化。是否应该感谢那些帮我们度过饥荒的杂粮面食呢？是它们使一代人渡过艰难，同时也使这代人有了战胜艰难的健康体魄。我还在想，即使到了吃不愁穿不愁的年代，也应该借鉴一下困难时期的膳食结构，这会使我们的心智体魄都更加健康。

儿时游戏纯天然
——自叙少小欢乐事（九）

现在的孩子们各种玩具堆成了山，从小开始各种毛绒玩具、动漫玩具、遥控玩具、益智玩具令人眼花缭乱，目不暇接。这些对开发心智有益的玩具却对孩子们的眼睛不利，有些游戏甚至容易使孩子们上瘾影响学习。想一想20世纪六七十年代，我们玩的一些游戏非常简单，可以说是纯天然绿色的游戏，但快乐得令人难以忘怀。

先说“点豆点”和“拉锯扯锯”的游戏，用今天的话说这是长辈、父母或兄弟姐妹哄娃娃的亲子游戏。游戏的一方是刚会坐或开始学站立行走的婴孩，另一方是哄孩子的爷爷奶奶、姥爷姥姥，或父母和兄弟姊妹。“点豆点”游戏的时候，大人和孩子对坐好，四只光脚丫交互贴着一起，然后嘴里念着儿歌：“点豆点，磨油燕。油燕花，种芝麻。大米小米，一只毛蹄跎撩起。”念一个字点一个脚丫子，循环往复，最后“起”字点到谁的脚上，谁就把脚抬起。大人往往哄着让孩子抬起小脚丫，孩子流着哈喇子憨憨地笑着，大人一高兴会把孩子抱起来举过头顶。

“拉锯扯锯”是一种模仿拉大锯的亲子互动游戏。两人盘腿坐定以后，双手互相勾住，然后念儿歌“拉锯，扯锯，姥姥门前唱大戏。接闺女，请女婿，小外孙也要去……”，根据儿歌的节奏两人做出拉锯的动作，你俯我仰，你来我往。大人和两岁前的孩子玩，可以把孩子放在自己的膝盖或脚背上，俯仰的动作大一些，有时可仰卧抱举起孩子来。如果是两个稍大一点的孩子玩这个游戏，就可以手心抠手心，脚掌抵脚掌。每当听到“拉锯扯锯”这熟悉的儿歌时，我就想起了已经去世26年的姥姥，我在姥姥家没少看过戏，裹着小脚的姥姥还带我去邻近的土默特右旗二道河和三道河村看过戏。

稍微长大一些，玩的花样就越来越多。跳皮筋、踢毽子、跳房子……这些是女孩子们爱玩的游戏，我一直没有学会，看那些小姑娘们把毽子踢得上下翻飞花样百出，我倒也没有心生羡慕，因为男孩有男孩的游戏。那个时候，夏天滚铁环、冬天溜冰车是男孩子时髦的游戏，用一根顶部是U形的铁丝滚着铁环跑，或在冬天用铁棍撑着冰车滑，别提多神气了。我没有像样的铁环和冰车，每当看到一些伙伴玩这些游戏时，只能眼睛直勾勾地看着。好在那些不需要器材或器材简便易取的游戏很多，我们在玩别的游戏时，很快就忘记了滚不上铁环和滑不上冰车的不快了。

先说一些不需要任何器材的游戏，这些游戏可以随时玩起来。先说男孩子都喜欢的撞拐子的游戏，有的地方也叫“顶拐拐”。玩的时候把一条腿抬起来，用手抱着放在另一条大腿上，单腿着地蹦着跳着，用手抬着的那条腿的膝盖来撞击玩伴，撞倒对方为胜。这个游戏有两个就可以单挑玩起来，人多了分两队“厮杀”。小的时候听过隋唐演义等评书后，学着评书里好汉排名的办法，撞拐子时就评出十八条好汉来，像我这种身小力薄的人就从来没进过好汉的行列，但看那些身强力壮的玩伴大战好多回合，也直呼过瘾。

还有不用器材的游戏就是掰手腕，这个游戏特别流行，那个年代几乎没有没掰过手腕的男孩。掰手腕不用我费口舌解释太多，只要有一张桌子就可以比赛，谁把谁掰得手背贴到桌子上就赢了。这是个赌力气的游戏，我玩得不算多，因为这也不是我的强项。还有一个游戏是老鹰抓小鸡，有三个人就能玩起来，当然人越多越好玩儿。玩的场地是操场或打谷场，一个伙伴扮演老鹰，另一个伙伴扮演母鸡，其余的玩伴都扮演小鸡一个接一个抓着衣襟，躲在母鸡的后面。老鹰要跑动着想法儿抓住母鸡身后的小鸡，或让小鸡链断开。母鸡要想方设法遮挡住老鹰，不让身后的小鸡被抓走。玩这个游戏不光需要力气，更重要的是需要身手敏捷，一场游戏下来人人大汗淋漓，头发里冒着热气，回家得多喝一碗酸稀粥解渴。

上了小学之后，男孩子们最爱玩的一个群体性游戏是“攻城”。用粉笔或木棍儿在地上画出两个挨着的长方形图形，象征是“城”或大本营，城里靠对方的一角划出脚掌大小的斜三角区，这个斜三角区被对方队员踏中便为输。“城”都有出口，出城通道紧邻敌方城池，通过推、拉等手段将对方队员弄得踩线或掉出线外，即代表把这个队员“干掉”了。也可以在自己的城内和对方城内的队员玩角力的游戏，对方的队员被拉过线后，这个队员即下场了。这个游戏有点像两军对阵，我上初中和高中时还玩儿，两组人员有时有二三十人，根据人的多少画大小不同的“城”。有时一方只剩一名队员了，但只要这名队员“一夫当关”，最后“鹿死谁手”亦未可知。当年，我们玩“攻城”游戏不亦乐乎，现在好多人不知道有这么一个游戏了。

还有一个游戏现在的农村小孩也很少玩了，就是一个人用自己的扁石片把另一个玩伴立着的扁石片击倒，我们管这个扁石片叫“光”，管这个游戏叫“打光”，有的地方叫“扔砖头”。玩的时候在打谷场里先画一条三米长的线，再在这条线约 8 米左右画一条平行线，“打光”的时候一方把扁石竖立在 8 米外的线上，这叫“裁光”，另一方站在这条线上“打光”。“打光”的时候要过五关，第一关把对方的“光”砸倒后再立起，然后第二关把“光”扔到前边适当位置，单腿起跳一步捡起自己的“光”，单腿立着砸倒对方的“光”；第三关是单腿起跳两步，把“光”从大腿下扔出砸倒对方的“光”。第四和第五关的规则我记不清了，好像是用脚背和脚腕、后腿筋弯夹住“光”来击对方的“光”。这个游戏是非常锻炼体力、眼力和投石的准头的，我记得小时候玩到天擦黑都不愿回家，直到各自的母亲站到房上高喊“快点回家喝酸稀粥”，我们才各回各家。

一些用简单器械的游戏有跳绳，有一根儿童食指粗的绳子就行。两个伙伴摇绳，跳绳的小伙伴可以是单人跳、双人跳和多人跳，这个游戏现在还有，我就不多说了。还有跳橡皮筋和丢沙包游戏，这两个游戏也是女孩子玩得比较多。这里我想说一两款益智的游戏，先说挑单单，有的地方也叫翻花绳。从供销社买一根一米左右的毛线或玻璃头绳，把两头接起来，一人用手指将绳圈编成一种花样，另一人用手指接过来，翻转出不同的花样。简单的图案只用拇指和食指即可，后来复杂的图案得用无名指来配合。两人相互交替翻转直到一方不能再翻下去为止。我小的时候没少玩这个游戏，有时是母亲教我，有时是和小伙伴一起玩。翻成的图案有花手绢、长豆面、老牛槽、剪子股等，一个人挑另一个人帮忙可挑出降落伞、喇叭、金鱼等复杂图案。

再说一个游戏，叫抓瓷瓷，也叫抓石子、抓齿齿。瓷瓷最普通的是天然的圆滑一点一小石子，再像样一点是用打烂的粗瓷盆敲打出圆圆的小瓷饼来。

最讲究的是用羊拐骨做瓷瓷，羊拐骨是羊后腿拐弯处的一小块骨头，满语叫嘎拉哈，也就是膝盖骨。这块骨头分四面，平放时一面凹一面凸，凹面称坑儿，凸面称背儿。侧立起来有棱像云朵儿的一面叫珍儿，另一面就叫做鬼儿。我们小的时候爱收集这羊拐骨，那时候一户人家一年也很难杀一只羊，所以捡到一个羊拐骨如获至宝，仔细在石头上打磨光滑了，再染上红颜色或其他颜色。

抓瓷瓷有好多种玩法儿，太复杂的玩法我也说不清楚了。最常见是五个瓷瓷作为一副，撒四个瓷瓷在地上，把手里这个向上抛，在这个瓷瓷未落在手中前，迅速抓起或翻动地上的四个瓷瓷，翻成相同的一面。在规定的抛瓷瓷次数内把羊拐骨翻过四面又一把抓起来为胜。抓瓷瓷可以看出玩耍者是否心灵手巧，会玩的女孩子们玩得十分麻利，瓷瓷抛得眼花瞭乱，炕上的瓷瓷来回翻动，循环往复，瓷瓷很快变成想要的四个方向。我小的时候玩过瓷瓷，但很笨拙，我的两个妹妹经常和邻居家的几个女孩玩得不亦乐乎。

童年的时候在农村长大，我们就是一伙和泥土亲近的土孩子。土地给了我们生命和欢乐的童年，这些既天然又有趣的儿时游戏给我们的成长提供了绿色的土壤，使我们的体魄更健康，心智更美好。

农村事宴看红火
——自叙少小欢乐事（十）

20世纪六七十年代，农村的红火很少。遇上村里有人家办红白事宴，我们这一群孩子就跑着去看娶媳妇，去看吹鼓匠，感觉非常红火热闹。甚至看娶媳妇能看上大半天，看吹鼓匠能看到后半夜，不知道哪里来的精神头了。

那个时候人们娶媳妇用畜力车或自行车。新郎把新娘用自行车驮回来就行了，一些家境不好的新郎得借自行车把新娘驮回来，所以结婚时女方要男方置好自行车、缝纫机、录音机和手表四大件。过去村里二队有个木头轿车，我见过后街上三发哥等后生们是用轿车娶的媳妇，喜气得很。听大人们讲娶亲送亲有很多讲究，比如娶亲去的人讲究单数，娶回新娘来成双成对。另外，送亲也有“姑不娶，姨不送，姐姐送妹妹要了命……”等讲究。

对于小孩子们来说，才不管那么多忌讳和讲究，想看的是热闹。新娘子下轿时非常红火，人们出好多刁钻的项目来要笑新郎新娘，小孩子们看新娘的鞋被抢走了，看新郎背着新娘往洞房里走，要笑他们的人左拦右挡不让进门。新娘瘦一点还好，如果新娘稍胖一点，这新郎背着新娘抢着进门可遭罪了，大汗淋漓呲牙咧嘴。过去土默川的房子都是纸糊的窗子，新娘娶进院时，在噼里啪啦的鞭炮声中，一群小孩把洞房窗棂上的纸打得粉碎；等新娘娶上炕，大人们的要笑节目告一段落，小孩们开始向新娘要喜糖。大方的新娘会给每个孩子发上几块水果糖，我们觉得这新娘真是人美心更美，遇上小气的新娘，真还把喜糖看成金豆豆了，舍不得给人。这也不能怨新娘，那个年代的日子，谁家过得都挺恓惶，谁家不是把二分钱的钢镚儿看得像二号盆大。

新郎新娘拜天地是小孩们爱看的红火，土默川农村叫拜人。窗台底下摆一张铺着红毯的桌子，放两把椅子，准备给搭礼受拜的亲朋好友坐。代东坐在旁边的一把椅子上，准备主持拜人仪式，代东是村里知礼仪有威望的人，同时也是铁嘴钢牙伶牙俐齿的人。他的旁边是记账先生，面前摊着礼账，怀里揣着个人造革皮包准备装礼钱，新娘新郎站在地上等候拜人。代东主持拜人开始后，要选一种拜人方式，有里三堂、外三堂和混三堂之说，先拜新郎父亲这头的亲戚叫拜里三堂，先拜新郎母亲这头的亲戚叫拜外三堂。因为拜里三堂欺母族，拜外三堂欺父族，所以折衷来拜混三堂，就是不分家族按辈分来，先拜爷爷姥爷辈，再拜父母辈，再拜同辈。因为拜人没平衡好关系的，拜人仪式上就有掀桌子走人的。

事宴上难免起争执，这个时候就要看代东的口才和威望了。代东要能把大事化小小事化了，尽量使各方都能满意，才不负东家的信任。母亲生前和我说“穷讲究，穷讲究，越穷越讲究。”想来真还像母亲说的，后来人们生活好了，拜人仪式也学电视里的简便，主持人高喊“一拜天地……二拜高堂……夫妻对拜……”，也没有过去事宴上翻桌子的闹剧了。不过小时候我们爱看事宴上吵吵闹闹，看着那些大人们嚷得脸红脖子粗，心里想：这就是事宴。再看代东凭好口才很快息事宁人，心里想，代东真体面，我长大了也想当代东！

过去新郎娶媳妇，搭礼负担最重的是姐夫，事宴上要笑红火的也是姐夫们。听说小舅子娶媳妇姐夫家就得积攒丰厚的礼钱，有也得掏，没也得掏，穷一点的姐夫家得粜糜子卖猪儿来攒，实在不行还得落下饥荒，所以过去乡下说小舅子是姐夫的害债。事宴上也靠姐夫们耍笑热闹，拜人时姐夫打扮成丑角一样，端个盘子接收财礼，同时耍笑新娘新郎，以图事宴上喜喜乐乐。拜人结束挡洞房们耍笑的是姐夫们，闹洞房耍笑的是姐夫们。我在中滩乡把栅村参加过一个事宴，娶完新媳妇的那天晚上，姐夫们去村里偷来红公鸡炖着吃，不知是个什么讲究。当然东家会把事宴上的盘面子和好吃喝给被偷鸡的人家端去，好好补偿人家。

村里的白事宴上人们会请鼓匠来吹来弹唱红火，小时候我们喜欢跟着看鼓匠。白事宴下葬的前一天黑将来，鼓匠班子按约定来到主人家，这叫安鼓。鼓匠班子来了以后在灵棚旁边打个摊子，冬天要支起个火盆，然后吹吹打打起来热闹起来。小的时候我们就看吹鼓手的腮帮子鼓得像半个小皮球，吹着各种时髦的歌曲。有的吹鼓手能用鼻子吹，后来鼓匠还带上了唱家。家境好的人家会请两三班子鼓匠来比赛，在托克托县还时兴起了女鼓匠，吹的、唱的、跳的……花样百出。晚上叫夜时，一帮小孩也会跟着去看。两个人挑着蘸了煤油的棉球在前走，孝子们和鼓匠班子都出动，孝子们哭，鼓匠吹弹，如果有两三班子鼓匠互相比赛，村民们边看热闹边喊叫，有时后半夜也不停歇。

无论是红白事宴，那个年代都短不了讨吃子和念喜的，小孩们看念喜的也是一种找乐。我见过有的事宴上两三个念喜的打着快板互相比赛，你方念罢我登场：“一步跨在当院，东家喜气满面……”“东家大院铺红毡，新人下轿贵人搀，一搀搀到八宝龙凤庵……”念喜的滔滔不绝，满嘴吉利话，东家合不拢嘴，代东的赶紧引念喜的去喝汤糕，再发上些纸烟，遇上慷慨的东家，还会给上两个赏钱。

如今，农村红白喜事也简单了，订个饭馆或大棚车，把好多营生包了出去。主人家也清净，代东的也省事，感觉就是吃个饭收个礼钱了，更是没有了看红火的小孩们，事宴少了一种生气。

我在想，变化的时代应该移风易俗，但礼俗不应该省略到只剩下吃饭收礼，请来乐队歌手在饭馆里吵闹半天。事宴总该有些礼仪存在，怀念那些为讲礼数翻桌子的先辈们，也怀念那些跟着鼓匠一看到后半夜的小孩子们。

二

教子读书继家风

民俗·民风·民韵

恩威相济出孝子
——看古人如何教子（上）

中国人十分重视教子，流传下了许多教子有方的故事。“昔孟母，择邻处，子不学，断机杼”，讲的是战国时孟母择邻而居、断机劝学的故事，终于使孟子成为儒家学派的代表人物之一；“窦燕山，有义方，教五子，名俱扬”，讲的是五代时窦禹钧教子有方，教导五子成为人中之龙。根据明末李渔的小说《无声戏》改编的戏曲《三娘教子》，演绎了三娘含辛茹苦把一个冥顽劣子规以正道的不易。

父母是孩子的第一位老师，选择正确的教子方式很重要。回看古代那些教子有方的家庭，都有良好的家规，这些家规形诸文字就成了传世的家训，这些优良的家训体现了父母的教养方式和教育理念。纵览历代家训，饱含了许多人生哲理、处世德行和学业修行的方法，可称传世之宝。像南北朝时颜之推的《颜氏家训》，谈到读书学习时说“幼而学者，如日出之光；老而学者，如秉烛夜行，犹贤乎瞑目而无见者也”，道出了老幼皆应好学的道理；再如明代朱柏庐的《治家格言》，“一粥一饭，当思来处不易；半丝半缕，恒念物力维艰”“见富贵而生谄容者，最可耻；遇贫穷而作骄态者，贱莫甚”……这些明白如话的格言，堪称做人处事可以借鉴的仪则。

让我们看看古代人如何教育孩子，就从孟母教子的故事说开去。《韩诗外传》卷九记载了另一个故事，孟子家的东邻有一次杀猪，孟子问母亲邻居家为何要杀猪，她母亲不假思索地说：“为了给你吃肉。”说完之后孟母后悔了，不能欺骗孩子啊！于是从东邻家买来肉给孟子吃，“明不欺也”。是啊，教会孩子言而有信的品德太重要了！历朝历代有识之士都注重培养孩子这方面的德行，明末张履祥人称杨园先生，他在《示儿》里教育儿子“忠信笃敬，是一生做人根本”。翻阅刘向《列女传·母仪传》，春秋战国时贤母教子的故事太多了，有的教育儿子忠正清廉，有的教育孩子多行仁德……母贤子孝青史千古留名，像孟母训子的事情在日本、韩国都有流传。

再说一位大家都知道的名人陶侃，他成为东晋名将和母亲的教诲是分不开的。据《晋书·陶侃传》《晋书·列女传》《世说新语》等记载，陶侃很小的时候父亲就去世了，母亲湛氏靠纺织供陶侃读书并结交比自己优秀的人，后来陶侃在县里当了主管捕鱼事务的小吏，给母亲捎回坩鲊（一种腌制鱼），母亲原封不动给他送回，并责备陶侃以官物送母。陶侃年少时就有大志，家境却非常贫寒，和母亲湛氏住在一起。同郡人孝廉范逵当时非常有名望，慕名来拜访陶侃。母亲安顿陶侃好好接待客人，她铡碎新织草席来喂访客的马，剪下头发卖掉准备酒菜招待客人。范逵知道后非常感动，叹息道：“非此母不生此子！”在范逵的推荐下，陶侃逐渐有名当时，终于成为一代名将。余嘉锡先生在疏证《世说新语·贤媛篇》时说，“有晋一代，唯陶母能教子，为有母仪，余多以才智著，于妇德鲜可称者。”

在母亲的培养下，陶侃拥有了许多美德。比如他非常珍惜时间，常对人曰：“大禹圣人，乃惜寸阴；至于众人，当惜分阴，岂可但逸游荒醉！生无益于时，死无闻于后，是自弃也！”部下有因为喝酒赌博误事者，便命人取其酒具和赌博器具，全部扔到江里。再如他饮酒绝不过量，他饮酒往往有定限，一时正喝到高兴但限量已到，他便绝口不饮，人们劝他再少喝一点，陶侃想到已逝的母亲凄怀良久说：“年轻时喝酒有酒后失态的行为，被母亲训诫约束过，所以不敢超过限量。”这是一种大孝的行为，所以宋代林同《贤者之孝二百四十首·陶侃》诗曰：“陶公宴参佐，限极每欢余。忆与亡亲约，凄然不敢逾。”朱柏庐《治家格言》里也说“勿饮过量之酒”，能做到这一点真的不容易，能控制住酒的人才能成就大事业。

孟母和陶母恩威并用培养出了杰出的孩子，一般的父母因为溺爱使孩子骄气日盛，长大之后偏离了正道甚至长偏了。如何让孩子走上正道？唐元和年间的舒元舆路过陶母坟时，写了一篇碑文说："常母之道，恩胜威。威不胜，而常子之性，偏以骄出，由此也偏气袭正气，正气败绩，故往往恩过骄过……古孟氏母警戒若此也，乃首以兼教子，轲三变而至于道。去千年而陶之母亦以兼教子侃，侃还至于道……呜呼，贤母之风可以卓往赫来，为千万光……"这里说的"兼教"就是恩威并济，"至于道"是走上了正道。

对孩子把握好严格与溺爱的尺度是比较难的，尤其现在的父母对孩子溺爱太过，结果宠坏了孩子，甚至带来了严重后果。颜之推《颜氏家训·教子篇》云："父母威严而有慈，则子女畏慎而生孝矣。"他举了一个例子，说南朝梁名将王僧辩的母亲魏夫人非常威严，王僧辩为三千人将，年过四十后，稍微有做得不对的地方，魏夫人"犹捶挞之，故能成其勋业。"颜之推说："吾见世间无教而有爱，每不能然，饮食运为，恣其所欲，宜诫翻奖，应诃反笑，至有识知，谓法当尔，"是说这些父母宠爱孩子太过分，任其胡为，应该批评却表扬，结果当孩子宠坏以后，再管教已经晚了，"骄慢已习，方复制之，捶挞至死而无威，忿怒日隆而增怨，逮于成长，终为败德"。颜之推又举例说："梁元帝时有一学士，聪敏有才，为父所宠，失于教义，一言之是，遍于行路，终年誉之；一行之非，揜藏文饰，冀其自改。"结果这个孩子娶妻仕宦，"暴慢日滋"，因为言语不逊被周逖杀掉。

历代家训都谈到了溺爱孩子的危害性，提出教子严慈相济的原则。古人云"慈母有败子""孝子不生慈父之家"，宋代袁采的《袁氏世范》被誉为《颜氏家训》之亚，其《睦亲》篇云："人之有子，多于婴啼之时，爱忘其丑，恣其所求，恣其所为，无故叫号，不知禁止，而以罪保姆。凌轹同辈，不知戒约，而以咎他人。或言其不然，则曰小未可责。日渐月渍，养成其恶，此父母曲爱之过也……子幼必待以严，子壮无薄其爱。"对孩子宽严相济才能逐步把孩子导引上正道，北宋司马光的《家范》中指出慈爱和严教相结合的重要性，认为"为人母者，不患不慈，患于知爱而不知教也"。清代郑板桥五十二岁始得一子，但他不溺爱孩子，在写给堂弟郑墨的信中，要求对孩子严加管教，成为心地忠厚为人善良的人，不能让他盛气凌人。

刘备教育儿子“勿以恶小而为之，勿以善小而不为”。好的习惯要靠父母不断鼓励引导养成，坏的习惯家长要坚决制止。司马光的《家范》里说，对略微懂事的孩子“有不识尊卑长幼者，则严诃禁之”。在恩威相济、宽严并举教育孩子这方面，我也失之于宽，但我不想溺爱孩子，在研读古人教子的方法中边学边改吧。

算来身教易为功
——看古人如何教子（中）

“龙生龙，凤生凤，老鼠的儿子会打洞。”——这句俗语告诉人们，家庭和环境对孩子的影响太大了，家庭是孩子最好的课堂，父母是孩子最好的老师。“身教亲于言教”，古人特别重视身教的作用，好的家庭教育会让孩子养成好的生活习惯，提高品德修养，增长学识才华，最终成为“修身齐家治国平天下”的有用之才。

谁不想自己的孩子有出息，所以父母一定要给孩子做好表率作用。清代林伯桐《古谚笺》里有“老子偷瓜盗果，儿子杀人放火”的句子，父母亲在孩子面前一定要注意并检点自己的言行。我见过一些农村父母打麻将、摸纸牌，把孩子抱在耍钱摊子上，结果孩子早早学会了麻将、认识了纸牌。如今不少父母整天拿着手机找乐，哪里还能指望孩子凝心静气去读书呢！

《汉书·贾谊传》引用孔子的一句话是“少成若天性，习惯如自然”，父母亲要给孩子选择一个良好的环境。孟母择邻的故事家喻户晓，汉刘向《列女传》记载孟子小时候家住在墓地旁，孟子玩耍就模仿埋葬哭丧等事。孟母赶紧把家搬到了市场边，孟子“嬉游为贾人炫卖之事”，就是学着商人做买卖。孟母赶紧搬到了学宫之旁，孟子玩耍就学习祭祀和礼仪等事，孟母高兴地说：“这回给我儿子找对住处了！”孟子终于成为大儒，人们都说这是孟母重视孩子教育环境的结果。

孩子成长，好的环境固然重要，父母的言行对孩子潜移默化的影响更重要。清金兰生编辑的《格言联璧》收录了据说是袁崇焕的自题联“心术不可得罪于天地，言行要留好样与儿孙”，作为父母一定要以好的言行来影响孩子。《孔丛子·居卫》云：“有此父斯有此子，人道之常也。”父母是孩子最好的榜样，晋代王献之在父亲王羲之的教化栽培下，也成为大书法家，父子并称为“二王”，书法艺术千古独步。历史上多少仁人志士以自己的嘉言懿行为榜样，使自己的孩子也承继了家风，“先天下之忧而忧，后天下之乐而乐”的范仲淹也教育出了优秀的孩子，他高兴地对儿子说：“纯仁得其忠，纯礼得其静，纯粹得其略。”

父母对孩子的身教在于一言一行的细节，“润物细无声”来滋润孩子的心田。《韩非子·外储说左上》讲了一个故事，说曾子的妻子要到市场上去，她的儿子哭着要跟她走，曾子的妻子哄孩子说：“你回去，等我回来给你杀猪吃肉。”曾子的妻子从集市上回来，看到曾子正抓住一头猪准备杀掉，妻子赶紧制止说：“刚才不过是和孩子说着玩儿呢。”曾子说：“小孩子可不能哄他！孩子不懂事，要向父母学习，要靠父母教育。你假如欺骗他，是教他欺骗的行为。母亲如果欺骗儿子，儿子就不会再相信母亲了，这不是教育孩子的办法。”于是把猪杀了给儿子美美吃了一顿肉。这个故事和《韩诗外传》卷九孟母买肉啖子的故事有点相似，讲的都是父母说话算数使孩子学会诚实无欺。

明代有一本奇书名为《庭帷杂录》，这本书是袁衷、袁襄、袁裳、袁表、袁衮兄弟五人根据父亲袁参坡和母亲李氏的教诲写成的家训。这本家训全面记录了贤淑有识的李氏对儿子们的身教。李氏作为填房嫁给袁参坡，视袁衷、袁襄如己出，关心胜过自己的亲生儿子，袁襄的妻子感动地对袁襄说：“即亲生之母，何以逾此。”作为两个孩子的后母，李氏还带着他们祭拜生母，洒泪告诉他们：“你们的母亲不幸早去世，你们来不及孝顺抚养，你们能尽人子孝心的，只有祭拜一下母亲了。”袁衷记载下此事和李氏的教诲，告诉后辈“为吾子孙者，幸勿忘此语”。

李氏还以身教培养孩子们仁慈宽厚、乐善好施的品德。李氏用自己的宽厚和仁慈化解了和邻居沈家的矛盾，成为姻戚往还的好邻居。她还经常周继生活贫困的穷亲戚，教育孩子们善待仆从。她还注重从小处入手培养孩子们的品德，袁衷说母亲对他们“坐立言笑，必教以正，吾辈幼而知礼”。一次家童阿多送袁衮兄弟俩上学，摘了路边农家的蚕豆。李氏批评了他们偷摘蚕豆的行为，命送一升米给人家赔偿。李氏还教会了孩子们宁让自己吃亏也不让别人吃亏的美德。

看了这位贤母教子的故事，我想起自己的母亲。我的母亲虽然是一位识字不多的农村妇女，但她却从小教我们各种做人的道理，比如“坐有坐样，站有站样，不能斜躺顺卧”，再比如不能随意剩饭，不能随意顶撞大人。一个下雨天，我和邻居玩伴刘如义一起放马回来，看到我家房后二俊平家的圐圙的土墙被雨淋坏了，有几只猪在圐圙里的南瓜地里拱……外面雨下得正大，我和刘如义一起把猪从圐圙赶走，不让它们糟塌南瓜地，出来时顺手一人摘一个南瓜带回家中，结果被妈妈狠狠训斥了一顿：“怎么拿回来的怎么送回去！”我们抱着南瓜送回二俊平家。在成长的道路上，妈妈教会了我们好多堂堂正正做人的道理，特别是在一些日常小事上多注意自己的行为举止，至今思来受益匪浅。

注重身教还要教会孩子慎于择友，一定要选择正直诚实博学的益友来提高自己。明代黄氏《训子诗三十韵》“毋友莫己若，勿交非吾徒”，择友的标准是胜过自己。清代大学士张廷玉的父亲张英认为“人生以择友为第一事”，张家甚至有“保家莫如择友”的家训。年轻人可塑性大，容易受诱惑走上邪路。张英认为“人生二十内外，渐远于师保之严，未跻于成人之列，此时知识大开，性情未定，父师之训不能入，即妻子之言亦不听，惟朋友之言，甘如醴而芳若兰。脱有一淫朋匪友，阑入其侧，朝夕浸灌，鲜有不为其所移者”。

是啊，今天十几岁的初中生到二十多岁的大学生，家长一定要关注孩子所交的朋友，我认为这个年龄段的孩子，朋友的“身教”十分重要。其实古人也说过这样的道理，《汉书·贾谊传》里贾谊的《治安策》里说：“夫习与正人居之，不能毋正，犹生长于齐不能不齐言也；习与不正人居之，不能毋不正，犹生长于楚之地不能不楚言也。”所以说“保家莫如择友，求名莫如读书”，保家靠子孙，子孙正了才能保家继世，家风流传久远。

如何择友教子？一门之内父子双宰相的张英已经给出了答案。被康熙皇帝赞誉“始终敬慎，有古大臣之风”的张英有四语诫子，最后一语是“择交者不败”。张英告诉子弟们要交善人，“与人相交，一言一事，皆须有益于人，便是善人”。如果不是善人要及早绝交，张英的《聪训斋语》里说：“今亲戚中，倘有此等之人，则踪迹常令疏远，不必亲密。若朋友则直以不识其颜面，不知其姓名为善；比之毒草哑泉，更当远避。”

人生路漫漫，但人之初是人生起步的关键阶段。所以父母要给孩子选择好的成长环境，父母要以身作则给孩子良好的身教，培养孩子良好的道德情操和学识修养。孩子的青春期不仅要让他有良师，还要让他身边有益友，这样请你相信：孩子培养得差不了！

吃亏忍让慎言语
——看古人如何教子（下）

历代家训都把教育子弟读书做人摆在了十分重要的位置，“忠孝传家远，诗书继世长”的古训影响着一代又一代人。在古人看来学做人远比读书更重要，忠孝清廉、勤奋节俭、诚实守孝……这些都是应该教会孩子的美德，但更重要的是让孩子学会吃亏忍让慎言语，人生的路上才不会荆棘满途，而是鲜花满目。

教育孩子读书和做人哪个更重要？当然是做人了，明代反对魏忠贤的东林党领袖高攀龙在家训中说："吾人立身天地间，只思量作得一个人，是第一义，余事都没要紧。"读书求知是为了更好地做人。清康熙年间"天下第一廉吏"陆陇其教导大儿子陆定征说："世上几百年旧家无非积德，天下第一等好事只是读书，"但他说："非欲汝读书取富贵，实欲汝读书明白圣贤道理，免为流俗之人。读书做人，不是两件事。将所读之书，句句体贴到自己身上来，便是做人之法。如此，方可称读书之人。"通过读书来对照自己的言行，才能学会做人，所以他说："若不将来身上理会，则读书自读书，做人自做人，只算做不曾读书的人。"清代郑板桥写信给堂弟郑墨，让他好好教育自己的小儿子："夫读书中举中进士做官，此是小事，第一要明理做个好人。"

做个好人首先要学会吃亏。我小的时候父亲就告诉我要"吃得了亏、受得了气、咽得了苦"，路才会越走越宽，后来我在读书明理中体味"吃亏是福"的道理。明代忠臣杨继盛因弹劾严嵩身受酷刑，临刑前给两个儿子写下家训谈与人相处之道："宁让人，勿使人让我，宁容人，勿使人容我，宁吃人亏，勿使人吃我亏，宁受人气，勿使人受我气。"高攀龙告诫子孙换个角度来看，吃亏就是占便宜，"做好人眼前觉得不便宜，总算来是大便宜。千古以来成败昭然，如此迷人尚不觉悟，真是可哀！吾为子孙发此真切诚恳之语，不可草草看过。"

明代的袁衷、袁襄等兄弟五人写成《庭帷杂录》一书，记录了父亲袁参坡和母亲李氏的教诲。据袁裳记载，李氏教育孩子们宁可自己吃亏也不能让别人吃亏，在购买柴米油盐等东西时，李氏总是多付一点银子，她告诉儿子："细人生理至微，不可亏之。每次多银一厘，一年不过分外多使银五六钱，吾旋节他费补之，内不损己，外不亏人，吾行此数十年矣，儿曹世守之，勿变也。"这样的例子不少，明末著名学者陈龙正在《家矩》告诫家人要学会吃亏让人，吃亏是占便宜。"大抵亏己一分，饶人一分，无不可了。其有极难处者，便全亏全饶，亦与了断，既使心中轻快，又免使子孙煎烦，是大便宜也。"他说，他和他的父亲每年青黄不接时减价卖出几百担米帮助饥民渡过灾荒，家庭成员世世代代都应该这样做。

历代名人都以“知足常乐”来训诫子孙不可贪得无厌，要明白吃亏是福的道理。三国曹魏名臣王昶劝诫子侄“故知足之足常足矣！览往事之成败，察将来之吉凶，未有干名要利，欲而不厌而能保世持家，永全福禄者。”清代曾国藩写《不求》诗教育儿子们：“知足天地宽，贪得宇宙隘。岂无过人姿，多欲为患害。”好多人把吃亏视为窝囊和无能，清代乾嘉年间学者汪辉祖在《双节堂庸训》里说得好：“俗以‘忠厚’二字为‘无用’之别名，非达话也。凡可以损人利己之方，力皆能为而不肯为。是谓宅心忠待物厚。忠厚者，往往吃亏，为儇薄人（佞巧轻薄之人）所笑。然至竟不获大咎。林退斋先生遗训曰：‘若等只要学吃亏。’从古英雄只为不能吃亏，害多少事？能学吃亏充之，即是圣贤克己工夫。”清代乾隆年间的戏曲家蒋士铨撰飨堂联云：“垂训一毋欺，能安分者即是敬宗尊祖；守身三自反，会吃亏者便为孝子贤孙。”

“知足者常乐，能忍者自安”，这句话在我们乡下很流行，学会吃亏就得能忍让。王昶教育子弟说：“夫能屈以为伸，让以为得，弱以为强，鲜不遂矣。”宋人刘清之在《戒子通录》中录有唐代朱仁轨所言，“终身让路，不枉百步；终身让畔，不失一段”。畔是田地的边界，意思是一辈子让路，也不会多走百步；一辈子让田界，也不会少了一段。曾国藩把这个道理写在了《不求》诗中：“终身让人道，曾不失寸步。终身祝人善，曾不损尺布。”明代理学家罗伦在《戒族人书》中把忍让的道理说了一个透：“何谓齐家？不争田地，不占山林，不尚争斗，不肆强梁，不败乡里，不凌宗族，不尚奢侈……只要认得一‘忍’字、一‘让’字，便齐得家也。”

桐城六尺巷的故事家喻户晓，说的就是礼让能使乡邻和睦。清康熙年间文华殿大学士兼礼部尚书张英在老家桐城的宅子与吴家为邻，两家院落之间有条巷子，吴家要建新房想占这条路，张家人不同意。双方互不相让。两家都是名门望族，县官不敢轻易了断。张家人千里传书给张英，张英回信批诗一首："千里修书只为墙，让他三尺又何妨？万里长城今犹在，不见当年秦始皇。"家人阅信后主动让出三尺空地。吴家见状深受感动，也主动让出三尺，"六尺巷"由此得名。"退一步海阔天空，忍一时风平浪静"，张英此举传为千古佳话，他的家训《聪训斋语》曾国藩推崇备至，张英的儿子张廷玉在给儿孙家训中说对《聪训斋语》终身诵之。清金兰生《格言联璧》"世事让三分天宽地阔，心田存一点子种孙耕"，张英谆谆告诫子孙："欲行忍让之道，先须从小事做起。余曾署刑部事五十日，见天下大讼大狱，多从极小事起。君子敬小慎微，凡事只从小处了。"

是啊！从古到今因为一些鸡毛蒜皮的事情不忍让，结果争得头破血流甚至出现命案的悲剧并不鲜见。"事临头三思为妙，怒上心忍让最高"，当怒不可遏时，舌头一定要在嘴里转三圈。明末清初理学家张履祥教育子孙"以忠信谨慎为先，切戒狷薄。不可顾目前之利而妄他日之害，不可用一时之势而贻数世之忧"。狷薄就是急躁轻佻，为人一定要有一副能忍耐的好脾气。晚清桐城派的代表作家吴汝纶认为忍让为居家美德，他说："若必以相争为胜，乃是大愚不灵，自寻烦恼。人生在世，安得与我同心者相与共处乎？凡遇不易处之境，皆能掌学问识见。孟子曰：'生于忧患'，'存乎疢疾（疢音 chèn，本指疾病，代指忧患）'，皆至言也。"

能吃亏懂忍让就不能在言语上争高低，就不能随意背后论人长短。"静坐常思自己过，闲谈莫论他人非"，这也是妇孺皆知的俗语。在我们托克托县，人们最看不起那些笑话别人的人，称他们做人太"浇薄"；人们也看不起那些嚼舌根搬弄是非、在背后嘲笑与诋毁别人的人，嫌他们太轻薄。在古代人们对那些调嘴弄舌的人也厌恶至极，东汉名将马援说"好议论人长短，此吾所大恶也"，他告诫子侄们勿效天下轻薄子，"吾欲汝曹闻人过失，如闻父母之名：耳可得闻，口不可得言也。好议论人长短，妄是非正法，此吾所大恶也：宁死，不愿闻子孙有此行也"。三国魏王昶告诉子弟"君子不自称，非以让人，恶其盖人也"，自称就是自夸，意思是少在人前自夸，风头盖过别人。晋代名儒羊祜以品德高尚著称，他告诫子弟“恭为德首，慎为行基”，这慎就是要慎言语，他要求子侄“无传不经之谈，无听毁誉之语。闻人之过，耳可得受，口不得宣”。

说话是最难的，所以嘴上一定要有一个把门的。唐代刘禹锡《口兵诫》一文说：“诫哉我口之启，尔心之门。无为我兵，当为我藩。以慎为键，以忍为阖。可以多食，勿以多言。”可以多吃但不要多言，口兵比喻言语伤害人，这是最难弥补的，“五刃之伤，药之可平，一言成疴，智不能明”，刀剑伤人创口是可以愈合的，言语伤人是无法疗伤的。所以北宋庆历年间宰相贾昌朝《戒子孙》慎言“朝政得失，人事长短”，前者是庙堂之高的事儿，后者是家长里短的事儿，这都不是可以妄加评说的事儿，尤其“众中语涉朝政得失，人事长短，慎勿容易开口”，在大庭广众之下趁早闭住嘴。明高攀龙说“言语最为谨慎……多说一句，不如少说一句”，他还引用格言说“人生丧身亡家，言语占了八分”。

张英是从自己看到的案件说起，高攀龙是从格言谈起，出言不慎会丧身亡家。言语小的危害也能伤了和气，明代陈继儒在《安得长者言》里说：“有一言而伤天地之和，一事而折终身之福者，切须检点。”其实古圣先贤就讲过这个道理，北宋文学家叶梦得在《石林家训》里说：“《易》曰：‘乱之所由生也，言语以为阶。君不密则失臣，臣不密则失身。’庄子曰：‘两喜多溢美之言，两怒多溢恶之言。’大抵人言多不能尽实，非喜即怒。喜而溢美，犹不失谨厚；怒而兴恶，则为人之害多矣。”叶氏所言孔子的话见《易·系辞上》，他说的庄子的话其实也是孔子的话，见诸《庄子·内篇·人间世》。人往往以喜怒和好恶来评价人物或事件，这种语言往往不客观。陈继儒所谓“喜时之言多失信，怒时之言多失体”，这种失信或失体的语言于事无补，有时甚至招来麻烦和祸患。

“出言须思省，则思为主，而言为客，自然言少”，所以话到嘴边还是要好好想一想。在学习古人的家训时一定要思考吃亏是福、能忍自安、慎言笃行等教诲的道理。为人一定要谦虚低调，切勿富贵骄人、盛气凌人。宋代张耒看到北邻有一个卖饼的孩子，每天早晨天蒙蒙亮便绕街叫卖，即使天寒地冻、大风凛冽也会出来。莫欺少年穷，深受感动的张耒给儿子秬秸写了一首诗，教育儿子“业无高卑志当坚”。

这个世界很美，包括好多人的品德。我们一定要教育子弟谦虚待人，礼让待人，切勿出言伤人。在这个世界上，少一分骄气，就会多一分福气。

看陆游如何以诗书教子孙

“死去元知万事空，但悲不见九州同。王师北定中原日，家祭无忘告乃翁。”这首妇孺皆知的诗是陆游爱国诗的经典之作，这是一位伟大爱国诗人的绝笔，这是一位八十五岁老翁在生命尽头对儿辈们的谆谆遗嘱。诗人临终前牵挂的不是个人生死，而是遗憾没有看到祖国统一。这首催人泪下的诗作让人感受到强烈的爱国热忱，爱国精神贻及子孙光照千秋。

勤于读书写作的陆游给后人留下九千三百多首诗作，这是一笔宝贵的精神财富。梁启超读罢他的诗集后赋诗一首：“诗界千年靡靡风，兵魂销尽国魂空。集中什九从军乐，亘古男儿一放翁。”壮怀激烈的陆游一生不变“位卑未敢忘忧国”的情怀，终生不改“一片丹心报天子”的志向。他也是一位教子有方的父亲，他著有一部《放翁家训》，还写了 200 多首教子诗词，这些诗词循循善诱苦口婆心，有“为农为士亦奚异，事国事亲惟不欺”的叮嘱，也有“古人学问无遗力，少壮工夫老始成”的教诲，他不要求孩子们为官为宦显达，只要对国家对亲人有诚实不欺的品格，当个自食其力的农民也是好的，这也是保家之道，“保家无异法，一念勿萌欺”。我从《剑南诗稿》择读近 200 首教子的诗词，仿佛当年聆听父亲娓娓说道自己一生的生活经验，苦口婆心的训诫透着慈祥的爱意。当年父亲用朴素的土默川土话讲着深奥的大道理，而陆游则用诗化的语言讲着朴素的道理，像润物无声的春雨一样滋养心田。

先说说《放翁家训》，这部不到4000字的家训分为两部分。前一部分是陆游四十多岁时壮年所写，后一部分写于八十岁左右。《放翁家训》要求子孙要承继勤俭持家、为官清廉的家风，告诉子孙们“天下之事，常成于困约，而败于奢靡”；告诫子孙们不可蝇营狗苟去求取富贵，“若夫挠节以求贵，市道以营利，吾家之所深耻。子孙戒之，尚无坠厥初”；陆游还提倡薄葬从简、墓志求实的思想，反对“张设器具，吹击锣鼓”的大操大办丧事的习俗。

陆游推崇耕读传家、舍官务农的择业理念，他说“吾家本农也，复能为农，策之上也。杜门穷经，不应举，不求仕，策之中也。安于小官，不慕荣达，策之下也”。他认为“惟当躬耕，绝仕进，则去祸自远”，这和他在《思归示儿辈》中“吾儿姑力穑，莫羡笏堆床”的诗训是相同的，他在《三山卜居今三十有三年矣屋陋甚而地有余数世》一诗里阐发了这样的思想：“印累累，绶若若，换君朱颜君不觉。冠如箕，剑拄颐，苍头庐儿笑君痴。不如短褐归乡舍，上毕租庸下婚嫁。横陂引水莳禾黍，高陆犁荒种桑柘。比邻毕出观夜场，老稚相呼作春社。鸡争舂米茅檐底，犬吠行人槿篱罅。数椽幸可传子孙，此地它年名陆村。藜羹一饱能世守，殊胜养牛并上尊。”反映了他厌倦宦情的思想，他在另一首诗里自嘲“躬耕至老岂不佳，子孙当以吾为戒”。

在《放翁家训》里，陆游还讲述了各种为人处世的道理。他教育孩子们以善为先、虚己待人，“人士有吾辈同行者，虽位有贵贱，交有厚薄，汝辈见之，当极恭逊。己虽高官，亦当力请居其下”，我想了一下我父亲当年就和我说过“逢人低三分”的道理。陆游告诫子孙不能贪口福而杀动物，这一点有识之士都会告诫子孙，比如清代郑板桥写给堂弟郑墨书信，就要求他教育儿子不能凌虐动物。陆游还告诫子孙切不可有害人之事，切不可与人争竞，“吾生平未尝害人。人之害吾者，或出忌嫉，或偶不相知，或以为利，其情多可谅，不必以为怨，谨避之，可也。若中吾过者，尤当置之。汝辈但能寡过，勿与贵达亲厚,则人之害己者自少";陆游从常人的习惯来分析贪得无厌的原因,"至若常人之情,见他人服玩,不能不动,亦是一病。大抵人情慕其所无,厌其所有"。因此陆游让子孙们想一想"但念此物若我有之,竟亦何用?使人歆艳(羡慕),于我何补?如是思之,贪求自息",贪求一些无谓的东西有什么用呢?只能背负贪得无厌的名声。

"我老空追悔,儿无弃壮年",陆游告诫子弟抓紧光阴干有益之事。因为光阴可惜,"人未四十,未可著书。过四十又精力日衰",干事的时间并不多,"人生才固有限,然世人多不能克尽其实,至老必抱遗恨"。对于聪明的孩子"切须常加简束,令熟读经学,训以宽厚恭谨,勿令与浮薄者游处",这样有十多年就会培养孩子好的志趣。熟读经学陆游在诗训里也经常提及,他告诫儿子们"六经如日月,万世固长悬",经时"惧如临战阵,敬若在朝廷",陆游认为读经"此是吾家事,儿曹要细听",他叮嘱孙子陆元敏说"学问参千古,工夫始一经""学贵身行道,儒当世守经"。

现在让我们来看陆游独特的诗训,从这二百多首诗里可学到处世做人、修行治学的道理。"一寸赤心惟报国"的陆游在诗词里经常澎湃着爱国报国的激情,他也经常告诫儿孙要关心国家大事,常怀报国之心。他时刻不忘统一大业,夜里他看着儿子陆子虡所得的淮上地图,慨叹"胡尘漫漫连淮颍,泪尽灯前看地图"。他在另一首诗里坚信"南北会当一",告诉子孙们"永为河渭民,勿惮关山路"。他告诫孩子们"秋毫何者非君赐,回首修门敢遽忘",要明白"夙夜佐而长,努力忘食眠。醇如新丰酒,清若鹤林泉,棠宜使可爱,蒲正不须鞭",好好辅佐官长、清廉为官、善待吏民。在送儿子陆子龙去吉州(今江西吉安)为掾时,写诗嘱咐子龙"判司比唐时,犹幸免笞箠;庭参亦何辱,负职乃可耻。汝为吉州吏,但饮吉州水;一钱亦分明,谁能肆谗毁?聚俸嫁阿惜,择士教元礼",让他判案要像唐尧之世不要使用酷刑,官微跪拜长官没啥愧辱的,没有干好本职工作才是羞耻的。在吉州为官要清白自守,清廉别人就无法谗毁你。积攒给女儿陪嫁,请师傅教好儿子。至于我你不用挂念，“我食可自营，勿用念甘旨。衣穿听露肘，履破从见指；山门虽被嘲，归舍却睡美”，衣食能自理，虽然穿得烂，走得慢，住得破，被人笑话，但我回家睡得美睡得踏实啊。陆游又介绍了在吉州的老朋友杨万里等，他告诉儿子老朋友杨万里“清介世莫比”，你可别想着走后门照顾你，只要问声叔叔好就行了，“汝但问起居，余事勿挂齿”。信快要写完了，他化用《三国志·魏书七·陈容传》中“仁义岂有常，蹈之则君子，背之则小人”这句话为诗，告诫儿子做一个仁义君子。陆游多次告诫孩子们“人生粗足耳，衣食不须宽”的道理，不可汲汲于功名富贵。

陆游特别看重自家的清白家风，要把这种家风世世代代继承下去。他在《示子孙》一诗中说：“为贫出仕退为农，二百年来世世同。富贵苟求终近祸，汝曹切勿坠家风。”告诉子孙们陆家祖上就有不事伪国苟取富贵的先人，子孙们无论务农出仕都要承继不贪图富贵的家风；他赞赏爱读书的儿子陆子虞说，“好学承家夙所奇，蠹编残简共娱嬉”，在房子的西边陆游远眺夕阳，看到小儿子继承了自己读书的爱好，非常高兴后继有人，“嗟予久合堕鬼录，怜汝犹能读父书”，陆游告诉子辈“永怀吾祖起家初”；看到孙儿陆元用学诗有成，他赞赏“会看神授如椽笔，莫改家传折角巾”，折角巾就是文士之冠。对这种诗书继世的儒风陆游特别看重，在《示元敏》一诗中说：“宁论绶若若，且喜佩青青，”青青代指读书人的服装，在写给儿孙的诗不止一次提起“吾家太傅后，衿佩盛青青”“入塾尚忆青青衿”，诗书继世这是陆游的理想，“累叶为儒业不隳，定知贤杰有生时”。

在诗训里陆游反复叮咛子孙们学习经书典籍，勉励后辈们好好学习钻研。他反复叮咛子辈要钻研六经：“六艺江河万古流，吾徒钻仰死方休。沛然要似禹行水，卓尔孰如丁解牛？老惫简编犹自力，夜凉膏火渐当谋。大门旧业微如绵，赖有吾儿共此忧。”冬夜读书时他又告诉子辈：“易经独不遭秦火，字字皆如见圣人。汝始弱龄吾已耄，要当致力各终身”，“圣师虽远有遗经，万世犹传旧典刑。白首自怜心未死，夜窗风雪一灯青。”对于其他子孙他也反复讲述这番道理，在《示子遹》里写道：“敢恨吾生后圣贤，六经虽缺尚成编。本来尧舜身亲见，孰谓丘轲道不传？妙理岂求逢掖外，淳风宁在结绳前。此身未死还堪勉，更伴吾儿学数年。”在另一首《诵书示子聿》里，他也道出了陪伴儿子读书的快乐，“易传三圣至仲尼，炎炎秦火乃见遗。经中独无一字疑，正须虚心以受之。世衰道散吁可悲！我老欲学无硕师。父子共读忘朝饥，此生有尽志不移”。在《诵书示子聿》里说：“乃翁诵书舍东偏，吾儿相和山之巅，”父子背诵相和，读书之乐无穷也。他和孩子们在一起读书时也经常辩论交流，“遹子挟册于于来，时与乃翁相论难”“阿遹可怜生，相守忘夜旦。孤学当世传，岁月不可玩”。他也和儿孙们分享读经的乐趣，“经中固多趣，我老未能忘。似获连城璧，如倾九酝觞。信能明孔氏，何暇傲羲皇。努力晨昏事，躬行味始长”，他告诉儿子们读经的方法，“学先严诂训，书要讲声形”“通经本训诂，讲字极声形”。

教育孩子们安贫乐道勤于学业，这也是陆游诗训的一大特点。读书就是读书，不要想着求取功名富贵，要像颜回那样箪食瓢饮、陋巷读书而不改其乐，《冬夜读书示子聿》云：“读书万卷不谋食，脱粟在傍书在前。要识从来会心处，曲肱饮水亦欣然。”陆游苦口婆心地教诲子弟们居竹篱茅舍甘心读书，食粗茶淡饭，安于学习。《雨中示子聿》云：“穷阎父子自相依，寂寂茅庐映竹扉。瓜蔓水生初抹岸，楝花寒动却添衣。吾玄自笑岂尚白，汝瘦元知能胜肥。苦学勿为干禄计，宦途虽乐不如归。”《示诸孙》写道：“蜗舍鹑衣老可哀，衰颜时为汝曹开。朱门莫羡煮羊脚，粝食且安羹芋魁。家塾读书须十纸，山园上树莫千回。但令学业无中绝，秀出安知有后来”。他接连写了好几首诗给爱读书的子聿，“残雪初消荠满园，糁羹珍美胜羔豚。吾曹舌本能知此，古学工夫始可言。”“世间万事有乘除，自笑羸然七十余。布被藜羹缘未尽，闭门更读数年书。”他与儿子出门散步时也不忘教诲儿子，“旧书半蠹犹堪读，粝饭藜羹莫更论”。他告诉子孙：“茆屋（即茅屋）惟须补漏穿，家人衣食亦随缘。岂容一事相关白，已过传家十二年。”

耕读传家、诗书传家是陆游最自负的，他喜欢看到子孙们读书的样子。在《冬夜读书示子聿》中自豪地说：“宦途至老无余俸，贫悴还如筮仕初。赖有一筹胜富贵，小儿读遍旧藏书。”看到子聿酷爱读书的样子，他高兴地说：“简断编残字欲无，吾儿不负乃翁书。绝胜锁向朱门里，整整牙签饱蠹鱼。”他喜欢听到孩子们稚嫩的读书声，《喜小儿病愈》诗云，“一床共置朝回笏，百屋常堆用剩钱。何似吾家好儿子，吟哦相伴短檠前”；《睡觉闻儿子读书》诗云“梦回闻汝读书声，如听箫韶奏九成。且要沉酣向文史，未须辛苦慕功名。人人本性初何欠，字字微言要力行。老病自怜难预此，夜窗常负短灯檠”。当儿孙的读书声传到耳际时，他高兴“佳哉东北风，吹下读书声”。在《夜坐观小儿作拟毛诗欣然有赋》里“北风城头鼓紞紞，徂岁峥嵘正多感。老夫假寐角巾低，穉子高吟两髦髧。衰迟笑我藏袖手，狂率怜渠满躯胆。旋炊粉饐裹青箬，新煠饧枝缀红糁。未言问事渐澜翻，且赏挥毫能果敢。嗟予畴昔如汝年，万卷纵横恣窥览。即今见汝尚懽欣，此癖真同嗜昌歜。夜阑我困儿亦归，独与狸奴分坐毯”。子孙们读书学诗有一点进步就会鼓励，他夸奖子聿“人才如尔少，老健及吾难”。在《喜小儿病愈》诗云，“喜见吾家玉雪儿，今朝竹马绕廊嬉。也知笠泽家风在，十岁能吟病起诗”。他为孩子们能作诗自负，“诸友诗章来亹亹，小儿笔势亦翩翩”。陆游时刻提醒子孙们要耕读传家，“孺子虽知学，家贫且力耕”，不但要懂得读书学习，还要躬耕稼穑。《纵笔》云，“小儿读书耕且养，老夫入朝仕易农。明春史成许归去，父子相逐歌年丰。”这样父子一起耕读是他心中的向往。“有儿更耐穷，伴翁理遗编。短檠幸能继，竟夜可忘眠”，父子们可以一起彻夜整理并读书。

陆游自己嗜书如命，关于读书的诗在《剑南诗稿》里占了很大的篇幅，说他是书痴一点都不过分。“我性苦爱书，未始去几案”，伏案读书作诗占去了他大部分时间，他恨不得读尽天下书，“两眼欲读天下书，力虽不逮志有余。”《五更读书示子》写道，“近村远村鸡续鸣，大星已高天未明。床头瓦檠灯煜爚，老夫冻坐书纵横。暮年于书更多味，眼底明明见莘渭。但令病骨尚枝梧，半盏残膏未为费……”，写出了他读书的用功程度，他接着写道“吾儿虽戆素业存，颇能伴翁饱菜根。万钟一品不足论，时来出手苏元元”，他勉励儿子能甘于清贫而读书，他也告诉儿子高官厚禄何足论，读书是为了赈济天下苍生百姓，他在另一首诗里也说：“归志宁无五亩园，读书本意在元元。”他时刻不忘儿子潜心于学继承这家风衣钵，早晨没饭吃饿着肚子，他教育子聿：“水云深处小茅茨，雷动空肠惯忍饥。外物不移方是学，俗人犹爱未为诗。生逢昭代虽虚过，死见先亲幸有辞。八十到头终强项，欲将衣钵付吾儿。”他告诉儿孙辈，自己虽然八十多岁了，仍然“心存犹惜寸阴移”来读书。

陆游当然是一个会读书的人，他在诗训中和子孙们分享了自己的读书经验和方法。《冬夜读书示子聿》写道，“古人学问无遗力，少壮工夫老始成。纸上得来终觉浅，绝知此事要躬行”，要想有学问首先得下苦功夫，甚至要用毕生的功夫，而且还要知行合一。“儿孙未须睡，吾与汝论文”，他经常和儿孙们交流做诗和文章的心得，《与儿辈论李杜韩柳文章偶成》说，“吏部仪曹体不同，拾遗供奉各家风。未言看到无同处，看得同时已有功”，《子聿入城》写道，“诗家忌草草，得句未须成”……这都是他的经验之谈，特别是《示子遹》一诗“我初学诗日，但欲工藻绘；中年始少悟，渐若窥宏大。怪奇亦间出，如石漱湍濑。数仞李杜墙，常恨欠领会。元白才倚门，温李真自郐。正令笔扛鼎，亦未造三昧。诗为六艺一，岂用资狡狯？汝果欲学诗，工夫在诗外”，就是一小章唐代诗歌文学史，也道出了少年人学诗爱华丽的词藻的毛病，告诉儿子做诗真谛——“汝果欲学诗，工夫在诗外”。《夜坐示桑甥十韵》“好诗如灵丹，不杂膻荤肠……蛟龙起久蛰，鸿鹄参高翔。纵横开武库，浩荡发太仓。大巧谢雕琢，至刚反摧藏。一技均道妙，佻心讵能当……东山七月篇，万古真文章……”，这是欣赏和写作的真味。

在诗训里苦苦教诲孩子们的陆游，喜欢和孩子们分享日常生活的欢乐，也是一个有趣的父亲和长辈。《园中晚饭示儿子》：“一饱何心慕万钟，小园父子自相从。蚍蜉布阵雨将作，蛱蝶成团春已浓。涧底束薪供晚爨，街头籴米续晨舂。盘餐莫恨无兼味，自绕荒畦摘芥菘。”他喜欢这种父子相守的田园生活；他有时会和儿孙聊起自己的经历和所见所闻，《夜与子遹说蜀道因作长句示之》：“忆自梁州入剑门，关山无处不消魂。亚松托宿逢秋雨，小柏经行听晓猿。当日只知悲客硌，归来终亦老江村。吾儿生晚那知此，聊对青灯与细论。”青灯下父子聊天读书，多有兴味啊；高兴了，他想着和儿子把酒一叙，在写给子虡的信里说“街头有良酝，思汝一尊同”，和儿子相约“明年城西社，烂醉相扶携”。

陆游的儿子们各在天涯出仕为官，陆游把自己的思念煎熬成了琅琅上口的诗。子虡在淮南出仕，陆游思念呀，“父子不共耕，此悔真噬脐”，后悔让儿子去当官；《雨夜思子虡》说，“兀兀过遥夜，悠悠拥破衾。峭寒侵病骨，残雨滴愁心。人别易千里，书来真万金。醉眠差似可，谁与伴孤斟”，他告诉子虡：“何时得斗粟，归舍聊共煮”；送儿子们上任时充满了依依惜别之情，“父子团栾笑语哗，岂知云散各天涯”，《送子修入闽》说“只道耄年心似铁，诗成也作鼻辛酸”，《送子虡吴门之行》写道，“此诗字字俱愁绝，忍泪成篇却怕看”。送子坦时叮咛“老境宁容别，诸儿仕为贫。一春多卧病，几度送行人。五斗方须禄，千金且爱身。长安虽可乐，怜汝正思亲”；《寄子虡》诗云，“吾儿适淮壖，送之梅市桥。三年安得过，思汝双鬓凋……念汝未育子，大女方垂髫，小女闻学行，想像扶床娇……但愿早举孙，不必七叶貂；归来郎罢前，相从乐箪瓢”。《送子虡赴金坛丞》：“与汝为父子，忽逾五十年；平生知儿别，此别益酸然。念汝发亦白，执手河桥边。西行过临平，想汝小系船。悠悠阳羡路，渺渺云阳川……”，这些诗行里充满了牵肠挂肚的慈爱。孩子们走了他会“日倚柴门望汝归”，听到儿子们回来的消息他会激动万分。一次，他早早起来等待子聿归来：“老人盥栉罢，坐待汝晨省……悬知河桥下，亦已唤舴艋。长路归当饥，呼童具汤饼”，想像儿子已登船出发，路远归来会饿的，呼唤童子准备汤饼；子虡来信说明年春天可归来，陆游已想望上了归家的情景："白首相依饱蕨薇，吾家父子古来稀。春秧出水柔桑绿，正是农时望汝归"。

"无情未必真豪杰，怜子如何不丈夫"，陆游以诗训循循善诱教育子孙成长，诗中又饱含着浓浓的慈爱。他的儿孙们在陆游的言传身教下，为仕为农都很出色，出仕的儿子清廉勤谨。他的爱国情也激励着后代子孙，南宋灭亡后，陆游的孙子陆元廷忧愤而死，玄孙陆天骐在崖山战败后投海自尽殉国。虽然无法家祭告乃翁，但他们没有给陆家坠家风。

诗词里的童年真快乐

"六一"儿童节快到了，在家放养了半年的儿子满脸不高兴，我问他为什么不高兴？他说："一过完六一就开学，我还没玩够，好日子就到头了。要是9月1号开学就好了。"他的这番话让我哭笑不得，我给他一遍一遍讲"一寸光阴一寸金，寸金难买寸光阴"的古训，他却想把每一寸光阴都用在玩上；我给他喋喋不休说"黑发不知勤学早，白首方悔读书迟"的道理，他却说你该看书，我该玩儿。

爱玩是孩子们的天性，我后来阅读古典诗词，知道孩子们贪玩逃学古代亦然。"偷放风鸢不在家，先生差伴没寻拿。有人指点春郊外，雪下红衫就是他。"——这是明代才子徐渭的一首诗，讲的是逃学去玩的事，我觉得他自己是这个红衫儿的原型。《太平广记》里记载一个故事，说唐末诗人韦庄幼时常在华州下邽县（今渭南市临渭区下邽镇）寄居，经常和街巷里的小伙伴一起玩耍，后来战乱之后重来此地赋诗"昔为童稚不知愁，竹马闲乘绕县游。曾为看花偷出郭，也因逃学暂登楼……"，尽管离乱之后让他黯然神伤，但追想童年的快乐还是兴奋不已，这里就有逃学登楼之事。

贪玩逃学的经历令人难味，回忆起来哑然失笑。南宋的刘克庄也回忆自己逃学到山中偷玩的事，其《乌石山》诗云："儿童逃学频来此，一一重寻尽有踪。因漉戏鱼群下水，缘敲响石斗登峰。”清宋湘《忆少年》诗说：“老屋柴门树打头，青山屋后水自流。受书十日九逃学，恨不先生命牧牛。”书斋外有青山绿水，为何不让我去亲近？先生假如让我去放牛才中了我的心意。这使我想起我们托克托流传的一句教训孩子的名言——“让你念书，你偏偏要放猪！”放猪怎么了？能亲近自然。

无邪才能快乐，专注才能有趣。黄庭坚《牧童》诗云：“骑牛远远过前村，吹笛风斜隔陇闻。多少长安名利客，机关用尽不如君。”是啊，大人们都会羡慕孩子们能玩出快乐，心无杂乱的名利之念。宋周敦颐《牧童》诗云：“东风放牧出长坡，谁识阿童乐趣多。归路转鞭牛背上，笛声吹老太平歌。”而一旦成人便被名缰利锁牵着，去为生活而四处奔波。一颗童心在于心无挂碍，唐人卢肇《牧童》诗云：“谁人得似牧童心，牛上横眠秋听深。时复往来吹一曲，何愁南北不知音。”

孩子的天真野性着实令人羡慕，心无是非更令人羡慕。唐人韦庄《赠野童》诗云：“羡尔无知野性真，乱搔蓬发笑看人。闲冲暮雨骑牛去，肯问中兴社稷臣。”唐人栖蟾《牧童》：“牛得自由骑，春风细雨飞。青山青草里，一笛一蓑衣。日出唱歌去，月明抚掌归。何人得似尔，无是亦无非。”

淘气的男孩子喜欢爬墙上树。我们小的时候经常玩这种游戏，以至于老人们说“三天不打，上房揭瓦”。小时候我们就比试过谁上树上得最高，谁翻的墙高。古代的儿童也上树，大诗人杜甫就说“忆年十五心尚孩，健如黄犊走复来。庭前八月梨枣熟，一日上树能千回……”（《百忧集行》）。我总感觉这个“千”是“十”字之误吧？一天之内上树十回就够淘气的了。

到了宋代，陆游把杜甫这句诗发挥尽致，他说“已忘万里封侯志，但忆千回上树时”，看来陆游在童蒙时也是一个淘气的主，到了衰老柱杖时他只有羡慕的份儿：“山翁老病入腰膂，坐觉诸儿行步奔。暂出衡门须策杖，千回上树更堪论！”他有个顽皮健康的孙子令他高兴——“吾孙上树欲千回”，但他告诫孙儿要读书：“家塾读书须十纸，山园上树莫千回”。

小的时候我们也干过用长竿偷捅果园里果树、沙枣树的事情。其实古人也干过，宋辛弃疾在《清平乐》里就说“西风梨枣山园，儿童偷把长竿。莫遣旁人惊去，老夫静处闲看”。唐刘禹锡有诗曰：“争骑一竿竹，偷折四邻花。笑击羊皮鼓，行牵犊颔车。中庭贪夜戏，不觉玉绳斜。”孩子们争抢骑竹马，偷折花朵，敲击羊皮鼓，拉着玩具车，晚上玩得也不想回家，直至星月满空。我们小的时候都有过这种经历。有时偷瓜、偷可以吃的东西乐趣无穷，像唐白居易《池上》：“小娃撑小艇，偷采白莲回。不解藏踪迹，浮萍一道开。”描写的是南方水乡的天真儿童，偷就偷吧，还要带出幌子来。

放风筝是儿童最爱的游戏，“阶下儿童仰面时，清明妆点最堪宜”“儿童也爱晴明好，纸剪风鸢各一群”，古代儿童也酷爱初春时放风筝。清代高鼎《村居》是名诗，“儿童散学归来早，忙趁东风放纸鸢”。我认为明代徐渭的十首《题风鸢图》个个童趣逼真，先举八首：“春风语燕泼堤翻，晚笛归牛稳背眠。此际不偷慈母线，明朝辜负放鸢天。”“只因一线引鸢孤，跑过村乡第几都。小可儿郎三五辈，坏将多少绿蘼芜。”“筝儿个个竞低高，线断筝飞打一交。若个红靴不破绽，若人红袄不懊糟。”“村庄儿女竞鸢嬉，凭仗风高我怕谁。自古有风休尽使，竹腔麻缕不堪吹。”“不向书堂讲学勤，糊藤拗竹觅风云。庭前几叶潇湘色，禁得儿们几斧斤。”“江北江南纸鹞齐，线长线短迴高低。春风自古无凭据，一任骑牛弄笛儿。”“缚竹糊腔作鸟飞，崩风堕雨烂成泥。明朝又是清明节，斗买饧糖柳市西。”“我亦曾经放鹞嬉，今来不道老如斯。哪能更驻游春马，闲看儿童断线时。”最后一首，感叹光阴逝者如斯之余，充满对童真的回味。

徐渭的组诗里就有一首描绘用弹弓打鸟的顽童游戏——“新生犊子鼻如油，有索难穿百自由。才见春郊鸢事歇，又搓弹子打黄头。”小时候幼稚顽皮，不懂得爱惜小动物。唐胡令能《小儿垂钓》：“蓬头稚子学垂纶，侧坐莓苔草映身。路人借问遥招手，怕得鱼惊不应人。”学垂钓还怕出声把鱼惊走，典型的儿童式的狡黠。清袁枚《所见》：“牧童骑黄牛，歌声振林樾。意欲捕鸣蝉，忽然闭口立。”描写的也是一个突然想噤声捕蝉的顽童。南宋杨万里《宿新市徐公店》：“儿童急走追黄蝶，飞入菜花无处寻。”我小的时候也追过蝴蝶、蜻蜓，这些小昆虫几下子就款款飞进了庄稼地。人到中年之后，只能是“闲看儿童捉柳花”，自问“谁能更学孩童戏，寻逐春风捉柳花”。“昨是儿童今是翁，人间日月急如风”，时光只解催人老，回忆自己儿时那些游戏，仿佛就在昨天。

儿童觉得什么都好笑，什么都觉得有趣，我儿子看电视或看书经常笑得哈哈的，我看着不明白：这有啥好笑的？其实古人诗里就有不少这种大人觉得无聊、小孩玩着有趣的事情：“日长睡起无情思，闲看儿童捉柳花”（南宋·杨万里《闲居初夏午睡起》），大中午不睡觉捉柳花，大人肯定不会干的；“知有儿童挑促织，夜深篱落一灯明”（宋·叶绍翁《夜书所见》），大半夜不睡捉蟋蟀，只有孩子有这兴致。“数点流萤亭外度，儿童戏逐月边星”（宋·赵必常《小亭夜坐即景》），炎暑时节不睡追逐萤火虫，大人们看着也是醉了。

把无聊的事当作有趣，从简单的事找出快乐。不是童真烂漫，不是心地单纯，哪能体会到其中乐趣呢？辛弃疾《清平乐·村居》里的“最喜小儿无赖，溪头卧剥莲蓬”。无赖天真，才能把无聊之事弄出生趣来。南宋杨万里《稚子弄冰》：“稚子金盆脱晓冰，彩丝穿取当银钲。敲成玉磬穿林响，忽作玻璃碎地声。”把冰块当锣敲，真会玩呀，玩得真好啊！

儿童爱恶作剧。杜甫的茅屋为秋风所破后，“南村群童欺我老无力，忍能对面为盗贼，公然抱茅入竹去”。唐代李涉《山中》写出了对淘气牧童的无奈：“无奈牧童何，放牛吃我竹。隔林呼不应，叫笑如生鹿。欲报田舍翁，更深不归屋。”宋代李复也有这样的遭遇，其《牧童曲》诗云：“牧童喜晴卧溪曲，群牛互斗残我竹。惊起旁行不肯来，闻呼却走如生鹿。园夫奋詈辱其翁，老翁操箠自驱逐。牛奔冲狂乱坏篱，补篱更剪溪边木。”自家篱内的竹林被牛毁了，听到大人喊骂，这些自知闯祸的牧童像生鹿一样惊跑了。

有时也是牧童无心之过，孩子嘛，既贪玩还贪睡。宋白玉蟾《牧童》诗云：“杨柳阴初合，村童睡正迷。一牛贪草嫩，喫过断桥西。”宋胡仲弓《郊外即事》也写道：“林密深藏三四家，隔墙古柳著栖鸦。牧童两两眠芳草，不管群牛食豆花。”我们小的时候帮大人去放羊，玩到高兴处哪还记的羊，结果羊跑到庄稼地，有人提醒赶紧往出吆喝。

在古典诗词里，牧童是一个天真顽皮的群体，有大量的牧童诗流传下来。你看唐代张籍的《牧童词》：“远牧牛，绕村四面禾黍稠。陂中饥鸟啄牛背，令我不得戏垅头。入陂草多牛散行，白犊时向芦中鸣。隔堤吹叶应同伴，还鼓长鞭三四声。‘牛牛食草莫相触，官家截尔头上角！’”村子周围庄稼稠密不能放牛，牧童把牛赶到了离村很远的陂塘边，这里有好多同伴来放牛。天空中的鸟儿不时到牛背上啄食虮虱，牧童得赶这些鸟，不能和别的同伴去玩儿，心里好讨厌这些鸟儿。放牛娃还吹叶哨响应同伴，还要用长鞭甩出声响，告诫牛儿乖乖吃草不要顶撞相斗，小心被官家把角砍掉。这个牧童多可爱呀！

唐末僧人隐峦也有一首《牧童》诗：“牧童见人俱不识，尽着芒鞋戴箬笠。朝阳未出众山晴，露滴蓑衣犹半湿。二月三月时，平原草初绿。三个五个骑羸牛，前村后村来放牧。笛声才一举，众稚齐歌舞。看看白日向西斜，各自骑牛又归去。”——多好一幅牧童嬉戏图。唐代李涉《牧牛词》云：“朝牧牛，牧牛下江曲。夜牧牛，牧牛度村谷。荷蓑出林春雨细，芦管卧吹莎草绿。乱插蓬蒿箭满腰，不怕猛虎欺黄犊。”宋张玉孃《牧童群》诗云：“朝驱牛，出竹扉，平野春深草正肥。暮驱牛，下短陂，谷口斜山雨微。饱采黄精致不饭，倒骑黄犊笛横吹。”悠闲自在的生活，大人也羡慕啊，我想着我的童年，想着童年时割草放马的情境，“白云悠悠满田野，不见了我的童年。”

孩子爱模仿，所以大人的言传身教很重要。宋范成大《四时田园杂兴》：“童孙未解供耕织，也傍桑阴学种瓜。”这些孩子们从小耳濡目染，学会了劳动。“幼女才六岁，未知巧与拙。向夜在堂前，学人拜新月”。七夕节大人们拜新月乞巧，唐代诗人施肩吾这个女儿也学着大人“拜新月”，哪管它巧不巧呢。宋张炜《题村居》：“村居何识见时节，春去春来自一年。谁与儿童话寒食，也将杨柳插门前。”寒食节来了，儿童们不知道，也学别人折杨柳插在了自家门前。有一次，我儿子坐我的车出去玩，学了好多我“路怒”时的托克托方言，吓得我再不敢在他面前爆粗口了。

我们都有过这样的经历，缠着大人买玩具或吃食。古代的孩子们也是如此，白居易有诗“无奈娇痴三岁女，绕腰啼哭觅金鱼”。韦庄有一首写给小女儿的诗：“见人初解语呕哑，不肯归眠恋小车。一夜娇啼缘底事，为嫌衣少缕金华。”这孩子太可爱了，贪玩小车不肯睡觉，因为衣服上没有绣金花便哭了一夜，太爱美了。“谁家玉雪花娇儿，顿足嬉笑牵爷衣”，当孩子们牵着你的衣服缠人时，你的心都化了。

孩子们最喜欢过节，最喜欢热闹。除夕守岁儿童强撑着不去睡觉，宋苏东坡《守岁》诗“儿童强不睡，相守夜欢哗”，宋方翥诗云：“儿女欢喜罗酒浆，夜深笑语火炉傍”，除夕不睡要守在大人身旁。“太平处处是优场，社日儿童喜欲狂”（陆游《春社》），古代的社日更是成年人和儿童们的狂欢日，宋范成大《四时田园杂兴》，“社下烧钱鼓似雷，日斜扶得醉翁回。青枝满地花狼藉，知是儿童斗草来”，大人们喝好了，娃娃们也尽兴地玩着斗草的游戏。

从这些诗词里，我们可以看到古代的孩子玩得更接地气，玩得更亲近自然，诗行里有清新的乡土气息，词句里有诱人的生活情趣，童真烂漫，情趣无限。孩子不分古代与现代，不分中国与外国，都爱玩。我们该给孩子们怎样的童年？还是带他们多亲近自然，给他们留下诗意的童年吧。

又送小儿上学堂

刚刚把女儿送到大学校园，儿子今年又该上小学了。

我刚过知天命之年，和我年岁仿佛的同事和朋友，已经提前开启了空巢模式。他们的孩子或者已经到外地上大学，或者已经成家另立门户。于是，他们不用再起早贪黑准备早饭、接送孩子上学，有了大把大把属于自己的时间，可以在家闲着，也可以出去旅游；可以睡懒觉，也可以会友聚会；有的朋友甚至报个老年大学之类的班，去学书法绘画等。

可我，忙得焦头烂额。照顾好这两个孩子不容易，有时得接送他们去这去那，有时得侍候他们吃这吃那。孩子们一有个头疼脑热，就得往医院跑，身体疲惫不说，心情也非常着急，恨不得替孩子去头疼、去发烧。但我对这种忙乱的状态感到幸福，尽管忙乱得没有头绪。我的一位朋友也宽慰我说："我儿子刚去外地上大学，我们俩人很不适应。感觉孩子像翅膀硬了的鸟儿飞走了。还是你幸福啊，有个小家伙陪伴。"

是啊，人生最忙乱的时候，恰恰就是你最幸福的时候，侍候老人变老和陪伴孩子长大的过程都一样。想想从前父母亲在世的时候，我经常陪他们往医院跑。挂号、找人、陪床……忙乱至极时，甚至会觉愁苦。可当老人不再拖累我了，我却感觉空落落的。心里常常会痴想：如果再回到从前，我再忙乱也会快乐，能侍候他们是我最大的幸福。于是我顿悟：父母在的每一天其实都是我最幸福的日子。

陪伴孩子长大的时光也一样，忙乱是幸福的铺垫。想一想宝贝女儿成长的过程，我和爱人为她有过各种各样的忙乱。我们送她去各种各样的班学习，送她上小学、入初中、念高中、考大学……一步一个脚印甚至披星戴月陪伴过来。但她给我的快乐更多：缠着让我给她买玩具；我出差回来便翻行李箱找礼物；嚷着要和我出去旅游或回老家玩……可不知道从什么时候开始她就长大了，愿意和同学们一块玩儿或聚会。让她现在和我一块出去旅游或回个老家，让她现在再去翻我的行李箱……别做梦了，人家已经长成大姑娘了，到了谈理想和青春的时候了。

孩子在不经意间就长大了，这个成长过程快到让我毫无准备。尽管我陪伴她的时间不少，但还是觉得没有陪伴够，尽管她已是婷婷玉立的大姑娘了，但我想着的还是她小时候憨态可掬的天真样子。儿子的出生，使我有了弥补“陪伴孩子的时间太少有遗憾”的机会，他当然更使我们没少忙乱：在他出生的头三年里，经常咳嗽生病，而我们又忙于工作，只能让保姆看着他，有好多次实在没人看他，就把他送到亲人和朋友家中。

从他上幼儿园开始，我没有忘记多陪伴他，这种陪伴使我得到的快乐更

多。他坐着我肩膀上快够着房顶时，笑得前仰后合，我得小心地抓住他；他在我背上骑竹马，高兴地从背上笑翻在床。他会缠着我和他翻跟头打滚，他会揪住我的衣襟把我往玩具店拽，他会在玩累的时候枕着我的脚丫子睡，甚至用舌头舔我的脸来招逗我。他看电影、看书看到高兴处，就爆出了银铃般的笑声，高兴得眉花眼笑，他的世界里真的是有笑不完的人和事。陪他玩的时候我也忘记了烦恼和忧愁，觉得人生真是太美了。半夜他的小脚丫会侵犯到我的被子里来，我喜欢摸着他的小脚丫想事或继续入睡。有一次因为他淘气我收拾了他，坐在我的车上他很委屈，一直瞅着窗外不想理我。我说：“你这样会气坏我的，你想让我活多少岁？”儿子马上烟消云散说：“二百岁！”儿子不恼了，我也开心了。

我和他在一起的时候，我只想时光静止或倒流。但谁也无法阻挡孩子长大的步伐，怎么一转眼儿子就告别了幼儿园，成为一名小学生了？和他一起到文具店买文具时，我恍惚想起了姑娘当年兴高采烈背书包上学的情景，眼前蹦蹦跳跳的是姑娘，还是儿子？时光真是太匆匆了。为了迁就儿子上学，我们从房子稍大的新区又搬回了喧闹的老宅。为儿为女，喧闹怕什么呀，拥挤怕什么呀。看着孩子像小树苗一样一天一天长大，本身就是一种幸福的人生体验。

又送小儿上学堂，想起了许多往事。当年我兴冲冲地上学堂，母亲给我缝制了漂亮的花书包，父亲用卖草籽钱给我买了碎花布料来做衬衫。当年女儿上小学时，我们给她准备了漂亮的书包和一大堆文具，祝愿她越飞越高。十二年陪她读书长大，中间有多少苦和累都忘了，沉淀下来的都是快乐。如今儿子又要上学，我们可以重温这种陪伴的快乐，这是多么幸福的事情呀。

“七岁八岁惹人嫌，人不嫌，狗还嫌”，儿子现在正是最淘气的时候，走着路就要跺一脚地，踢一下墙，恨不得把水泥地跺出一条缝来，恨不得把墙踢出一个坑来，哪来的精力？源自童心吧。趁着儿子正天真烂漫时，我要好好陪伴他读书成长！

从小满到芒种
——陪女儿高考的日子里

公历5月21日是小满，从小满到芒种只有半个月的时间，芒种过后即高考。

女儿今年高考。记得她小学一年级时，我就说："滢滢，好好学习，离高考就差十二年了。"亲人们听了都掩口失笑，可现在，仿佛玩笑就在昨日，女儿人生的第一次大考却已来临。

我默默地给姑娘祝福。小满这个节气在北方是小麦灌浆快要成熟的时候，在南方桑蚕也开始结茧，丰收在望，农民心里充满对丰收的祈盼。这个节气有点像正在备考的孩子们，经历了十二年的寒窗苦读，正在做冲刺前的热身；有点像即将参加高考的女儿和她的同学们，刚刚十八岁上下的年纪，含苞待放，稚气未脱，像刚开始饱满的麦穗，正在走向成熟。如花的青春、如诗的人生在前方向孩子们招手。

查了一下日历，6月6日是芒种，农民在田野里"忙种"，孩子们就要高考。播种就有收获，付出定有回报，相信丰收等着孩子们。

高考是人生的一件大事，给人留下的记忆是难忘的。直到如今，我隔一段时间就会做这样的梦：快要高考了，我什么都不会，有些课好像就没有学过，一下子就从梦中惊醒。问了许多和我年纪相仿佛的人，他们也会做这样的梦，这可能是我们那一代人留下的高考后遗症。

由女儿高考想起了我自己当年的高考经历。那时高考从7月7日开始，这个季节枸杞红了、麦子熟了，到了最农忙的季节。父亲放心不下庄稼，更放心不下我，他撂下农活到县城陪我高考。送我进考场后，他就蹲在烈日下的墙角边等我出来……

小满刚过，因女儿在学校吃不好睡不香，她妈妈开始一天四趟地接送。我不善做循循善诱的思想工作，说两句姑娘就不爱听了，她妈妈说："说话不多，句句砸锅。躲一边去吧，别多说了。"日子一天一天过去，高考就要临近了。我们把离二中旧校区不远的旧房子也收拾出来了，假如考场设在这边就可以住了。拿到准考证一看，考场在三十八中，离新家旧家都很远。赶紧着手订酒店，一切很顺利，亲人们把接送、做饭、送饭等活儿都分工了，接送怕堵车，到时要把自行车也带上。怕去得早了没地方呆，我们在考场附近的公共车位停了一辆车，车里准备了伞和矿泉水。考试的前两天我们反复到考场周围踩点，如何出进、接送等心里都有了底。

小儿子说："姐姐考试，我可千万不能病了。"怕啥偏偏遇啥，芒种这天晚上，姑娘和她妈妈带着行李入住酒店，这小家伙就开始流鼻涕、咳嗽，到晚上两点多就开始呕吐……这个折腾，到 7 日凌晨六七点，小家伙咳嗽稍缓睡着了，我给爱人打电话说："我送不了她进考场了，儿子稍微有些咳嗽，不送幼儿园了。"怕她们担心，我把儿子的情况轻描淡写说了一下，并嘱咐她们把准考证和身份证带好，然后熬了白粥等儿子醒来。吃罢早点和药，八点半我给爱人打电话，听说姑娘已进考场。我安顿她妈："你再等一会，等她考开了再离开。"

上午把儿子安顿到他二姑家，语文考试快结束时我来到考场外边，看到家长们都在焦急地等待。女儿出来了，和她妈聊作文题有多怪。我寻思今年语文有点难，她答得并不顺手，但作文破题还可以，就说："你觉得偏别人也一样，好好吃饭休息。"送完饭回到我二妹家，小家伙咳得更厉害了，一声接一声地咳。我们决定去医院，数学考完了，她妈打电话来说："还行吧。"我一听这口气，考得不是很理想。

8 号早上，小家伙稍有点发烧，一大早我和二妹带着他往医院赶。上午挂号、看病、检查、排队、取药，忙完了已经十一点多了。我心里说："这小家伙！真会瞅时候。"不过考场这边传来消息——"姑娘情绪很好，看来文综答得比较顺手。"下午四点多，估摸着英语快结束了，我和她妈挤在摩肩接踵的候考家长中，眼巴巴地望着紧闭的校门。收缩的铁门缓缓打开，孩子们先是零零星星走出几个，一会儿就鱼贯而出，我一眼发现姑娘和同学正谈笑着，满脸晴朗，悬着的心顿时稍稍放下些。

两天的高考结束了，还有一场英语口语测试。考场设在呼和浩特职业学院，她妈妈提前把考场和路线踩了点。因为离家较远，两点半考试，所以我们中午一点多就出发了。走了快一半路，我问："准考证和身份证带了吗？"姑娘急了："啊呀！在另一个包里。"她妈妈赶紧调转车头折返回家，一路上安慰姑娘，表扬我，取上准考证跟身份证赶到考场还差十分钟开考，她妈妈说："幸亏你爸及时提醒，你妈车技好，我们时间充裕。"我说："我还能说对个话。"

英语口试的过程中，下起了雨，天气一下子凉快好多，我们放松下来，觉得这几日真的好累呀。

从小满到芒种，这么庄严的高考，这么快结束了。看着女儿和她的同学们开心的样子，我想起了汪国真的两句诗："我不去想是否能够成功，既然选择了远方，便只顾风雨兼程……我不去想未来是平坦还是泥泞，只要热爱生命。一切，都在意料之中。"孩子们一路走来，太累也太辛苦了，祝她们考得顺心、玩得开心。

高考时节忆旧事

马上就要考试了，突然发现数学题怎么一道也不会，以前背过的政治也忘得精光。就要考试了，怎么会是这个样子……心里一急猛然惊醒，原来是一个梦！

这样的梦境不止一次出现，我问过周围一些参加过高考的朋友和同事，他们也做过这样的梦。三十多年过去了，这样的梦境还会不经意进入梦乡，可见高考对人的一生影响之深。是啊，高考改变了一代又一代年轻人的命运，是人生的一个重大转折点。又到一年高考季，我不由地想到了自己当年参加高考的情景。

1983 年我从农村初中考到托克托县民族中学。老师在入学训话时就说：好好学习将来才能穿皮鞋，不好好学习将来只能穿草鞋！穿皮鞋意味着将来大学毕业找上工作，过上城里人体面的生活。穿草鞋意味着高考落榜，回家一辈子面朝黄土背朝天，继续在父辈们耕作过的土地上受苦。

这样的训话对我们来说是很现实的。对于农村娃来说，改变自己的命运只能通过高考。那时候高考录取比例少，大约七八个人里面才能考上一个，三年高中毕业考不上的落榜生多的是，多数人选择在各种高考补习班继续补习，补两年三年的同学有的是，最多的补八年才勉强考上。民族中学就有补习班，看着那些师哥师姐们紧张地补习，我们明白：如果不好好学习，我们在教室拥挤、学费昂贵的补习班呆的年头就会长。

从高一开始，我所在的农村班的同学们就开始拼命学习，为的是三年后顺利走进大学校门。同学们连吃饭的工夫都怕别人比自己多学下，不少同学扒拉两口饭就匆匆忙忙拿起书本。晚上全校统一熄灯后同学们又点上蜡烛，没人肯先回宿舍休息。早上五六点醒来，看到通铺上好多同学已去了教室，看到空空的通铺心里就发慌，匆匆捧一把水擦擦脸就赶往教室。

那时包产到户刚刚四五个年头，每年的暑假我们得回家帮大人干农活。摘枸杞、拔麦子……这些最苦最累的农活我都干过，暑假里日头正毒，我曾在枸杞树旁采摘枸杞，手指头肚被枸杞上的糖分和死蚜虫弄得黑乎乎的，有时蚜虫顺着脖子爬进衣领，痒得受不了。拔麦子时手指破了直流血，也得咬着牙接着往前拔。暑假结束重回课堂，好多同学都晒黑了，大家知道了干农活太苦太累，纷纷发愤读书，暑假里干农活是生动的励志课。

三年转瞬即逝，1986 年高考到来了。那个时候高考比现在要晚一个月，7 月 7 日开始，正是酷暑难耐的时候。教室里既没有空调也没有电扇，考生们像坐在了蒸笼里。我提前看了设在民中的考场，考场外写着标语“一颗红心、两种准备”，考试用的教室和生活区用白粉划了警戒线，我感觉到莫名的紧张。考前两天我从学校搬到了七爹家里住，七妈给我准备了可口的饭菜，但我根本无心吃。7 月 6 日晚上，我有点失眠……胡乱睡了一阵，天明后走进了考场。

这一次高考我考得不理想，只考取一个专科学校。这个暑假充满了煎熬：我怎么也不至于考这么点分数，我没发挥好，如果补习一年我会考得更好！我嗫嚅着对父母亲说：“能不能让我补习一年，我肯定能考上本科。”母亲拿不准，找村里几位老师拿主意。村里好多左邻右舍劝说：“快上去吧，万一明年考不上呢！”“好不容易捞住个胶皮饭碗，哪能扔了呢！”

父母亲在犹豫中把我送到了呼和浩特，只上了一两天学，我便从呼和浩特市回到村里，父母亲正在村西南的地里收拾向日葵，见到我回来他们并不惊讶，“看来你是想好了，好好安心补习吧，你心里有数就行！”我的眼里满含着温暖的泪水，母亲安慰着我，父亲说：“我去给你办退学手续，你明天就去县里补习吧。”第二天，父亲去了呼和浩特市、去了县教育局，磕磕绊绊把我的各种手续都办妥了。考上不去又补习，好多村民不理解，但父母亲相信我，就像他们相信好地能长好庄稼一样。

有了父母的理解和支持，我一身轻松地投入到紧张的补习中，但我清楚父母亲并不轻松，他们手心里攥着一把汗，万一心爱的儿子考砸了呢。补习这一年很快就过去了，1987 年的高考季又来了。7 月 7 日这天是小暑，这个时节是农村最繁忙的时节，枸杞红了，麦子熟了。父亲放心不下庄稼，但更放心不下我，毫不犹豫地放下农活到县城陪我高考。

连考三天，我在考场上拼搏着，父亲圪蹴在烈日下的墙角边等我出来。母亲虽然在村里摘枸杞，但心儿也早飞到了县城这里。高考第一天上午语文考得不错，心花怒放，但下午化学考得不理想，父亲连说带哄安慰我的情绪。父亲和我住在七爹家里，帮我盯着钟表，让我放心地休息。晚上和父亲睡在一起，我心里踏实多了。晚上，他怕打呼噜吵了我，把我安顿好就出去和七爹抽烟乘凉去了……

高考结束后，大家都在焦急地等待着。标准答案下来后，迫不及待地预估分数，估了一遍又一遍。等待分数这半个月，我一边和父母亲干农活，一边焦急地等待。分数公布之日，得到县教育局去查，我和邻村的同学郝世凯骑上自行车去县城，父亲不放心我，也相跟上到了县城。分数查到了，我上了一本分数线，父亲脸上的皱纹里充满了笑意，他和母亲悬了一年的心也放下了。

县教育局里来查分的学生和家长人山人海，有人欢喜有人失意。考上的学生喜笑颜开，落榜的学生有的痛哭流涕。世凯查到自己没考上后，当时鼻血就流了下来，他都浑然未觉。不相信再查一遍，结果还是一样，世凯蹲在台阶上任由鼻血和眼泪交流。能不着急吗，这已经是第二年落榜了，如果真考不上就得头顶烈日锄地拔麦子，干一辈子农活。好在世凯擦干血泪又补了一年如愿考上了兰州大学。

对于20世纪六七十年代生人，高考给我们留下了难忘的人生记忆。去年至四川广安参观邓小平故里，看到小平同志关于恢复高考的前前后后的批复，心中由衷感谢这位老人使我们有了走出来的机会。小平同志讲过：不管招多少大学生，一定要考试，考试不合格不能要。不管是谁的子女，就是大人物的也不能要，不能“走后门”。直至如今，我觉得高考仍是最公平的人才选拔机制，四十多年无数平民子弟通过高考实现“龙门之跃”，靠知识改变了命运。

又是一年高考季。自我参加过高考后，我陪妹妹参加过高考，去年又陪女儿参加了高考。每到高考来临之日，我都觉得那些经历了十二年寒窗苦读的孩子们太累也太辛苦了，祝愿他们考得顺心，实现自己的青春梦想，放飞自己心中的理想。因为，我们也年轻过，也荣幸地高考过。

尚俭戒奢淳风俗

假如一家子去下饭馆，我们要么点刚好够吃的饭菜，来个光盘行动；要么把剩下的饭菜全部打包，不要浪费一点粮食。这是一种美德，而不是吝啬。感谢贫穷的父母教会了我节俭，教会了我尚俭戒奢传家久的道理。

从小父母就教育我们对粮食要有敬畏感恩之心，是这可敬的五谷杂粮养育了我们。小时候吃饭时，父母亲告诉我们不能说话，吃饭说话那叫“骂饭”。喝稀粥时别故意弄出哧溜的响声，吃饭时不要故意吧咂嘴，饭熟以前不能敲碗盆……这些行为都是对粮食的大不敬，是对五谷的亵渎。

节约粮食有多大的好处？父母亲还给我讲过一个民间传说：说李世民当年本来阳寿已尽，上厕所时看到地下有两个大米粒，他把这两粒捡起来弄干净吃了，结果又增阳寿二十年。这个故事我印象特别深，直到现在都会玩味这个虚拟故事的情景。我经常会提醒家人或朋友，在饭店吃饭一定要把吃不了的饭菜带走，食物白白倒掉变成垃圾，物没有尽其用，不只是浪费，更是造孽。

父母那一辈人最懂得“粒粒皆辛苦”，他们珍视每一粒用汗水浇灌出来的粮食。我不只一次看到父母把洒到炕上的饭粒捡起来吃掉，吃馒头或烙饼时用双手捧着，小心翼翼地把手掌里的饼屑或馒头渣渣也吃掉……这些习惯使我们懂得了敬畏天地、珍惜粮食，感恩生活。

感谢我父母那一辈人，他们经历的物质匮乏甚至饥饿年代，使他们把节俭推崇到了传统美德和美好家风的高度，并把这种美德和家风传给了子孙。他们住的是低矮的草房或窝棚，喝的是苦涩的井水或山间的溪水，物质匮乏限制了他们的想象力，他们只有非常简单的物欲要求。他们用驴马等原始而自然的生产力，耕种着不施农药和化肥的土地，收获着微薄的希望，满足着有限的欲望，但给大自然留下了良性循环的空间，给土地留下了可以自我修复净化的余地，那是一幅绿色而美丽的田园画卷。

想一想不是吗？那时候人们对大自然是取之有节的，在煤炭很少的年代，牛粪、秸秆都可以当柴烧掉，都是绿色燃料，只是人辛苦一点；在没有塑料袋的年代，布袋、笸箩甚至瓢盆等都可以盛东西，而且袋子等用完了还可以用，只是人麻烦一点；在不时兴面巾纸的时代，人们都揣有一块小手帕，用来擦嘴拭汗，脏了洗一洗还可再用；没有空调电扇的年代，一把纸扇或毛巾也能陪人们度过炎热夏天；没有汽车的年代，自行车甚至驴马车照样可以载人出行，到你想要到的地方……还有好多生活方式，好多已经逝去的生活方式，极简，对自然的索取极微薄。

我不是怀恋贫穷的生活，我们要改变贫穷本身，但不是连同过穷日子形成的良好生活习惯。贫穷使人谦卑，当人们卑微地匍匐在地耕种时，会虔诚而隆重地向养育自己的天地和大自然致敬，躬行对大自然无伤害或低伤害的生活方式。非常惋惜，在人们走向富裕的同时，丢掉了那些宝贵的生活方式，而那些生活方式才真正是人与自然和谐相处。富起来就可以挥霍吗？就可以暴殄天物吗？对自然过度索取，对资源肆意攫取，只为了更舒适、更便捷、更豪奢……地球上有多少这样的追求，无尽的物欲堆积垒砌，使我们共同生活的这个星球实际上已经难以承载，更遑论自我修复。

这种不计对自然资源的伤害，使社会的进步和繁荣变得不再可持续，也为人类的行为敲响了警钟：全球温度上升、冰川融化、海平面上升……“臭氧层破坏”“温室效应”“酸雨危害”等警示人们不能只一味追求舒适，而不考虑自己的行为对环境的危害。现实生活中人们已经开始认识到这一点，比如倡导 26 度空调节能行动，低楼层徒步上下等节能减排、低碳环保的公益活动，就是告诫人们：自己力所能及的行为会免去对环境的伤害，何况眼前不舒服一些，费力一些，从长远看对身体健康不无好处。

再说说这两天网络里热烈讨论的垃圾分类。我小时候，人们不会产生多少生活垃圾，更用不着分类。衣服“新三年，旧三年，缝缝补补又三年”，哪里舍得扔掉呢，好多人家的主妇都有装布头的包袱，碎布块用来打补丁或缝制坐垫等；吃的更不用说，餐余的泔水还要喂口猪呢。那个年代人们用剩下的一张纸都舍不得丢掉，我们抄写生字的作业本，正反面都密密麻麻地写过字；好多人家的炕上，都有一个用空火柴盒拼接糊裱出的烟灰缸；孩子们用空的墨水瓶插上灯芯，就是一盏照明用的煤油灯；喝完的酒瓶还要用来打酱油和醋呢……物质匮乏使人们想方设法物尽其用，甚至要反复循环利用，产生的垃圾非常有限。

改革开放以后人们逐渐富起来了，随着物质的极大丰富，再加上人们的浪费行为，垃圾处理成了大问题。只要有钱什么都可以买到，不少人根本不考虑会产生多少垃圾，许多垃圾里有不少半新不旧的东西，甚至是崭新的东西，这根源在一个“奢”字；只图自己方便，塑料包装袋随用随扔，快递包装到处飞，这其实是一个“懒”字……在这个一根数据线就能叫到外卖的时代，“懒”美其名曰“宅”，这个世界因懒惰而生出多少垃圾，又有多少因懒惰而未分类扔掉的可利用垃圾。即便是在乡村，垃圾围村的现象也愈演愈烈，而习惯了用除草剂的农人不愿再受“锄禾日当午”的辛苦，至于除草剂对土壤和人畜的危害他们是看不到或不清楚的。

唐代陆贽说：“夫地力之生物有大数，人力之成物有大限。取之有度，用之有节，则常足；取之无度，用之无节，则常不足。”即使我们比先辈们富裕万分，也该向他们俯首致敬：是他们的谦卑换来了大自然对我们的慷慨，是他们的有限索取留给了我们今天的生存空间，是他们的节俭攒足了我们享受的资本。我们也该给后人留下足够的生存空间，应当尚俭戒侈，使风俗淳厚，改变无度索取和肆意挥霍的陋习，树立“取之有度，用之有节”的良好生活方式。

粥饭不易当珍惜

在这个外卖盛行的时代，许多宅男宅女根本不知道“盘中餐”的珍贵，以为食物来得太容易了，只是一根数据线和一根手指的事而已。而我们小的时候，亲眼见过食物制作的流程，深深懂得“粒粒皆辛苦”“一粥一饭当思来之不易”的道理。

小麦、玉米、大豆等作物成为粮食的过程经历了诸多的不容易。首先需要经历春种、夏耘、秋收、冬藏，农民挥洒了无数的汗水这个流程。其次，“一粒粟”经过艰辛的努力生根萌芽、破土开花、抽穗拔节、孕育成熟成为“万颗子”

必须经历春风秋雨、旱涝虫害、割拔抢收才能颗粒归仓。我从小在农村长大，知道每一粒粮食都经历了艰难的成长历程，饱含了主人的汗水有时甚至有泪水，我亲眼看见过叔叔大爷们蹲在遭灾绝收歉收的田头抱头痛哭。从种子种下到进入粮仓，每一颗粮食总有一颗农夫的心和它相伴，农民关爱粮食就像父母呵护儿女一样。

粮食来之不易，成为食物又是一个艰辛的过程。记忆最深的是碾坊，即碾米、碾面的地方。我们村最早有十个生产队，好几个生产队有碾坊，还有几个碾子是露天的。在八十一家和李心顺家门口就有这样两盘露天碾盘，村子西北的人家都到这里碾米磨面。碾盘安放在土坯垒砌起的磨台上，由于人们经常使用，碾盘和推碾子的横木都变得光溜溜的。我经常跟着父母亲去碾米、碾面，我帮着推碾子，母亲用笤帚掠扫磨盘上米面。印象最深的是碾糕面，把黍子去皮加工成黄米，把黄米泡软后晾干，然后在碾子上加工糕面。母亲用笤帚一面扫一面箩，细糕面小心地箩到盆子或袋子里，把箩里的粗粒再均匀地铺到碾盘上重新碾压，经过几遍反复碾压，糕面就碾好了。

每次碾糕面的时候，我都感觉特别有劲，因为很快就能吃到糕了。其实，好多时候根本不用我们小孩子打整工推碾子，因为排队来碾米碾面的大人们很多，他们互相帮着干活，你推碾我掠扫，你箩着面我张着袋。碾米碾面的叔叔婶婶一边干活，一边聊着东家长西家短的闲话，碾盘前有可供人们坐着休息的土台子，这土台子上总有人诉说着村庄的故事和八卦。大人们聊天，我的脑海里早想到糕了，碾出来的糕面即使是做成未经油炸过的素糕也非常精到。

后来在村中央建了粮食加工厂，这里能加工的粮食更多了。加工厂在供销社的左前方，是一排十几米的平房，这里有脱粒机、磨面机、粉碎机等六七台机器。靠西北角和东北角的两台机器上边安装了盛放米粒或麦粒的木头大托盘，地上有用水泥抹出的池子。先把粮食口袋扛上去解开扎口倒在大托盘里，经过加工后麸皮和面粉会分流到不同的水泥池子里，加工的人眉眼皆白，忙碌地填粮、装面、捅眼……麸皮和白面分开了，糠壳和小米分开了，荞麦皮子和荞面分开了。这个小加工厂北边是一台简单的磨粉机，村里人们习惯叫它喷粉机，我们小的时候吃的窝头都是这台机器加工的玉米面做成的。加工厂一进门右侧是一台粉碎机，村里人吃的玉米碴子和高粱米都是在这台机器上加工的。

我们村是个近两千人的村庄，两千人的粮食全部在这里加工，加工厂是村里最热闹而繁忙的地方。白天这里人流不息，夜晚月亮升起的时候，加工厂里仍然机器轰鸣。管理加工厂的是菅吉眼，一只手被机器削掉几个手指，人非常和善，只要有乡亲们要加工粮食，他就会来开门打开机器。在包产到户之前，加工厂和供销社之间的空地，是村里最红火的当街地带，露天电影就在这片空地上放映。小时候我觉得供销社里站柜台和吉眼管的加工厂这两种营生真神气，我长大了能干上这两种营生就好了。谁能想到，包产到户后人们逐渐从外边买米买面买东西，供销社和粮食加工厂渐渐淡出了人们的视野。

乡村可以过一种自给自足的生活，光有粮食不行，生产队里还有粉坊、豆腐坊、油坊等。我父亲就是二队豆腐坊、粉坊的老师傅，做豆腐关键技术是点浆，点浆时要慢火不鼓风，将浆水均匀倒入豆浆中，然后慢慢搅拌，豆浆快烧开时关火，把豆腐脑舀到箱里压上盖板挤水分，半个小时后白白嫩嫩的豆腐就做好了。把土豆做成粉条，有一个较复杂的流程，首先要把土豆用磨磨成粉浆，过滤粉浆把杂质滤去，滤完浆后再装缸，搅拌后过纱包挤水分，让浆水发酵沉淀出粉面。淀粉加上明矾和粉面，把和好的粉面揪到漏瓢里一团，一手端好用瓢葫芦做的漏瓢，一手半握拳拿捏好力度猛捣漏瓢的沿，成形的粉条就漏到热气腾腾的锅里，葫芦漏瓢有好多个，下边的漏眼有大有小、有方有圆、有宽有细，可以漏出不同形状的粉条。在油坊我看过几次榨油的工艺，把胡麻籽炒熟炒干，然后再磨碎熏蒸后装进铁箍的榨油木筒里，两个人抬起一百多斤的油锤，用力撞击圆柱状的木楔子，金灿灿的胡麻油就从木筒底部的小孔流出。

除了这些作坊，农村里还有一些好多人没听说过的作坊。比如说炒房是用来炒莜麦的，大集体时我们村的炒房在四队饲养院里的一个房子里，很大的一个土台土灶上安着一口大锅。我和父亲一起在这口大锅里炒过莜麦，用水淘完莜麦粒上锅炒，莜麦短芒乱飞，顺着领口飞到前胸后背，痒痒得人受不了，我直往屋外跑，父亲皱着眉头用扫帚翻动锅里的莜麦，怕莜麦炒糊了，还有一位叔叔在灶边加火。把地里的莜麦加工成餐桌上的美味，老百姓讲要经历“三生三熟”，这磨面前炒莜麦是一熟，在加工厂磨成面后用开水和面是二熟，制作好上笼蒸是三熟。真是莜面好吃活难干！

有米有面有油，有粉条有豆腐，还吃不到嘴边。在乡村里调料制作也得亲自动手，我小的时候常让父母抓差用铁钵子捣辣椒、捣花椒、捣大料、捣茴香……甚至捣过糕面；我用饸饹床子压过莜面饸饹，也在热气腾腾的锅上压过粉条，用完后用火柴棍耐心地挑饸饹床的漏眼；即使吃在嘴边了，还得不情愿地拉风箱，后来有了电风箱才解放了。

在农村，种在地里的就能吃到肚里，我亲眼见过了从“田中禾”到“盘中餐”的演进和制作过程，使我懂得了一粒粮食重千钧的道理，使我懂得敬畏粮食，养成了对粮食的亲近感，深谙粥饭不易当珍惜的道理。

谁说香烟挺难戒
——戒烟十年记

昨天的微信里，一位未曾谋面的总社同事因心梗故去的消息刷屏，令人非常惋惜遗憾。看到这位同事挺能抽烟，我劝大家爱惜自己，还是把烟戒掉吧！

当年我抽烟最凶的时候，每天要抽三包。如今我已经成功戒烟十年了，都说香烟挺难戒，但我真的没感觉太难，而且现在闻到香烟味就特别难受，看来香烟肯定是与我无缘了。

喜欢上抽烟还得从小说起。小时候看到父亲抽旱烟，闻着浓浓的旱烟味，觉得挺好闻。尤其看到父亲和村里那些叔叔大爷们在生活中离不开烟卷，农忙时干活间隙在田垄上蹲着抽烟解乏，农闲时串门聊天互相递烟笸箩，一边娴熟地卷着旱烟卷，一边聊着农事……我觉得抽烟是男人必须学会的生活技能，就像女人们梳妆打扮一样。

稍稍长大后，在商店里看到花花绿绿包装的香烟：有千里山、太阳、钢花、青城等牌子。我只是觉得烟盒好看，并没有想过抽烟。高三的时候，假期在县城补课，学习之余抽一两支烟玩，之后慢慢成瘾。工作之后经常写作，烟瘾越来越大，往往是左手拿着烟卷右手敲着键盘。干我们这行的，真的是既能熬夜又能抽烟，我从没想到我还能戒烟。

到了 2010 年，我已经是抽了二十五年烟的老烟民了。5 月，父亲因老慢支发病住院，呼吸科的病房里有三张床，父亲被安排在中间的病床。一天，他和两位病友聊天，得知左边床上的病友患肺癌，一天两包烟；右边床上的病友也是肺癌，一天三包烟。他们聊天的时候，恰好我也在场。

父亲听到这些半天沉默不语，脸色阴沉着。趁着病友们去走廊里散心的工夫，父亲郑重其事地对我说：“看见了吧，你必须给我把烟戒了，一根也不能抽，要不我也不看病了。”老爷子一副说一不二的架势。说实在的，一是为了顺着父亲，二是我看到这种情况心里也发怵，说戒就戒吧，试它一段时间。

刚戒烟头两天有点不习惯，看到烟尤其是好烟还是爱得不行，闻着烟味还是感觉香。戒烟前三个月，真的感觉不自在，觉得生活中缺了些啥。父亲也看出我戒烟意志不坚决，他又琢磨着怎么说服我。他有一个习惯就是困乏时喝一片去痛片，有一天我陪他回农村老家，一路劳顿挺累的，只见老爷子掏出一袋去痛片扔到地下的炭盆里：“吃这东西不好，我戒呀！”我说：“吃了几十年了，你能戒了？”父亲说：“有啥不能的，饭要必须戒，我也能戒了。”

我知道老爷子这是故意说给我听的，是想让我铁了心戒烟，千万不要复吸。我笑着对老爷子说：“放心吧，咱们戒烟戒药不戒饭。”直到现在，我真的没有再抽一支烟，估计也不会复吸。我戒烟成功一是为哄老爷子高兴，二是真的非常害怕，一天抽三包烟，就是一个烟囱也迟早会熏出毛病来。

我看到周围一些朋友或同事，有了疾病才被动戒烟实在替他们难过。我的一位朋友说，他有一位老乡是一个大烟鬼，过去谁让他戒烟都不听，一场大病后终于把烟戒了，自己感慨地说：“过去让我戒烟就像要命了，等真到了要命的时候一下子就把烟戒了。”为什么非得到了要命的时候才被迫戒烟，早戒掉不好嘛！抽烟的人总要找一些让自己抽下去的理由：“我只有抽烟一个爱好。”“你看有的人抽烟很长寿嘛。”……要知道抽烟不是爱好而是不良的生活习惯，长寿的人并不是因抽烟而长寿，如果不抽烟就更长寿了！

对抽烟的危害要有科学的认识，才会对戒烟有坚决的态度。就像我到医院里看到听到抽烟的危害，自己被“吓”着了，再加上老父亲的劝说一下子就戒烟成功。无锡市人民医院副院长陈静瑜教授是中国肺移植第一人，他在在微博上曾发出一段供肺取出时的视频，劝诫烟民尽早戒烟。供者有近 30 年烟龄，黑色的供肺有多种病变，团队只好放弃使用此供肺。这条微博被大量阅读转发，被称为史上最“硬核”戒烟广告。看到抽烟抽成的“黑肺”，好多人真的没勇气再抽了。

作为全国人大代表，陈静瑜教授每一年都会尽力推动全民戒烟的事。他提出应该在烟草的包装盒上有醒目的警示和标记，要把一些抽烟导致的危害如肺气肿、肿瘤这一类的病变放在烟草包装盒上，对青少年起到劝导和警示作用。这一点非常重要，国内的烟盒制作得太精美了，我小的时候就是因为喜欢那些图案精美、色彩缤纷的烟盒，进而喜欢上香烟的。工作后每到一地出差，就要到小卖店去买各种地产香烟，一是为了抽烟，二是为了积攒收集那些印刷精美的烟盒。

谁说香烟挺难戒。凭我的经验只要意志坚定，坚持过半年就基本成功。而且一定要有定力，不能别人一劝就复吸了，尤其是酒后！当一支香烟递过来时，你一定要多想想它的危害！

书卷多情似故人

在我小的时候，农村几乎读不到什么书，书籍的稀缺使我变得嗜书如命。四十多年来在淘书买书看书中享受了许多快乐与惊喜，度过了许多愉快的光阴。

每每读到宋濂《送东阳马生序》中“余幼时即嗜学。家贫，无从致书以观”时，就想起了自己小时候爱看书而无书看的不容易。出生于 20 世纪 60 年代末的农村，没有几本书可看。不要说农村，就是城里也买不到多少书。

那时正是文化大革命末期，写在农家屋壁上的标语就是我的启蒙识字卡。父母看到我用小木棍看着墙上的字在地上照猫画虎，他们高兴：这娃爱读书，好事！“忠孝传家远，诗书继世长”，父母亲对读书这件事看得非常神圣与渴望，他们因家穷没读上书或读好书，想让遗憾在儿女身上得到弥补，想让夙愿在孩子身上最终实现。

一直庆幸自己生得巧，我们这一代人要比大我们十岁甚至五岁左右的人幸运。我们没有被轰轰烈烈的文化大革命耽误学业，到适龄时顺顺利利上了小学，这时文化大革命已近尾声，中国大地即将迎来一个春天，改革开放的春天。但我刚上学时，人们还很穷困，本来没有书籍的农村经历文革破四旧后，书更成了奢侈品，我家又穷，上小学前除了母亲夹鞋样子的书，可以说家里没有一本书。

上一年级拿到课本后，算是第一次拥有了书，感到真开心。班里不少同学买了《新华字典》，但我没能买得起。两个月后的一天放学后，父亲和母亲指着柜上的梳头匣子神秘地笑着，我打开一看：是我梦寐以求的《新华字典》。这是家里花钱买的第一本课外书，为了这本定价 1 元的字典，父母又辛苦地攒了两个月，但从此播下了我读书的种子。

家里毕竟不宽裕，买不起更多的课外书，当然那个年代也没有多少书可买。小学的时候最多的是蹭同学的小人书看，有钱的同学几分钱或一毛多买一本小人书，小伙伴们就挤在一起看，《难忘的战斗》《渡江侦察记》《南征北战》……看这些小人书有时围在一起有五六人，拥有小人书的同学非常神气，可以决定让谁看不让谁看，我得拼命巴结着这些书籍的拥有者。记得史二柱家小人书最多，放学后就经常往他家跑。

五六年级时，广播里播放的评书越来越多：《西游记》《杨家将》《大隋唐》《岳家将》……听到痴迷处，我就想什么时候能看到这些书呀。那时我们农村孩子所能见到的书还是少，听老师们谈论说学校有位老师有《红楼梦》，文革期间是禁书。我第一次听到《红楼梦》这个书名，只觉得书名很美，何时能一读呢？

七年级在托克托县中滩中学上学，有一位同学拿着一本唐宋诗词选读的册子，我看了爱不释手，真是词句警人、余香满口。这位同学答应借我一天，第二天下午上学归还。借来后我拼命抄呀，到第二天中午还没抄完。从我住的把栅村到学校约有 3 公里的路，我在上学的路上边走边抄……

1980 年以后，书店里的书籍也越来越多，家里也逐渐宽裕，能挤出买“闲书”的余钱了，真正才开始买书了。1982 年夏天，家里卖枸杞收入了几百块，我和父亲一起骑自行车到了 35 公里外的察素齐镇，察素齐镇是土默特左旗旗政府所在地，当时是我出生以来到过的最大最繁华的地方。进了书店便被迷住了，挑着买了《新选唐诗三百首》《李白杜甫诗选译》等好几本书。

初三那年，我在五申镇供销社看到了《西游记》《水浒传》，分别是四块二毛钱和三块五毛钱。这笔钱不少，我犹豫了好久，分两次向母亲张口要钱，没想到每次母亲都很痛快地给了我钱，说：“你爱看书妈很高兴，不争（蒸）馒头气也要争（蒸）糠窝窝气，将来做一个识很多字的人！”

上高中后学业紧张，我读“闲书”的工夫几乎没有，买书多以辅导资料为主，但也按捺不住添了不少新伙伴，像《唐宋八大家名篇浅析》《唐宋绝句选析》《两汉书人物故事》……这些老朋友至今保存着，只要是读过的书我不会随便丢弃，因为书卷多情似故人，它们启航我的人生理想，展示了另一个可以心游万仞的世界。

上了大学，一下来到天津这样的大城市，每到星期六日，逛书店成了我最大的乐趣。天津纺织工学院在唐口，周围没有太大的书店，一到星期日我们就要坐 35 路公共汽车到市中心去逛商场和书店。上大学时也没有多少钱，逛商场我没有多少实力和兴趣，大多是往书店跑。逛得最多的是东北角书店、古文化街里的古籍书店。

东北角书店是天津市最大的新华书店，在红桥区的大胡同商贸区。书店旁边就是宝林祥食品店，但我每次去了直奔书店，没有进过一次津门这家有名的食品店。我一直喜欢古典文学，在东北角书店我购买了朱东润先生主编的《中国历代文学作品选》，这套书共六册，是 1988 年出版的，还有一套于非主编的《中国古代文学》。这几本书我用功读过，使我的古典文学水平有很大提升。

古文化街里的古籍书店，店名是茅盾先生题写的，这里有许多降价书，非常实惠。在这里，我曾买过钱钟书先生的《谈艺录》和缪钺、叶嘉莹先生合著的《灵溪词说》。有时我星期日早晨从学校出发，可以在古籍书店看好长时间书。在古色古香的古文化街里，我淘到了不少降价书，一套社科院的《中国文学史》（上、下），只卖两元钱，我如获至宝。

在读本科期间，我买的书并不算多，但读得非常认真。读《中国历代文学作品选》时，我认真地做了各种眉批和旁注。《管锥编》是借来的，我在一个笔记本上工工整整地大段抄写。我和我们宿舍的五位同学一起听完了李野默演播的《平凡的世界》，听到金俊山用大红布给他的奶牛做了两个乳罩，实在是笑得不行。评书听完了，我又买了一套《平凡的世界》来看，这是中国文联出版公司出版的三卷本。

在大学里迷上了金庸的武侠小说，真是读到废寝忘食。飞雪连天射白鹿，笑书神侠倚碧鸳……我一定要把这些书读全了，读得脑袋里全是武侠人物的影子，走过纺织工学院的操场，那仿佛就是高手们华山论剑的比拼地；晚上下自习路过篮球场，路边的树叶被风吹得哗啦啦响，好像裘千仞的铁砂掌……我也和有同好的同学读梁羽生、读古龙，古龙的作品使人有匪夷所思、光怪陆离的感觉，读梁羽生的作品使我更加喜欢上了古典文学，“楚客多情偏怨别，碧山远水登临”“黄叶无风自落，秋云不雨长阴”……这些前人的诗句和小说中主人公的命运结合起来，诗词便有了一种侠气。

大学四年级我备考中国人民大学第二学士学位，天天在宿舍楼道里开夜车到凌晨三点钟左右。考完试后，开夜车的习惯已形成，睡不着怎么办？我就开始读《红楼梦》，是上海古籍出版社的三家评本。说实在此前四大名著其他三部都读了，唯余此书未读。到大学毕业前这段时间，我反复读这部书，读了大概有七八遍吧。这期间，我从古籍书店淘了一套《新说西游记图像》，中国书店出版的上、中、下三本，我把《西游记》又重温了一遍，影印绘画绣像挺好，繁体竖排的版面，仿佛把人带入了云遮雾罩的神仙世界。

我是个喜聚不喜散、爱热闹不爱冷清的人，读到“寒塘渡鹤影，冷月葬花魂”这样的句子就觉得凄冷无比了，当读到黛玉香消玉殒后，痛苦“林妹妹死了”。这时就体会到杜甫听到李白死了后那种“世人皆欲杀，吾意独怜才”的悲愤，恨不得把贾府那些阴谋家们剁了喂狗。后边就读得很粗略了，但经典的章节反复玩味。读《三国演义》也一样，读到关羽被杀后感觉蜀汉的下坡路来了，一直读到秋风五丈原诸葛亮病逝这章，禁不住泪流满面。再往后的章回我读得很潦草。再比如《水浒传》征方腊的回目我也是草草掠过，因为不忍看到那些英雄好汉死伤过半。

从天津考到北京上学，可逛的书店更多了。王府井一带，可以逛王府井书店和外文书店，再往北走就是中华书局和商务印书馆的读者服务部，在这两个读者服务部里我买过不少书。琉璃厂的中国书店和古籍书店是我经常去的地方，二十多年前琉璃厂里的古旧书店挺多，饶有兴味地逛着、挑着、不知日头将尽。海王邨的中国书店过去很大，我耐心地一间一间地逛。别人逛琉璃厂是淘宝淘字画呢，我们穷书生只能淘两本古旧书籍。

在人民大学时，每逢六日在教师宿舍区附近都有特价书市。如果这里淘得不尽兴还可以去北大校园里的书店去泡着，在这里挑拣一番就可以到海淀图书城里去逛。现在古旧书比新书卖得贵，但那时特价书就是特价书，只要你肯下工夫，肯定能淘到心仪的特价书。现在我书架上好多书都是那个时候用心、用时间淘来的，每每拿起一本，就想起了当时买书的情景和青春岁月。

1993 年参加工作以后，每到一地出差我必然要到当地的新华书店去“淘”上一番。记得刚参加工作不久，准格尔旗政府所在地还在沙圪堵镇，我所住的县招待所对面就是新华书店，里边有许多标价低廉的旧书，我贪心地淘了一大捆书，用编织袋装好吃力地背上长途汽车。今天我书架上的好多书籍来自不同的地区，不同的书店，在我这里大团圆，想一想真高兴。

工作多年逐步有了积蓄，我买书出手也“阔绰”了。在中国书店我买下了一套《古逸丛书》，这套线装书共56册，价格不菲。通过不断积累购买，我把上海古籍出版社的《中国古典文学丛书》和中华书局的《中国古典文学基本丛书》《古典文学研究资料汇编》逐步购置齐全。一些古文文学和历史研究的必备工具书我也逐一网罗在手，如《读史方舆纪要》《通典》《通志》等等。现代名人的研究著作也搜罗不少，如钱穆、钱钟书、岑仲勉、吕思勉、缪钺等人的著作集。

今天，人们足不出户就可以在网上购到心仪的书，虽然少了逛书店“淘”的快乐，但网上购书可以节省时间和精力，而且打折的力度非常诱人。通过网上购书，我淘到了许多久闻其名的好书，如《十驾斋养薪录》《二十二史考异》《日知录集释》《读书杂志》《经义述闻》《广雅疏证》等清人学术名著。当然也从孔夫子旧书网等网上淘到了一些心仪的旧书，如隋树森的《古诗十九首集释》等。

要说现在书籍出版真是越来越多，越来越好，新的版本或新的注本来了买不买？最后咬咬牙还是买了。比如像杜甫的诗集我已有《杜诗详注》《读杜心解》《杜诗言志》《杜诗镜诠》《钱注杜诗》等书籍，但萧涤非先生主编的《杜甫全集校注》和谢思炜的《杜甫集校注》出版后，又忍不住购买入手。再比如《史记会注考证》《汉书补注》等我已有新世界出版社和中华书局的版本，但上海古籍出版社的重排本出版后，太精美了，印刷清晰，装帧古朴，忍不住拿下了。

淘书买书四十年，家里真是书太多了。也的确有些书买来还没顾上看，但我还是乐此不疲，新旧两个家里所有书架都爆满，炕上堆的都是书，小儿玩耍被绊倒的也是书。有时想想不买了，但还是忍不住，现在书又好又便宜，为什么不买？陆游的《遣兴》云：“江山好处得新句，风月佳时逢故人。有酒一樽聊自适，藏书万卷未为贫。”买书藏书自是一乐，花费一点有何不可。

爱上经典伴此生

在我小的时候，农村几乎读不到什么书，书籍的稀缺使我变得嗜书如命。四十多年来在淘书、买书、看书中享受了许多快乐与惊喜，度过了许多愉快的光阴。我虽然没有达到像白居易“读书眼欲暗，秉笔手生胝”的地步，但只要有空便想读书，而且在读书中形成了自己的阅读兴趣：读中国传统的经典。

出生于20世纪60年代末的农村，没有几本书可看，更不用说经典了。明代宋濂《送东阳马生序》中所云，“余幼时即嗜学。家贫，无从致书以观”，也是自己小时候的境况。那时人们很穷困，本来缺乏书籍的农村经历文革破四旧后，书更成了奢侈品，我家又穷，上小学前除了母亲夹鞋样子的书，可以说家里没有一本书。

记得是上一年级之后，我蹭着看别的同学的小人书。那时看的小人书有《难忘的战斗》《渡江侦察记》《南征北战》……看这些小人书使我懂了这世上有好人有坏人，坏人就是白军、日本鬼子。有一次一位同学拿着一本《水浒》模样的书，这本书是批宋江是投降派的，这是我第一次在书本上看到穿古装的人，我分不清这些穿长袍大褂的人到底哪一个是好人，哪一个是坏人。

再后来，改革开放一下子使文艺活起来，书也多起来了。我看了电影《大闹天宫》《三打白骨精》《马兰花》……这些电影使我喜欢上了民间传说和中国故事；后来村里请来晋剧团唱戏，唱的戏剧有《打金枝》《金水桥》《铡美案》等曲目，我又喜欢上了舞台上那些花花绿绿的道具。

“三五步行遍天下，七八人百万雄兵”，戏曲舞台上的忠奸善恶使我知道有那么遥远的古代，有那么多美好或凄婉的喜剧和悲剧。可以说，农村看大戏是我古典文学的启蒙课，但我那时仍然读不到真正的经典，我甚至不知道历史为何物，只知道历史是过去的人和事扎堆在一起的故事，我分不清他们的朝代，更不知有汉，无论魏晋。

但我真心喜欢那些故事，有了那些故事，心灵可以延伸到很遥远的地方，那些古人那么有趣热闹。那时我也不懂得神话并非现实，磨缠着一位到我家担水的大爷问：“花果山水帘洞在哪里？这个世界上真的有孙悟空？”这位大爷经不住我一遍一遍地磨缠，说道：“你长大了肯定能到水帘洞，这个世界上真的有孙悟空。”

到了小学五六年级，大约是1980年左右的光景，改革开放已经在中国大地全面展开。我们喜欢放学后一起在广播里听评书：从收音机里我们听到了单田芳的《隋唐演义》、刘兰芳的《岳飞传》、连丽如的《东汉演义》等经典……我听得最早的一部评书是《西游记》，这部评书基本按原著来讲，文白相杂的风格我开始听得有点发懵。但后来就习惯了，居然喜欢上了这种章回体的小说。改革开放之初我们农村孩子所能见到的书还是少，听老师们谈论有一本书叫《红楼梦》，文革期间是禁书。我第一次听到《红楼梦》这个书名，只觉得书名很美，不知道何时能读到这本书。

看电影、听评书、赏大戏，我是从最通俗、最民间、最底层的路子开始喜欢上中国古典文学的。我从电影《大闹天宫》里知道了本领高强的孙猴子，从评书《三国演义》里知道有义薄云天的关公，从晋剧《铡美案》里知道有铁面无私的包公……这种孩提时代从民俗、市井角度亲近古代文学，使我觉得中国古代的文学故事、神话传说是有温度人情的真实空间，是弥漫人间烟火的市井生活，是充满酸甜苦辣的情感渊薮。一种亲切和温暖吸引我经常到这个苑囿里流连光景。我喜欢文白相间的那种市俗的味道。作为中国人应该知道刘关张桃园三结义，应该知道鲁智深倒拔垂杨柳，应该知道孙悟空三打白骨精。

我没有出生在书香门第，所以无法练就国学的“童子功”，不会有家学渊源的国学功底。但我感谢我出生的这个农民家庭，尽管贫穷但很温馨，这种家庭使我知道最底层生活的劳动者的艰辛和不易，使我对经典的喜爱少了几分造作和矫情，使我能够通透地看到世态炎凉，多了几分通俗和白话。对我来说，读书除了摆脱一生匍匐黄土命运的功利目的外，更多是深入骨髓的热爱，这种热爱伴我一生，受益终生。

尽管家里不宽裕，但父母对我买书花钱特别慷慨。初三那年，我在五申镇供销社看到了《西游记》《水浒传》，分别是四块二毛钱和三块五毛钱。这笔钱不少，我犹豫了好久，分两次向母亲张口要钱，没想到每次母亲都很痛快地给了我买书钱。这两部书开启了我阅读四大名著之旅，上了大学以后我又认真读了其他名著。大学四年级我备考中国人民大学第二学士学位，天天在宿舍楼道里开夜车到凌晨三点钟左右。考完试后，开夜车的习惯已形成，睡不着怎么办？我就开始读《红楼梦》，是上海古籍出版社的三家评本。我后来又买了好几个《红楼梦》的版本，到参加工作时读了近 20 遍，每读一遍都有不同的感受。

《西游记》我也非常喜欢，读过大约七八遍。我读到二十三回里“丝飘弱柳平桥晚，雪点寒梅小院春”这句时，感到特别温馨，好几年过春节自家写对联我就用了这句，感觉我家的小院正月里的风光就该如此。三十六回里有一首药名诗给我的印象特别深：“自从益智登山盟，王不留行傍出城。路上相逢三棱子，途中催趱马兜铃。寻坡转涧求荆芥，迈岭登山拜茯苓。防己一身如竹沥，茴香何日拜朝廷？”上大学后我从天津古籍书店淘了一套《新说西游记图像》，中国书店出版的上中下三本，我把这套书又重温了两遍，影印绘画绣像挺好，繁体竖排的版面，仿佛把人带入了云遮雾罩的神仙世界。

有一段时间，我喜欢上了《聊斋志异》。《聊斋志异》里的神鬼世界使人痴迷，我通读了五六遍，其中的《聂小倩》《婴宁》《香玉》《小谢》等名篇读了一遍又一遍，聂小倩、小谢等善良的女鬼的故事，让人感到牛鬼蛇神倒比那些披着人皮的恶人可爱。《聊斋志异》虽然是清代人的作品，但它是纯粹的文言小说，读起来要比《三国演义》费劲，我读的是人民文学出版社的版本，后来又购买了上海古籍出版社的《聊斋志异会校会注会评本》，可以明白书中用典的深义。

对于我来说，诗词的启蒙是从小时候看毛泽东诗词开始的。最先知道的诗句是“春风杨柳万千条，六亿神州尽舜尧。”毛泽东这句诗当时春联里经常出现，村里好多人家的中堂对联也常常书写这句诗，当时还没有上小学的我不懂下句的意思，但觉得上联很美，想象春风杨柳万千条的意境。我接触到的第一首唐诗是李白的《早发白帝城》，那是在团结学校读六年级的时候，当时我就被迷住了：世界上还有这么好的文体，有这么迷人的意境。七年级在托克托县中滩中学上学，有一位同学拿着一本内蒙古人民出版社的《唐宋诗词选释》，我看了爱不释手，向人家借来拼命抄写。1982年夏天，父亲和我一起骑自行车到了35公里外的察素齐镇，买了《新选唐诗三百首》《李白杜甫诗选译》等几本书，父亲一边和售货员聊天，一边笑眯眯地看着我。

上高中后，爱上古典的我购买了《唐宋八大家名篇浅析》《唐宋绝句选析》《两汉书人物故事》等书籍。我常常在我家屋顶或村边拿一本书诵读，去体味“绿树村边合，青山郭外斜”的意境，不知不觉中背诵了大量的诗词。上大学后我购买了朱东润先生主编的《中国历代文学作品选》、游国恩先生主编的《中国文学史》，随着阅读的深入我逐渐把社科院的《中国文学史》（上、下）、郑振铎的《中国白话文学史》、刘大杰的《中国文学批评史》都收入书架，认真阅读。到现在我手头各种文学史不下二十套，文学作品也越积越多，中华书局的《中国古典文学基本丛书》《古典文学研究资料汇编》和上海古籍出版社的《中国古典文学丛书》基本购置齐全。

爱上经典也使我迷上了名家名著。上大学后借来钱钟书先生的《管锥编》，爱不失手，在一个笔记本上工工整整地大段抄写。我喜欢上了现代学人的名著，许多降价书，非常实惠。我看过缪钺、叶嘉莹先生合著的《灵溪词说》，也认真阅读钱穆先生的《国史大纲》，还读过陈寅恪先生的《元白诗笺证稿》《隋唐制度渊源略论稿》。商务印书馆的《中华现代学术名著丛书》、中华书局的《跟大师学国学》逐步购置齐全，我又开始搜罗现代名人的研究著作，如陈寅恪、钱穆、钱钟书、岑仲勉、吕思勉、余嘉锡、缪钺等人的著作集。

学习梁启超先生的《中国近三百年学术史》和江藩的《汉学师承记》，

使我大体了解了明清学术的师承脉络，我迷上了乾嘉学派的考据功夫。王念孙、王引之父子的著作读了不少，《读书杂志》《广雅疏证》《经义述闻》等著作真还是用心读过，特别是《读书杂志》，王念孙的考据功夫实在令人佩服。我还购买了《蛾术编》《十驾斋养薪录》《二十二史考异》《日知录集释》等清人学术名著。

中年开始，我逐渐迷上了史籍。一些历史研究的必备工具书我也逐一网罗在手，如《读史方舆纪要》《通典》《通志》等等。二十四史早已买过，但只有前四史是认真阅读的。《史记会注考证》《汉书补注》《三国志集解》我也认真钻研过，同时参阅杨树达先生的《汉书窥管》来精读，越读越佩服得不得了："这些人的学问是怎么养成的呢？我辈即使竭尽全力也难望其项背"。羡慕之余也有些自惭形秽的感觉。

爱上经典使我对专门的研究搜罗不止。比如杜甫的诗集我已有《杜诗详注》《读杜心解》《杜诗言志》《杜诗镜诠》《钱注杜诗》等书籍，但萧涤非先生主编的《杜甫全集校注》和谢思炜的《杜甫集校注》出版后，忍不住购买回来。这些年我把李白、苏东坡、杜牧等喜欢的作家的研究著作收藏阅读了不少。

爱上经典得益多，随着阅读的不断深入，我觉得书中世界越来越精彩。于谦的《观书》的确道出了读书人的快乐："书卷多情似故人，晨昏忧乐每相亲。眼前直下三千字，胸次全无一点尘。活水源流随处满，东风花柳逐时新。金鞍玉勒寻芳客，未信我庐别有春。"是啊，我的书房里真的是别有洞天，别有丘壑，别有春天。

好事家藏万卷书

清乾隆年间大学士纪晓岚有一副名联："一等人忠臣孝子，两件事读书耕田"，忠孝是做人的大道，读书耕田是济世的根本。耕读传家作为一种被人们尊崇、仰慕的家风代代流传，至今在许多农村的古宅廊柱上还可以看到"耕读传家久，诗书继世长”的家训对联。

在我们这个有着悠久文明的传统农业大国，乡间闾里都有着浓厚的耕读情结。即使是一个饱读诗书的人，如果“四体不勤，五谷不分”，也会被人嘲笑。躬耕以亲稼穑，勤读以知礼义，安身立命进而齐家治国。过去，在农村即使是目不识丁的农民，也会尊称读书的人为“先生”，也会希望自己的儿孙成为一个识文断字、知书达礼的人。我的父母就是这样的人，他们小的时候因为家贫没有能上学读书而抱憾终生，希望我们几个儿女圆他们的读书梦。

“力田岁取千箱稻，好事家藏万卷书”，这是宋代王禹偁的一句诗。躬耕垄亩换来五谷丰登、养家输税，藏书万卷可以留给后代修身养性，这在古代读书人看来是再好不过的事情，陆游《题斋壁》诗里也说“力穑输公上，藏书教子孙”，他过着“晨炊躬稼米，夜读世藏书”的生活，觉得俯仰无愧于天地。我想，自晋代陶渊明过着“既耕亦已种，时还读我书”的归园田居生活，耕读便更加成为历代知识分子向往的生活方式。

“万卷藏书抵万金”，读书人历来把藏书看得比什么都珍贵。“藏书充栋读至老”的陆游是一个嗜书如命的主，在《冬夜读书》里他说“平生喜藏书，拱璧未为宝”，在《遣兴》里又说“有酒一樽聊自适，藏书万卷未为贫。”是啊，君子忧道不忧贫，所谓“守道何妨贱，藏书不尽贫”，读书人“穷且益坚，不坠青云之志”，讲究“万卷藏书富，千金市义多”，只要有书这一丰富的精神食粮就够了，明代薛瑄云“万金之富，不以易吾一日读书之乐也”。

“胸中万卷书，足下四方志”，读书人大都有远大的志向，所谓“要成远业待时须，故遣读书破万卷”。但“万卷藏书不救贫”，当理想很丰满现实很骨感时，也会叹老嗟贫，抒发不如意之情。所以诗人们每每有“读书万卷不直钱，逐贫不去与忘年”“耽书自笑已成癖，煮字元来不疗饥”之类的自嘲，宋赵蕃《寄怀》诗云：“读书万卷不充饥，枵腹吟哦大似痴。不是邻僧能送米，囊空何以续晨炊。”这是在反思读书怎么连个肚子都混不饱。在崇尚边塞立功的唐代，一生坎坷的诗人李贺设问：“请君暂上凌烟阁，若个书生万户侯？”即使是盛唐的岑参也会有“怜君白面一书生，读书千卷未成名”的感慨，一生穷愁的清代诗人黄景仁更作愤懑语云“百无一用是书生”。

但读书人毕竟能想得通、想得开，常常用“富贵于我如浮云”来安慰自己。要么不肯沉潜于下，所谓“腹中贮书一万卷，不肯低头在草莽”；要么傲视王侯将相，所谓“诗万卷，酒千觞，几曾着眼看侯王？”；要么以诗酒宽慰自己，所谓“有酒一樽聊自适，藏书万卷未为贫”……这就是读书的品性与骨气，也正是一代又一代知识分子善以读书养浩然之气，所以使读书成了一件高雅无比的事情。陆游在《冬夜读书示子聿》说：“读书万卷不谋食，脱粟在傍书在前。要识从来会心处，曲肱饮水亦欣然。”即使箪食瓢饮、粗茶淡饭，也要不改读书之乐。

在书中可以心游万仞、神交古人，文人们对藏书读书乐而忘忧。藏了书你就得读，认真地读。宋赵蕃说得好：“今人藏书务书多，昔人读书病书少。藏书不读竟何用，岁老财供蠹鱼皱。”读书读多少为好？当然是杜甫说的“读书破万卷”了，这样才能“下笔如有神”。这种感觉是大读书人的共同体会，苏轼认为“读书万卷始通神”，杨万里说“读书万卷笔有神”……如陆游所说“古人学问无遗力，少壮工夫老始成”，读书是一件持之以恒的事情，要有“三日不读，口生荆棘”的感觉。黄庭坚曾说：“士大夫三日不读书，则义理不交于胸中，对镜觉面目可憎，向人亦语言无味。”清代萧抡谓《读书有所见作》也说得好：“人心如良苗，得养乃滋长；苗以泉水灌，心以理义养。一日不读书，胸臆无佳想。一月不读书，耳目失精爽。”

读书是件雅事，在哪里读书古人很讲究的。辛弃疾《贺新郎》词云：“堪笑高人读书处，多少松窗竹阁。”松窗竹阁是古人书房外的布置，古人还有在精舍小筑读书的。一卷在手，“香烟袅袅闲萦几，书卷纷纷静满床”，多么惬意啊。即使在漫长的冬夜，读书时“夜窗风雪一灯青”，也非常美。雅事当有雅兴，古人书房外爱植竹，苏东坡有云“可使食无肉，不可居无竹”，书房外可如此布置：“门前更种千竿竹，堂上还堆万卷书”，这个境界够美。

宋张耒说“堂有书万卷，园有竹千竿”，这是读书的好环境。当然简陋，些也不妨读书，刘禹锡说“数间茅屋闲临水，一盏秋灯夜读书”，茅屋虽陋不掩其雅。元张可久《人月圆》词云，“数间茅舍，藏书万卷，投老村家。山中何事，松花酿酒，春水煎茶”，有书有酒有茶，茅舍里节奏又不快，“万卷藏书读尽时”，真是神仙般的日子。

爱读书的人是手不释卷的，病了也得有书相伴。像陆游读书“万卷纵横眼欲盲”，年纪大了也不辍读，自云“鬓毛焦秃齿牙疏，老病灯前未废书”。他病了也不忘读书，《九日小疾不出》诗云，“头风初愈喜身轻，书卷时开觉眼明”。他有一首诗的题目叫《秋夜读书每以二鼓尽为节》，看来也是个夜猫子。读书人都知道临睡前得捧一本书，不然很难入睡，像我就在靠墙一侧的床上堆满了书，入睡前随手抽一本。后来我看古人也有这个习惯，陆游就有“床头亦有闲书卷，信手拈来倦即休”“酒杯不解为愁敌，书卷才开作睡媒”“雨声欲作海棠祟，书卷只为春睡媒”“酒是治愁药，书为引睡媒”的诗句，贺铸在《调北邻刘生》也说“吾床何容凡物坐，书为睡媒即床卧”。

宋人周耕云有诗云“宝藏书册教儿读，土视功名与世违”，一些读书人一边粪土功名，一边想着藏书能传给子孙。陆游有云“幸有残书卷，犹堪付小儿”，张孝祥说“问将何物为儿寿，付与家传万卷书”。黄庭坚多次说过藏书留给子孙的好处，“万卷藏书宜子弟，十年种木长风烟”，还说“藏书万卷可教子，遗金满籝（yíng，竹笼。）常作灾”。大家都认为留钱财给子孙不如留诗书，宋代赵蕃有诗句说“保家匪乏千金产，教子必以万卷书”，明代邓林也说“家藏书万卷，子孙未为贫”，书是留给子孙最好的礼物。

我小的时候，在村里常看到一副对联：“门前车马非为贵，家有子孙不算贫”，就琢磨：为什么呢？子孙靠什么来笑傲富贵。现在想来答案很简单：读书！陆游《冬夜读书示子聿》诗云：“宦途至老无余俸，贫悴还如筮仕初。赖有一筹胜富贵，小儿读遍旧藏书。”我现在看到小儿喜欢读书就感到特别欣慰。

我们不要做罪恶的帮凶

——电影《少年的我》观后感

殷苹苑

看了首映，主演演技真的太好了！

剧情我不透露，但是想说说自己对校园霸凌的看法：诚然，最应谴责的是施暴者，但谴责施暴者的同时不应忽视他们的帮凶：围观的看客、失职的监护人甚至没有做到足够公正处理这类事件的工作者……

监护人不仅仅有家长，还有老师。受害者家长和老师对孩子关怀得不到位，施暴者家长对孩子的纵容等都可能成为施暴者实施霸凌行为的条件和原因；执法工作者处理一些类似案件往往要考虑多方因素如施暴者年龄等，使某些施暴者逍遥于法网之外，得不到应有惩罚，进而助长其暴戾行为以至于对受害者造成更深伤害。

但我想说的是，最大的帮凶莫过于围观者。他们漠然吃瓜看戏的行为看上去无非就是没有帮受害人一把，听起来无功无过，但往往就是他们的漠然才会纵容施暴者一次又一次肆意妄为，才会导致这些类似校园霸凌的事件一次又一次地发生，无休无止。甚至一些看热闹的人毫不避讳地高声叫好以至于更加助长施暴者的气焰。

为什么不帮受害者一把？有施暴者太过猖狂所以围观者为求自保的原因，但可能还会有一些其他的原因：看客喜欢鉴赏受害者痛苦的扭曲心态真实而又普遍地存在。

真正的感同身受除非确有其感，否则不可能存在。故事可以有美好的巧合，有美好的结局，但现实世界未必如此。现实中可能会有很多个陈念，可能会有很多个小北，但现实中，他们相遇的可能性并不会很大。而假如真的遇到这样事件的受害者，希望我们都可以尽力帮助他们。

我们不要做悲剧的主谋，也不要做罪恶的帮凶。

四

家乡风物永难忘

民俗·民风·民韵

说说内蒙古三件宝

内蒙古有三件宝：山药、莜面、大皮袄，准确地说这是内蒙古西部地区的三宝。我敢说，这是走西口人总结出来的，因为这是穷人的三件宝，吃上山药、莜面经得住饿，再重的苦、再累的活也能承受得了；穿上大皮袄，西口外、阴山后再寒冷的风也能扛得住。

山药：光景好坏都有它

内蒙古这里管土豆叫山药，别的地方也称作马铃薯。我曾去过甘肃省定西市采访，那里又叫做洋芋。

到现在吃饭没有土豆我就感觉不香。我出生在20世纪60年代末，在饥饿的童年里主要靠土豆填饱肚子，胃肠对土豆留下了深深的记忆。

小的时候我们是吃不上蔬菜的，土豆是我们唯一的蔬菜。20世纪六七十年代，我们托克托县每家农户院子里都有一个山药窖。房前屋后打个山药窖，秋天储存好土豆，要供一家人吃到第二年的夏秋时节。山药窖直径不到一米，窖口仅能够容一个成年人上下。先一直掏下去，窖壁要掏好供人上下蹬踩的小洞。掏到三米左右再在底部一旁挖一个小窑洞，用来储存土豆。

一年里整个冬天和春天，日子就靠这一窖土豆和几袋子玉米面撑着。腌白菜烩土豆再加上玉米饼，酸稀粥煮土豆块，伴我们度过了最艰难的岁月。记忆里玉米饼吃得我们实在是不想吃了，但土豆真是百吃不厌，特别是母亲做的山药芥芥酸焖饭，现在想起来都垂涎欲滴。

最盼冬天生起火炉子来，就可以吃到喷香的烧山药了。母亲用麻团蘸点胡麻油把炉盘子擦得又黑又亮，在上边烤上馍片。父亲在火炉的灰膛里埋上几颗土豆，在火炉旁用炉钩不时地翻动，以免烤焦或烤得不匀。父亲告诉我烤好了，我们兄妹三人迫不及待地取出烧山药，一边嘘着气把炉灰吹干净，一边把焦黑的外皮剥去。剥出了金黄色虎皮脆的烧山药，蘸上盐和花椒吃，真是人间不可多得的美味。

小时候经常和父亲下窖取山药。父亲捡好小袋子递上来，我接上窖来，稍稍长大一些，身子灵活的我经常下窑取山药。每年春夏季节，窑里的土豆长了芽子，我和父亲把土豆芽子抠掉，再重新储藏好。换到现在，生了芽的土豆是要扔掉的，那个年代哪里舍得呀！中秋节前后，生产队开始收获土豆“起山药”，人们可以到起过的山药地捡山药。有一年我拿了个小口袋，拿着抓挠到地里刨捡，我居然刨捡出一小袋子山药，激动地背回给母亲看：这能吃好多天呀！母亲和邻居直夸我是个好孩子。

现在农民们种地看效益，地里种的全是效益高、费工少的玉米。包产到户的头两三年里，人们被饥饿吓怕了，在自己的责任田里种得五花八门：小麦、土豆、莜麦……各式各样的作物使田野变得丰富多彩。记得到了阴历七月十五，要炖羊肉吃，父亲从自家的土豆地里挖几颗新土豆。母亲做的羊肉炖土豆出锅了，满院都是香味，嚼一口炖进了肉味的新鲜土豆，香得啧啧啧……到后来，吃过土豆炖牛肉、鱼汤炖土豆。苦日子吃它，好日子也吃它，光景好坏都离不开它。土豆和什么食材都能搭配，食材越好，土豆越香。

如今，我们托克托县已经很难看到地里种土豆，人们都买武川的土豆吃。父亲在世时，我们家每顿饭都离不了土豆，炖着吃、炒着吃、蒸着吃。父亲去世后，曾帮我们度过饥荒的土豆仍然是我最爱的菜。

莜面：三天不吃就难受

在内蒙古乌兰察布市、山西雁北地区和河北省张家口市一带，盛产莜麦，传唱着二人台曲目《割莜麦》。这一带老百姓爱吃莜面，有人说，三天不吃莜面就没精神。另外，还留下一个乡俗：说正月初十是老鼠娶媳妇的日子，必须吃莜面，以保一年风调雨顺，庄稼有好收成。

“五十里莜面四十里糕，三十里荞面饿断腰”“莜面吃个半饱饱，喝碗开水正好好”——在内蒙古西部流传着这样的俗谚，意思是这三种食品里莜面最不易消化、最耐饥。吃饱了莜面再苦再累的活儿都不算个啥，在内蒙古西部、晋北和河北省北部，莜面本来是贩夫走卒、庄户人家的当家食品。后来，科学证明莜面是个好东西，能减肥、降血脂、降血糖，是糖尿病人最理想的食品，于是莜面也成为好多城里人的保健食品。

我小的时候爱看姥姥和妈妈做莜面。她们在一块小石板上搓莜面窝窝，手法真娴熟，一会儿就能搓一笼。她们在案板搓莜面鱼鱼，有时双手一齐搓，一手搓三根，看得我眼花缭乱。姥姥她们还会做莜面囤囤、莜面块垒、莜面拿糕等等，花样特别多。有时也用饸饹床子压出细细的面条蒸熟了吃，这个叫饸饹。还有一种吃法，是把山药擦成细丝，然后裹上莜面蒸，老乡们管这叫莜面丸丸。

但不管哪种吃法，最初我都不爱吃莜面，因为莜面有股特殊的味道。包产到户之前，庄户人家也没那么多莜面，就把高粱面掺和到莜面里吃，美其名曰二莜面，口感较莜面差多了。当地好多人吃莜面喜欢蘸着盐汤吃，即把黄瓜、水萝卜等擦成丝，放到腌菜的汤里，再把煮好的土豆、茄子等和莜面一起蘸着吃。母亲看我不爱吃，就试着做好羊肉臊子热汤，让我把莜面蘸这个热汤吃。这我爱吃，那个年代羊肉稀罕，其实我是冲着汤里的羊肉吃的。但吃着吃着，逐步喜欢上了莜面的特殊味道，也就爱上了吃莜面。

包产到户最初几年，我们家也种过莜麦，后来就买武川莜面吃。我觉得也好，莜面的加工制作过程太麻烦了。把地里的莜麦加工成餐桌上的美味，老百姓讲要经历“三生三熟”，磨面前炒莜麦是一熟，用开水和面是二熟，制作好上笼蒸是三熟。我和父亲一起去生产队的大锅里炒过莜麦，用水淘完莜麦粒上锅炒，麦芒乱飞，顺着领口飞到前胸后背，痒痒得人受不了。

如今，我也爱上了莜面这种保健食品。没办法，胡吃海喝把自己弄得血脂也高、尿酸也高，大鱼大肉该戒了，还是吃点莜面好。

大皮袄：曾为父亲挡风寒

小的时候父亲有件大皮袄，我特别羡慕，觉得穿上以后特别威风。

每到冬天，生产队有活儿的时候，或出去打猎、打沙鸡的时候，父亲都要穿上大皮袄，戴上厚棉帽出去。那个时候生产队里的叔叔大爷们都有一件厚羊皮袄，还有的要穿上羊毛毡靴。穿上这些人才显得踏实、厚重、稳当，当时我觉得这是成年男子必须有的穿戴，这样打扮的男子才威武，天大的事情都难不倒他们。

父亲穿的大皮袄是白茬子，是几块羊皮缝制的。那时村里有皮匠，会炮制羊皮缝制皮袄。父亲特别心爱这件大皮袄，夏秋不用的时候就塞上卫生球，让母亲给他小心存放起来。每到冬天，数九寒天时父亲就穿上它，和生产队里的叔叔大爷们一起去黄河南边的准格尔旗去拉炭，一起去生产队的粉坊、豆腐坊干活儿。打沙鸡的时候，父亲支好网，在野外要站一整天……大皮袄温暖了父亲一冬，父亲用劳动温暖了我们一生。

我好羡慕有一件皮袄呀，穿上皮袄的男子才能顶天立地！上初中后我就缠着父母给做件皮袄，那时正好在4公里外的五申村读书，每天早晨要骑自行车上学，放学回家也得骑自行车。冬天特别冷，父母亲就找了两三块羔羊皮，找皮匠给我做了一件小皮袄，不过不是白茬的，外面缝了一层黑棉布。上高中的时候，每年冬天我都穿这件皮袄。

到了后来，各种羽绒服和棉衣兴起，这些棉衣又轻便又保暖。那种笨重的白茬皮袄逐渐淡出。现在乡村的老人们，也很少穿那种皮袄了。但我总觉得，衣服是轻便了，但人们穿衣服的厚重感没有了，岁月的沧桑感也没了。过去，大皮袄是可以作为传家宝流传后代的。

家乡美食牵乡愁

胃是有记忆的，就像人一样，打小养成的习惯有时一辈子也改不了。就说我吧，20个世纪60年代末出生在托克托县，正是最贫困和饥饿的岁月，打小吃的那些饭菜只是寻常的粗茶淡饭，但在我心中是难忘的家乡美食，这些美食经常会诱惑我想起往日时光里难忘的生活片断。

先说山药芥芥酸焖饭。我们那里管土豆叫山药，别的地方也称作马铃薯、洋芋。山药芥芥说白了就是土豆条，土豆切成条炒菜，切得细一点的是土豆丝，切得粗一点的就是山药芥芥。夏天的时候炒山药芥芥时配一点韭菜，有时配一些牛心菜，看着好吃得香。记忆中妈妈炒的山药芥芥特别香，夏天用胡麻油炒，冬天用猪油炒，如果再切上一点猪肉丝，味道更好。

酸焖饭好多人没有吃过，甚至没有听说过。在我的记忆里，20世纪六七十年代在我们老家农村，家家户户灶台上都有一个浆米罐子，用来浸泡发酵糜米。糜米去皮后用酸浆浸泡发酵，然后做成酸米饭、酸粥和酸稀粥，山药芥芥配上酸焖饭养育了一代又一代家乡人，夏天人们吃上山药芥芥酸焖饭就有力气出地劳作，再带一罐酸米汤到田间，劳动间歇好解渴。记忆中一日三餐离不开浆米罐子，早上吃酸粥，中午吃酸焖饭，晚上喝酸稀粥。浆米罐子是人们的救命罐子，帮助人们走出了最艰难、最饥饿的岁月。

托克托县的另一道名吃是糕。这种糕是用黍子籽面做的，黍子去皮后俗称黄米，黄米磨成面非常黏，在笼里蒸好后用笼布兜到瓷盆里，双手蘸凉水使劲儿捶捣，捶捣绵软了就做成了素糕。托克托县有一道菜叫“鸡肉汤汤蘸素糕”，困难年代胡麻油少，一瓶油得吃一年，哪里舍得炸糕呢，所以蒸好素糕后抹点胡麻油直接吃。糕抹上一层胡麻油，金黄油亮真馋人。逢时过节或贵客临门时，宰一只本地的大红公鸡，配上素糕，那味道好极了。记忆中我常常守在锅头看妈妈熬制鸡汤，当浓郁的香味溢满土屋时，妈妈就会从锅里夹起一块鸡肉让我尝尝熟了没有。

如果把素糕再用胡麻油在锅里一炸，就是待客最好的油炸糕了。包产到户之后生活一天比一天好起来，人们舍得炸糕了。每年一进腊月，村里每家每户都要蒸糕、炸糕，再把炸好的糕冻进大瓮放到凉房里。正月里除了吃饺子就主要吃烩菜馏糕。在我的家乡托克托县，逢年过节或盖房压栈时要吃糕，红白喜事也要吃糕。所以谁家有办红白喜事了，人们就说“要吃糕了”“糕盆热了”。吃糕的时候必须要有托克托县的豆腐粉条汤，在事宴上端汤盆的人会神气地喊一声“看油！”这是在提醒人们要上汤糕了，别溅在身上油污。

豆腐粉条汤的食材必须是托克托县的，最讲究是黑水泉的豆腐和小口子的粉条。熬制豆腐粉条汤的汤，最好兑上事宴上煮过骨头或烧过肉的老汤，这样才入味。熬制好豆腐粉条汤后必须加上托县辣椒，托县红辣椒产在黄河岸边的一溜湾一带，色泽鲜红，含油量大，味道不辣，孩子们也能喝加过红辣椒的豆腐粉条汤。来碗豆腐粉条汤，蘸上软溜溜的油糕，味道那叫个好。一代又一代托县人喝着红红的豆腐粉条汤，吃着又大又扁的油炸糕，送走了一代又一代入土为安的老人，祝福了一对又一对拜过花堂的新人，迎来了一个又一个尚在襁褓的婴孩的满月……汤糕拉长了岁月。

和炸糕配在一起吃的还有猪肉烩酸菜，这烩酸菜必须得提一下。我小的时候一到深秋季节，家家都要腌两三缸大白菜，腌大白菜是乡村的一大盛事。

男人们赶着小驴车或马车将大白菜买回来，女人们要洗净去根，对半切开来。将切好的白菜下开水锅烫一两分钟，捞出来把水控一控，再把控干水的白菜放在洗净的瓮里，放一层白菜加一层盐。菜要放紧密尽量不要留空隙，最后用干净的压菜石头压在顶部，盖好瓮盖放在门背后的阴凉地。过个把月酸白菜就能吃了。20 世纪六七十年代人们主要靠土豆烩酸菜下饭度日，猪肉粉条烩酸菜那是过节时才吃的。

在托克托县的美食里，不能不说说莜面。莜麦盛产于内蒙古乌兰察布市、山西雁北地区和河北省张家口市一带，大青山前土默川上的人们也爱吃莜面，有人说三天不吃莜面就没精神。我小的时候爱看姥姥和妈妈她们搓莜面窝窝、捏莜面鱼鱼，擀莜面囤囤、炒莜面块垒、搅莜面拿糕等等，花样特别多。有时也用饸饹床子压出细细的面条蒸熟了吃，这个叫饸饹。还有一种吃法，是把山药擦成细丝，然后裹上莜面上锅蒸，老乡们管这叫莜面丸丸。包产到户之前，庄户人家也没那么多莜面，就把高粱面掺和到莜面里吃，美其名曰二莜面。更穷的人家，就只能吃高粱面饸饹。

说起托克托县美食，不能不提到托县炖鱼。托克托县位于黄河上中游分界处，河口镇以上是黄河的上游，从河口镇以下奔腾不羁的黄河就进入了晋陕大峡谷。黄河岸边的托县人擅长红烧黄河鲤鱼，也包括鲫鱼、鲶鱼、草鱼、鲢鱼等，当地都称为托县炖鱼。托县炖鱼首先用油和本地辣椒以及各种佐料炝锅，把汤炝得红红的，然后放入托县小茴香和开剥好的鱼，炖到恰到好处，炖出的鱼色香味皆美。这几年，每年春季黄河开河时，托克托县都要举办“开河鱼节”，厨师们会进行“托县炖鱼”厨艺大比拼，络绎不绝的游客们争相品尝美味的托县炖鱼成了当地一道独特的风景。

一方水土养一方人，一方美食哺育一方人，我经常会想起那些从小养育了我的家乡小吃。西晋张翰见秋风起，便想到了故乡的鲈鱼脍和莼菜羹，我也有同感，逢年过节便想起家乡，想起家乡的美食，想起那难忘的岁月和亲人……是乡愁和亲情把岁月烹调得有滋有味，就像那首蒙古族歌谣里唱的：“家里的奶茶常常醉人，阿爸阿妈情意长！”

家乡的美食，是妈妈的味道，是亲情的味道，是乡愁的味道。

再忆那些退役的农具

立秋时节我来到乌拉特前旗的公田村，这个农耕文化博物馆里那些熟悉的农具和手工作坊用具，使我又感觉到了尘封岁月里人间烟火的热度和温暖。我曾经写过一篇关于农具和生活用具的文章，介绍的是20世纪六七十年代土默川和河套平原常用的农具，这篇算是姊妹篇吧，介绍一些已经罕见的农具和工具。

先说“夯石”，我们土默川农村称它为“鹅”，有的地方叫“夯石”或“夯硪”，是夯实房基用的。这个大石墩子有二百多斤重，用两根木棒将石条夹住固定，用粗铁丝将两根木棒箍紧了。打夯时四个精壮后生各持木棒一端，喊着号子高高地抬起“鹅”来，用力砸在平整好的房基上。“嗨呀嗨呀！盖新房呀！”“新房好啊！赛华堂啊！”“盖好房啊！引凤凰啊！”……一个既稳重又嘴巧的后生喊着号子，在有节奏的号子声中，“鹅”被举起来又落下，房基的轮廓被夯得非常分明，再夯时要用浮土填平整了。

每当谁家要起房盖屋了，小孩子们就会跑去看热闹，闺女媳妇们也围拢成一圈。围观的人多了，后生们来劲了，号子喊得更加嘹亮，“鹅”在后生们的抬举中上下翻飞。与其说夯房基是耗体力的劳动，到不如说是一场赌力气的表演和比赛，在闺女们含情脉脉赞许的眼神中，后生们的力气是用不完的。这四个人累了，又换上四个攒好力气的后生，中午多吃主人几个糕就是了。

土默川和河套平原都是黄河灌区，地下水位高，打好基础盖房子是农民一生中的大事。20世纪六七十年代人们盖的都是土坯房，所以一定要把房的地基夯实了，夯地基有时得一整天，得有耐心房子才能稳定。20世纪八十年代，我们村的人种植枸杞攒一点钱就盖房子，谁家盖好了房子才能吸引媒人们上门介绍媳妇儿。那个时候人们也没多少钱，盖房子往往是外面一层砖装门面，里面砌得还是土坯，土默川的农民管这种房子叫“里软外硬”。房基还是用老办法夯出来的。我们村是一个两千人的大村，八十年代初有那么几年掀起了盖房热，听到抬“鹅”喊号子的声音，看到人家盖房娶媳妇，心里真还挺羡慕的。后来，人们盖房子开始挖沟用石头垒地基，或用混凝土分层填筑，灌上砂浆再用振动棒捣实，有了这种“水摇沙”的办法，夯房基的“鹅”就弃而不用了。

在公田村的农耕文化博物馆里，我还看到一个做粉条用的漏勺，好多人不知这是干啥用的。这漏勺是用瓢葫芦剖成两半做的，我太熟悉这个工具了，我叫它“漏瓢”。小的时候父亲是生产队里粉坊的“粉大师傅”，把粉面加明矾和好后，父亲就把和好的粉面揪到漏瓢里一团，一手端好用瓢葫芦做的漏瓢，一手半握拳拿捏好力度猛捣漏瓢的沿，成形的粉条就漏到锅里，稍煮一会，锅这边的助手就把粉条捞出去晾晒。葫芦漏瓢有好多个，下边的漏眼有大有小、有方有圆、有宽有细，可以漏出不同形状的粉条。漏细粉时，父亲把漏瓢举过头顶来捣，细长的粉条在锅里一过水，就变成了半透明的粉条丝。有一年我见到父亲在粉坊里做漏瓢，用刀刻出长方型、圆型等不同的漏眼。后来，我也见过村里人们简易做粉条的办法，就是用饸饹床子压制，远不如粉坊漏的粉条筋道。

“栽橛”好多年轻人根本不知道是干什么用的，我们小时候经常看大人用栽橛做扫帚。扫院子经常用扫帚，每户人家都有两三把扫帚，是用芨芨草做的，农村叫织芨，这种生长在荒滩上的草在北方分布很广，托克托县就有名为织芨梁和织芨壕的村子。芨芨草最适合用来做扫帚，干了的芨芨草茎秆坚硬而有韧性，不易折断。“栽橛”是把硬木头削成一头粗一头细，细的这头又尖又滑。箍扫帚的时候把芨芨草去掉枯叶整理干净，把草根部整理齐塞进铁圈里，粗细不同的铁圈可以箍制大小不同的扫帚，用手把一绺一绺的芨芨草往铁圈里插，直到芨芨草严实到插不进去为止。这时用栽橛尖细的一头插入铁圈内芨芨草的尾部，然后握住把栽橛粗的一头在大石块儿上用力墩。铁圈内芨芨草挤出空隙再插入芨芨草，用铁锤把栽橛敲出，反复敲打。最后修剪整齐芨芨草箍上两三道线圈，装上扫帚柄，一把扫帚就做成了。小的时候父亲栽扫帚时，我就在一旁蹲着看，觉得父亲的本事真大。

在博物馆里，我看到了钗子、耙子、木锨、碌碡等熟悉的农具，这些简陋的农具帮助人们种出并收获了神圣的五谷。我也看到了毛毛匠用的弹弓，皮匠用的割刀，还有那个老油坊里搬出来的大油梁；我还看到了鼓风的风箱、端饭的条盘……有了这些农业生产和生活工具，庄稼人炕上的吃喝才能有滋有味，身上穿的才能贴身合体，房顶上的炊烟才会绵绵不绝，这种自给自足的生活在乡村延续了一代又一代。原来这至简的生活才充满着浓浓的人情味，这俭朴的生活对大自然的索取克制到了极致，身边的一丝一缕羊毛和布头，屋边的芨芨和作物秸秆，都能经过这些工具由废变宝。

会用这些农具和生活用具的先辈们已成远行客，村庄上生活着他们的后代，延续着袅袅的炊烟和绵绵的香火。我突然觉得生活在村庄里的先辈们是那么的心灵手巧，他们好像匠人一样用各种工具调制着生活的味道，编织着生活的每一个链条。看着这些作为陈列品的工具，那些逝去的场景又活灵活现在眼前，村庄里曾经生活过不少熟悉各种工艺的匠人，刻画雕缕着生活的每一个细节和真实。

泉水般清纯的蒙古族谚语

也许是职业的缘故，我喜欢搜集谚语。在内蒙古工作多年，我喜欢搜集学习蒙古族谚语。正如蒙古族谚语所说："蒙古人马背上驮着两件宝，一头是歌，一头是谚语和好来宝。"通俗易懂的蒙古族谚语里，充满了智慧的结晶，这里有为人之道，有处世之道，也有成功之道。

"最干净的水是泉水，最简练的话是谚语"。蒙古族的许多谚语非常精练，比如"湖水平静，鸿雁平安"，非常简练，天边飞来的鸿雁（嘎鲁）以湖（淖尔）为家，如果湖水不平静，鸿雁就不会有平安的生活。现在我们内蒙古的人们常常以这个谚语说明：如果没有繁荣昌盛的祖国，如果没有安定团结的内蒙古，哪里会有这里人民幸福安宁的好生活。我觉得这个谚语再贴切不过了。

"马头琴会说话，好谚语会劝人"，蒙古族用谚语传授着知识，启迪着智慧。我之所以喜爱蒙古族谚语，就感觉这些谚语像草原上的溪流和清泉，潺潺流过净化人的心灵；像草原上的蓝天白云，那样悠然自在和痛快；像马头琴奏出的旋律，自然清新有如天籁。比如我们说不能以貌取人，蒙古族谚语说："破衣里面有圣人，破鞍底下有骏马""好马不在鞍鞯，人美不在衣裳"等，以骏马比喻才俊，把道理说清楚了。每每读到这一谚语我就想起了在桓温面前扪虱而谈的王猛，《晋书·王猛传》描写得好："桓温入关，猛被褐而诣之，一面谈当世之事，扪虱而言，旁若无人。"

"家乡的水是仙水，家乡的土是金子"。蒙古族谚语常常教育人们热爱天地，热爱家乡，热爱父母，热爱牛羊。“生我的土地是黄金，饮过的泉水是甘霖”，是啊，感谢苍天大地，感谢父亲的草原、母亲的河，就像一首草原歌唱道：“哺育我的江河水，母亲的乳汁一样甘甜”；“若是没有太阳，天地间就一片黑暗；若是没有牛羊，草原上就一片荒凉”，是啊，万物生长靠阳光和雨露，像草原上那首传唱千年的爱情歌曲：“如果没有天上的雨水哟，海棠花儿不会自己开……”天苍苍、野茫茫的草原上，充满着牧人的眷恋。

“迁移牧场，最好是绿草地；要听劝告，最好是父亲的”，我和好多男孩子一样，深深地崇拜着自己的父亲。我的父亲是位心地善良、十分和善的人，“水草肥美的地方鸟儿多，心地善良的人朋友多”，尽管家里很穷，但有许多朋友都愿意帮助父亲，日子过得开开心心。在我无助非常迷惘时，在我差点骄傲自大时，在我失意心灰意冷时，父亲多次给过我最好的人生劝告，帮我走过了一道又一道坎。父亲享寿八十四岁，平生不做半点亏心的事，这让我想起一句蒙古族谚语：“没向别人牛奶里插过手指头，没向别人马群里甩过套马杆”，岂止如此，他常常热心帮助别人。因此，熟识的人们提起他来都直竖大拇指，真是“经常修桃树，哪有不落的鸟；有和蔼的品行，哪有不夸的人。”

“母亲的宝贝是子女，好汉的宝贝是志气”，母亲尽管也没有读多少书，但她一直督促我要立志读书，成为一个有用的男儿。小的时候母亲经常和我说:“你不争(蒸)馒头气也要争(蒸)糠窝窝气，一定要做一个知书达礼的人。”后来，我也听母亲的话认真读书长进。也读过许多蒙古族励志的谚语，比如:“鸟贵在有翅膀，人贵在有志气”“骏马无腿难走路，人无理想难进步”“驰骋的马，能走遍草原；努力的人，能实现志愿”“赛马途上知骏马，摔跤场内识好汉”……浅显的话语能给人前进的力量。

蒙古族被称为马背上的民族，马背是蒙古人人生的摇篮和成长的起点，好多谚语以骏马喻好汉，以养马驯马来寓意人生成长。“人须幼时教养，马须驹时训练”，告诉人们好的习惯和本领要从娃娃抓起；“好马登程奔到头，好汉做事做到头”，告诉人们做事要有始有终；“贫门出好汉，骏马出良驹”，也就是俗谚“寒门出贵子”的道理;“马若颠狂容易失蹄，人若慌张容易出错”，告诉人们做事情一定要沉着冷静；“懒惰的马嫌路远”，那么懒惰的人肯定嫌事多；“人在甜言中易栽跟头，马在软地上易失前蹄”，多么生动形象啊！

蒙古族谚语里对夸夸其谈的人非常不齿，喜欢真抓实干而不应该说无济于事的废话。“路途远马儿疲劳，闲言多了嘴唇疲劳”“吃未熟的肉，有害于肚；说无用的话，有损于自己”“好马打三鞭，变成摇头摆尾；好话说三遍，变成无益废话”“肥牛骏马多点好，闲言滥语少点好”等，告诉人们少说无用之话。“杂草多的地方庄稼少，空话多的地方智慧少”，可见空话多么不值钱。

蒙古族谚语中对如何说话是非常看重的，“腿能到之处才可以去，话能说之处才可以说”，告诫你说话一定要说到点子上；“流水非刀却能穿破顽石，恶语非针则能刺伤人心”，恶毒的话胜过毒蛇铁针，就像我们常说的“良言一句三冬暖，恶语伤人六月寒”“毛毛细雨湿衣服，流言蜚语伤好汉”，告诉人们少相信流言蜚语；“两座山的中间，有毒的蛇少不了；一对情人中间，挑拨的人少不了”“对盛开的花朵，寒冷的天气是敌人；对亲密的爱情，离间的怪话是敌人”，说明挑拨离间的话是针对你最亲爱的人和朋友；“草栏子的门前挂上彩灯不相称，对不懂理的人说上啥也没有用”，告诉你遇上不讲理的人，别和他胡搅蛮缠。“就是生气了，切不要说绝话；即使破裂了，也不要说坏话”，则告诉人们说话要留有余地，不能太决绝了。“自己的话应该少说，别人的话应该多听”，为人应该敏于行而讷于言，要学会倾听别人的意见。

蒙古族谚语用浅显易懂的话向人们传递着真善美和正能量，告诉人们勤劳、勇敢、智慧的可贵。“想挤狮子的奶水，要有斗狮的胆量”“浪再大挡不住鱼穿水，山再高遮不住太阳红”，告诉人们勇敢的力量；“森林中没有不弯曲的树，天地间没有十全十美的人”，对人不能求全责备；“好汉的胸膛，能容下全鞍马”“胸怀忠诚比漂亮有钱强”，告诫人们胸怀要像草原一样宽广；“吃人家香餐，应当日回敬；借人家良骥，应当年回还”“借奶还黄油，借牛还骏马”，告诉人们交往之道，要加倍回报帮助过你的人，所谓“喝水不能忘了源头，受恩不能忘了恩人。”还有不少谚语告诉人不少生活哲理：“没有不需要翅膀的鸟，没有不需要朋友的人”“没有神的地方就没有鬼”“金刚石再硬，智慧能使它变软”“羊嫌草场掉肥膘，人嫌饭食必瘦弱”“孩子常说新见的，醉汉爱讲心想的”……这些都是生活智慧的积累。

仔细琢磨一些蒙古族谚语，能从中领悟出乐趣来。比如“没学问的架子大，公山羊的脾气大”，为什么会这样呢？开始我想是因为公山羊留着胡子瞪着眼睛，后来一想：不对，公山羊挤不出奶来，就像没学问的肚子里没货一样。想一想架子大的人和脾气大的公山羊的神态，不禁哑然失笑。“鲜花嫩草的美丽，牛是从来不懂的”，噢，这就和对牛弹琴一个道理吧。再仔细琢磨“看见了山中的梅花鹿，就丢弃跨骑的瘦弱驴”“跟野狗吵架保不住衣襟”“不要像倔驴般顽固，也别像蝴蝶般轻浮”……挺有意思的。

“成功是失败的女儿，谚语是智慧的结晶”，包罗万象的蒙古族谚语充满了各种道理和智慧，值得我们去留心学习，就像欣赏草原上芬芳的花草一样，就像倾听高山上潺湲的溪水一样。

乡间的几种消暑茶饮

仲夏时节，天气越来越热，想起了三种消暑的乡村饮料：青砖茶、绿豆汤和酸米汤，这三种茶饮虽然朴实无奇，却极具解暑宁神之功效。

我小的时候，托克托县的乡村里普遍喝的是青砖茶。这种茶被称作边销茶，顾名思义是供应边疆地区的茶。这种青砖茶可以消食解荤，成了村民们唯一的茶选。我记得小时候这种茶制成比十六开书长的长方型大块，一面压着一个“川”字，产自湖北省赵李桥茶厂。边销茶是为了去膻化食，补充水分和维生素等，但像我们那样的农区，是吃不上多少荤腥的，喝砖茶不是为了削减肉食的副作用，只是成为了一种习惯而已。

那个时候一户人家是买不起一大块砖茶的，再说供销社也是凭票供应的。母亲从供销社买回一两斤砖茶，小心翼翼地用菜刀劈成小块，连同案板上的碎渣也要收拾到茶罐里。有条件的时候，再把一个苹果放到茶罐里喂着茶叶。村里的好多人家也一样，平时一般舍不得喝茶，遇有贵客和亲戚上门，才舍得泡一壶茶饮用。茶水倒到瓷碗里，红黄相间，呈琥珀之色。

改革开放之后，人们饭菜里的油水大起来，砖茶销售也逐渐放开，喝砖茶成了人们的生活习惯。砖茶最好的功效是消食去腻，比如呼和浩特的市民早点习惯吃稍麦，必需用砖茶来去稍麦的腻劲。村里的人们没有这么排场，但遇有红白喜事，都要在锅里熬煮一大锅砖茶供人们饮用。平时，出工到地里，要带上一铝壶砖茶。在打谷场脱粒时，要带上几暖壶水和泡茶的瓷壶，扬场脱粒的人渴了，满满倒一大碗砖茶晾着，吹开上面的谷糠麦壳，一饮而尽。

父亲爱喝砖茶，而且爱用碗来喝砖茶。2000 年来到呼和浩特市和我们一起住，家里有绿茶、红茶、岩茶，父亲说这些包装花里胡哨的茶叶不解渴，年轻时干活就养成了喝砖茶解渴消乏的习惯。每到夏至前后炎热难耐，记得 2013年这个季节的一天我在炕桌上写作，汗流浃背。父亲从炕边递过一碗砖茶：“给你，喝喝我这茶。”我喝了一口伸出大拇指：“真解渴，老爸你在哪儿买上砖茶的？”父亲笑着说：“早市上，三十元一块，我还价到二十五元哩。”第二天，父亲又在早市上买了四五块砖茶，给我两个妹妹也每人一块。

在乡下，绿豆汤是消暑解渴、清热解毒再好不过的饮料了。绿豆好找，只要熬煮就行了。煮绿豆汤时绿豆不开花称绿豆水，绿豆开了花称为绿豆汤。我记得生产队那会儿大会战时，有人用桶把绿豆汤担到地头上供社员们饮用。乡村学校开运动会，怕孩子们中暑，也会用大桶煮一些绿豆汤。尤其到了土默川地区所说的“恶五月”里，人们都要喝绿豆汤解毒消暑。小时候出去收割、锄地或摘枸杞时，母亲都要煮一盆绿豆汤，晾凉后灌到大的饮料桶里让我们带上。五月的日头毒，喝一口绿豆汤，再嚼一嚼开了花的绿豆沫，感觉浆糊般的脑子顿时清爽了。在树荫下再听绿叶底下的鸟叫声，清风徐来，顿时觉得夏天真好！

到了城里后，父母亲在酷暑时节也给我们熬绿豆汤喝。我家在一个老式五层楼的顶楼居住，夏天特别炎热，父亲不习惯空调吹出的冷气，怕吹得他关节疼，我们就没有装空调，最热的时候也顶多吹吹电扇，好在呼和浩特闷热天气最多也就一周左右。入暑之后，父亲经常从早市上买一些砖茶和绿豆回来，天天变着法儿给我们准备消暑的饮料，还从早市上买了一些纯棉制的小方巾，给他的儿孙辈每人一块。我们下班回家或孩子放学回来，总有一盆晾得正好的绿豆汤等着我们。有一次我讨巧把一把绿豆放到暖壶里，焖了一晚上第二天一尝，不如父亲熬的好喝，绿豆都泡成糊糊了。我和父亲一说，父亲笑成了一朵花。

酸米汤好多人没有喝过，甚至没有听说过。在我们那一带农村酸米汤可是离不开的消暑茶饮，家家户户灶台上都有一个浆米罐子，用来浸泡发酵糜米，糜米去皮后用酸浆浸泡发酵做成酸米饭，养育了一代又一代家乡人。到了这暑热难耐的夏天，吃什么都没有食欲，只有这酸饭能让人开胃解馋，尤其是酸米汤是消暑的好饮品，人们到田间劳作时，都要带一罐酸米汤。

记忆中浆米罐子帮助我们走出了最艰难、最饥饿的岁月。那时候村里好多人家一日三餐离不开浆米罐子，人们早上吃酸粥，中午吃酸焖饭，晚上喝酸稀粥。条件好的人家早上酸粥上能抹上酱，就上烂腌菜；中午酸焖饭可以拌上山药介介，即炒土豆条；晚上酸稀粥就上玉米面窝头。浆米罐子是人们的救命罐子，到了夏天大人小孩都离不开酸米汤，食量大的好受苦人从地里劳动回来，嫌碗小不解渴，就端起小号的盆来喝。

印象特别深，我家的浆米罐子是一个黑色的瓷坛子，坛口掉了一点点瓷，这个坛子能腌得下三碗米。母亲很会打理浆米罐子里的酸浆，酸浆酸得恰到好处。做饭时把浸泡好的糜米下到锅里，再把新糜米泡到浆米罐子里，舀水补充酸浆。浆米罐子浆泡的日子是幸福的，没有是非曲折，没有大起大落，有的只是日出日落、寒来暑往。

在母亲精打细算的撑持下，日子过得那么有条不紊那么幸福绵长。我曾和几个小伙伴一起发誓，等长大有钱了给父母拉回一整卡车白面，这就是孝敬。母亲是念了两年书的人，笑着说："那才不是呢，天天吃白面不一定幸福，幸福就像这浆米罐子，源远流长，才能过得了日子。"2000 年父母来呼和浩特以后，我吃了两年母亲浆的酸米饭。两年后母亲去世了，我再也没喝到好的酸米汤，只好从记忆里回味那种酸酸的味道。

如今父亲也已经走了三年多，父亲留下的砖茶我也喝完了，绿豆汤也喝不上父亲熬的了。想一想，父亲那一代人宽厚足以承载苦难，善良能够容人容事，就像青砖茶、绿豆汤、酸米汤这些茶饮一样，虽然极为平常，略显苦涩，然而却要比其他名茶喝来更酣畅淋漓、更解暑解渴。

留住乡愁的乡村学校

我上小学和初中是在村里的学校，托克托县五申乡团结村的学校。

学校从一年级到八年级齐全，每个班有三四十名学生。后来村子西头建了新学校，一至五年级的孩子们还留在东校，六至八年级的孩子们去了西校。

东校有两排砖瓦房，装有结实的木制门窗，但后墙好像是土坯的。当时村里大部分人家都住土坯房，这两排砖瓦房是村里最气派的建筑。学校院子里有一棵两三人合抱的大树，低年级的学生们常常手拉手绕树转着玩游戏。学生们坐的桌凳有一部分是村里教堂的，桌和凳连在一起，一条长凳上能坐七八个学生。

村里的孩子都在这里上学，相邻一些小村的孩子们也来这里。这么多孩子聚集在这里，学校当然是村里人气最旺的地方，每当贾老师神气地摇响下课的铃声时，孩子们就会像箭一样冲出教室，男孩们互相打闹挤扛，女孩们玩踢毽子、丢手绢，校园里一片欢腾。

学校当然是村里最有文化的地方，在这里有村里非常稀罕的报纸，老师们能从这里最先知道国家大事，然后宣传到村里。学校里的老师们不仅会教文化课，还会吹拉弹唱等多种技艺。我五六岁的时候，拉着父亲的衣襟路过学校，听到里边传出的手风琴声音，就走不动了，入迷地听一阵子。心里默念：快点长大，到这里上学。

父亲非常羡慕识文断字的人，可惜家穷没念一天书，就想让我早些念书。1975 年 8 月，按年龄和生月我还差一年才能上学，父亲就把我拽到学校马开花老师面前说："让他先试着念，不行我再领回他去。"

报名那天，在学校里遇到了我的邻居耿五。耿五看到我也来上学高兴坏了，拿了一块蓝色旧复印纸，从背后把我的双眼蒙住，我被吓哭了。马老师把耿五拖到办公室拾掇批评了一顿，又用热毛巾把我眼眶上的蓝颜色擦掉。估计马老师心里犯嘀咕：这么小，一碰就哭，能上学吗?

但我入学表现还是不错，尤其是念书的表现，马老师居然没有把我退回给父亲。留在这个班挺幸运的，马老师是我们的班主任，对待每个孩子都像耐心慈爱的母亲。在学习之余，马老师经常带我们参加课外活动，有一次让我读报，刚上了半年学的我被生字拦住，断断续续读下来，马老师鼓励了我。打那以后我就发誓多多识字，能早日读通报纸。

小学一二年级教我们数学的是赵济民老师，那时他好像已近六十岁。赵老师讲课不温不火，像个慈祥的老爷爷，加减乘除我们是从他那里开始学会的。之后，崔满威、续二威、菅吉威、续成文、茹栓小等老师都先后教过我们，他们那时很年轻，教书很卖力，可以说他们为我们上高中前打下了一个良好的基础。可惜，崔满威、李文贵老师已去世多年。

在我的印象里，学校里每位老师都有绝活，菅义老师写得一手好字，过年时常被人请到家里写春联；张深老师下得一手好棋，经常在供销社门前当擂主；常铎老师小学没教过我，传说中是能写会画的硬手；韩少雄老师手风琴拉得好，教我们唱歌时胖胖的他满头大汗；茹栓小老师爱钻研字词，我有次从收音机里听了“一叶知秋”的成语，在作业里向他请教，他在作业里详细作答……在那个没有电视、手机、课外书的时代，老师们是我的偶像，发誓将来一定要像他们一样有文化。

小学里珍藏着许多童年的美好记忆。我在班里是最瘦小的一个，秦三奴是班里一“霸”。有一次下学被他拦住，我哭了。幸亏我钱换哥和邻居史二俊平听到哭声及时赶来，两人联手把秦三奴揍了个鼻淌鲜血。最快乐的是去史二柱家看小人书，有一本是两只鸟比谁穿的衣服多，有一只鸟脱下一地衣服，我俩笑得不行。现在想想，有啥好笑的？唉，人永远能像孩提时代爱笑就好了。

上小学时，女同学是用来打架的。男生和女生合用一张桌子，桌子中间画一道“三八线”，谁都不能越过。经常有女同学被男同学欺负哭，但矮小瘦弱的我连白巧爱、李美桃、常红梅都打不过，特别是常红梅，太女汉子了。课间我就独自到学校旁边打谷场的麦秸垛里练习翻跟头、拿大顶、空翻……时间久了居然空翻自如。学会这些“武艺”，不会被欺负了吧。可胳膊肘子战照样输，只好用刘备的绝招——哭来抵挡。

尽管是村里的学校，但我记得学校生活丰富多彩。过新年时经常有文艺活动和猜谜活动，猜对一个谜奖一块水果糖，我能得好多糖。那时老师们也少顾虑，所以能组织好多课外活动。已故的崔满威老师曾带我们去村西的水渠里学游泳，我被渠里的浑水呛了好几口，幸亏会水的同学张计平把我拉上来。现在的学校，吓死也不敢组织这种活动。

七年级我为了学英语就去另一个乡读书去了，但我一直惦记着村里的学校。之后，我听说东校先卖了，那棵大树也没保存下来。村里只保留小学，西校还在。在天津上大学时我还到西校看看，和老师们下下棋。再往后，小学也并到了五申镇里，西校也没有了，学校从一个昔日两千多人的村庄消失了。

镇里、县里的教学质量也许高，村民们也愿意把孩子送到更好的学校里去。但俗话说孩子是个红人，大人们都围着这个红人转，哪里有孩子哪里就红火热闹。失去了琅琅读书声的村庄也就像失去了魂，只能越来越萧然衰残，让人别有一番滋味在心头。

故乡，晨昏炊烟袅袅升起时，何时能再有童稚的读书声也飘荡在村庄的上空？

铁打的乡村流水的农人

前两天茹义打来电话，告诉我们他父亲去世了，享年八十。

他父亲比我父亲小几岁，掐指算一算，村里和他们年岁相仿的老人们越来越少了，特别是近两年不断有老人们故去的消息传来。老供销社门前是老人们蹲坐着晒太阳聊天的地方，日常总会聚集好多熟悉不熟悉的身影，拉着永远拉不完的家常，但不时总会有掉队的永远缺席，也不断会有年龄大的及时补上。

前些年，父亲时常提到村里一些年长者的名字，我一脸茫然。因为和他年岁相近的人我还能略知一二，更早的甚至名字我都不知。但在父亲的脑海里，每一个名字都是鲜活的面孔，每一张面孔都有属于自己澎湃的人生。

我们村曾是一个常住人口超过两千人的大村。有一次父亲午睡醒来和我念叨：“我活了八十多年，感觉是一眨眼的工夫。想一想，村里光后街上就走了多少人。”八十年的时光堆积，父亲觉来只是一瞬，高度浓缩的回忆使好多熟悉的面容孔攒在一起，他们早已消失在泥土中，和我说话的父亲也离开我近两年，但逝者的过往或许还被高寿的长者铭记。

铁打的村庄流水的村民，村庄是舞台，一代又一代农人是过客。无数过客曾经走过这舞台，上演着一幕幕悲欢离合、爱恨情仇。父亲那代人或年龄更长者，过的是最艰难清苦的岁月，他们牢牢地被拴在土地上，为填饱肚子挣命流汗，为改变穷困的生活熬煎愁苦。当然，他们也有过丰收或添丁等诸多欢乐，欢乐是他们追求的目的和战胜苦难的支柱。

路遥的《人生》中德顺爷爷有句话：“就是这山，这水，这土地，一代一代养活了我们。没有这土地，世界上就什么也不会有！”我父亲那辈人以及他们的先辈们像德顺爷爷一样热爱土地和村庄，他们拼命攒钱盖房，为的是给儿娶媳妇，这使得村庄房舍俨然，不断扩大。

如今，我的小学同学这代人已经是村庄里生产和生活的主角，但不同于先辈的是，他们拼命攒钱给孩子们在市里或县城买房买车。和买楼房的天文数字相比，土地上攒下的菲薄收入实在可怜。他们生活在村庄，梦想在城市，这倒不是他们不热爱村庄和这里的土地，而是时代和世事使然。

村庄还在，田野还在，生生不息。纯朴的农民们继续演绎着村里的生活悲喜剧，耕耘着先辈们洒过汗水的垄亩。我的好几位同学就守望着村庄，忙碌于田野。比先辈们幸运的是：住的房子不再是土坯的，走的路变成了水泥的，手里拿的是手机，互相招呼喝酒是用微信。他们生活并不是大发大富，但殷实而知足，茹义端着酒杯和我说：“干活觉得累，你想想我；收入觉得少，你想想我；官位觉得低，你想想我……喝哇！”

我敢说，我这几位同学肯定比不上那些先辈们能吃苦。先辈们吃的是“锄禾日当午，汗滴禾下土”的苦，受的是“足蒸暑土气，背灼炎天光”的罪。有了各种农业机械，锄耧耙种、收割脱粒等先辈们累死累活的农活对他们来说是轻松平常的事。这使他们有了更多的时间进城务工，可以自由地两栖于乡村与城市，忙时务农、闲时打工成为他们的生活状态，像二柱、利生等好几位同学都是以务工为主，城市是家，家反而像旅店。

当然为了美好的新生活，不论种地打工，农民都可以吃别人吃不下的苦，咽别人咽不下的气。比如我表哥钱换种完自家的地又租种一百多亩地，他说自己只会种地挣钱；补元喜欢倒腾各种农业机械，又是远近闻名的木匠，农忙时两头不见明，起早贪黑种地，农闲时东家请西家等装修房子脱玉米粒；茹义则在外专拣苦重钱多的活揽，为的是给儿子攒钱上学、城市置业。前两天他去工地时心急赶路，让汽车撞掉了门牙。我说："饭要一口一口吃，钱要一分一分挣，不能太着急，要保重好身体。"他说："你不知道，我得趁着身强力壮，多给儿子攒两个钱！"

可爱的农民们，他们爱孩子胜过自己，这使得村庄能生生不息、代代繁衍。但下一代人的心已不在村庄里，不在土地上。灯红酒绿的城市对他们更有吸引力，互联网和手机里的世界更精彩。城市的巨大吸力使乡村越来越干瘪，像我们村现在只剩下不足700人。我有时想：钱换、补元他们能够守望着村庄，他们之后呢？又有谁会安定其中？

但我知道我的担心是多余的，土地永远会有人耕作，村庄永远会有人坚守，铁打的乡村流水的农人。父亲那一代人的远去，使得他们那辈人及先辈们的奋斗永远被尘封了，村庄会升起新的炊烟，诞生新的故事。

渐行渐远的村规古风

乡村让人怀念的，并不是现代化的小洋楼，也不是穿梭于其间的小汽车，而是那些朴素的衣冠所承载的古风。那些积淀了温良恭俭让的古风，远比各种新潮的东西都有生命力，润物无声，滋养着一代又一代村民的心灵。

邻里和睦那种朴素的美好能让人温馨永远。我小的时候，正是人们吃饭最困难的时期，一天三餐都是玉米饼，吃得我们兄妹几个看到玉米饼就犯愁。

这时就盼周围邻居家吃好的，我们也好打一打牙祭。我的父母和周围邻居们的关系处得特别好，东家吃汤糕了，不忘给我们端来一瓢；西家吃猪肉烩菜了，不忘给送来一小盆。当然我们家偶尔吃一顿好的，也不忘给邻居们端去一些，我和两个妹妹都被父母指派给邻居们送过饭，邻居大娘大婶会帮我们洗好盆碗，再给我们的兜里塞上点瓜子、炒豆之类的零食。

那个年代物质虽然极度匮乏，但人情却非常美好。邻里像我们的西邻居耿召小大爷家，共有 5 个男孩 3 个女孩，日子肯定过得比我们还紧巴，但每逢吃好的就听到召小大娘隔墙招呼母亲接过吃的来。东邻居茂盛哥家过得和我们差不多，每逢过七月十五和中秋节，两家会合计一起买上一条羊腿给孩子们解馋。周围的邻居们不论哪家有红白喜事，总要给邻居和要好的村民送去事宴上的席面和汤糕。

除了互相赠送一些吃食之外，谁家有稀罕物品也要让邻人和好朋友分享。我们家院里有几棵大果树，每到秋季果子熟了，父母就要指派我们送给好多叔叔大爷家。父亲早年会打沙鸡，也送给邻居品尝。冬日里我们家也会收到光景好的邻居朋友们送来的猪羊肉和鸡鸭等。朴素的岁月让乡亲们装扮得真情流荡、真气饱满、绚丽温暖，使人感到贫困的岁月底色也永远不是苍白和灰色的。“投我以木桃，报之以琼瑶”，乡人睦邻，礼尚往来，多少时光流逝了，普通人之间那种美好的情感仍然色、香、味诱人。

我的家乡就在阴山南麓的平原，那里不仅有“绿树村边合，青山郭外斜”的自然景观，更有“开轩面场圃，把酒话桑麻”的闲适。印象中，每到天阴下雨或农闲有空时，农民们三五为伴，打一些散酒聚在一起海阔天空地聊，拉家常说农事，壶中日月长，聊得胡麻花儿开了，聊得高粱穗红了。一年又一年过去了，这样的乡村风景重复着：一个农家屋里，被抽烟的人弄得烟雾缭绕的炕上，是几张黝黑泛红的庄稼汉的脸庞，急红白脸地争论着。“肯与邻翁相对饮，隔篱呼取尽余杯”，是一种乡间喝酒古风的写实。

乡亲们在喝酒吹牛中吹出了友谊，吹出了睦邻互助的真情。我的父亲是村里的能工巧匠，常常帮助村里乡亲们上梁盘炕、杀猪宰羊。每逢有人建房上梁，村里往往几十人帮忙。印象中每到收割时节，父亲的几个要好朋友都要来帮忙。农活讲究个协作，耕种、碾场、扬场等往往得几个人密切配合才能完成。这种互相帮助还体现在周急济贫、成人之美上，如谁家孩子上学缺钱了，谁家孩子娶媳妇急用钱了，乡亲们都会救急帮衬。

除了邻里和睦、互助互帮外，从小受到最多的乡风教育就是崇尚节俭。小的时候，父母告诉我们：吃饭时不能出声或说话，否则就是骂饭；吃某种食品时不能嫌它不好吃，不然就是诅咒食物；吃饭前不能敲盆打碗，否则将来会讨吃的；更不能随意丢弃粮食，这是作孽，将来会落个饿死鬼的下场……这些教育使我们从小对乡规村约有一种敬畏和害怕，对粮食有一种崇拜情结，直到现在我吃饭也是不舍碗里最后一口，宁让撑着也不剩饭，结果弄得身材真不好看。

我不知道现在的农村家长如何教育孩子，但我到现在不埋怨父母。尽管那种教育有咋呼甚至瞒哄的成分，但感谢父母使我们那一代人养成了节俭的美德。每当看到有的小孩嫌弃食物，每当看到饭馆里人们随意丢弃粮食，我的心里就在喊：作孽呀！每当看到小孩子吃饭时高声喊叫，我就想起我们小时候一家人一起喝酸稀粥时，只听到“哧溜，哧溜……”喝粥的声音，这是对食物的赞美之声。

今天，村子里多了砖瓦房，多了水泥路，穿梭其间也多了小汽车。但少了一些规矩，少了几许古风，就像一个人丢了魂似的……这魂，什么时候能叫得回来，这村庄才能像先辈们生活时那样，尽管古朴但不缺精气神。

远逝的乡校和难忘的园丁

教师节来临之际，想起了我上高中以前乡村里的老师们。那时还没有教师节，但他们丝毫无愧于园丁的称号，在偏僻乡村贫瘠的土壤上，扶植起了一棵棵孱弱的渴求知识的幼苗。

在我到县城上高中以前，上过三所乡村学校。每一所学校都有让我难忘的老师，他们有的已经退休在家，有的仍然教书育人，有的还在乡村驻守，还有的已经去世多年……但我一直感念这些启蒙的园丁们，他们用幼儿园教师般的耐心，教会了我们第一个生字和第一道算术题，教会了我们要像庄户人受苦一样拼命学习，才能学有所成，才能长上翅膀飞出乡村。他们用言传身教传递了乡村的质朴，教会了我们善良、吃苦等人生的道理，使我们若干年后走进城里这花花世界，也没有迷失方向。

我上的第一所学校是本村的学校，托克托县五申乡团结村的学校，学校从一年级到八年级齐全。1975 年 8 月，按生月我还差一年才能上学，父亲把我拽到学校马开花老师面前说：“让他试着上两天，不行我再领回他去。”报名那天，在学校里遇到了我的邻居耿五，耿五看到我也来上学高兴坏了，拿一块蓝色旧复印纸，从背后把我的双眼蒙住，我被吓哭了。马老师把耿五拖到办公室拾掇了一顿，又用热毛巾把我眼眶上的蓝颜色擦掉。

马老师教我们一、二年级，也是我们的班主任。马老师就像一位慈爱的母亲一样照顾着每一个孩子，我们这些刚刚不穿开裆裤的孩子没有上过幼儿园，更没有上过学前班，一年级就是我们的幼儿园或学前班。马老师在教会我们拼音和生字的同时，还得纠正我们各种毛病，使我们讲规矩、懂礼貌，还得制止身强力健的孩子欺负瘦弱矮小者。一个班级好比一块田地，一个学生好比一株庄稼，马老师要使田地上的每一株禾苗都能尽量公平地均沾阳光雨露。

那个时候“文化大革命”虽然已近尾声，但学校里还是以各种学习和运动为主。高年级的学生们走街串巷地张贴标语，我们这些低年级的孩子们不知道他们为啥那样激动和亢奋。我们读一二年级时，赶上了多事的 1976 年：周恩来总理逝世、唐山大地震、毛主席逝世、打倒“四人帮”……我们看着大人们哭哭笑笑，不知道为了什么。当时上课学习是捎带的事情，但马老师坚持带我们进行读报等课外活动，这实际上是变相的认字游戏。有一次让我读报，我不时被生字拦住，断断续续地读下来，马老师不住地鼓励。我内心发誓多多识字，早日读通报纸。

三年级之后，马老师不再给我们教课，但在学校里遇到后总要关心我的学业。四年级有一个学期我好像没得上奖状，马老师问我详细情况，我的眼泪在眼眶里直打转，觉得给马老师丢了人，发誓更加好好学习。马老师一家后来调到了县城，退休后我在县城见过马老师几次。我就想，像马老师那样有爱心的老师当然应该在县城里更大更好的学校里任教，在我启蒙的时候遇到她，实在是人生的一种福气。

赵济民老师像个慈祥的老爷爷，教我们小学一二年级数学时，他看上去已近60岁。赵老师讲课不温不火，加减乘除我们是从他那里开始学会的。他有一个女儿在“文化大革命”期间因标语的事情被人告发是反动分子，惹来了牢狱之灾，后来去世了，时间大概是给我们教数学那几年。赵老师应该忍受了巨大的丧子之痛，但给我们授课时看不出来，至今我记住的还是他那慈祥的面容。听他的儿子赵耀说，赵老师后来到县城安度晚年，九十多岁高龄去世的。经历了白发人送黑发人的善良老人，应该安享高寿。

在团结学校我一直读到六年级，崔满威、续二威、菅吉威、续成文、茹栓小等老师都先后教过我们，他们那时很年轻，教书很卖力，可以说他们为我们上高中打下了一个良好的基础。可惜，崔满威、李文贵老师已去世多年。崔老师也给我们当过班主任，是一个非常和善的人，书教得也很好。李文贵老师没教过我们，我那时个子矮，在学校里遇到李老师，他煞有介事地给我出主意说：“告诉你一个偏方，把路边这些通天杨树的树梢截下几段来，在锅里炒一炒研成粉末喝下去，一下子就长高了。”李老师的风趣幽默在学校里是出了名的。

续二威和菅吉威老师也都当过我们的班主任。已经上小学四年级了，我还用我的小名称心，感觉太不洋气了。回去和妈妈说：“我的名字太小孩子气了，想改个大人名字。”妈妈笑着就说：“那你就加个鹞，一个鹰一个鹞，不过你多大妈也得叫你称心。”我和续老师一商量，续老师推敲半天说：“鹞字的谐音是耀字，就叫殷耀吧。”直到如今，我很满意续老师给我改的这个官名。菅吉威老师经常刻蜡版，给我们印辅导资料，有时我们也帮他刻印，那些充满了油墨香味的油印资料伴随着我们成长。

茹栓小老师爱钻研字词，有一次我从收音机听了“一叶知秋”这一成语，在作业里向他请教，他在作业里详细作答。有一次，他让我们仿照鲁迅先生《从百草园到三味书屋》里“薄薄的雪，是不行的；总须积雪盖了地面一两天……看鸟雀下来啄食，走到竹筛底下的时候，将绳子一拉，便罩住了”这一段写一篇作文，我把和父亲打沙鸡所见的情景写了进去，茹老师赞赏不绝，使我对写作文产生了浓厚的兴趣。还有一次，学校组织的讲故事活动上，他声情并茂地给好几个班的学生讲述小说《党员登记表》，听到黄淑英为保护全区的党员登记表英勇牺牲，我们不少同学掉泪了，有几个女同学哭出了声。

尽管是村里的学校，但我记得那时学校生活丰富多彩，不仅有这种讲故事的活动，过新年时经常有文艺活动和猜谜活动。而且，学校里每位老师都有绝活：菅义老师毛笔字写得好，张深老师下一手好棋，常铎老师能写会画。韩少雄老师教过我们音乐，手风琴拉得好，教我们唱《苦菜花》《黑三角》等电影的主题歌，胖胖的他经常满头大汗高兴地笑着……在那个没有电视、手机、课外书的时代，这些乡村学校的老师们是我的偶像，发誓将来一定要像他们一样识文断字、多才多艺。

父母为了让我学习英语，1981 年下半年就送我到了第二所乡村学校——托克托县中滩学校。外祖母在中滩乡把栅村，我每天要跑近三公里上学。转学到中滩学校时，我耽误了近一个月的课，数学老师王崇英和英语老师王青都抽空给我补了落下的课。父亲买了几盒青城烟要感谢下老师们，他们坚决拒绝。尽管在中滩学校只读了一年书，我一直惦念着这所学校和几位朴实的老师。在中滩学校时我迷上了听评书，每到我听到《杨家将》等评书时，我就把小说的场景和学校周围的景物联系起来。

因为想家，我还是强烈央求母亲把我转回离我们村不远的五申中学读书，这样我可以骑自行车跑校。来到五申学校后，郑福宝老师教我们数学，张心德老师教我们语文。张心德老师家住学校里，经常传授我写作文的技法心得，郑老师教我一道难题的不同算法，这使我偏爱上了这两门课程，这两门课程一直是我考试拿分的强项。

到县城上高中之后，一直关注这三所学校和老师们。后来听说团结学校的东校卖了，我们五年级以前经常在下面玩游戏的那棵大树也被砍了。在天津上大学时，我放假还经常回团结学校西校看看，和老师们下下棋。后来小学撤并到五申镇里，西校也没有了，学校从一个昔日两千多人的村庄彻底消失了，就像生活在这个村庄的无数先辈一样，他们的喜怒哀乐和爱恨情仇消失得无影无踪了。若干年以后，谁还知道这里有过一所学校。

中滩学校也已经消失，五申学校我回家时经常路过，只是一个规模很小的小学了，尽管建筑变成了一栋三层楼，但远远不如我们那个平房时代红火热闹，那些平房早被拆平了，没入周围长着禾苗的田野。那琅琅读书声仿佛是人家屋顶上飘散的炊烟，连同我们心里最明媚的少年记忆，都消逝得无影无踪。童真的读书声在我心头像泉声一样回荡，心里只剩下了惆怅和不解：我曾就学的三所乡校加起来至少有一千五百多名学生，怎么就都消失或萎缩了。

失去了读书声的村庄就像丢了魂，只能越来越萧然衰残。我已不在故乡生活，但我希望故乡越来越有生气，希望后辈们拥有比我们更方便的求学条件和更敞亮的读书环境，童稚的读书声依然清脆地在村庄的上空飘荡，而不是仅仅在我们的心中回响。

听不够的大戏唱不完的小戏
——聊聊二人台与晋剧

我喜欢看二人台与晋剧，特别是喜欢在农村看这两种戏的感觉和氛围。

在我们土默川一带，看戏有大戏、小戏之分，大戏是晋剧，小戏是二人台，所以二人台演出剧团也叫小班。解释通俗一点：晋剧比较雅，二人台比较俗；晋剧是阳春白雪，二人台就是下里巴人。晋剧起源于山西，在内蒙古中西部非常流行。但二人台起源地分歧较大，有说是山西的，也有说是内蒙古的，还有说产生于晋陕冀、形成并繁荣于内蒙古。不论怎么说，它肯定是走西口带来的文化交融与繁荣，是劳动群众的智慧与创造。

我很小的时候最早听到的是二人台。那时候晋剧是“四旧”之列里的旧文化，属于被禁之列，在乡村里是看不到的。二人台那时也应该是被禁的旧文化，但能禁得了吗？这一演绎底层劳动者心声的剧种经历几代人的传播，已经种进了受苦人的心里。二人台又不像晋剧那样需要化妆和各种舞台道具，只要有能刮起春风的山峦和旷野，歌唱者扬手投足一张口，歌声就像清泉一样从山野中汩汩涌出。

姥姥门前唱大戏。我姥姥家在托克托县中滩乡把栅村，这个离黄河几公里的村庄与土默特右旗相邻，村里的男女老少都能张口便来几句二人台。我小的时候经常往姥姥家跑，听村里的人唱二人台，听他们谈论二人台表演艺术家刘银威的故事，听他们讲《走西口》里的太春和玉莲。我跟着三舅和他的小伙伴们到黄河边的什四份、小把栅等村玩耍，有的小伙伴儿面朝黄河甩出脆生生的山曲儿，听得我心生羡慕：会唱几句二人台多好啊！

二人台剧目当然以《走西口》最经典了，讲述了一对小夫妻离别之际凄苦缠绵的情景。为了生计丈夫太春要去走西口，恩爱夫妻被迫分离，妻子孙玉莲含泪相送，凄苦缠绵地叮嘱着丈夫：“走路走大路，你不要走小路，大路上人儿多，能给哥哥解忧愁……”“歇歇平地歇，不要靠崖头，恐怕崖头倒，压在你崖里头……”“坐船坐船舱，你不要坐船头，恐怕风摆浪，摆在你河里头”……听着这如怨如慕、如泣如诉的歌声就想：长大了就要娶这样的媳妇，知冷知热，多好！

二人台唱的是受苦人的心声，传统剧目反映的是劳动生产的场景，唱出了穷苦人的辛酸和痛苦。但哀而不伤，也唱出了对美好生活的憧憬和对甜蜜爱情的追求。二人台曲目《五哥放羊》这样唱：“正月里来正月正，正月十五挂红灯，红灯挂在大门外，单等我那五哥呀来上工来……九月里秋风凉，五哥放羊没有衣裳，小妹妹拿出一件花衫衫，套在那里头五哥你穿上，”三妹妹如此痴情，放羊的五哥是幸福的。

还有我喜爱的《挂红灯》里唱道：“正月里来是新年，纸糊的灯笼挂在门前，风吹灯笼呼噜噜转，我和三哥哥过新年……”挂一对红灯就会点燃生活，就会映红岁月。现在我们托克托县的农村，过年时家家户户都要挂一对红灯到院门前。每次年根挂红灯，嘴里都哼着《挂红灯》的调儿。在城里你就看吧，凡是过年时把红灯挂在阳台上的，把阳台打扮得非常喜气的人家，肯定是听着二人台长大的走西口后人……生活再匆忙再艰辛，一定要挂起一对红灯，这是生活的一种仪式感，有了这一份庄重，才能有追求美好生活的动力。

《打樱桃》《打连成》同样是二人台的传统曲目，演唱的是你情我愿的爱情故事。也有表现富人愚蠢穷人机智的剧目，比如《王成卖碗》《借冠子》，充满了对为富不仁的有钱人的奚落。我的小名叫称心，《王成卖碗》的地主叫薛称心，好多小朋友拿这出戏和我开玩笑，因此剧情记得特别清楚，一些剧中俗语也记得清清楚楚，如“炉坑里的烧山药——可是个灰圪蛋”。《借冠子》是机智的刘四姐把王婆调侃得淋漓尽致，那些来自民间的串话让人忍俊不禁：“你看那大娃娃袭人的，斜眼儿，歪嘴儿，瘸胳膊拐腿。再看那二的更袭人，黄毛头发两根半，秤砣鼻子歪砍转，杏核眼睛灰蓝旦，大嘴一呲真难看，车轴脖子不洗涮，脸蛋子就像灰瓦罐，脊背宽的像煺猪案，肚子像个油罐罐，胳膊就像麻杆杆，两腿就像细椽椽，脚板就像煤铲铲。”还有唱够十二个月忙的《方四姐》，让我对折磨她的婆婆痛恨死了。

和所有的传统戏曲一样，二人台的演出舞台也在衰落。从演员到观众的数量都在萎缩，在内蒙古、山西等地有不少二人台艺术家正想办法保护和传承它。不管如何，我相信二人台不会消亡，它那流畅的旋律仍然受到年轻一代的喜爱。有“中国二人台文化艺术之乡”之称的土默特右旗，几乎这里的每个人都在二人台的陪伴下长大，有些“小二人台迷”长大后将二人台作为了职业。

在托克托、土默特右旗、准格尔等小县城里，人们婚丧嫁娶都喜欢请二人台演员来表演。这些小城的职业技术教育中心都设有二人台专业，有不少来这里学习二人台的学生，为的是将来找工作的机会更多。土默特左旗旺旺职业艺术学校是一家二人台教育基地，已培养2000多名学生，不少人考入二人台专业院团，有的学生还在北京、天津、深圳等地找到与曲艺相关的工作。

现在该说晋剧了。我第一次看晋剧大概是1978年，几位叔叔大爷和父亲一起聊天，高兴地说：“政策放开了，村里能唱戏了。”后来，村里的大人们兴冲冲地排练着一出叫《十五贯》的戏，演出地点是村里的人民剧场。演出那天几乎全村的人都到了剧场，近两千多人挤在一起看戏难免拥挤，夜场戏村里赵善保用蘸了柴油的棉球打场子，弄得大人尖叫，小孩哭，戏场里乱哄哄一阵后安静下来，演出开始。我看见一些穿靴披袍的人来来往往，一会儿咿咿哑哑唱几声，周围的大人们和我一样，看不明白听不懂，只是凑个热闹而已。

之后村里凑起一个戏班子，农闲时节简单排练后就上台表演，演一些《明公断》《金水桥》之类的剧目。有一年演铡陈世美这出戏，把铡刀搬到台上当道具，看着人头和身子分离，我们吓了一跳。事后知道这是两个人表演：一个人把头伸下去光能看见身子；另一个人在铡刀另一侧把头伸上桌子不露出身子，就像真把人铡成了两段。但这是故弄玄虚，不是艺术。后来村里买回丁果仙的唱片，《空城计》唱得真好，这才叫晋剧。听着丁果仙字正腔圆的演唱录音，我逐渐成为一位懂得欣赏的晋剧迷。第一次欣赏名家的晋剧是通过看电视，在邻居韩少英老师的院子里看晋剧《下河东》。满院子的人围着一台12英寸的黑白电视看，晋剧表演艺术家张鸣琴扮演赵匡胤，张鸣琴不愧是丁果仙的弟子，扮相和唱腔都好，看到精彩处人们就喝彩。

本村的戏班解散后，每年秋季农闲时，本村和邻村会请来山西省的剧团唱大戏，专业了许多。《打金枝》《金水桥》《铡美案》这些剧目几乎逢唱必保留，老人们聚在一起，或说陈世美忘恩负义，或说包公刚正不阿。村里不少人只是听唱，我已注意听名家唱段。一些山西的剧团实力挺强，村里有一年请来太谷县青年晋剧团，演出《薛丁山征西》，像电视连续剧似的，一连看了几天。偏巧那一次遇上连阴雨，道路泥泞，剧团走不了，不得已又在村里逗留唱了好多天，我们过足了戏瘾。

父亲也是晋剧迷，我就买来名家唱碟和他坐在炕上品大戏。看《杨八姐游春》到了佘太君要彩礼这段，孙红丽把太君捉弄宋王演得淋漓尽致，慢条斯理地唱着礼单上的东西："我要上一两星星二两月，三两清风四两云，五两火苗六两气，七两黑烟八两琴音，火烧龙须三两六，楼粗的牛毛我要三根……雄鸡下的蛋我要八个，雪花儿晒干我要二斤……"听着这些稀奇古怪的彩礼，父亲笑得眼睛直流泪，我们父子俩一致评价：孙红丽演唱的《杨八姐游春》是最棒的。

在一起看戏是父亲最开心的时候，我懂戏文情节，他识腔断调，我们一起品评比较名家唱腔。马玉楼、王爱爱、阎慧贞等名家的唱段自是经常欣赏。谢涛和孙红丽都是我们喜爱的名家，她们同年出生，在艺术成就上也各有千秋、难分轩轾，都有大批的铁杆粉丝。我和父亲反复听她们唱的《空城计》《打金枝》等唱段，比较"年轻人一时火性起""下殿来将皇兄急忙搀起……"等唱段谁更能把唐代宗的性格和当时的心情刻画出来。我们争论谁唱得好，父子俩的共识是：谢涛唱得灵活洒脱，孙红丽唱得稳重潇洒……她们都是改革开放后成长起来的新秀和名家，对晋剧的传播与发扬光大作出了突出贡献。

晋剧这一传统戏剧根在民间、魂在百姓，在晋西北或内蒙古西部，即使再偏僻的角落也会有晋剧唱腔从炊烟升起的地方飘起。在土默川农村，村子里谁家的院子树起喇叭传出铿锵的晋剧唱腔，这户人家肯定有红白喜事：娶媳妇和嫁闺女要放晋剧；孩子满月、老人过寿要放晋剧；老人去世了还要放晋剧……这种习俗至今保留着。

和二人台一样，晋剧这一传统戏剧也面临观众减少等问题的困扰，但我相信它不会消亡。当年“文化大革命”时，晋剧团改唱样板戏，晋剧元气大伤。但改革开放之后不仅很快恢复元气，还涌现出一大批艺术新秀，创作了一大批新的剧目。每当我在山西卫视《走进大戏台》节目上看到那些十来岁的娃娃能把晋剧唱得有板有眼、字正腔圆，我就为晋剧后继有人而由衷地高兴。

前一阵子回到村里，正巧村里庆祝丰收节请来一家很不错的晋剧团。夜场戏用电子字幕同步播出唱词，人们看得更明白了。而现代的声光电技术再加上电脑大屏幕的背景，配上晋剧婉转流畅的旋律和优美圆润的曲调，舞台效果是以往所无法比拟的。

总有一种声音能够穿越岁月的风尘一直让我感动，每当听到熟悉而亲切的二人台和晋剧，我就想起了那些逝去的亲人和先辈，这些声音使他们那黯淡的岁月抹上了亮色，使他们那贫穷的生活增添了温暖；我还想起了无数像我的家乡那样的土默川农村，但愿二人台和晋剧仍然能给那里的乡亲们带来快乐和宽慰。

村里村外故乡在

每年清明节、中元节上坟祭奠前，我都要赶回老家的房子住一晚上，感觉这样心里踏实，才是真正意义上的慎终追远。老院子见证过我懵懂无知的童年和逐渐长大的少年，也见证了父母由壮年到老去的往日时光。在老家的院落里，浮现脑海的往事满满都是爱，像天边的月色一样充满圣洁的光辉。

在思念父母生前和我们一起生活的点点滴滴时，心中并没有太多悲戚，反而感到无限温暖。是啊！人生苦短，心中不应装载太多的悲哀和苦痛，而应满怀感恩和思念，感恩往日的关爱为我们拔掉了成长道路上的荆棘，思念儿时的呵护为我们铲除了人生旅途中的泥泞。时光是一趟没有终点的列车，走着走着，年迈的父母就下了车，童真的孩子就上来陪伴你。“人事有代谢，往来成古今”，春去秋来，寒来暑往，万物兴歇皆自然；悲欢离合，生老病死，人生代代无穷已。让我们永远感恩生活的赐予，日升月落，生命轮回，在草木荣枯中四季更迭，在四季更迭中人间烟火延续。

在海海漫漫的土默川上，每隔十里八里便是屋舍俨然的村庄，村庄上空炊烟袅袅，村庄外是生长五谷的土地，还有荒地里的坟茔。当老人去世后要请来鼓匠吹唢呐热闹一番，鼓匠班子来了以后就在灵棚旁边搭个摊子，然后吹吹打打热闹起来。人们光顾看吹鼓手鼓起腮帮子吹得热闹，浑然没有觉得旁边还有一个棺材，棺材里还躺着一个已经走完一生的老人。安葬老人的唢呐声和娶媳妇或给孩子们庆生的礼炮声往往在村庄上空交替响起，俗称为红白喜事。

死生亦大矣，把老人寿终正寝称作白喜事，是一种参透了生死的达观。在土默川农村，家家户户都有一盘用土坯垒砌的炕，人们就在这过了火的炕上睡觉吃饭和生儿育女。好多孩子是在这土炕上出生，在这土炕上成长，在这土炕上娶妻生子，在这土炕上变老的。当离开这个世界时，土默川人把枕着枕头、睡在炕上视为最体面和安然的告别。辛苦了一辈子在炕上瞑目，这才叫“好结果”，这才叫寿终正寝。炕是生命的产床，也是好多农村老人生命的归宿点，农村的老人在炕上去世后，亲人们烧完下炕纸再入殓，入土为安。

乡村里的老人们走到人生尽头，都有一个最后的神圣而庄严的愿望——能够老在炕头上。十四五年前我曾经有机会到外地工作，和父亲说：“咱们一起去外地哇，那个地方比咱们这儿好。”父亲的回答很干脆：“不！”我知道他的想法：他想老来老去老在炕上。2016 年的父亲节前，父亲突然不省人事，在重症监护室抢救了半个月。6 月 21 日父亲以挣扎和拔管的方式抗议，一定要回村里去，我找了一辆救护车，医护人员和两个妹妹陪在他身边，往托克托县走的路上他笑着。去了托克托县城，我想让他住县医院里，但父亲坚定地摇着头，继续往前走：哈拉板申、大井壕、伞盖、五申……团结村终于到了，他露出了孩子般的笑容。我们姊妹三人守了一夜，第二天快中午时父亲安详地在炕上走了。

在我们土默川农村，好多老人不想跟随儿女进城，就是割舍不下这温暖而体贴的土炕，希望老的时候在土炕上安然阖目。经常有老人在医院感觉不治，便回家在炕上将养等待走的那一天，儿女们守候在旁尽孝。这一端连着灶台的土炕在他们心里头温暖无比，烧水做饭时柴烟从曲折的炕洞里缓缓通过，烟囱上升起了袅袅炊烟，人间烟火本来就是这烟囱上流云般的炊烟和炕洞里流淌过的灶火。我亲耳听说几位老人知道自己得了不太好的病，便穿好妆老衣服躺在炕上，不吃不喝更不配合输液打针。村东的一位老人知道自己得了不治之症，问熟悉的人：“还有十几颗鸡蛋，炒得吃了再走？”“吃不吃也一样。”……这位老人夜晚居然以决绝的方式走了，把没有炒的鸡蛋留给了儿女们。

小时候在生产队的饲养院里玩儿，有几个饲草料房里停放着好几个棺材，我和小伙伴们感到神秘而害怕。这是村里一些老人让儿孙们准备好的棺材，没有搁的地方便放到了生产队的草料房里。那个时候在农村，老人们到了六七十岁，子女们给准备好棺材才是孝顺，人们管棺材叫“寿材”。儿女们请来木匠做好棺材，老人们才高兴，这寿材能把灾病冲没了。木匠做棺材时有的老人就守候在旁边，看木匠做工精细不精细，用心不用心，有的老人还到棺材里试一试长短宽窄合适不合适。老人们说：谁都有老的一天，没什么可忌讳的。也是的，2002 年我母亲走的时候才六十多岁，我没有想到她走得那么匆忙，没有给她准备寿材，只好把给姥爷准备好的拉回来用。

村里的老人们真的不忌讳死亡，能够很平和地谈论生与死。老供销社门前是老人们蹲坐着晒太阳聊天的地方，这里总会聚集好多熟悉不熟悉的七八十岁的老人，二十多年前我回村里看到的是这样的景象，前几次回村我看到的还是这样的景象，只不过是换了面孔而已。他们戏称这是排队等候着去村外，相互开着玩笑，“将来到了村外，你和我作邻居哇。”“你这个人不随和，不挨着你住，哈哈……”

从村里到村外，把生与死说得坦然随意，生前住在村里，死后住在村外，村里是子孙们繁衍生活的家，村外有先人们长眠止息的坟，祖辈们生活过的土地上庄稼收割了一茬又一茬，耕耘和收获从未间断过，祖辈们生活的村庄里人们换了一代又一代，就像田野里的小草——野火烧不尽，春风吹又生！

不管经历了多少代人，村外田野上总会看到辛苦劳作的农人，作物在土地上有条不紊地出苗、分蘖、拔节、抽穗，后代子孙们在先人的坟茔边依时按候地春种秋收。炊烟从未从村庄上消失过，生机从未从土地上黯淡过，生活像一条奔腾不息的河流，一朵浪花消失了，还会有更多的浪花卷起。一年复一年野草在大地上荣枯，一代又一代庄户人在村庄和田野上匍匐，春耕、夏耘、秋收、冬藏……田野里的春草枯荣变幻，村庄里的人们也有悲欢离合甚至是生离死别，但只要田野上五谷不绝，村庄上就炊烟不断，村庄里生生不息，柴米油盐煎熬着酸甜苦辣的生活味道。

前些年父亲在世时，经常提到村里一些年长者的名字，我一脸茫然。因为和他年岁相近的人我还能略知一二，更早的甚至名字我都不知。但在父亲的脑海里，每一个名字都是鲜活的面孔，每一张面孔都有属于自己澎湃的人生。

我们村曾是一个有两千人的大村，有一次父亲和我念叨：“我活了八十多年，感觉是一眨眼的工夫。想一想，村里光后街上就走了多少人。”八十多年时光堆积，父亲觉来只是一瞬，浓缩的回忆使好多熟悉的面容汇聚在一起，但他们早已住到了村外，甚至已经消失在泥土中，和我说话的父亲也已离开我四个年头。如今和我父亲年岁仿佛的那批老人已经在泉下相逢，他们在一起是否还开着劳动喝酒时的玩笑？是否还说道着曾经生活过的土地和村庄？

父亲那代人或年龄更长者，过得是最艰难清苦的岁月，他们牢牢地被拴在土地上，为填饱肚子挣命流汗，为改变穷困的生活熬煎愁苦。当然，他们也有过丰收或添丁等诸多欢乐，儿孙们出息幸福是他们追求的目的和战胜苦难的支柱。母亲在世时常和我念叨：“庄户人活得像一棵草，但这个世上没有庄户人又不行。”

是啊，小草虽然卑微但不可自卑，像我父母那一辈农人如今在村庄里所剩无几，他们那一代人包括他们的前几代人已经成了他们生前耕作过的土地的一部分，他们尽管人微如草，但岁月如歌，这些平凡的庄户人靠自己的劳动养活了自己，也养活了更多的人。村头树上的阳光曾为他们灿烂过，田地里的高粱曾对他们弯过腰。

童蒙的时候，不懂得死亡是怎么回事。小学一二年级时，学校旁边一户人家的老人过世，隔着玻璃看到老人静静地躺在炕上，像秋天树上掉下的落叶那样安静。随着年岁的增长我感到树叶一片一片地掉下，村里的老人们像庄稼一样走了一茬又一茬，我的姥姥、母亲、父亲等至亲也相继走了……起初我就像看着秋风吹动树上的黄叶那样无奈，逐渐悟出了“死如秋叶之静美”的含意。“芳林新叶催陈叶，流水前波让后波”，死亡是一种重生，是一个生命不断循环演变的过程，周而复始，世界因此而流露生机。懂得了这个道理，也就不会“世上空惊故人少”了。

感谢过去和未来在时光里的相逢，人世间旧时的温暖永远在心中，生活中新来的幸福经常到眼前。父母呵护我长大的岁月是温暖的，我哺育儿女长大的日子也是幸福的，我好像一个链环连接着两头的幸福。享受生活带来的美好和欢乐，就得承受生活的不完美和不如意。重要的是我给了上一辈人孝顺没有？给了下一辈人爱护没有？在生生不息的繁衍和传承中，因为有了孝顺和爱护，我们作为生命繁衍生息的一个链条才会坚实而有力量。

四季冬去春来，天空日升月落，人间生生不息。心里装载对亲人的热爱和对四时风景的欣赏，用内心的安详和从容来审视并欣赏这个世界，才会在短暂的生命里遇见更多的良辰美景，拥有更多的美好心情。

想起了村里的左邻右舍，想起了村外的长者前辈，故乡就变得有情有义活灵活现。

走在乡间的小路上

有一首老歌叫《乡间的小路上》，“蓝天配朵夕阳在胸膛，缤纷的云彩是晚霞的衣裳；荷把锄头在肩上，牧童的歌声在荡漾……”，20 世纪 80 年代初刚听到这首歌时感到亲切也不以为然——我经常走在乡间的小路上。如今，很少听到这首歌了，我感到怅惘的同时也有一个想望：走在乡间的小路。

乡间的小路不是现在村村通的那种柏油马路，而是那些通到田野的路。是的，通向田野的路，是农民出地要去劳作的路，是牧童出村去放牧的路。每个村庄都有这样弯弯曲曲有如毛细血管一样的路，农民通过这些小路把籽种和农家肥送到了田野，又把收获的粮食和秸秆运回村庄。农民是这乡路上的血液，不断地播种、锄耧、收割、归仓，他们把辛劳奉献给了土地，土地用粮食回报馈赠了他们。总会看到村里的农民在田野里忙碌，一代又一代农民在田野上匍匐守望，使得乡间小路的血脉畅通。田野是这些乡间小路的尽头和归宿，通到了田野这些小路就完成了自己的使命。

乡路永远不孤单，有四季景色变幻的田野和它相伴。每一寸土地都是有名有姓的，就拿我们团结村来说吧，村东南有邝家地，村西南有小树地、牛头地，村北有北河槽、北大地……地上的庄稼换了一茬又一茬，耕作的农民换了一代又一代，土地的名姓没有变，仍然不离不弃地和乡间小路厮守。北望绵延的大青山像黑黢黢的马群，把寒冷挡在了后山。南眺敕勒川上的羊群化作了朵朵白云，白云下边是舞姿翩跹的黄河，有情有义的黄河水浇灌了一年又一年土默川的沃野，即使是大旱之年乡间小路边的田野也是禾黍葱茏郁郁青青。

土默川的田野四季分明，这使得乡路两边的景色变幻从不单调。春季，冬眠的田野苏醒过来，氤氲蒸腾着一层朦胧的湿气，辛勤的农民们要把农家肥送到田野里，最先惊醒从村头到田头这段乡路的梦；夏季，种瓜得瓜种豆得豆，乡间的小路被生机勃勃的田野簇拥着，田野里生长出了高粱、玉米、小麦、土豆、胡麻、西瓜、向日葵……乡村小路因农家的勤劳而变得见多识广；秋季，农民会用铁锹把小路的坑坑洼洼铲垫平整，好容得下运送庄稼和粮食的车通过，田里已经长成的五谷就要通过小路回村里了；冬季，当白雪降临后，田野和小路仿佛盖上了同一床棉被，万径人踪灭，田野里的小路变成了田野。

打小生长在农村，乡间的小路对我来说并不陌生。小的时候经常跟着大人出地干活，每年到耨苗或收割季节，都要去往村外的承包地，这些承包地离村庄有一两里地。父亲赶着马车，我和母亲坐上一起去劳动。有一年秋天去村北两公里外的大坝里收秋，天空晴朗明净，气候凉爽宜人，马车驶向北边的田野，我看着田野那头的大青山越来越近，村庄越来越远。低头看着马车下边的路慢悠悠地向村庄那边退去，看着天上的白云像一绺绺棉絮一样飘过，心情就像这天空一样爽朗，就像这风儿一样舒畅……父亲看到小路不平整，就要用铁锹修整一下，村里人说修桥补路是积德的事。

我闭着眼睛都能想出通往承包地的那些乡间小路的路况：这里是一条水渠，这里是一片树林，这里要经过涵洞桥……开春的时候，春气萌动的田野是我的乐园，我和小伙伴们信马由缰地奔跑着，迎着犹显寒冷的料峭春风疯玩，跑到绿毡般的寸草滩上，放风筝、翻跟头嬉戏。有时看大人们把农家肥堆放在田野里，我们就在粪堆上找蝼蛄。有时看大孩子用鸟夹子捕鸟，我们不忍心可爱的鸟被鸟夹子夹死，假装不小心把鸟惊走，气急败坏的大孩子会追赶我们，我们往往落荒而逃，不管哪里是路、哪里是田。当小草冒绿的时候，我会挎个小篮子拿上小铲子，到野地里挖刚刚露头的羊角葱，越是偏僻的乡间小路越能让我有意外的惊喜。有一年我顺着乡间小路来到牛头地找到一片羊角葱，挖回满满一篮子羊角葱，母亲分给了左邻右舍，给我炒了鸡蛋，那是平生吃过的最香的羊角葱炒鸡蛋。

“牧童的歌声在荡漾，喔呜喔呜喔喔他们唱，还有一支短笛隐约在吹响……”我不是专业的牧童，但我被大人指派放过马、牧过羊，割过羊草、掏过猪菜，也算是个牧童了，而且我和小伙伴们在牧归的小路上亮过嗓子、放过歌。那时村里每家每户养几头猪和几只羊，全家的重要开销和生活改善全靠这些猪羊了，大人们忙农活，我们就要去掏菜割草。顺着乡间的小路，在水渠边、田埂上找到一片长势茂盛的草会欣喜若狂。为了和小伙伴抢割好草，有时不小心把手指割破了，找上一个马屁包菌涂抹一下伤口赶紧再割，生怕落后其他小伙伴。暑假里我也和小伙伴去放马。在乡间的小路两边，田野上玉米地铺排出一碧万顷的青纱帐，金黄色的向日葵地像一张张娃娃的脸一样喜气，我们在收割完的麦茬地或野滩里、水渠畔放马，照应牛马不要跑到庄稼地里，夕阳染红天际时，牧归骑马放开嗓子来一句《铁道游击队》里的“西边的太阳快要落下了……”，很是来劲。

乡间的小路也可以通往亲戚所在的村庄，这是我童年走出团结村的唯一想望。小的时候母亲经常带着我回娘家，我也时常盼着去姥姥家走亲戚，尽管姥姥家和我们家一样穷，但在我心中姥姥家是玩耍的乐园。姥姥家所在的把栅村距离团结村有十五六公里吧，我和母亲为了走近道拣乡间小路步行过好几回。母亲挎一个绿头巾包袱，娘俩走得好辛苦，过了五申镇我们走的是安乐村、王四顺营、召牛营、二道河……就到了把栅村，走过那么几遭，这些土默特右旗的村名给我留下了深刻的印象。亲戚越走动越亲，打我记事起，七月十五亲戚们送面人儿，八月十五送月饼，腊月里再送一些备好的炸糕、油圈等年货，我没少跟着父母走亲戚。后来，父亲用借来的自行车驮着我们走亲戚，再后来自家买了自行车就更方便了，但我们还是拣乡间的小路走近道多一些。

走在乡间的小路上不一定都是诗意和美好，走得最艰难的一次，是高一暑假期间我和母亲一起从二十公里外的县城往回赶。中途遇雨，乡间的小路泥泞不堪，胶泥塞满自行车刮泥板不能骑，我们交替扛着自行车从大井壕的渠坝上走。这是真正意义上的乡间泥泞路，走不了几步脚底就沾满了胶泥，用树枝得刮半天。清理完鞋底没走几步，脚下又沾上了泥，迈步沉重不堪……扛到五申村东的小桥时，娘俩已经累得气喘吁吁，幸好父亲不放心，从团结村里赶了过来……父亲坚实的肩膀扛起自行车，我和母亲顿觉轻松了许多。我们几乎是互相搀扶着，全身泥泞地回到了家里。三人一边忙着清理鞋子和衣服上的泥，一边做饭烧水、说笑聊天，幸福而温馨地谈论这场雨，浑然忘却了雨中所受的艰难和苦楚……如今，风雨过后在乡间小路上所经历的艰难，成了最为美好的回忆。

乡间小路所遇到的风景，除了田野上的庄稼草木和劳作的农民，还有不少坟茔和坟树。大概是小学二三年级的时候，第二生产队烧窑制砖，父亲是烧窑老师傅，我常跟着他看烧窑制砖。砖窑在村东一片盐碱地上，砖窑北面的荒滩上有好几座坟，从村里往砖窑走也要经过好几个乱坟滩，我从来不敢一个人走。每次跟着父亲经过这些坟园时，我就紧紧拽住父亲的衣襟，手心里全是汗。上初二我转到中滩学校，离姥姥家所在的把栅村有五里地，我每天要走着上学。白天还行，晚上放学太晚就不敢了，因为乡间小路边有好几座坟园。父亲知道我害怕，为了照应我，秋冬时节来把栅村的粉坊里帮忙，天一擦黑，他就到村外去迎接我回来……

如今才明白，乡间的小路两旁田野上的坟茔也是最平常的风景。庄稼一茬又一茬收割了，人也像庄稼一样，熟了就该入土为安，就像秋天杨树叶落下一样自然。一代又一代庄户人已经成了他们生前耕作过的土地的一部分，一代又一代庄户人又在先人的坟茔边依时按候春种秋收。生长的田野从未荒茺过，乡间的小路从未寂寞过，祖辈们曾经走过的乡间小路上会响起后辈们劳动归来时的笑声。后辈儿孙们从乡间小路把先人送归土地，又穿梭在连接村庄和田野上的乡间小路上。土默川有个俗谚叫“炕上有个屙屎的，坟里就有个烧纸的”，说的就是一个有死才有生的大道理。

走在乡间的小路上，感到万物兴歇、生命轮回都是自然的。尽管我的父母亲也从乡间的小路上消失了，但我回到他们曾经居住过的村庄和劳动过田野，我会想起他们曾经在乡间的小路上“带月荷锄归”地辛劳过，小路上曾经荡漾过无数勤劳的先人们的歌声，他们的辛劳和付出使这人世间生生不息。

走在乡间的小路上，让落寞和惆怅都随晚风飘散。“蓝天配朵夕阳在胸膛，缤纷的云彩是晚霞的衣裳……”这夕阳和晚霞因一代又一代辛勤的劳动者而灿烂明丽！

穿上皮鞋走出村

父亲六十岁以前没有穿过皮鞋。在他看来皮鞋是有工作的城里人穿的玩艺儿，他是一个刨土吃食的农民，要在地里干活，用不着穿。我二十岁以前也没有穿过皮鞋，而我和我好多高中同学的最初的理想，就是走出乡村，穿上皮鞋当一个城里人。

六十岁以前的父亲终年劳作在田里，风里来雨里去的庄户人是不穿皮鞋的。那个时候村里有穿皮鞋的人，是几个游手好闲的人，穿上皮鞋在供销社门前的台阶上弄得嘎噔嘎噔作响，但到了地里是弯不下腰来的爬床货。和父亲一样的好受苦人是看不上那些穿皮鞋不会受苦的人的，穿皮鞋的人手是背操着的，受苦人的手是拿锹舞镐的，在地里干活沾泥带水深一脚浅一脚，最好穿布鞋甚至雨鞋。父亲一直穿母亲做的布鞋，是母亲一针一线纳过底子的布鞋，穿上这种纳底布鞋使父亲变得特别能吃苦，浑身有使不完的力气，是庄稼地里有名的好劳力。

村里还有一些穿皮鞋的人，是让乡亲们非常羡慕的吃公家饭的。一种是供销社里工作的人，他们挣着工资，有一份体面的工作，人们称他们是“站栏柜”的，这份工作当时让人羡慕不已。特别是收购猪羊或枸杞等农副产品的时节，站栏柜的人皮鞋擦得光可鉴人，嘴里叼着烟，周围是堆满笑脸的老乡们。还有一种穿皮鞋的人是学校里的老师，虽然同样住在村里，他们是挣公家钱的人，自然要穿上皮鞋。在村里他们识文断字，很受乡亲们尊敬。再有一种穿皮鞋的人是下乡干部，皮鞋是他们身份的象征。小时候我见过好几个派到我家吃饭的干部，他们中有那么两个是穿皮鞋的。

村里人不穿皮鞋除了习惯之外，也因为那个年代人们太穷了。包产到户以前村里几乎没有穿皮鞋的，改革开放后住在村里的不都是农民了，有些进城做生意的人学着城里人的样子，开始穿上了皮鞋。像我们团结村从20世纪80年代中期开始，有些村民开始三五结伴坐火车去北京、天津或前往深圳、珠海、银川从事枸杞生意，村里人称他们为“枸杞老板”。枸杞老板们的标配是穿一双擦得又黑又亮的皮鞋，提一个黑色的皮包，皮包上面印着“上海”或“北京”两个字，皮鞋的材质可能是皮的，更可能是人造革的甚至是纸的。枸杞老板们从外边回来天花乱坠地述说自己坐飞机、乘火车的经历，说得唾沫星子乱飞……听的人满脸恭维地点头，说者虽然像讲故事一样，但毕竟是个“老板”，自家的枸杞没准儿要卖给人家，多笑一笑说不定能卖个好价钱呢。

皮鞋在包产到户前是城里和乡下人的分界，之后又成了财富和金钱的象征。1983年考入托克托县民族中学后，我所在的农村班同学们都穿着家做布鞋，不少同学夏天穿的是牛鼻鼻鞋或松筋带鞋，冬天穿的是母亲给做的棉靴靴，只有云海龙等几个城里娃娃穿皮鞋。那个时候高考落榜就得回家务农，大约八个人里面才能考上一个。已故化学老师贾守义给我们励志的话就是“考上就能穿皮鞋，考不上就只能穿草鞋”。赤日炎炎时节，高考考场外“一颗红心、两种准备”的标语特别醒目，我们穿着布鞋步入考场，梦想着将布鞋换成皮鞋上大学。

尽管我对故乡充满了眷恋，但现实的选择却是让我穿上皮鞋离开故乡。1987 年我考上大学，穿上母亲给我挑选的皮鞋离开家乡，到千里之外的津门求学。那一年我虚二十岁，第一次穿上皮鞋走进大城市，和许多农村学子一样，我们热恋着故乡却努力挣脱故乡的怀抱，舍不得父母却又去拼命融入陌生的城市。我突然回想起，当我踌躇满志朝着一个城里人的目标奋斗时，当我穿上皮鞋义无反顾离开故乡时，我已是故乡的一名游子，是父母亲铭心刻骨的牵挂。第一次穿上皮鞋后，我就再也没有穿过母亲缝制的既合脚又温暖的布鞋和棉鞋，至今遗憾，没有保存下母亲缝制的布鞋，哪怕只有一双……

20 世纪 80 年代末，正是假冒伪劣商品泛滥的时候。有那么一两双皮鞋，穿了没几天掉跟了，一看是纸做的后跟，只好扔了。还有那么两双皮鞋把我的脚后跟磨破了，心里还想：是自己的脚不适应皮鞋吧？我的脚受了不少疼痛适应皮鞋，我的人也受了不少磕碰不断适应城市的生活。那时的校园里，好多大学生喜欢西装革履打领带，我虽然不喜欢打领带，但还是逐渐习惯了穿皮鞋，甚至买布料做了一套西服。穿一双三接头皮鞋，到校园的钉鞋摊上把后跟钉上铁掌，在校园的水泥地上橐橐作响……有空时用金鸡鞋油精心地打理一下皮鞋，渐渐地，我习惯了皮鞋，习惯了城市的生活。在京津上学时我没少穿皮鞋，没少被皮鞋卡脚，穿着这些卡脚的皮鞋，我走过了充满青春梦想的求学时光。

但习惯了穿皮鞋的我心里老惦记着父母，我不想穿着皮鞋越走越远让他们惆怅和失望。为了照顾父母，大学毕业后我回到了离故乡最近的城市呼和浩特工作。呼和浩特距我们村只有一个多小时的车程，我可以穿着皮鞋在城里穿梭闯荡，也可以换上布鞋到村里看望双亲。刚参加工作的几年里，我穿着皮鞋随意在城里奔跑，也随时在节假日换上运动鞋回村里劳动。我曾经为穿上皮鞋走出村竭尽全力，但不意味着我刻意背叛故乡和农村。只要穿上运动鞋和布鞋，我就是一把劳动的好手。因为父亲是一个好受苦，我的身上有劳动的基因。

工作以后才知道，只要花上钱肯定能买上舒适合脚的皮鞋，上学时花那点钱只能买劣质皮鞋，怨不得卡脚。把父母从村里接到城里后，告别了土地的父母亲也逐渐习惯穿皮棉鞋，穿软帮软面的皮鞋。如今，父母亲虽然已经走了多年，但我还是能想起他们第一次穿上皮鞋的样子，想起父亲提皮鞋后跟的动作。他们含辛茹苦供我读书穿上皮鞋，告别家乡，告别土地，我又穿着皮鞋把他们接到身边，接到了城市，让他们也习惯了皮鞋，习惯了城里洁净的卫生间，习惯了冬天取暖不打炭的方便。毕竟农村有农村的好处，城里有城里的便利。

如今，皮鞋已经不是区分农村人和城市人的一个明显标志了。随着农村道路和村居环境改善，村里好多人生活好了也穿上了皮鞋，而且进城也不止是考学一条路了。而城里的好多人也喜欢上了穿布鞋，既休闲又舒适。我有一次花好几百买过一双纳底的品牌布鞋，根本没有母亲给我做的鞋舒适得劲。

随着年岁的增长，我越来越想念当年穿布鞋在村里疯跑玩要的岁月，越来越想念当年为了穿皮鞋而奋斗的岁月，也越来越想念供我读书穿上皮鞋的父母，以及我用布鞋丈量过的故乡的街巷。

故乡应在井水处

我一直固执地认为，有井的地方才能算作故乡。我至今清楚地记着我们村几口井的模样，井水维系着一个村庄的人烟飘荡，熬煮着悲欢离合的日子，演绎着喜怒哀乐的生活。那些已经填塞湮没了的水井，见证了故乡一段贫穷而难忘的岁月，清波荡漾的水井至今在我心中涟漪微动。

在我小的时候，村里有三样东西很重要：烟囱、碾盘和井。我们家乡有一句俗谚叫“瞭不见烟囱要哭”，是说当地人安土重迁，住惯本乡本土不愿轻易外出，看不到烟囱就会哭出声来。当一缕青烟从自家屋顶上袅袅升起时，他的心里才会踏实而温暖。在没有加工厂的时候，碾盘是碾米压糕必不可少的工具，一代又一代人推碾子拉磨，推着时光往前走，拉着生活往好过。而井是一个村庄生命的源泉，离开家乡叫做“背井离乡”。好一个背井离乡，当年走西口人擦一把眼泪狠心不回头，朝着离家乡水井越来越远的口外走去，在口外拓荒打井谋生活，于是这口外又多了无数的水井，汩汩不绝流出了岁月长歌。

有了井才有了稠密的人烟和繁华的市廛，才有了古朴的村庄和热闹的城市。北京著名的“胡同”其实是蒙古语，汉语的意思是井，水井又被音译为忽洞、呼都格、胡度嘎。逐水草而居的蒙古族对水井感情深厚，草原上许多地名往往以井来命名。井在草原上是五颜六色的：查干呼都格、呼和呼都格、乌兰呼都格、宝日呼都格……依次是白、青、红、紫色的井；井还是有数的，如刀劳忽洞是七眼井。赤峰市巴林右旗有一个昭胡都格嘎查，就是“百眼水井”的意思；阿拉善右旗的巴丹吉林镇原名额肯呼都格镇，意思是“母亲的井”，额肯呼都格镇是一个打井不出水的地方，当地牧民盼望水井就像孩子盼望母亲一样虔诚。

我的家乡团结村是一个有两千人居住的村庄，坐落在大青山南麓一望无际的古敕勒川，黄河从它西南二十多公里的地方流过。当年“天苍苍，野茫茫，风吹草低见牛羊”的古敕勒川如今是海海漫漫的土默川平原，村庄和道路鳞次栉比地镶嵌在广袤的田畴上，到处是“阡陌交通，鸡犬相闻”的景象。四十多年前，土默川的农村吃水都是靠井的，记得小学有一篇课文《吃水不忘挖井人》，我们很容易就了解了课文的意思。上了中学学习柳永的词，老师介绍说“凡有井水处，即能歌柳词”，我这喝井水长大的人马上就想到，这是说只要有人烟的地方就会传唱柳永的词，当时人们真是太喜爱柳永词了。

有了水井，生命就会繁衍，村庄就会长大。在团结村周围，吃井水的时候有好几个千人以上的大村，北边五里地的祝乐沁有五千人，西北四里地的左家营村有一千多人，西南的五申村有两千五百人……这些大村庄哪个也有个十口八口井，才能保证村里人吃马喂。担水，是那个年代农村一件重要的事情，就像家里一定要有锅灶一样，家家户户都要备一条扁担和一对水桶，家里的地下要放几个瓮和缸，用来盛水和腌菜，水瓮一般能盛下五六桶水。

挑水不轻松，是精壮劳力才能完成的事情。土默川农村过去有句俗谚叫“养儿防老”，其中就是指在年老时有个儿能把水缸担满。一个精壮后生不仅要担满自己的水缸，还要给父母的家里担满水。要是看到谁家年迈的父母去担水，村里的人就会对这家人的后代指指点点，骂其不孝的同时帮忙担上一担水。一些没有儿女的老人就得靠邻里帮忙担水了，邻里的情义是靠肩膀担出来的。离井远的人家担水是一件花工夫的事情，三四趟水担下来一两个小时过去了。到了冬天，担水冻手冻脚挺受罪的，得穿上棉手套汲水。每隔几天人们就得拿着锹镐和镢子把井口及周围的冰刨铲出去，要不然井口小得放不进去汲水桶，井口边光溜溜的全是冰，也挺危险的。我的姥姥家中滩乡把栅村是一个只有不到一百户人家的小村，我小的时候老跟着几个舅舅去村里的几口井担水，感觉担水这活儿是男人长大后第一要学会的事情，颤悠悠地担着一担水回去，才有男人的威风。

终生难忘的是家乡的井，上大学以前我是喝着家乡的水长大的。我们住在村子西北角的人家，用的是第二生产队打的井，这口井从我记事开始就有了，井边是几个石头水槽，这是供生产队的牛马羊饮水用的。黄昏牧归时分，牛羊争着在石槽里喝水，水井上一边有人往石槽里汲水，一边有人汲水担水回家，人欢马叫很是热闹。在井边等候担水的人们闲聊着家长里短，品评着喝水的牛马的膘情，述说着庄稼的长势和收成……井台边是人们获取村里大事小闻的地方，也是最热闹的地方。团结村有十个生产队，每个生产队的井台边都是最热闹的地方，每年生产队踩高跷、闹社火都在井台边的广场上红火。

水井用得时间长了就得淘，出水才能重新畅快起来。我还没上小学的时候见到过淘井的场面，几个年轻力壮的大人轮流汲井，把井里的水一桶一桶汲干，然后用绳索吊人下去，吊到井下的人穿着雨靴雨裤，把井里的淤泥全部疏浚出来，一箩筐一箩筐吊上来，特别是井下泉眼附近的地方一定要把淤泥全部挖走，淘好的井水一夜之间就会流满井。水井所见证的并不全是诗意的场面，有时也有生活最痛苦的场面。有一年有一个老太太忍受不了病痛的折磨，跳到二队的井里淹死了。把人捞出来后井水没法吃了，人们只好到其他井上担水吃。队里让几个后生重新淘了井，淘了好几遍人们才重新吃这口井的水。我跟着父亲去村南的良种场旁边的水井上担水，这口井是有辘轳的，汲水挺方便，但排队担水的人太多，而且距我们家有一里半的距离。

包产到户不久，听说父亲要在我家院子的圐圙里打井，我激动得睡不着觉。父亲攒钱买了一些砖，约了几个朋友在圐圙的西北角打井，打了三四米见水后，他们几个人在圆形水井底盘上一层一层向上砌砖，越往上直径越小，直到最后直径剩下二尺多顺利收口。井水清澈甘甜，不仅能浇园子，也可以供人畜饮用。这样的甜水井不多，周边的村民都到我家担水吃，井水汩汩不绝，足以供二十户人家饮用，我们兄妹几个就是吃这井水长大的。夏天，我们常在这口井旁乘凉聊天，看夜色中萤火虫飞来晃去，看夜空中星星眨眼闪烁。

有了水井，父亲把圐圙里种得花团锦簇。瓜类有西瓜、香瓜、黄瓜、葫芦、倭瓜；蔬菜有茄子、豆角、西红柿、小白菜、菠菜等。来我家担水的乡邻都夸父亲的手艺好，担水的叔叔大爷们有时到我家，在炕上的烟笸箩里卷一枝烟，和父亲海阔天空地聊上半天，夏天采摘季节母亲摘一些新鲜蔬菜，给乡邻们带一把尝鲜。院里有了井，我就可以用汲水的小桶把水瓮盛满水，夏天我们把新鲜的黄瓜洗净扔到水瓮里，起到了冰镇的效果。有时夏天上火了，母亲会把鸡蛋用小桶吊在水井里，第二天喝了泻火。后来西边的邻居耿五家的院子里也打了井，和我家的井相距不到十米，这口井的水也很清冽。再后来，二队水井的水越来越浑浊，人们都吃我们这几口井的水，早晨或黄昏时分排队担水的人很多。多年后我们这两口井的水也逐渐变浑浊，水由清澈变得像沏过的砖茶的颜色，人们说这是因为年年浇化肥水污染了地表水的结果。

和河套平原和土默川平原上其他村庄一样，我们村也处于含氟水区域，农村饮用水迟早也得改。1995 年的时候，给水团给我们村打了一口井，村里人算吃上了自来水，村里的水井陆续颓废填埋了。再到后来，村里改饮从县里引过来的黄河水。人们已淡忘了先辈们喝咸苦井水的历史，淡忘了先辈们挑水淘井的艰难。

时代发展到了今天,我们有条件给农村改水了,这是留下千秋功德的事情。但农村水井的消失也给我们带来了许多思考，无论如何我们不能污染了子孙万代还要用的水，我们要让子孙也看山见水留乡愁，让绿水青山永驻笑颜。

一个个水井的废弃和消失，就像一个又一个眸子变得不再明亮，甚至永远闭上了眼睛。“美不美，家乡水”，每当回到家乡的院子里，望着天空上眨着眼睛的星星，我就想起了哺育我成长的故乡水，那一泓泓清泉在地底下还涟漪微动、粼粼泛光吧。

仍怜故乡水，牵动着游子记忆的长线。

五

难忘父母养育恩

你的柔情我永生难忘
——怀念父亲

又一个父亲节快到了，父亲去世三周年的日子也快到了。

父亲走了整整三年了，我固执地认为他还没有走远，他和母亲永远牵挂并佑护着儿孙们健康地成长，平安地生活。零零碎碎写过一些怀念父亲的文章，但好多都是零光片羽，一直想写一篇像样的文章，能够使父亲通过文字活灵活现起来。

三周年是个该纪念的日子，想把一些过去的文字理顺成文，其实是想回味和父亲生活的点点滴滴。

一

父亲小的时候很苦。3 岁的时候爷爷去世，到后来父亲都记不住爷爷长啥样，也记不清他的岁数。那么小就失去父爱，吃过的苦难不是我能想象的。父亲常和我忆苦思甜，7 岁就和守寡的奶奶从距离托克托县城很近的苗家壕村搬到了团结村，给有钱人家放牛羊、打短工。

父亲和奶奶起初住在临时搭建的简陋的窝棚里，没有柴烧，就跟在地主牛群后边捡牛粪，晚上和奶奶把牛粪在炉灶边烤干，储存起来能当柴烧。

村里的常铎老师告诉我，刚解放时，什达岱村沉浸在轰轰烈烈的互助组、初级社、高级社的农业合作化运动中，初级社的名字叫“久光社”。当时的第一个农业生产合作社，设在原地主老赵二的大院内。村里的大喇叭里唱歌曲——“青线线蓝线线……”“雄赳赳气昂昂，跨过鸭绿江……”作为贫下中农代表的父亲当然是其中的年轻骨干。青年男女每天扭秧歌、唱革命歌曲……村里成立了青年队、生产队。那个年代人民虽然很穷，但心劲挺高。

团结村在黑河故道上，过去被水淹是经常的事。20 世纪 60 年代水淹后，我父亲担负起村西泄洪渠老乡们过河渡船的营生，本村人不要钱，外村人有几毛收几毛，没钱的就不收了，好几年一直坚持着。因用力搬渡船劳碌，父亲的胳膊腕上起了一个软骨包，当地人叫腕痨儿，听人们说带上银手镯子就能克下去，奶奶就给父亲戴了一只拧花的银镯子……村民们直夸这个戴手镯的单身后生人品好、心地好。

水草肥美的地方鸟儿多，心地善良的人朋友多。奶奶和父亲迁到团结村后，第一个窝棚被水淹了，第二个简陋的房子实在太狭小了。20 世纪 60 年代初，村里云二旦、李才元、茹心乐等朋友们和青年队的年轻人帮他盖起了新的土坯房。这是父亲最得意的家产："当时我们都是青年队的，年轻人有的是力气，白天干农活，晚上点着汽灯拓土坯，几个月盖就起了这个家，当时在村里那是好房啊。"

那个年代的农村贫穷，再加上外来户根基浅，尽管父亲吃苦耐劳、心灵手巧，但光景一直过得烂包。打我记事起，我们家就一直过着穷光景，特别地穷。但人们都愿意和这个勤快实在的外来户打交道，缺钱短粮了，要好的朋友就会帮衬。日子过得尽管紧巴巴的，但心情从来都是敞亮的。

直到我上大学时，只要父亲张口借学费，一些乡亲们就会把成百上千的钱送来，父亲不止一次和我念叨这些乡亲们的好处。他说，你对人好处不要记在心上，人对你的好要记在骨头里。

二

艰辛和苦难历练过的父亲特别能吃苦，父亲是村里有名的"受苦人"。耕种耙锄、碾簸扬场……没有他不会的农活，修渠打坝、掏壕担土……再重的农活都压不垮他那瘦弱的身躯。

父亲常自豪地和我聊起年轻的时候步行到呼和浩特再到武川去给人家

拔麦子的事情，为的是挣一点吃的。“男人拔麦子，女人坐月子”，拔麦子是苦最重的农活，麦芒扫得脸生疼，麦秆把手指勒得血肉模糊。父亲还不止一次说起到呼和浩特市打工掏壕的故事，为了多挣几角钱一天要掏出担走好几方子土。每谈到精彩处父亲眉飞色舞，我会赶紧附和：“老爸，你真厉害！”

男儿能吃千般苦，吃苦受累使父亲变得心灵手巧，是村里有名的能工巧匠。除了干农活外，上梁盘炕、杀猪宰羊、打猎捕鸟、烧窑制砖、嫁接果树、做粉条、做豆腐……小的时候我特别崇拜父亲，觉得世界上没有父亲不会做的手艺。我的童年撒落在了生产队的粉条豆腐坊、砖窑果园和打麦场，这些都是父亲露过手艺的地方。记得我四五岁的时候，每到冬季杀猪宰羊的时节，父亲要忙一个腊月，东家请西家叫，顺便把我抱上，我也能沾光吃一个腊月的杀猪菜。

从我记事开始，贫穷就像幽灵一样折磨着父亲，作为一家之主他得为这个家操心。包产到户的前一年，家里顿顿只能吃玉米饼，有一次母亲看着我们兄妹三人吃玉米饼流泪了，父亲发誓要让我们吃上小麦面。恰好第二年包产到户，父亲像关爱我们一样关爱着庄稼，从那年以后我们再没为吃白面而发愁，还吃上了以前没见过的大米。

再到后来，年景好时，每到中秋节等重要的节日父亲要和邻居共同买一条羊腿分食，甚至要再接上一副羊杂碎。那样不仅有饺子吃，而且还会有羊杂汤喝，有羊骨头啃。一连两三天过有油水的日子，在饥饿的日子里再幸福不过了。

父亲总是笑呵呵的，再穷也要让我们吃好穿暖。我很小的时候，夏天没有新衣服穿，父亲在地里瞅农闲时打了好几天草籽，在供销社卖掉换了一块布，母亲用布给我缝制成衬衫，父亲的眼睛眯成一条缝看着炕上穿着衬衫显摆的我。至今我都能清晰地记着父亲那温暖的笑脸。

三

母亲的宝贝是子女，好汉的宝贝是志气。

家里不宽裕或宽裕了也不忙于盖房起屋，这与父母的志向有关。父亲从小打短工没念书，母亲也只念了一两年书。父母亲对读书这件事看得非常神圣与渴望，他们因家穷没读上书或读好书，想让遗憾在儿女身上得到弥补，想让夙愿在孩子身上最终实现，他们发誓要供我们兄妹三人读书上学，成龙成凤。

父母对我买书的事情特别慷慨。我上一年级的时候，别的同学都买了《新华字典》，但我没能买得起，父母辛苦攒了两个月钱给我买了梦寐以求的《新华字典》。1982 年夏天卖枸杞收入了几百块，我和父亲一起骑自行车到土默特左旗旗政府所在地察素齐镇，进了书店便被迷住了，一口气买了《新选唐诗三百首》《李白杜甫诗选译》等好几本书。父亲一边笑着看我挑书，一边和售货员聊天。后来我又向母亲要钱在五申供销社购买了《西游记》《水浒传》，只要是买书，母亲是毫不犹豫的。

父亲三十六岁时我才出生，他特别宠爱娇惯我。我四五岁的时候，去 4 公里外的五申村看戏，一路上是骑在父亲脖子上到了戏场的。本村的武召锁老汉在戏场里卖瓜子，父亲看到我咽口水的样子，给我买了一小杯瓜子。

还有一次他和表哥钱换去县城里给大爹的小卖部备货，我那时正在县城读高中，看到我后把装满货的自行车让我骑，我也要显摆自己长大有力气了，结果车子上货物太重，我还是没执稳把摔倒了，车上的一瓶绿豆大曲摔裂了。酒顺着裂缝流出来了，钱换哥在一旁拍腿埋怨，我们三个人赶紧把剩下的多半瓶酒分着喝了，那个酒呀，真香！

父亲从来不打骂我们，但有一次例外。小学三年级时，我放学后贪玩，把书包丢了，书包里有各种课本和作业。父亲怒了，念书能把书丢了，“你没把脑袋丢了！”——父亲圆睁怒眼用鸡翎掸把子把我打出门外，沿着门外的巷子追打着嚎哭的我，嚎哭也没用，在父亲眼里丢书包是“滔天大罪”。再打也没用，书包是丢了，父亲赶紧找到学校，终于高价弄到了一套教材，这才对我“息怒”。打那以后，我明白：宠爱娇惯是有底线的，父亲种好田，我读好书，这是本分。

为了让我能读好书，父母亲费尽心思不惜花费。在村里一直读到小学六年级，突然打听到我姥姥家所在的中滩乡的学校可以学习英语。当时有人给父母说英语太重要了，没念书或念书不多的他们生怕把我耽误了，托人把我转到中滩学校，又找到英语老师帮我补落下的英语课。1981 年冬，从没离开过家的我实在想家想得不行，正好姥姥家所在的把栅村需要聘请一个做粉条的老师傅，父亲来了一边指导村里粉坊的技术，一边陪我读书。中滩学校离把栅村有 3 公里路，冬天的白天短，傍晚时分父亲就到村边等我放学回来。

穷光景要供三个读书的不容易，尽管后来种植枸杞有些经济收入。那个年代村里有时就不供女孩子读书了，但父母亲的话掷地有声：“一个都不能不念书，砸锅卖铁也要供你们！”改革开放以后，我们村不少农家除了种地，还种植枸杞，收入好起来了。不少有了钱的农民都忙着盖砖瓦房买四轮车，但父母亲铁了心：不盖房，不买车，咬紧牙关先供娃娃们念书！

头一次高考以后，我考得不理想，被一个专科学校录取。我从呼和浩特市回到村里，对正在向日葵地里干活的父母说：“能不能退了学，再让我补习一年，我肯定能考上本科。”母亲拿不准，找村里几位老师拿主意，父亲最后拍板：“行，你心里有数就行！既然下决心了，好好学习吧，我给你退去！”没念过书的父亲又到学校、又到县教育局，磕磕绊绊把我的各种手续办利索了。考上不去又补习，好多村民不理解，有的甚至说父亲教子无方：“考上了哪里能由着孩子呢，万一明年考不上呢！”但父亲相信我，就像他相信好庄稼地的产量一样。

1987 年的高考季节又来了，阳历七月正是农民最忙活的日子，枸杞红了，麦子熟了。父亲放心不下庄稼，更放心不下我，但还是毫不犹豫地放下农活到县城陪我高考，我在考场上奋笔疾书，他圪蹴在烈日下的墙角边等我出来。

头一天上午语文考得不错，下午化学考得不理想，父亲连说带哄安慰我的情绪，我顺利地结束了两天半的高考。分数公布之日，超过了一本线，我如愿上了本科大学，父亲悬了一年的心也放下了。

父母东挪西借供我读完天津工业大学的本科，又供我上了中国人民大学的双学位班，供我小妹上初中。每到开学季的头几天，父亲就要为我的学费熬煎，夏天时就愁苦地在井台前抽着旱烟……1992年，我还在人民大学学习，父亲得了脑血栓，不能下地劳动了。我必须回家乡找工作照顾父母，不能像别的同学那样留在北上广。1993年，我来到现在的工作单位，接过父亲的接力棒，我继续供小妹上高中。很感谢父母亲有远见，艰难地供我们读书成人改变命运，不再下咽他们尝过的苦。

四

2000年把父母亲接来后，住在一栋老式的五层楼上。闲不住的父亲拖着蹒跚的脚步天天从五楼上下好几趟，把我们日常用的零碎东西置办好。夏天他就拿个马扎坐在院门前，冬天就在五楼的阳台上眺望，目送我们上班或姑娘上学去。下班回到院子里，一准能看到父亲在院子里等我们或在阳台上瞭我们。

父亲的脑血栓恢复得算好，能走路但步履蹒跚。到呼和浩特市和我们住到一起后，闲不住的父亲拖着不利索的脚步逛早市。每到秋季父亲早早逛早市，把过冬的葱买好，在院里晾晒好扎成小捆储存起来。又从早市上买来芥菜，削好洗净再放到缸里，细心地撒上盐腌。父亲腌的咸菜不咸不淡，又脆又可口，亲友们吃了赞不绝口，父亲笑得像孩子：“将来我走了，你们要学会自己腌。”

父亲经常在早市上转悠，今天给孙女买些驴打滚、山楂糕，明天给孙小子买些新鲜水果。早市上的小商小贩都认识这腿脚不利索的老爷子，不用他讨价还价就给他最便宜的价格。有父亲逛早市，家里的大料花椒、肉菜水果都不用我们操过多的心，生活中的许多小零碎，父亲也都以极便宜的价格买好了。我对他说："老爸，你别逛早市了，咱们家啥也不缺。你这么大岁数，腿脚又不好，早市上人多车也多，万一碰着了怎么办？再说你这样逛街，叫人家说我们这些儿女们也放心。"父亲说："你们挺孝顺，还怕个外人说哩。"依旧逛他的早市。

我习惯晚上在父亲住的这个屋的炕桌上摊开便携电脑写作，父亲就靠着靠枕坐在我的对面。有时父亲看我写累了，就和我有一搭没一搭地聊，我一边写一边听，偶尔回应两声。父亲和我聊了许多内蒙古西部的谚语、俗语和歇后语，这些俗语也使我咀嚼着做人的道理。如"帮过别人要忘了，别人帮我要记牢"，告诉人们要牢记别人的好处，淡忘自己做过的好事；"越坐人越懒，越吃嘴越馋""人哄地皮，地皮哄肚皮"等告诉人们要勤劳，过日子不可懒馋，种庄稼要下辛苦。

聊一会儿，父亲就从炕上下去把小暖壶拿来，给炕桌上我的杯子里加开水，边加开水边笑着说："你这个人啊，还得我八十岁的老汉侍候你了。"到了泡脚的钟点，父亲就开始泡脚，水凉了就用旁边的电热水壶加点水。泡完后就招呼我泡脚，我就在他的泡脚盆里继续泡，他边擦脚边笑着说："将来我没了，你不泡脚了。"

五

其实父亲也以在他手上没有住上砖瓦房遗憾，只是他们把盖房的钱供了孩子们读书。

进了城的父亲和我们一起住，习惯了抽水马桶的洁净和楼房供暖的恒温，也满意我和爱人对他的孝顺，可这挡不住他对老院子、土坯房的思念，经常和我念叨又梦见老家了。每年快到雨季时，就让我找人把老家的房顶抹一抹，免得很快漏成一堆泥。

2009 年年底，我和妻子及两个妹妹商量，一起给父亲盖个砖瓦房。把计划和父亲一说，他像孩子一样高兴。妻子说，一切设计要照从前的样子，院门朝东开，老人的卧室要在房子正中央，而且盘成土炕。说干就干，2010 年开春，扒倒老屋盖新房。

拆房是有讲究的，父亲是怕我们这些子孙们拆得有说道了，气喘吁吁地爬上老屋顶，庄严地向烟囱砸下了第一镢头……房子顺利盖起来了，窗明几净，红砖碧瓦。那年春节前，小院变得簇新漂亮，五颜六色。老院子沉寂了十年多后，2010 年过年时又垒起旺火，响起爆竹，小院上空腾起璀璨的礼花，旺火映红了每一张亲人的笑脸，父亲笑得最灿烂，给孙子和外孙们准备好崭新的压岁钱……就这样过了六个大年。

2015 年秋天父亲告诉我：“感觉没劲，懒得下楼了。”那一年冬天，父亲没腌咸菜，没有储葱。这个冬天父亲不精神，我带他去了好几次医院，也没检查出什么病。可他总说身体不舒服，直喊冷。过春节时父亲还是和我们回老家了，在老家过年踏实开心。

2016 年 6 月 5 日晚，我在父亲这个家写了一会儿书就早早过去休息。11 点多爱人到父亲那屋取东西，突然跑过来告诉我父亲晕过去了，我赶紧跑过去，父亲已经瘫到了炕上。我给他喂了好多粒速效救心丸，然后打 120，然后通知妹妹和妹夫们赶紧往医院跑。老爷子已没有知觉，急诊室大夫告诉我：“老爷子凶多吉少！”我憋着一口气没出，半个脸是红的，不知道下一分钟会发生什么。

经过抢救，父亲进了重症监护室。2016 年的父亲节，我们是在重症监护室外的焦急等待和守护中度过的。病房是白色的，床帷是白色的，医护人员的工作服也是白色的。没有鲜花，没有礼物，没有珍馐。我看到父亲和旁边的病友艰难地为呼吸奋斗着。胃管里的营养液和吊瓶里的液体延续着父亲的生命，仿佛往一盏火焰微弱的油灯里慢慢续注油膏。

托克托县流传着“恶五月”的说法，这个五月真是可恶，真是可恶。老父亲从初一住院到父亲节这天，先是昏迷，身上插满了管子，后来因为躁动四肢被绑缚着，受罪不浅。托克托县还有“八十四岁是道坎”的谣谚，真是一道坎，一道生死悬于一线的坎：白天还上下五楼两趟，初一子夜送医时已不省人事。感谢白衣天使们的努力，从阎王爷手里又拽回了他，恢复了初步的生命体征，使得 2016 年这个父亲节我还有父亲值得炫耀。

眼前这个梦呓般神志不清的老人，是我那个精明的老父亲吗？病床上呼吸困难的老爷子，还是那个年轻时在农村被人们伸大拇指称赞有好苦的老父亲吗？眼睛都懒得睁的老人，是那个天天在五楼阳台眺望我们回家的老父亲吗？

是的，即使神志不清，呼喊的还是儿女们的名字。他曾在苦日子里庇护过我们，在如流的日子里注视过我们。生活的酸甜苦辣、家长里短、孝顺违逆，今朝都到眼前来，想想有过风雨有过晴，一路相偕走过来。

只是有点后悔，乘他腿脚好时没有多陪他走，乘他胃口好时没有多陪他吃，乘他耳朵好时没有多陪他聊……幸福的标准有时可以降低，眼下能度过危险期，让老父亲早转入普通病房，对我们而言就是幸福。能恢复住院前的状态，那更是奢望。2016年父亲节那天，还是阴历十五。从初一到十五，月缺又到月圆，我心中祈祷：但愿人长久，但愿父亲过去这道坎！

还是过不去。6 月 21 日父亲以挣扎和拔管的方式抗议，一定要回去，我找了一辆救护车，医护人员和两个妹妹陪在他身边。往托克托县走的路上他笑着，去了托克托县城，我想让他住县医院里。但父亲坚定地摇着头，继续往前走：哈拉板申、大井壕、伞盖、五申……团结村终于到了，他露出了孩子般的笑容。我们姊妹三人守了一夜，6 月 22 日父亲节后的第三天，夏至的后一天，父亲安详地走了。

直到现在，我们有时用的还是他在早市上买好的牙签、垃圾袋……妻子收拾了收拾说：“老爸买的这些够用好几年的。”父亲走了以后，我真的没认真地泡几次脚，也再没吃上那么好的咸菜。每次走过原先居住的小区，我习惯地向五楼张望，那温暖的眼神再也看不见了。

父亲是一个再平常不过的农民，但他人性中的温暖与宽厚足以承载苦难，处世中的朴素与良善足以指教我一生。心里喊一声父亲：你的柔情我永生难忘。

夜深常梦儿时事
——怀念母亲

假如母亲至今还健在,也才只有八十虚岁。我一年又一年作过这样的假设,可妈妈离开我已经 17 年了。17 度寒来暑往，假设从来没有变成现实。

这不是妈妈么，还穿那件浅绿色的毛衣，还是那样慈祥地微笑着。妈妈不是走了么？噢，这是梦，我不能让这个梦醒来，醒来妈妈就不在了。可是梦总有醒的时候，醒来时妈妈的微笑不见了。

假设过后，我会一遍一遍地呼唤妈妈，在心里默默呼唤；夜阑梦醒，我会在脑海一点一点地回忆旧事，重温儿时的幸福。虽然妈妈已远去多年，但儿时的温馨仿佛就在昨天，思念就像天边的白云一样时时飘过心间。

妈妈走的时候才六十三岁，我刚刚把她和父亲接到城里不到两年。村里熟识的人们都说，连格是个苦命人，劳碌辛苦了大半生。好不容易把儿女们供养成人，儿子把她接到了城市里，到了该好好享福的时候了，她却走了。

妈妈命真的挺苦。关于她年轻时的身世我知道的并不多，听父亲和我念叨过，她的生父好早就没了，姥姥改嫁到了我后来的姥爷家，她跟随了过来。小的时候我听妈妈讲，姥姥带她躲土匪躲到了狼窝里，还讲她们那个时候受过的不少苦，比如吃冻豆腐渣等充饥。那时候我还小，听不懂太多，只感觉她的童年时代世道简直是太乱了。

姥姥是撑持穷家过日子的好手，我小的时候见过她拿着升子或盆子出去借米借面的情景。过穷日子需要巧手，印象中姥姥除了会剪纸和针线活儿外，还会接生和给小孩医病。穷人家的孩子早当家，妈妈大概是从姥姥那里早早学会了剪纸、剪窗花，学会了针线活儿，学会了好多手艺。她十多岁就学会了做饭，学会了做各种花样的食物：面人人、寒燕儿、月饼……

妈妈生性要强爱好，她可以和父亲一起承受贫穷和苦难，但决不会让孩子们在人面前穿得破破烂烂，显得邋邋遢遢。小时候家里尽管很穷，但我们姊妹三人的穿戴一直令别的伙伴羡慕，妈妈给我们做的衣服花样翻新，从肚兜衬衫到夹袄棉衣再到鞋袜帽子，我们一穿出去就会吸引来别人的目光。尽管有时布料不好或尺寸不够，妈妈也能想办法弥补或用高超的针线技巧缝制出漂亮的衣物来。

裁剪缝缴（liáo）、飞针刺绣、挑毛衣、织毛袜……这些针线活儿妈妈无所不会。记得最清楚是妈妈用碎皮块给我缝制了一个漂亮的狗皮小帽，刚上小学冬天戴上它既保暖又漂亮。我们姊妹的鞋垫绣得精致秀美、色彩斑斓，像精美的工艺品，就连我们穿的夹鞋鞋帮也绣着五彩的图案：我穿过虎头牛鼻鞋，妹妹们穿过黑底镶金绣花鞋。印象里我的婴儿枕是妈妈缝制的一个漂亮的虎头枕，后来又传给两个妹妹枕。女儿刚出生时，母亲撑着病体给她缝了一个漂亮的八角枕，侧面还用红布缝了两只耳朵。

妈妈在煤油灯下纳鞋底、做针线活儿的情景，经常浮现在我的脑海中。小的时候多少次梦中醒来，看见妈妈还在炕上纳鞋底，用锥子把鞋底穿好孔，用顶针把穿有麻绳的粗针顶过去，再用牙咬住针把麻绳拉过来……一锥又一锥扎下去，一针又一针穿过去，妈妈戴顶针的手指上磨起了茧子，手指头肚扎出了针眼，牙床咬得松动了。每年入冬之前，妈妈要做好我们一家子和我的几个舅舅、小姨的衣服鞋帽，十来个人的各种针线活够她忙的：做鞋帮、纳鞋底、裁衣服、买衣料、备棉絮……熬夜做针线活是她留在我心中最深刻温暖的画面。

我上小学以后，经常是我看书写作业陪妈妈纳鞋底，偶尔帮妈妈搓搓线头，穿穿针线。妈妈的针线笸箩我记忆特别深，里面大大小小十几双木制的袜楦子就是我的积木玩具，几本夹鞋样子的书就是我的启蒙读物，这些书里我记得有张思德的故事，有舍身救火的向秀丽的故事……我缠着只念过两年书的妈妈讲故事，妈妈看我对书感兴趣，就说：“你爱看书妈高兴，你将来要做一个识很多字的人，不争（蒸）馒头气也要争（蒸）糠窝窝气，一定要念成书！”

童年时代虽然物质匮乏，但现在想起来却有满满的幸福感，回忆起往日时光色泽艳丽、深情饱满，这是妈妈用灵巧的双手绘就和剪裁的难忘岁月。妈妈的双手神奇了，缝制出了我幸福的童年，缝制出了我对好光景的憧憬。小时候看着妈妈剪出的窗花我会发呆半晌：花开富贵，喜鹊登梅，五福临门……这是妈妈心中向往的生活的样子，她把它织出来、剪出来、绣出来，使我们觉得生活的美好并非只是吃好穿暖。

妈妈最喜爱一台缝纫机，但早年家穷买不起。我记得她经常回姥姥家和她儿时的伙伴交流剪裁和缝纫技艺。包产到户后，我们家有了一些积蓄，终于买了一台缝纫机。有了缝纫机虽然减轻好多劳动，但技术活还得靠手工，左邻右舍的媳妇们又经常让妈妈帮忙剪裁衣服，妈妈的针线活实际还没少下来。20 世纪 80 年代初，机器生产的胶底鞋、衣服上市，我们很少再穿妈妈缝制的衣服鞋袜了。我现在经常痴痴地想：当初要是能留下一双妈妈给我缝制的布鞋或牛鼻鞋该多好啊！

妈妈 28 周岁时才生的我，我是她的宝贝，她生怕我磕着碰着。童年的时候贪玩，我和一大群伙伴在打谷场上的草垛里翻跟头打滚、捉迷藏打斗，疯跑疯逛……妈妈不放心我，常常跑去看一眼。天色已晚我还不想回家，妈妈就会大声呼喊："称心——，回来吃饭。"现在回想起来，妈妈喊我回家吃饭的声音是人世间最动听的声音，只是妈妈已走，只能流泪在心中回味。

妈妈坚决不让我玩危险游戏。比如游泳，妈妈不止一次叮咛我说"淹死的都是会水的"。夏季到来，我特别想到村子西边的水渠里游泳，但妈妈坚决不准。有一次我都已经和几个小伙伴到了渠埂上，正准备脱衣下水，远远看见妈妈手持一根向日葵杆，"气势汹汹"地向这边走来，吓得我一溜烟地往村里跑。还有一次，下雨后我和玩伴在树林里采了一大堆蘑菇，回到家在小房子里洗净，准备放到锅里煮着吃。妈妈正好从正房过来，看到我们正要煮蘑菇，端起锅冲出屋外把水和蘑菇倒在了粪堆上。后来，我才知道这是有毒的树蘑菇。

在成长的道路上，妈妈经常会教我们怎样堂堂正正做人。一个下雨天，我和邻居玩伴刘如义放马回来，看到我家房后二俊平家的圐圙土墙被雨淋坏了，有几只猪正在圐圙里的南瓜地里拱……外面雨下得很大，我和刘如义一起把猪赶出圐圙，不让它们糟塌南瓜地，出来时顺手一人捡了一个南瓜带回家中。本来以为会被大人表扬，再美餐一顿土豆炖南瓜，没想到被妈妈狠狠训斥了一番："怎么拿回来的怎么送回去！"我们抱着南瓜送回二俊平家，说路边捡了送回来的，二俊平的妈妈直夸我们。

勿以恶小而为之，勿以善小而不为。妈妈用一个农村女子的理解遵行此道，并让她的儿女们恪行其道。在农村，最忌讳小偷小摸的事情，这有关家风。遇到乞丐上门，尽管我们的粮食也紧张，但妈妈从不敷衍拒绝这些更可怜的人。在一饭一粥的普通生活里经常匡正我们的言行，比如：我们姊妹吃饭的坐姿不对了，不能八叉开腿；再比如吃饭的时候不能说话，如果说话那是骂饭；再比如"人活脸面树活皮，墙头活一把麦渣泥"，做人一定守信。这些言传身教使我们在今后的人生道路上活得堂堂正正，无愧于心。

妈妈是特别刚强有骨气那种人。有一次和我从县城往回走，半路遭逢大雨，娘俩在泥泞不堪的路上轮流扛着自行车走了二十多里地，回家后两个人全身上下都是泥。妈妈笑着说："这不算个苦，我小时候和你姥姥被土匪撵得跑进狼窝里躲藏，那才受苦受累又害怕。"1992 年，父亲得了脑血栓，妈妈不让人通知在中国人民大学上学的我，放假回家我才知道父亲得了那么大的一场病。妈妈不仅做出了不让人告诉我的决断，而且独力操持家务，没有喊一声累，没有抱怨和叹息，心里只想着把我们姊妹几个拉扯出来。

每年开春二舅帮助妈妈把庄稼耕种进去后，妈妈就得像父亲一样在地里侍弄庄稼，我一直觉得她的肺病就是那段时间落下的。农活太重，她就学父亲那样抽烟解乏，身上疼痛就喝一粒去痛片止痛，后来一天得喝三四片。以前妈妈没有在大医院瞧过病，走路特别快，我都追不上。偶尔感到不舒服，村里医生也最多给她输几天青霉素，等精神了，她就又心急火燎地跑到地里摘枸杞、锄地。

为了能照顾家里，1993 年毕业后我选择了回呼和浩特市工作。1994 年我就把家里历年欠下的 4000 元债还清了，妈妈特别高兴，苦和累没白受，儿子给她挣上钱了。但她心疼我一个人挣钱不容易，坚持还要在村里种地。一直到现在，我都在自责，为什么不早早从村里把她接上来，让她种那些地干啥呀，累死累活累出了病！ 1997 年冬，热心的妈妈坐着农用三轮车到几十里外的亲戚家说媒，路上三轮车翻到了路基下的冰滩上，妈妈摔在冰滩上昏过去又醒来。打这次摔完之后妈妈就再没精神过，我带她跑遍了呼和浩特市的几家医院，还带着她的 C T 片去北京找专家看，也没看出个眉目来。妈妈去世后，我一直遗憾没早带她去北京的好医院、大医院去瞧瞧病，或许还有治好的可能。

2000 年我和爱人商量后，把父母接到城里，能天天见面了，而且也方便给妈妈跑医院看病了。下班或应酬完回家进门就喊："大，我回来了。""妈，我回来了！"……现在想来这是最幸福的时光。总想着和妈妈拉家常有的是机会，可没想到妈妈走得那么快。2002 年阴历六七月间，大礼拜天我又要去单位，妈妈轻轻拍拍炕说："坐一会，整天风风火火的，就不能陪我说一说话。"……没想到没几天妈妈就住院了，没治好没回家就走了。好后悔没和她知冷知热、入心入肺地拉上一整天，总以为有的是时间，好日子在后边。

妈妈是典型的农村妇女，除了我接到呼和浩特市一起生活了两年多，再没有去过别的大城市。除了汽车之外，妈妈甚至没有坐过火车，更没有坐过飞机、轮船。妈妈见过火车，是到站台上送我出远门。现在回想起来，后悔得不行，看到别人陪着父母出去旅游，我好生羡慕和伤感。

2002 年阴历七月二十五，妈妈病逝。从此，世界上最牵挂我的人走了，想喊一声妈只能在心里默念。在我们姊妹想孝敬她的时候，她却走了，走得那么匆忙……回忆起来有许多遗憾，但生活就是一列不断前行的火车，老人们总会有下车的时候。想起昔日生活细节心里虽然温馨无比却也无限感伤。宋人姚勉《梦保母如儿时》里有这样的诗句："夜来忽梦如儿年，阿保携抱慈母怜。人生安得常童颠，只作婴儿啼母前"，但愿这样的梦能多一些！

父亲节里的思念

又一个父亲节到了，父亲去世三周年的日子也快到了，父亲的音容笑貌又密集浮现在我的脑海里。

2016年6月22日，父亲节后的第三天，夏至的后一天，父亲安详地走了。在父亲节刚过父亲离我们远去，因此，这两年父亲节对于我而言，成了一个缅怀慈父、沉思往事的独特的节日。

每年的父亲节和夏至前后相随，我就自然而然想起了和父亲在一起生活的点点滴滴。回忆虽然有些伤感，但往事有喜有乐，特别是有些往事已经固定成了一幅幅美丽的风景。从小过惯了苦日子的父亲待人谦和，总是笑呵呵的，那温暖的笑脸永远定格在了我的脑海中。

一辈子和土地打交道的父亲是一个再平凡不过的农民，但小时候在我眼里他是顶天立地的英雄。好多男孩有父亲崇拜情结，我就是这样的，我特别崇拜父亲，除了干农活外，上梁盘炕、杀猪宰羊、打猎捕鸟、烧窑制砖、嫁接果树、做粉条、做豆腐……世界上没有父亲不会做的手艺。村西边的那几座桥是父亲和人一起修筑的，每次看到人们走过这座桥，我就骄傲地想，这是父亲修的。父亲四十多岁时在呼和浩特市好几个地方打过工，掏过壕，盖过楼，我就骄傲地想，城市里那些高楼大厦有父亲盖的。

崇拜着父亲的我一天一天长大，关爱着我的父亲一天一天变老。1992年，刚刚虚六十岁的父亲得了脑血栓，在我心目中顶天立地的父亲一下子失去了劳动能力。1993年大学毕业，我放弃留京，回呼和浩特市工作，为的是照顾父亲，我想我该照顾他了。

1994年我把家里历年欠下的4000元债一下子还清了，顿时觉得家庭的担子落在了我的肩上，此时却才明白了：父亲原本是一个靠受苦养活全家的普普通通的农民，他没有顶天立地的本事，只是硬撑着把这个担子挑到了今天，他东挪西借供我读完高中和大学。父亲大病时不省人事，在五申镇的医院简单住了几天，出院时还不会走路，后来奇迹般地一年比一年好转。村里人说，这是老殷一辈子行善积德的报应，这是一个好人应有的福报。

2000 年我把父亲和母亲接到呼和浩特市，住在一栋老式的五层楼上，他们老俩口住中户，我们住东户。父亲是这个老院子里的一道风景线，和这个院子周围做买卖的、蹬三轮的、卖莜面炸糕的都特别熟悉。有时，他在外边买了土豆或其他稍重一些的东西，认识他的人都会帮他扛到五楼上来。早市上的小商小贩都认识这位腿脚不利索的老爷子，不用他讨价还价就给他最便宜的价格。我常常是通过和他闲聊才知道街头巷尾有那么多社情民意和悲欢离合，才知道小巷深处有那么多家长里短和酸甜苦辣。

夏天，他就拿个马扎坐在院门前，和人们闲聊或看人家打扑克。冬天就在五楼的阳台上走动眺望，目送我们上班或姑娘上学去。下班回到院子里，经常能看到父亲在院子里等我们或在阳台上瞭望我们。闲不住的父亲经常在周围的早市上转悠，或者给孙女买些驴打滚、山楂糕，或者给孙小子买些新鲜水果和玩艺儿。家里的大料花椒、果蔬肉蛋和一些零碎物品，都不用我们操心，父亲会以极便宜的价格买回来。我知道父亲的心事：他想用这些力所能及的劳动证明，一生勤劳的他不是吃闲饭的。

我们的确离不开笑口常开的老爷子。每到秋季，父亲早早逛早市，把过冬的葱买好，一买就是一二百斤，在院里晾晒好后，坐在小马扎上把葱扎成小捆储存，传达室里的大爷大娘也一起来帮忙。还买来芥菜削好洗净，放到缸里细心地撒上盐腌制，他腌的咸菜不咸不淡香脆可口，听到亲友们的赞叹声父亲笑得像孩子。还有一年父亲惊走了正在撬东户防盗门的毛贼，发现了楼道中电表盘电线冒火星，我说：“老爸，防火防盗多亏了你，但听到有贼一定要小心，喊人就行了，千万不能出去。”

2002 年母亲去世后，父亲一个人住在中户，我有时也陪他睡几晚上。但我习惯每晚在父亲这个屋的炕桌上摊开便携电脑写作，父亲就靠着靠枕坐在我的对面。父子俩有一搭没一搭地聊，他一会用小暖壶给我的杯子里添水，一会把他买的山楂糕给我一块……到了夜晚九点半左右，父亲准时开始泡脚，泡完后就招呼我在他的泡脚盆里继续泡，他一边添热水一边笑着说：“你这个人啊，还得八十岁的老汉侍候你了。”晚上，听到父亲的鼾声比年轻时声音小多了，这熟悉的鼾声是我们小时候的摇篮曲。

父爱是沉默的，即使在他生病住院时担心的也是儿女的健康。2010年5月，父亲因老慢支肺病发作住院，呼吸科的病房里有三张床，父亲住中间的病床。和左右两个床的病友聊天后知道：他俩都患肺癌，一位一天两包烟，另一位一天三包烟。父亲听到这些半天沉默不语。趁着病友们去走廊里散心的工夫，他郑重其事地对我说：“看见了吧，你必须给我把烟戒了，一根也不能抽，要不我也不看病了。”老爷子一副说一不二的架势，我这个抽了二十五年烟的老烟民在父亲的“逼迫”下终于下定决心，改掉陋习，居然戒烟成功。

父亲的病情虽然恢复得很好，但经常得往医院跑。在呼和浩特市生活这些年，我们姊妹们陪他做了白内障、前列腺、痔疮等大大小小的手术，有时肺感染了就赶紧住院治疗，平时的检查治疗已忘记有多少次了。2015年秋天父亲告诉我：“感觉没劲，懒得下楼了。”那一年冬天父亲也懒得腌咸菜和储葱储土豆了。整个冬天人都不精神，和他去了好几次医院没检查出个大病来。但他身体不舒服，一直喊冷。过春节时父亲还是和我们回老家了，在老家过年他踏实开心。

2016年6月5日晚，我在父亲住的中户写了一会儿早早回到了东户。11点多爱人到父亲住的中户取东西，突然跑过来告诉我父亲晕过去了，我赶紧跑过去，父亲已经瘫到了炕上。我给他喂了好多粒速效救心丸，然后打120，然后通知妹妹和妹夫们赶紧往医院跑。老爷子没有知觉，急诊室大夫告诉我：“老爷子凶多吉少！”我憋着一口气没出，半个脸是红的，我不知道下一分钟是什么样子的。

经过抢救，父亲进了重症监护室。2016年的父亲节，是在重症监护室外的焦急等待和守护中度过的。病房是白色的，床帷是白色的，医护人员的工作服也是白色的。没有鲜花，没有礼物，没有珍馐。我看到，父亲旁边的病友艰难地为呼吸奋斗着。胃管里的营养液和吊瓶里的液体延续着父亲的生命，仿佛往一盏火焰微弱的油灯里续注油膏。

托克托县流传着“恶五月”的说法，这个五月真是可恶，真是可恶。老父亲从初一住院到父亲节这天，先是昏迷，身上插满了管子，后来因为躁动四肢被绑缚着，受罪不浅。托克托县还有“八十四岁是道坎”的谣谚，真是一道坎，一道生死悬于一线的坎：白天还上下五楼两趟，子夜送医时已不省人事。感谢白衣天使们的努力，从阎王爷手里又拽回了他，恢复了初步的生命体征，使得 2016 年这个父亲节我还有父亲值得炫耀。

眼前这个梦呓般神志不清的老人，是我那个精明的老父亲吗？病床上呼吸困难的老爷子，还是那个年轻时在农村被人们伸大拇指称赞好苦的老父亲吗？眼睛都懒得睁的老人，是那个天天在五楼阳台眺望我们回家的老父亲吗？

是的，即使神志不清，呼喊的还是儿女们的名字。他曾在苦日子里庇护过我们，在如流的日子里注视过我们。生活的酸甜苦辣、家长里短、孝顺违逆，今朝都到眼前来，想想有过风雨有过晴，一路相偕走过来。

只是有点后悔，乘他腿脚好时没有多陪他走，乘他胃口好时没有多陪他吃，乘他耳朵好时没有多陪他聊……幸福的标准有时可以降低，当时只盼能度过危险期，让老父亲早转入普通病房，对我们而言就是幸福。能恢复住院前的状态，那更是奢望。2016 年父亲节那天，还是阴历十五。从初一到十五，月缺又到月圆，我心中祈祷：但愿人长久，但愿父亲过去这道坎！

还是没有过去。6 月 21 日父亲以挣扎和拔管的方式抗议，一定要回去，我找了一辆救护车，医护人员和两个妹妹陪在他身边。往托克托县走的路上他笑着，去了托克托县城，我想让他住县医院里。但父亲坚定地摇着头，继续往前走：哈拉板申、大井壕、伞盖、五申……团结村终于到了，他露出了孩子般的笑容。我们姊妹三人守了一夜，第二天快中午时父亲安详地走了。

直到现在，我们用的还是他早市上买好的牙签、垃圾袋……妻子收拾了收拾说："老爸买的这些够用好几年的。"父亲走了以后，我真的没认真泡几次脚，也没吃过那么好的咸菜了。每次走到原先居住的小区，我习惯地向五楼张望，那温暖的眼神再也看不见了。

父亲是一个再平常不过的农民，但他人性中的温暖与宽厚足以承载苦难，处世中的朴素与良善足以指教我一生。像极了他平时爱喝的砖茶，虽极平常，甚至略显苦涩，然而却要比名茶喝着更酣畅淋漓，更消暑解渴。

夏至里的父亲节

今年的夏至和父亲节是同一天。夏至是一个十分阳刚的节气，像父亲一般阳刚和热情，有一种燃烧自己、照亮别人的奉献，有一种不畏苦难、忍辱负重的坚韧，有一种夸父逐日、精卫填海的不屈。

夏至的阳气达到极致，从这一天之后阳极而阴生。这世界上哪一位父亲不是为了家庭负重前行，甘愿用尽力气熬干汗水的，夏至最容易让人联想起为了生活不惜力不怕苦的父亲。2016年父亲节后的第三天，夏至的后一天，我的父亲安详地走了。这几年每到父亲节和夏至节气前后，我就想起了父亲，想起了和父亲在一起生活的难忘时光，这些往日时光细碎而漫长，那些尘封已久的过往我再也回不去了，但那些远逝的瞬间依然温暖和照耀着我。

想得最多的是父亲那夏花般灿烂的笑容，就像夏至的阳光一样热情四射朗照人间。父亲总是笑呵呵的，那笑容让人感觉到了灿烂和力量，因为有了这样的笑容才让人感觉到人世多幸福，因为有了这样的笑容才让人感觉到生活真美好，因为有了这样的笑容才让人感觉到困穷是一时。想起和父母亲一起度过的贫穷的日子，因为有他们的笑容相伴而如醇酒芬香馥郁。在父母亲的微笑和劳动中，贫穷的生活在一天一天变样，我们这个自食其力的农家能够吃饱穿暖怡然自乐。"贫穷自在，富贵多忧"，这种平淡的快乐更接近生活最根本的旨趣。

起初我一直认为贫穷使父亲变得谦卑，父亲把穷愁埋藏在了笑容之下。三岁便失去了父爱的父亲有过和我不一样的童年，他不像我是在他的微笑中长大的，他和守寡的奶奶相依为命，他过早的背负起生活的大山：给人家放牛羊、打短工，没有柴烧去捡牛粪……当你还为吃饱穿暖发愁的时候，你只有给这个世界报以更多的微笑，才能在生活中少一些荆棘和坎坷，多一些鲜花和坦途。所以我开始以为，过不完的苦日子磨练出父亲待人谦和见人便笑的习惯。

当我越来越懂父亲后才明白，父亲的微笑是心底善良的自然流露。就像这夏至的阳光，没有充盈的阳气送不来直抵人心的温暖；就像这山间的泉水，没有晶莹的冰雪化不出沁人心脾的清澈；就像这草原的河湖，没有宽阔的胸怀汇不成烟波荡漾的浩渺。心地善良的父亲乐于助人，从小吃苦受累使父亲变得心灵手巧，是我们村里的能工巧匠，在我的记忆中村里东家上梁盘炕，西家杀猪宰羊，他总是笑呵呵地去帮忙。有一次村里有一位老人需要输血，他走了十多里路赶到医院捋起袖子就献血。

“穿破衣的有圣人，配旧鞍的有骏马。”笑口常开的父亲在村里有个好名声——老善人。父亲 7 岁的时候和奶奶搬到了团结村，这个外来户受到了大家的喜爱，因为人品和心地俱佳，父亲成了好多乡亲们信赖的好后生。水草肥美的地方鸟儿多，心地善良的人朋友多。和父亲年岁相近的朋友们帮他盖起了房子，缺钱短粮的时候会主动有朋友送到家里来。我们兄妹上学的时候家里紧困，要好的乡亲们就会把成百上千的钱拿来。

“好马不在鞍鞯，人美不在衣裳。”在父亲的微笑里，生活虽然清贫但却有滋有味。乡亲们在父亲的微笑里体味着人与人互相帮助是多么美好，我们兄妹在父亲的微笑里体味到如山的父爱中成长是多么快乐。小的时候，我是父亲的跟屁虫，他走到哪里我跟到哪里。跟着父亲我见识了与农村生活息息相关的各种手艺，这种成长的经历充满了快乐。每到腊月我跟着父亲看他给乡亲们杀猪宰羊，看他微笑着一边干活一边和人家拉家常；我跟着他进了豆腐坊和粉坊，忙碌的父亲会微笑着端半瓢豆腐脑给我，或递给我一个热腾腾的粉面烙饼；我还跟着父亲在庄稼地一起干各种农活，看庄稼丰收使父亲露出开心的笑容。

清贫的生活使父亲学会了和善待人，也使父亲学会了笑着面对生活中的艰难。就像走西口的先辈们在深重的苦难面前不会退缩，喊上几声二人台释放内心的苦痛后继续前行。男儿能吃千般苦，年轻时父亲曾和村里的人一起去大青山后的武川给人拔麦子，他们徒步要走一百公里的路，两天到了武川脚掌上起了泡。拔麦子时会被秸秆勒破手，但他们才不怕这些苦痛。他曾经到呼和浩特市里打工掏壕，要从一人多深的壕沟里往上扔土，一天要扔好几方土……我听父亲微笑着和我聊过他年轻的时候吃过的各种苦，我难以相信普通的血肉之躯会有那样的爆发力和忍耐力。

每年的夏至前后是父亲最忙碌、最辛苦的时候，是他流下汗水最多的季节，但也是他笑容最多的季节。这个时节农活最忙，夏季过后不久要麦收，土默川流传着“男人拔麦子，女人坐月子”的谚语，形容麦收是最受罪、最受累的活儿。白居易《观刈麦》里描写道“足蒸暑土气，背灼炎天光，力尽不知热，但惜夏日长……”，头顶上赤日炎炎，麦芒扎得脸和胳膊生疼，这活真是受罪。除了麦收收割打场，这个时节还得采摘晾晒枸杞子，还得锄玉米糜黍等大田作物。父亲总是笑呵呵地安排着各种农活，因为他知道舍得出去苦才能换来好收成，过上好日子。到了夏至，我常常会想起脸被晒得黑黢黢的父亲，但他的每一道皱纹里都荡漾着饱满的笑意。

丰收的季节，父亲的笑容最灿烂。麦子颗粒归仓后，他要去加工一些面粉，母亲蒸好带着新麦香味的花卷，炖一锅猪肉烩菜，我们兄妹吃得大快朵颐，父亲露出了慈爱的笑容；枸杞子卖了一个好价钱后，父亲会从供销社的门前割上一条羊腿，回来给我们改善伙食，提着羊腿进门的一刻，父亲就像猎人展示猎物一样，笑得眼睛眯成了一条缝。

父亲在夏至这个他吃苦和微笑最多的季节走了，也许是冥冥中的一种选择。父亲走了，但夏至每年依时按候来，在这个白昼最长的一天，我想起了父亲和他的微笑，活在这红尘世界上，微笑是送给这世界和过往交集每一个人的最好的礼物。

炎热的夏季里，父亲的微笑浮现眼前，就像这夏至的阳光一样温暖。

永不荒芜的果蔬园

我的心中有座枝繁叶茂、硕果累累的果蔬园，果蔬园里装满了我美好的童年。

果蔬园其实就是我家老宅的小院，一个四四方方的小院。父亲想在这个小院里种些果蔬，怕猪羊等牲口祸害，就用土坯把四周围成一个圐圙，圐圙里大概有七八分地，父亲开始在里边种了些洋山药和葱韭菜。洋山药是一种多年宿根性草本植物，后来我才知道它的学名是菊芋，人们也叫它洋姜。20世纪七八十年代我们村的好多人家都种洋山药，秋天人们把洋山药的块茎挖出来，腌成咸菜，是饭桌上必备的下饭菜，吃起来清脆酸甜。

靠从生产队的井上担水浇地不是个办法，父亲就攒钱买了些砖。约了几个朋友在圐圙里打井，打了三四米见水后，他们几个人在圆形水井底盘上一层一层向上砌砖，然后收口。井水清澈甘甜，不仅能浇园子，也可以供人畜饮用。这样的甜水井不多，周边的村民都到我家担水吃，井水汩汩不绝，足以供二十户人家饮用，我们兄妹几个就是吃这井水长大的。夏天，我们常在这口井旁乘凉聊天，看夜色中萤火虫飞来晃去，看夜空中星星眨眼闪烁。

有了水井，父亲就把这个圐圙种得花团锦簇：瓜类有西瓜、香瓜、黄瓜、葫芦、倭瓜；蔬菜有茄子、豆角、西红柿、小白菜、菠菜等。父亲爱试种一些新鲜庄稼，有一年和他在生产队砖窑上一起干活的山东师傅给了他一小袋花生，那是我们兄妹有生以来头一次见到花生，像吃人参果一样稀罕。父亲挑选下一些最好的果实种在园子里，居然种成功了，我又开了眼：原来花生和土豆一样，是长在地里的。

父亲最拿手的还是侍弄果树。園圃西南角原先有一棵夏果树，在父亲的精心培育下茁壮成长，到我上小学时果树主干已经是一人合抱，果树也到了盛果期。一到夏天，我们兄妹几个像猴子一样一天上树能有几十回。那个时候，人们还在为温饱发愁，农村孩子看着果实累累的果树直眼馋，羡慕我们兄妹几个过得像花果山上的猴子。有时调皮嘴馋的孩子偷果子被抓住，父亲把偷果子的孩子送回去，顺便给大人带上一小兜果子，我心里直嘀咕：“偷果子放了就行了，凭啥还给他家果子。”

果树最盛产的时候，除了送给亲朋们外，还能售卖换钱换粮。我记得好几次跟着父亲到邻村去卖果子，好多孩子看到筐里的果子都垂涎欲滴，我觉得自己作为这些果子的主人无比自豪，有时慷慨地给人家抓几个。别看一斤夏果只卖两角钱，几个村子转下来，在那个年代也是一笔不小的收入。心灵手巧的父亲不知又从哪里弄来海红果树、苹果树，还学会了嫁接技术，苹果树上嫁接梨，海红果树上嫁接人参果。后来父亲成了嫁接高手，还到别人家指导嫁接。

一到了夏季，果蔬园里果实累累、蔬菜齐备。在那个缺荤少腥没油水的年代，園圃里的蔬菜使我们的餐桌不再单调，母亲变戏法似的用新鲜时蔬做菜。最困难的一年好多人家吃甜菜叶子度日，但我们家没用吃这极难下咽的东西。園圃也成了我们兄妹几个的乐园：爬到树上摘向阳处晒得最红的果子，要不是身手敏捷好几次差点掉下树来；到种瓜的畦田里挑西瓜，弹来弹去假装懂生熟，满有把握地打开一看是生瓜；把黄瓜摘下来用篓头吊到井里，浸上一会吊上来再吃冰凉爽口……瓜也吃，果也吃，结果吃坏了肚子。父亲这时会告诫我们：桃养人，杏害人，李树底下埋死人；西瓜多吃，香瓜少贪。

枸杞后来成了这个園圃的新宠。刚开始不让种，说是资本主义尾巴。后来放开了，允许每家种 6 棵。人们种这个新鲜玩艺不会侍弄，我们家请来村东的董亮大爷来帮着剪枝。母亲借了一斤白面做蒸饼招待人家，白面蒸饼和玉米饼蒸在一个笼里，母亲事先安顿我：“蒸饼是招待客人的，咱们吃窝头啊，记住！”“嗯！”——我答应得很好，但饭熟了以后早把保证忘在了脑后，蒸饼像磁铁吸引铁块一样吸引着我的筷子，吃得董亮大爷都笑了，父母亲也笑了：尽管他们心里在为孩子们吃不上个白面蒸饼而难受。父亲发誓要让我们能吃上白面蒸饼，正好赶上时代变了：改革开放包产到户，这个愿望单干第一年就轻松实现了。

但缺钱花怎么办？枸杞也不是资本主义尾巴了，而是村民们致富的摇钱树。枸杞可以放开种了，这样不仅我家的前后圐圙都种上了枸杞，连村边分的地里也种上了枸杞。枸杞因为其经济价值高，逐渐成了圐圙的主角，果蔬园逐渐变成了枸杞园。枸杞占去了父母亲的主要精力，父亲很难再分心侍弄菜蔬了，一到枸杞红了，不光我们兄妹得采摘并晾晒枸杞，实在忙不过来还得雇人。尽管枸杞夺走了我们的童趣和欢乐，但我们毫无怨言，因为我们村的好多孩子上学都是靠枸杞供出来的，像我上了两个大学都是靠卖枸杞供出来的，所以村民们也管我们叫“枸杞大学生”。

1992年父亲得了脑血栓，就顾不上这个果蔬园了。到后来圐圙的土坯围墙坍塌了。二妹告诉我，老院子的围墙其实早不行了，她上大学那会儿，每遇上下雨，院墙就坍塌，正赶上暑假，就和老爸在雨里扎枸杞枝围栏。2000年我在城里安顿好后，和妻子一起接父母进城和我们住，老院子逐渐被冷落了。中间我回去看了几回，土坯房破败不堪，圐圙墙全部坍塌，院里杂草疯长……带给我那么多童年欢乐的果蔬园哪去了？

不行，我要让我梦中的果蔬园再现芬芳。正好父亲也经常惦记着老院子、土坯房，我们决定给他重新盖个房子，院子中央的空地上栽上果树。2010年，房子盖好了，栽上的果树第一年没成活。第二年重新把院子里的土挖出去，换上好土，又栽上了杏树、李树和夏果树。父亲亲自指导表哥钱换他们嫁接成功了人参果。每年夏季到来，我家小子和几个小外甥在院子里疯玩，和我们兄妹小时的样子像极了。父亲每年夏天和过年回村小住，一来二去，共有六个年头。

两年前的夏天，正是杏树果实累累的时节，父亲离开了我们。但他亲手嫁接的果树依旧每年挂果疯长。院子里春天花蕊满枝、夏日玫瑰飘香、秋天果杏低垂、冬日年味浓郁处仿佛都有他温暖的笑容和慈爱的身影。唉，父亲啊，你就是我心中永不荒芜的果蔬园。

年光往事如流水
——老物件里的时光

我不是个爱收藏或摆弄老物件的人，哪怕是再值钱的古董玩物也不稀罕，谁知道是什么来路。但我们家或过去我生活中的老物件，哪怕是一张纸都舍不得扔，因为它们近距离参与并见证过我和亲人们的生活，能够使我恍惚的记忆一下清晰起来，消逝的场景又变得鲜活起来，干瘪的往事重新饱满起来。

就先从纸说起吧，从家里的一些证件票据说开来吧。我保存着 20 世纪六七十年代我们家的居民购货证，已经发黄的纸张上印着绿色的繁体字。这张证件一下子把我拉回了四十年前那个物质短缺的年代，大部分日用品都要凭这个证再加上各种票来购买。

我经常跟着母亲去当街的供销社买东西，母亲得带好购买证，再带好布票、棉花票、肥皂票、煤油票等，我特别喜欢这些花花绿绿的票。母亲买东西的时候会顺便给我买几块水果糖，那时候一毛线能买七八块糖，但一毛钱能买五盒火柴呢，糖可以不吃，火柴不能不买，母亲得掰着指头来花每一分钱，把那些凭票凭证供应的东西先买好。

供销社里也卖月饼和饼干之类的吃食，但也得凭票凭证来购买。我七八岁那会儿，根本不敢奢望能吃上月饼和饼干，看电影《上甘岭》里战士们咽不下饼干时，几个小伙伴议论让我们吃饼干总能行，不知道战士们是因为没有水的缘故。吃不上水果糖我们舔上一两粒糖精来咂味，这糖精是用来冲到水里和玉米面用的，和好的玉米面捏成窝头上笼蒸——这是我们的主食。

那个时候凭着购买证，再凭手里的粮票才能购买到粮食。直到我上高中时，同学们用一斤粮票还能换回一个焙子。1987 年我去天津上大学前，父母亲用白面给我换了好多全国粮票，去了学校以后把粮票换成米票和面票，每一张米票或面票的面额二两。直到粮食限购彻底放开，我还有一厚沓全国粮票没用完，我把它们保存了下来，这一厚沓“废纸”满满的都是父母亲的爱呀！

三十多年前，养家糊口的任务是父亲的，他在土里刨一镢头，我们全家才能吃一口。手头保存着父亲的几张《农业税纳税通知书》，这些完税通知书记录着一个普通农民对国家应尽的义务，上面明明白白写着“农业税又称公粮，是农民向国家应尽的义务……希保质保量积极交售，为国家多做贡献。”我好几次跟着父亲去乡里的粮站交公粮，交公粮的农民排着队。收购粮食的人如果心情好或和善一些，交粮的人就好过一些，收粮的人如果不好说话，交粮的人就得有陪不完的小心和说不完的好话。

这张完税通知书上记载着，1982 年父亲应承担的农业税是十五块八毛钱。别小看这个数字，当年另一张贷款凭证显示，父亲在这一年贷了 38 元，买了 4 袋碳铵。这 4 袋碳铵是全家最重要的生产资料，父亲辛辛苦苦把种子连同这些化肥播撒在泥土里，从春到夏像侍弄孩子一样侍弄庄稼，种子在父亲的盼望中发芽抽穗，才有了秋天父亲皱纹里的笑容，才能交完公粮再还贷款，留下口粮后不知还有多少余粮？反正刚开始包产到户时，家里一年收入不会太多。

鞋样是母亲做针线活的工具，我保存了好多母亲用过的鞋样子。母亲会的针线技艺太多了：裁、剪、缝、敹，飞针刺绣、挑毛衣织毛袜。上小学以前，好多次梦中醒来，看见母亲在油灯下纳鞋底。上小学以后，经常是我看书写作业陪妈妈纳鞋底，偶尔帮妈妈搓搓线头，穿穿针线。母亲针线笸箩里十几双大大小小木制的袜楦子就是我的积木玩具，几本夹鞋样子的书就是我的启蒙读物，这些书里我记得有张思德的故事，有舍身救火的向秀丽的故事……

至于我用过的纸和书，更舍不得扔啊！我至今保存着我和两个妹妹小学、初中的课本，大学课本和学习笔记甚至我上大学时的制图作业都保存着，这里记录着我挥洒过汗水的青春。我还保存着自己的一大堆准考证、毕业证，有我中考和高考的准考证，这些证件见证了我青春岁月的奋斗历程。人民大学读双学位快毕业那年，父亲得了脑血栓，我必须回家乡找工作照顾父母，不能像别的同学那样留在北上广，所以就多了一张支边证。每每摩挲这些证件，会勾起我好多难忘的回忆。这些证件背后，有过多少年轻时的拼搏奋斗，回忆起来没有因为虚度年华而悔恨，也没有因为碌碌无为而羞愧。青春已然逝去，但当时的我尽力了。

一些伴随我多年的书籍，就像相伴多年的老朋友一起走到今天，更是精心地保存着。20 世纪 80 年代家里逐渐宽裕，能挤出钱来让我买“闲书”了，那是最快乐而难忘的日子，每一本书怎么来的我都记得清清楚楚。1982 年夏天家里卖枸杞收入了几百块，我和父亲一起骑自行车到了 35 公里外的察素齐镇，这是我当时去过的最大、最繁华的地方，进了书店便被迷住了，挑选了《新选唐诗三百首》《李白杜甫诗选译》等好几本书。父亲一边笑着和售货员聊天，一边慈爱地看着我选书。初三那年，我在五申镇供销社看到了《西游记》《水浒传》，分别是四块二毛钱和三块五毛钱。这笔钱不少，我犹豫了好久，分两次向母亲张口要钱，没想到每次母亲都很痛快地给了我钱。上高中后我又购买了《唐宋八大家名篇浅析》《唐宋绝句选析》《两汉书人物故事》……这些老朋友至今保存着，书卷多情似故人，它们一直陪伴着我。

一些老物件在贫穷的岁月曾给我带来无限的欢乐，就说这台海燕牌收音机吧。那个时候我喜欢上听评书，就像现在的孩子们喜欢手机游戏那么痴迷。开始我们家没有收音机，听收音机是到别的小伙伴家蹭。农忙时，大人们累了一天想睡，但看我们恋恋不舍的样子还是让我们在一边听。在我不断地央求下，父亲买了一个海燕牌的收音机。从收音机里我听了单田芳的《隋唐演义》、刘兰芳的《岳飞传》、连丽如的《东汉演义》等经典，我轮换着各个台听评书。那个年代收音机效果差，有的台杂音太大，就跑到房顶上，还是听不清，急得抓耳挠腮。收音机里听评书，使我爱上读古典名著，神往那遥远的古代，有那么多英雄豪杰风流一时、意气风发。

父母亲当年使用过的铁锅、火炉子，还有红躺柜等物件我当然也保存着。这些朴素的老物件见证了我们家曾经的贫寒岁月，但那些岁月是我最美好而难忘的岁月，只要亲人们欢聚在一起，日子再清苦也是甜蜜的。我保存的这个火炉子不大，炉膛里最多能放四五斤碎煤块。炉子是邻近的乃只盖乡一个厂铸造的，炉膛上铸有“乃厂”两个字。虽然是乡镇铸造的，但这个火炉特别通畅，一点都不倒烟炝人。每年快生火炉时，我和父亲把火炉火筒取出来，在院子里打扫掉灰尘，再一节一节把火筒接起来。当火炉生起来的时候发出轰隆隆的响声，小屋一下子暖和起来。

小院里种的柳树，在我上小学时已亭亭如盖。等到我上初中时，柳树老了，父亲请来木匠把柳树伐倒解成木板，打了一顶大红躺柜。这个红躺柜是我们家最像样的家具，三格柜子里有两节放衣服，有一格里放家里重要的票据、钞票或稀罕东西，柜子的钥匙一直是母亲拿着。红躺柜被母亲用麻团蘸着油擦得明亮照人，我记得我和两个妹妹在柜子里玩过捉迷藏，在柜顶上摆放着母亲的梳头匣子和过年敬神的香炉。一年接着一年地过，香炉里的香烟缭绕缥渺，柜顶上的红烛在明亮的红躺柜映衬下，红彤彤的小屋温暖无比。整理老家时，我又让人把柜子重新上漆，摆放到了老屋内最敞亮的位置。

老照片当然是我重点收藏的东西。一张张老照片定格了岁月长河中的一个瞬间，随着岁月的积淀愈加珍贵，就像珍藏多年的老酒一样，充满了时光醇厚而绵长的味道。翻开那些家庭老照片，这一张是我妈妈年轻时的，清秀美丽；那一张里父亲才刚刚四十出头，俊朗舒展；我的这张照片憨态可掬戴着妈妈亲手缝制的虎头帽，才一岁多呀……一张张老照片好比一把把钥匙，打开了尘封的记忆闸门。有了老照片，那些远逝的亲人才会永远活在我们心间；有了老照片，那些已经长大成人的孩子才永远是个孩子；有了老照片，那些过往的岁月才能变得又清晰起来。

我收藏的老物件里，有我父亲用过的沙鸡网，是他亲手编结的，网眼大小正好不容入网的沙鸡钻出来。好多人绝对没有见过。父亲年轻时不知在哪里学了一门手艺——打沙鸡，沙鸡长得像鸽子那么大小，羽毛是沙灰色，有黑点状的花纹，腿上长着厚厚的毛，我们称它“毛腿腿沙鸡”。每年小雪到大雪之间，大青山后边的草原被茫茫大雪覆盖，成群的沙鸡便来到大青山以南的土默川觅食找水。这个时候父亲便会穿着大皮袄到野地里张网捕沙鸡，我见他往往是天不亮就出发，天黑下来才回来。我也有好几次和他一起出去看如何支网，如何放沙鸡诱子，如何拉网。20 世纪 80 年代之后，沙鸡越来越少，这网就没用几回。后来父亲上了年纪，这沙鸡网就彻底闲下来，我把它钉在了老家凉房的墙壁上，是一个怀念老爷子曾经英姿勃发的念想吧。

一直珍藏着一个母亲捏的爬娃娃，这是她去世的前十多天捏的。穷人家的孩子早当家，妈妈大概是从姥姥那里早早学会了剪纸、剪窗花，学会了针线活儿，学会了好多手艺。她十多岁就学会了做饭，学会了做各种花样的食物：面人儿、寒燕儿、月饼……每年清明节母亲就捏寒燕儿，中元节就捏面人儿。2002 年中元节前一天，久病的母亲突然来了精神，和好面给我们捏了好几个爬娃娃，我们把一些爬娃娃用线穿好挂在了墙上。中元节过后十多天，母亲就在医院里匆匆地走了……这个风干的爬娃娃，我已经保存了 17 年了，搬家都小心翼翼地摘下来收藏好。

“从来往事都如梦”，好多老物件就像久远发黄的黑白照片，是我的追忆又使它重新绘上了色彩，重新变得精神饱满，重新恢复鲜活生机。我哪里能舍得丢掉它们，只有它们才能带我回到回不去的从前，重温早已远去的童年。

家里藏些老照片

现在人们想拍照太容易了，用手机一拍就行了，还有各种辅助拍摄工具和编辑相片的软件，人们想拍多美就能拍多美，想拍多嗨就多嗨。想一想过去拍一张照片真不容易，当年照相那些事儿挺有意思的，能留下一些老照片也非常宝贵。

我手里保存有几张老照片，有一张是妈妈二十来岁的照片。妈妈告诉我，早先照相的人进了村里，一些老人怕照相把人的魂灵拘摄走，死活不去拍。村里的老年人别说照相了，连骑自行车的人也没见过。村里有一个老人看到骑自行车的人后，赶紧回家让儿孙们给他穿装老衣裳，儿孙们问怎么回事？老人说“我看见鬼蹬轮了，活不成了！”儿孙们费半天劲才打问出来，有一个骑自行车的人从村口经过。妈妈告诉我，她们年轻人不信鬼神，才留下了20世纪五十年代末这些珍贵的照片。

到了20世纪六七十年代，村里人们普遍接纳了照相这件事，但照相仍是个很奢侈的事情。村里来了照相师傅，村头的大喇叭会广播：“社员们，社员们，学校来了照相师傅了，去照相了。”人们像过年一样都跑到东头学校院里，在一间教室里等候照全家相或单人相。照相师傅那时要比电影放映师还神气，黑漆漆的屋里摆好几块布和灯，摄影师神气地让你摆姿势，身子和脖子左右摆动，眼睛一眨也不敢眨，生怕一闭眼睛浪费了胶卷，镁光灯一闪这才长嘘一口气掏出手帕擦擦汗，摄影师高喊：“快点，下一家！”

我手里拥有的家人的老照片都是20世纪六七十年代拍摄的。我自己最早的一张照片大概是1969年春节前后照的，在板凳上还坐不稳，妈妈用一只手扶着我的手，我穿着妈妈缝的小花棉袄，棉袄外套一花肚兜儿，胸前还佩戴着一个银毛驴儿。我头上戴着镶毛边的皮帽子，脚上穿着镶毛边的小棉鞋，鞋面上扎两个小绒球儿……这是我穿上戴上全部好看的服饰第一次拍照，妈妈把我精心打扮得像一个女孩子，我当时大概也就一周岁多一点，是妈妈温暖的手扶着我坐得端端正正。

每当我看到这张照片时，都会生发无限感慨。幸亏爸爸妈妈领我去照相，留下了这张珍贵的照片，使我能目睹离开襁褓不久的我是个啥样子。那时照一张照片挺贵的，我出生到这个世界上姗姗来迟，父母亲等待了很久，我是他们的掌上明珠，拍一张照片花再多的钱也舍得。这张照片妈妈认真地贴在我们家大相框的显眼位置，她不知端详这张照片多少年、多少次了，每次端详她的心头肯定会涌上幸福和怜爱。2000年进城时她又把这张照片小心翼翼地从相框拆下来，用手绢儿包好带进城，照片能完好保存至今，多亏了妈妈对我的爱。

我也感到很遗憾，为什么那时爸爸妈妈没有同时拍一两张照片，留下年轻时容颜多好啊？我知道他们怕花钱，舍不得拍呀！我手头保存有妈妈年轻时的一张照片，但父亲最年轻的照片是他42岁时，大概是1975年我上二年级的时候，这一年我的小妹妹还没有出生。村里来了摄影师在村东的学校里照相，我们照了一张全家照，妈妈抱着一岁多的大妹妹，我戴着红领巾立正姿势站在爸爸的旁边。这是一张珍贵的全家照，爸爸六十岁以前的照片仅此一张。问了一下小学的同学们，这次照相好多人家都照了黑白的全家照，能够保存至今的话对每一个家庭都挺珍贵。

翻捡旧照片，20世纪六七十年代留下的照片数量太少了，我常常为一些逝去的亲人没留下照片感到遗憾。比如我的奶奶，我父亲3岁时爷爷就去世了，很早就守寡的奶奶艰难地把父亲和大爹拉扯成人。大概我六七岁时奶奶去世了，没有留下一张照片，我竭力地回忆奶奶的容颜，但还是影影绰绰、模模糊糊的。奶奶艰难地生活着，根本没有奢望照过相，结果若干年过去，谁也记不住她来过这个世界的样子。和奶奶一样，村里那一辈子老人因为穷苦，大多没留下自己的照片，哪怕一张也好，他们如风一般从这个世界走过，又如风一样随着时间一起消逝了。我保存着两张姥姥的照片，一张是她的单独照，一张抱着一岁左右的三舅，这张照片应该是1965年左右拍的。每当我看到这两张照片，就想起了蹒跚着一双小脚艰难撑持全家生活的姥姥，我庆幸她留下了这么一张照片。

八十年代初还是以黑白照片为主，背景还是挂一块取景布，这布上或者是亭台楼阁等风景，或者是北京、上海等大城市的一处名胜。比如我保存着几张旧照片，上面写着“上海龙华塔留念”，其实就是把取景布挂在土坯墙上拍的，直到现在我也没去过上海龙华塔。当时是一个走南闯北的摄影师来村里给人们拍的，我们兄妹三个和钱换哥都在院门外的巷子里和遥远的龙华塔合过影。村里人家家都有一个大相框子，里边贴着亲人们的照片，照片里好多人都在各个风景名胜处留过念，其实他们压根儿就没走出这个村，和他们合影的都是画上的风景。

进入20世纪80年代，在小县城或农村照相才变得不是奢侈的事儿。这时我们在学校里上学，经常要照一些一寸或二寸照片，毕业时还要照毕业照，照片当然还是以黑白为主。我读高中时好多照片都是在县城一家叫做“瑜海”的照相馆拍的，那家照相馆的生意非常火爆。直到上了大学，我才接触到彩色照片，当时柯达、富士、乐凯等几个品牌的胶卷盛行，买一个胶卷也挺贵的，所以大学里我也没留下几张照片。直到参加了工作，过年回到村里后，我才用傻瓜相机给家里人拍了不少照片。但有一个遗憾是，妈妈留下的影像资料太少。我结婚的时候用录相机录了妈妈的好多画面，但遗憾的是当年的录相机找不到了，这个录相带里的资料一直倒不出来。

父亲要幸运得多，他伴随我们直到2016年，我们给他拍了不少照片和录相，也保存了下来。我觉得这得感谢时代和科技进步，照相和录相在手机上就能完成并保存，不像过去照相、冲卷、洗照片挺复杂的。随着手机拍照功能的不断升级，我可以在和父亲出去逛公园或回老家时，用手机不停地拍，父亲常常笑着说：“照那么多干甚呀！”现在从电脑里翻捡出来仔细整理，仿佛父亲还在跟前，真好啊！

老照片定格了岁月长河中的一个个瞬间，随着岁月的积淀愈加珍贵，就像珍藏多年的老酒一样，充满了时光醇厚而绵长的味道。翻开那些家庭老照片，一下子就打开了记忆的闸门，一下子觉得光阴重叠在一起后日子是那么厚重，一下子仿佛把时光的镜头拉远或拉长了。有了老照片，那些远逝的亲人才会永远活在我们心间；有了老照片，那些已经长大成人的孩子才永远是个孩子；有了老照片，那些尘封的岁月才能变得又清晰起来。

珍藏一些老照片，好比把美好的时光封存了一段。就像夹在了书里几片绿叶，过了多少年后虽然被风干了，但树叶还是绿色的，它曾装饰过一树的婆娑，它的叶底曾响过悦耳的鸟鸣声。

当时只道是寻常

在过去的岁月长河里有许多温暖的小事，有的是一些糗事，现在回想起来仍不禁哑然失笑。这些小事当时只道是寻常，但当它穿越岁月风尘涌上心头时，又宛如微风吹拂过河面，会泛起阵阵涟漪：有如梦如幻的幸福与留恋，有如丝如缕的美好与温馨。

我是20世纪60年代末生人，那个时候乡下穷，就没见过现在那么多花花绿绿的水果，更叫不来名字。等上高中到了县城后，才第一次看到桔子等水果。母亲因为送我去上学，在县城的水果摊上看到香蕉，问人家这个“朽黄瓜”怎么卖。卖水果的人一看买主错把香蕉当作“朽黄瓜”，不禁笑了。这是一件真实的事情，后来我们一家人多次聊起这件事，都笑得不行，感觉好温馨。

在那个物质匮乏的年代，生活在农村里确实见不上多少世面。农村里好多老人认为炸糕和莜面是世界上最好吃的东西，认为苹果和西瓜是世界上最好吃的水果。我们村有一位老人临终前就想吃上一颗西瓜，那个年代冬天哪里去找西瓜呢。还有许多村里的老人，因一辈子没坐过飞机和火车而遗憾。我母亲那个年龄的妇女们大都扎有耳朵眼，能戴上一副银耳环、银手镯就是奢望了。贫穷的日子里对美好生活的向往是那么质朴、那么简单。

回想起来，我也因为见识少闹了好多糗事。我从小没见过大米，一直到包产到户第一年才吃上大米饭。母亲第一次把盛大米饭的碗端到我面前时，我把它称作“虫虫饭”。上高二的时候，我在托县的国营第二食堂第一次尝了啤酒，夏天喝点真舒爽。为了给父母亲品尝，星期天回家时我用塑料桶打了两扎散啤酒骑自行车20公里带回家：怎么没有泡了？怎么没有刚打上好喝了？每每想起我第一次吃大米饭和喝啤酒，就想起了母亲的笑颜。

上大学之前，我真不知道还有洗澡这么一回事。平时在家里顶多洗洗头，泡泡脚，最多洗洗背。上了高中学业繁重，大家抓紧一切时间拼命学习，我看我们农村班的好多同学都没有洗澡的习惯。直到上了大学以后，才发觉每到周末，好多同学用脸盆端着香皂、搓澡巾等结伴去洗澡。到了第一学期末，我也忐忑不安地相跟着同宿舍的同学去了澡堂，开始真不习惯，这么多人赤条条来来往往的。洗过几次澡后觉得：洗澡的习惯好哇，真舒服！

你还别笑话，我们那个年代农村出生的孩子，进城之前真还没有几个洗澡的，不信你问问？不光如此，我还告诉你一个秘密：现在的孩子们太娇气了，上完厕所用洁白的卫生纸擦屁屁，甚至还要用婴幼儿专用的湿巾纸。四十年前我们用啥，用土坷垃。沟渠边、庄稼地、圐圙里……在农村到处都是土坷垃，就是夯实的黄土块，现在的人根本想象不到它会被当成手纸用。想一想那种经历自己都忍俊不禁。

其实也不是农村人不讲究，而是那个年代没有条件。比如洗澡的好习惯，那时候人吃水还得担井水呢，有的水含氟含碱苦咸得不行，哪还顾上洗澡。再比如手纸挺讲究，但过去没见过有哪个农民家庭用卫生纸，女人们坐月子才舍得用土法做的草纸。我突然想起了《增广贤文》里的一句话：“马行无力皆因瘦，人不风流只为贫。”吃喝穿戴方面，因为见识少闹笑话的事情太多了。

生活在一天比一天变好，见识在一天比一天变广。比如我父母亲二十年前随我进城生活，他们习惯了抽水马桶，习惯了平坦的水泥路面，习惯了楼房里的恒常温度。尤其是在城里生活了多年的父亲，回村里倒不习惯了。但他的心永远在熟悉的土地和农村，在城里生活的父亲喜欢逛早市，早市上摆摊的大都是农民，卖的东西五花八门，像极了农村的集市。他在早市上买了许多日杂生活用品，有的东西买了几年都用不完。我说：“老爸，太多了！”父亲像个孩子似地不好意思地笑了。父亲去世三年多了，我用的还是他那个时候买的牙签和垃圾袋。

前些年每年入秋后，父亲就张罗着腌咸菜、储存大葱。我们那个家属院里没有几家会腌咸菜，父亲每年都要腌一大缸，我说："老爸，太多了！"父亲不好意思地笑了。腌好的咸菜送给亲戚朋友们吃，都赞不绝口，父亲不无得意地笑着看我。有一年父亲一下子储了二百斤葱，我说："老爸，多了！多了！"第二年春天市场上葱价奇高，父亲又不无得意地笑着看我。

如今再也吃不上父亲腌的咸菜了。上高二的时候，我们班一位同学还笑话另一位同学仍然穿着家做的牛鼻子鞋上学。我自己也不知何时起就不穿母亲缝的布鞋和棉鞋了，现在却日夜盼望回到往昔岁月，哪怕是能保留下一双母亲做的鞋也好啊。

唉，当时只道是寻常。

点亮心中一盏灯

今天是我的生日，我突然感觉，遥远的记忆深处还亮着一盏灯。

小的时候每逢我们兄妹过生日，妈妈都会为我们点亮一盏灯。生日这天一大早，天还没有放亮，妈妈就会把红躺柜擦得干干净净的。把煤油灯盏里添满油，放在灯台上点亮，怕被风吹灭了或被冒失的我们碰倒了，妈妈小心翼翼地把灯放在靠墙角的柜顶上。

这盏灯，一直要点到第二天天亮。煤油不够时，妈妈会格外小心地拧开油灯盖，麻利地续上煤油，灯还亮着。红躺柜上灯光摇曳着，柜顶上的油漆折射出了红红的光亮。只感觉这生日过得好温馨，过得挺神秘又庄重。

我两手托腮盯着柜顶上红豆般的灯光，不解地问到："妈妈，过生日为啥要点一整天的灯？"

"噢，这是长明灯，生日点亮长明灯，你就会长命百岁。"妈妈很平淡地回答。

“那你和我大过生日为啥不点呢？我想让你们像孙悟空那样长生不老。”

“长明灯是点给小娃娃的。我们是大人，用不着点了。”

“不……”

……

在我们兄妹的坚持下，父母亲过生日也点亮了灯。家里形成个规矩：家里不论谁过生日，都要点上一盏长明灯。有时忘了谁过生日，回到家里一看长明灯亮着，就恍然大悟：今天该是谁的生日了。日子久了，我可以不假思索地说出亲人们的生日：老爸八月初二、老妈六月二十五……

后来，有了蜡烛。过生日的长明灯就用一对红红的蜡烛替代了煤油灯。再后来，有了电灯，白炽灯泡又替代了蜡烛。当然，有时白炽灯亮着，红躺柜上的红烛也摇曳生辉，显得特别喜庆……即使再忙，妈妈也不会忘记我们的生日，我到县城读高中后，我过生日这天，妈妈仍然要点亮一盏长明灯。我在县城学习，灯在家里亮着。

那个年代穷，庄户人家舍不得那点煤油钱和电费，只有过年才舍得通宵亮灯。但我知道：为了我们长命百岁，父母亲花再多的钱也不吝惜。

那个年代在乡下农村，只有过年接神时，才在红躺柜上点上通宵煤油灯，或点燃一对红烛，但我知道：在爸爸妈妈的心里，孩子们的份量比任何神仙都重要。

长明灯，长命灯，让我思念到如今。如今，过生日时亲朋们的祝福当然不会少，各式各样的祝福好比妈妈当年的长明灯一样，让人心情敞亮舒畅。

只要有爱，就会点亮心中一盏灯！

纸糊大年也快乐

没有哪一个节日比过年更红火，更让小孩子们掐着指头盼望不已。不仅节日当天快乐翻了天，准备节日的过程——忙年，对小孩子来说，有时比过年更加快乐与兴奋。过年那天还会有年即将过完的惆怅，而忙年是一心一意向着一个喜乐的目标靠近，满心充满欢喜。

从小时候记事起，就听母亲念叨说大年是纸糊出来的。仔细琢磨母亲这句话，可不是嘛。你就说吧，窗花、窗纸、春联、年画、彩纸……哪一样不是纸。是啊，过年人要穿一身好衣裳，才能显出精气神。年也得打扮，院落居室过年也要认真打扮，除了洒扫粉刷外，喜庆的气氛和美好的细节，要靠纸才能糊出来，打扮装饰出来。

我家过去住的是土坯房，粉刷墙、换窗纸、贴窗花，这些活儿不能太早了，不然烟熏火燎、汽蒸水浸，这些墙粉和窗纸就又显破旧了。一般到了腊月二十五前后才开始打扫家，这时该炸的、该煮的吃食年货都备办差不多了，灶台上的活儿不多了，家里不会有太多烟火蒸汽，正好开始收拾家准备过大年。

一进入腊月，我就相跟上父亲或母亲去供销社，备办打扫家用的白泥粉和各种纸张。白泥粉就是高岭土粉，那个时候村里几乎都是土坯房，墙壁和屋顶都得用白泥粉刷。糊窗用的白麻纸要买上一沓，这种白麻纸韧性很好，轻微的风吹日晒不容易弄破。剪窗花、写春联用的红纸要买上好几张，同样用来剪窗饰的双面薄红纸、薄绿纸也要买几张。此外，除夕晚上敬神用的黄表纸也要准备好。

选个天气晴好的天打扫家，我们都换上破旧的衣服当工衣。母亲把炕上的被褥放到红躺柜里，或让我们抱到院里晒起来，父亲把炕上铺的油布卷好搬出去，把炕扫得干干净净。再用碎布条把墙壁和屋顶擦两三遍，一些起皮的地方用铲子铲干净。再把刷墙用的白泥粉泡上。经历风吹雨打，旧的窗户纸已发黄，有的地方已有了破洞。我和妹妹们最爱干的活儿就是打窗户纸，用拳把旧窗户纸打碎了，一个小格都不放过。我们很过瘾地打着，往往把所有的窗户纸一口气都打碎了，开心地笑着。

窗户上残留的碎纸要清理掉，有的地方得用铲子和铁匙铲掉，甚至用湿毛巾蘸水擦，把残留的灰尘和碎纸屑全部铲得干干净净，母亲用鸡毛掸子把窗棂和窗框上的细沙土打扫干净。母亲说，这些细沙土非常干净，过去小孩起痱子了，就用它来抹。我们家正房两间屋子共有十眼窗户，糊窗户之前，母亲耐心又细心地按照窗户的大小把白麻纸裁好。再用红纸剪出各式各样的窗花来，又用双面薄红纸、薄绿纸剪出各种窗饰。

终于要糊窗户啦！母亲在锅里把浆糊熬好，我用刷子蘸上浆糊均匀地涂在窗框上。母亲先把窗花和窗饰往上贴，我在窗台帮着递这递那。窗花图案有连年有余、富贵平安……盯着窗棂上这些新换的对美好生活充满向往的窗花图案，我会发呆浮想联翩，会走神到画里遨游。该贴白窗户纸了，母亲抓着纸上边的两个角，我抓着下边的两角，慢慢同时靠近窗架，要小心翼翼地往上贴，才能贴平整了。父亲把屋顶和墙壁用白泥粉刷了两遍，又把窗户和屋顶、墙壁的接缝处认真粉刷，每一个旮旯都用白泥粉填齐补平再粉刷。这时，我们赶紧把火炉加上炭重新捅旺了，让屋子里赶紧升温，把墙壁、屋顶、窗户烘干。

屋里粉刷一新，窗明几净，暖意融融，让人感到即将到来的这个“年”充满了光明与温暖。接下来又该用纸装饰了——贴年画，这事我最爱干了，早在供销社一开始卖年画时，我就跟着父亲挑自己喜爱的年画。如果村里供销社的年画还不合我的心意，我就和父亲到乡里的供销社买，或者在腊月里去看姥姥的路上，路过土默特右旗的三道河乡供销社买。我记得还有一次我和父亲去托克托县城办年货时，在旧城的联营商店挑了好几幅年画。

我们家一进门摆一顶红躺柜，柜上悬挂一个玻璃中堂，中堂左边父亲一般要选一幅毛主席像，包产到户后改贴山水画。右边选一幅喜庆的年画，比如连年有余、寿比南山、招财进宝等，这些画里的人物面带笑容，财宝也多得直往出溢。有时也选挂一些山水风景画，这些画大多是绿水青山带笑颜、凤翔鸟飞太阳红。在红躺柜上贴上这些年画，显得特别喜气，感觉幸福生活就在眼前，美好春光就在明天。有一年父亲买了一张义和团抗击英军的年画贴在中堂右边，母亲仔细端详年画发现，画面里有个洋人被打死，直挺挺躺在地上，当即把父亲数落了一顿：“大过年买画也不长眼睛，撤下来！”赶紧换上别的喜庆年画，母亲这才笑了。

我家的炕上的北墙和西墙上都要认真选一些故事性强的画，我们可以站在炕上像看连环画一样欣赏这些年画。印象中我们买过任率英先生画的《孙悟空三打白骨精》《劈山救母》《三打祝家庄》等连环画式的年画，这些画贴上后我一遍又一遍欣赏，有的画面都刻在脑海里了。有一段时间，我还照着这些画学画武将。另外，还买过各式各样的四条屏，有梅兰竹菊等花鸟的，也有三国故事的，还有一幅是京剧四大名旦的，我从这幅年画里知道了京剧四大名旦，把梅兰芳、程砚秋、尚小云、荀慧生的名字背得滚瓜烂熟。

挂年画这天我兴冲冲地把买好的年画抱回来放在炕上摊开，把早已买好的图钉找回来。全家人热烈地讨论着年画张贴的位置，形成一致意见后，我穿着袜子站到柜上或炕上，拿着年画比画着左右前后的距离，母亲在地上瞅着，告诉我左右上下该往哪边挪。位置确定后妹妹一手递上一个图钉一手按住画，我也一手按着画，松开另一只手接过图钉在画的一角使劲摁上去，然后再把另一角也摁好图钉。这两角固定好后我们把画用手认真抚平展了，再钉好另外两个图钉。所有的年画都贴好了，小屋里顿时充满了盎然的春意和扑面的喜气，真是人是衣裳马是鞍，土墙就得年画扮。彩色的纸质年画，打扮出了小屋的精气神。

窗户和房屋被纸“糊”得年味十足，纸还能糊什么呢？灯笼啊。《挂红灯》里唱得好：“正月里来是新年，纸糊的灯笼挂在门前，风吹灯笼呼噜噜转，我和三哥哥过新年……”《挂红灯》是流传于晋西北和内蒙古土默川一带的二人台曲目，是走西口后人传唱了一代又一代的心声。走西口是穷苦人的辛酸史，但老一辈的穷苦人没有失去对美好生活的向往：挂一对红灯到大门外。灯笼是用纸糊的，但我小的时候真没糊过，我们村会糊的也不多。后来，商店里的红灯笼成批地卖，纸灯笼变成了更耐用的布灯笼，我们村家家户户过年都要挂红灯。红灯是一户人家院落的眼睛，挂一对红灯在大门外，流溢出人间的温暖，温暖着轻寒的春夜。

红灯挂在大门外，家家户户都喜气洋洋的，院与院之间红灯相对或相邻，好像互相眨眼打招呼一样。接下来每家院子里的喜气从哪里来？纸糊啊，贴春联、大字、彩旗，这些都是纸做的。写春联时我们把买好的红纸裁成长短大小不同的纸条，长条的写对联用，短条写横批用，方的写斗方用。父亲把炕桌摆好，我把墨汁倒好，把毛笔准备好后，到后街上请营义老师来家里写春联。我在一旁帮着添墨沏茶，帮着翻书找对联。

春联的内容也充满了喜庆，四季如春、前程似锦、富贵平安等吉祥的字眼多一些便好。粮仓上要贴上“五谷丰登”的斗方，马圈上要贴上“六畜兴旺”的斗方，家门上要贴上“合家欢乐”的斗方。至于春联有一些是多年甚至几代人不变的，如“门前车马非为贵，家有儿孙不算穷”，好多人家贴这副春联，小时候我觉得贴这副对联的人家虽然穷但很倔。再比如“天增日月人增寿，春满乾坤福满门”，谁家不愿意这样啊，所以贴这副春联的人家很多。我中学读《西游记》时看到“丝飘弱柳平桥晚，雪点寒梅小院春”这一特别温馨的诗句，感觉我家小院正月里的风光就该如此旖旎，好几年过春节自家写对联就用了这句。

春联能折射出时代气息。我们村里的人家过年要垒旺火，旺火上要贴一个“旺气冲天”的斗方。我很小的时候，有一年过年，后街上茹争平哥过来写对联，说不能写“旺气冲天”，要写“炮火连天”。当时春联好多是毛主席诗词，如“四海翻腾云水怒，五洲震荡风雷激”“红军不怕远征难，万水千山只等闲”……我小的时候看这些春联，迷上了毛主席诗词，让人给我抄了一个小本子来背。到后来又有“一年好景随春到，四化蓝图与日新”，这是提倡实现四个现代化的年头；再到后来我还看到“改革开放实在棒，包产到户就是好”这副春联，联语通俗，反映了人们拥护包产到户这一好政策。

除了春联，我们土默川一带还要写大字，挂彩旗。大字是在五彩的麻纸上写上字，上端粘在绳子上，下端粘上两个彩色的纸腿儿，然后吊在屋檐下、大门顶端。大字的内容一般是“欢度春节”“合家欢乐”“幸福美满”等吉祥字眼，一般人家屋檐下挂两三副，大门横梁上挂上一副。然后再把红、绿、黄等五色薄纸剪成三角彩旗，粘在绳子上悬挂在屋檐下和院子里，风吹来像翩翩起舞的彩蝶，又像春日的繁花枝头迎风微颤，使整个院子有了“春意闹”的灵动与生气。

贴春联，挂大字，悬彩旗，挂红灯，一般在腊月二十八上午进行。忙活了一上午，我们全家人面带笑容站在院子里欣赏着劳动成果：成双成对的春联红纸黑字，醒目惹眼；大字檐间翻动，襟飘带舞；彩旗随风起舞，五彩斑斓……再加上大门外这对红灯，通过精心用纸“糊”，年味越来越浓厚了，寻常小院土屋温暖入心，心头万紫千红总是春。真是满院子的喜气，满院子的春色，满纸的红红绿绿、花花草草、热热闹闹，满纸的喜呀、乐呀、春呀、福呀，啊呀，真让人心花怒放，心潮荡漾，感觉大年就要来了，感觉好日子就要来了，感觉美好的明天就要来了。

过了腊月二十八，大年就要到了，我们该穿新衣服过年了。还有纸“糊”的地方吗？有啊，除夕夜旺火盖的帽是五彩纸剪的，除夕夜迎春接福的爆竹是纸扎的。爆竹“咚嘎”一响就没了，父亲总说放爆竹撒手丢财，是败家行为。但为了能哄儿女们高兴，过年总要买上一些。

儿时那些“纸糊”的大年至今难以忘怀，年味是那么浓烈，色彩是那么绚丽，场景是那么温暖。那个年代虽然物资匮乏，但父母亲凭着对美好生活的向往，对幸福生活孜孜以求的专注，虔诚而认真地用纸“糊”出了美好的明天，再通过勤劳把“糊”出来的美景一点一点变成真实的好光景，让我们从苦日子里嚼出了幸福的味道，这种苦日子乐着过的精神如野菜粗粮，使我们消化吸收为健康向上的人生观、价值观和世界观。

有时我也在想，人再忙也要让灵魂跟上自己的脚步，再富也要让精神附上自己的躯壳。逢年过节要有仪式感和庄重感，这一点物质生活比我们贫穷的先辈们做到了，日子过得有滋有味，红红火火。今天，人们过年叫着外卖、订好饭馆，没有了忙年的环节，这年如水一般很快流走了，这年过得像水一样无味。失去了对美好生活的向往，失去了对天地万物的敬畏，再富足的生活也会过成穷日子。因为精神世界一片苍白的话，人，只不过是似水流年里一个空洞的存在。

人间有味是清欢

这是东坡先生的一句词，悠闲得空的时候它就蹦到我的脑海里，就索性用它作标题写一篇文章，说说我对这句词的理解。

“清欢”是什么？用时髦的网络语言解释，清欢就是“小确幸”，是生活中微小真切的幸福，是时光里稍纵即逝的美好。东坡写这首词时离过年只剩五六天了，和友人一起登山览胜后，中午一起品味乳白色的香茶一盏，还有一盘新鲜的时蔬和薄饼摆在面前。多么惬意的休闲时光，可以看着茶盏里的香茶泛起雪絮乳花一般的茶沫，真是岁月静好。东坡爱这种“且将新火试新茶，诗酒趁年华”的清欢，在《越州张中舍寿乐堂》诗云：“春浓睡足午窗明，想见新茶如泼乳。”

我们的东坡居士是“一个不可救药的乐天派”（林语堂语），他能从闲暇的时光里品出人生的真意，能够让人欢愉的东西信手拈来。在《前赤壁赋》里他说：“惟江上之清风，与山间之明月，耳得之而为声，目遇之而成色，取之无禁，用之不竭，是造物者之无尽藏也。”这就是李白的“清风朗月不用一钱买”，东坡在另一首《点绛唇》说：“闲倚胡床，庾公楼外峰千朵。与谁同坐，明月清风我。”明月、清风和我，多么自在，拥有这份情怀就是清欢。

能够让自己的灵魂跟上自己的脚步，去发现生活中的美并享受、品味这份美，这就是有味的清欢。东坡欣赏西湖的晴姿雨态，得出了“欲把西湖比西子，淡妆浓抹总相宜”的神来比喻；闲时他在“村舍外，古城旁，杖藜徐步转斜阳”，感谢一场微雨送来的凉，高兴地说“殷勤昨夜三更雨，又得浮生一日凉”；他与朋友夜游赤壁，看水光轻漾，开怀畅饮，扣舷而歌，清欢无限；在《书临皋亭》中，他把清欢解释得更加明白：“东坡居士酒醉饭饱，倚于几上，白云左绕，清江右洄，重门洞开，林峦坌入。当是时，若有思而无所思，以受万物之备，惭愧！惭愧！”心灵洞开，接受大自然赐予的美好。

用东坡的诗文来理解他说的清欢，首先是以休闲的心情来理解体味风雨的真谛。这种清欢是“因过竹院逢僧话，偷得浮生半日闲”，是“细数落花因坐久，缓寻芳草得归迟”，是“江山好处得新句，风月佳时逢故人”。清人张潮在《幽梦影》里说，“人莫乐于闲，非无所事事之谓也。闲则能读书，闲则能游名胜，闲则能交益友，闲则能饮酒，闲则能著书。天下之乐，孰大于是？”得闲时能读书、赏景、交友、饮酒、著书，都是饶有兴味的清欢。

“书卷多情似故人，晨昏忧乐每相亲。”陈平原先生有言“读书是件好玩的事”，能读书并不断思索悟道，真是人间一大乐事。张潮在《幽梦影》

里还说“有工夫读书，谓之福”。你看“数间茅屋闲临水，一盏秋灯夜读书”，只要书卷在手青灯有味，箪食瓢饮不觉茅屋之陋也。陆游在《寒夜读书》里说：“韦编屡绝铁砚穿，口诵手钞那计年。不是爱书即欲死，任从人笑作书颠。”

“闭门惟有读书乐”，读书可以销忧，读书可得清欢，读书甚至可以下酒。二十多年前，刚刚走出校门的我，充满了看书写作的激情。当时喜欢熬夜写稿看书，也学北宋苏舜钦以《汉书》下酒，自己也是斗酒下肚而潜心文史。“书当快意读易尽”，买书读书给我带来了无尽的欢乐。记得是1982年夏天，家里卖枸杞收入了几百块，一笔不少的钱。我和父亲一起到了土默特左旗旗政府所在地察素齐镇，当时那是我出生以来到过的最大、最繁华的地方了。进了书店便被迷住了，父亲任由我去买，我像在西瓜地里挑瓜一样兴奋，挑着买了一摞书。26年过去了，那种买到书的欢乐穿透岁月淡淡袭来。

“诗酒清欢兴味长”，至于交友、饮酒和赏景赋诗，肯定是清欢无限的事情。宋代姜特立《有客》诗云：“有客访山间，愁襟一笑宽。青灯亲软语，薄酒缓清欢。”这里“缓”不妨理解为“延长”的意思。唐代冯贽《云仙杂记·少延清欢》云：“陶渊明得太守送酒，多以春秫水杂投之，曰：‘少湮清欢数日。’”这“湮”和“缓”的意思一样。有朋自远方来，不亦乐乎？客至当饮酒，所以杜甫会高兴到“肯与邻翁相对饮，隔篱呼取尽余杯”，把这份朋友相聚的欢乐分享给邻翁；所以李白会“两人对酌山花开，一杯一杯复一杯”，喝醉了还要约好“明朝有意抱琴来”。

我出生在农村，从小就特别喜欢孟浩然的《过故人庄》，我觉得那里有农村人的清欢与快乐。我小的时候跟着父亲走亲访友，也有“故人具鸡黍”的时候，做客的农家小院周围是“绿树村边合，青山郭外斜”，院子里鸡鸭在觅食。主人抓一只鸡宰杀，准备一顿香喷喷的鸡肉蘸糕，打上几两散白酒喝。父亲他们没有孟老夫子那样“待到重阳日，还来就菊花”的高雅，但他们“把酒话桑麻”，话题离不开庄稼、收成和子女。而吃饱了的我，清欢在不远处的“场圃”——打谷场或菜园子。

“浮生难得是清欢”，如今到节假日或双休日我愿意回村里去，找我的小学同学们“对酒共清欢”。在老院子里聚在一起，钱换和利利喜欢谈收成，引福和补元常常聊起农业机械，茹义会兴高采烈地谈他外出打工的生活。利军沉默寡言的时候多，但说起他心爱的奶牛和豆腐坊，就会心一笑。他们不在乎收入的多寡，雨涝成灾淹死了不少玉米，也只是一笑置之而已——“能收多少是多少呗！”遇酒且呵呵，人生能几何。劝君今夜须沉醉，樽前莫话明朝事。和他们在一起“呼浊酒，共清欢”，我觉得快乐的燃点其实很低。人们“浮生长恨欢娱少”，是因为心灵对幸福的嗅觉失灵了，清欢本来就是心灵在从容闲适时的感觉。

在我看来，清欢还是“当时只道是寻常”的平常生活，就是当时被我们忽略掉了的小事。青灯有味忆儿时，多少个冬夜母亲做针线活时，我就守在她的膝盖旁缠着要听故事；小时候鸡蛋是用来换油盐酱醋的，有一次我生病想吃一个荷包蛋，母亲着急地在炉灶前生火添水，我就守在炕沿边看鸡蛋在开水里翻滚，母亲笑着说：“想给吃远在天边也能吃上，不想给吃守在锅边也吃不上。离开锅边小心烫着，你肯定能吃上。”那是我吃过的最香的荷包蛋面……往日情景常浮现，那种温暖和香味并没有随岁月飘散，成了镌刻在记忆深处的清欢，只是当时觉得寻常就放过。

“惆怅旧欢如梦”，多少过去欢乐的生活情境，使我们虽然为失去而惆怅，但也为曾经拥有而幸福。父亲已去世两年多了，我常常忆起和他在一起的时光，我小的时候跟着他一起去打沙鸡套兔子，一起去看大戏走亲戚；他老的时候我陪着他逛早市游公园，陪着他看大夫住医院。2004 年的时候单位奖励休假，我们带着父亲去北戴河，腿脚不便的父亲争气地走完了长城、走到了海边……现在想起来觉得当时如果有经验带个轮椅就好了，这样的同游再多一些就好了。回忆没有悲苦，对往日时光的回忆带来的是清欢涌上心头。

陪伴儿女长大的过程当然也是有味的清欢了。女儿小的时候爱养小鸡小狗，爱回老家的院子里玩得天昏地暗，爱给买回的一大堆芭比娃娃扎辫子。

稍稍长大爱自己描眉画鬓，嘱咐我出差给她买花花绿绿的衣服，回来后得意地脱了这件穿上那件；再长大上大学了，就爱上了学校和同学们，几天想不起给她老爸打个电话。

想一想，陪伴是一种幸福，哪怕是起早贪黑送孩子上学的时候。现在我特别在意儿子的感受：他会缠着我逛街买玩具，缠着我在床上打滚翻跟头。这两天我看他乖乖地在床上翻看故事书，很专注很投入，我在一旁想：儿子很快就会长大，我得学会和他玩。

人间有味是清欢，要把握住每一天每一时的快乐，要珍惜每一刻每一瞬的幸福。

记忆深处那些树

打小在农村长大，我深信树木不但是有生命的，而且是有灵性的。零星生长的几棵树是一块田或一处院落的风水，两行树就是一条马路的护路使者，一条林带是一片农田的屏障，绕村高高矮矮的树林便是一个村庄的守护神。

活了五十多岁，有些树就像老朋友一样经常来到记忆里，甚至走进梦中来，它们远比我生命里邂逅的那些过客熟悉而亲切。有的树用一生来陪伴我长大，见证过我那快乐而无忧的童年时光；我也不止看过一棵树从幼苗长成参天大树，又慢慢老朽倒下；树林是小鸟的家，因为追逐小鸟我曾在树林迷路，见识了老的、小的、躺的、立的姿态各异的树，就像走进了树们的村庄，它们给了我最美的童话世界。

我出生和成长的村庄在土默川平原上，这里是塞北苦寒之地，名贵树种根本无法生长。土默川平原就是古老的敕勒川，很久以前这里是草原，后来土生土长的树种只有杨树、柳树和榆树，它们都不是长寿的树种，在我们村就没有一棵古树，或者不等树变成古老的样子就被人砍掉了。曾经的村东小学校园里有一棵树约两人合抱粗，但后来被砍掉了，不知做成了什么样的家具，或盖房子当成了椽檩。

我说树是有灵性的，就是因为它们和人一样也有生老病死，只是它们不会像人一样用表情来流露喜怒哀乐。树的悲欢嗔痴在深深扎下的根里，在笔直或弯曲的树干里，在人们悲悯的心里。我见过它们的皱纹和眼泪，皱纹和饱经沧桑的老人脸上的一样深，它们也像刨土吃食的庄户人一样噙着浑浊的眼泪。树在风中就像鱼在水中，不仅摇曳生姿，甚至还发出声响。

父亲在我家圐圙西南角种下的一棵夏果树，是我们家院子的风水，也是我记忆最深的一棵树。在我很小的时候父亲栽下了果树秧苗，在他的精心培育下茁壮成长，我上小学四年级时果树底部主干已是一人合抱那么粗，四五个斜枝干向不同方向伸展开来，树冠直径有五六米左右，父亲把院墙垒砌成半圆型，才把果树圈进来，淘气的孩子们还是能从一人多高的院墙外用杆子打上果子。一到夏天，我们兄妹几个像猴子一样爬上爬下几十回，过得像花果山上的猴子。经常爬到树上摘向阳处晒得最红的果子，要不是身手敏捷好几次差点掉下树来。

这棵夏果树最盛产的时候，除了送给亲朋们外，还能售卖一些贴补家用。好几次跟着父亲到邻村去卖果子，孩子们看到筐里的果子都垂涎欲滴，我作为这些果子的主人无比自豪，心里感谢家里那棵硕大的果树。心灵手巧的父亲不知又从哪里弄来海红果树、苹果树，还学会了嫁接技术，苹果树上嫁接梨，海红果树上嫁接人参果……但这些树都没有长大，不像这棵夏果树茂盛异常，人和树也是有缘分的。我上高中时果树产果量就不行了，后来锯掉一半树冠又撑了几年，我上大学后，这棵果树彻底老死了。

这棵夏果树陪伴了我有十七八年吧，我感觉它就是为我而生的。在我懵懂无知的童幼之时，父亲遇见并栽下了它，我们都在发育长大。在我最贪玩的时候，它也进入了枝繁叶茂的盛果期，陪伴我走过金色的童年，为我增添了无限的欢乐和口福。我看着它长大变老，就像我看着父母亲由年轻变老一样。在我的心目中，这棵树就像一位呵护过我的父辈一样，多少年我也忘不了它。

一棵树为一个人而生，我的这种感觉并非没有道理。前些年我们兄妹几个给父亲把老宅翻新了，又在新院子中央的空地上栽上果树，第一年没成活，第二年换上好土重新栽上杏树、李树和夏果树。在父亲亲自指导下，西北角的一棵果树嫁接成功了人参果，长得特别茂盛，果实累累。父亲去世那年，灵棚就搭在这棵果树的旁边。第二年这棵果树只活了半边，第三年钱换哥打电话说人参果树干上流出糊状的白色的液体，彻底不行了，只能掏掉了……我心里想，这棵树是为父亲而生，这白色液体是不是树的泪水？

小时候的院子里，还有几棵树留给我的印象特别深。我们家屋后栽着两棵柳树，我上小学时已亭亭如盖，我经常折了柳条做柳笛。等到我上初中的时候，长得很粗的柳树老了，已经不吹绵了，父亲把柳树伐倒解成木板，请木匠师傅打了一顶大红躺柜。这个红躺柜是我们家一件最像样的家具，三格柜子里有两节放衣服，一格放家里重要的票据、钞票或稀罕东西，柜子的钥匙一直是母亲拿着。整理老家时，我又让人把柜子重新上漆，摆放到了新屋内最敞亮的位置，那里也是老屋里曾经的位置。

老院子最西南角原先还有一棵榆树，有搪瓷茶杯那么粗细。父亲和我们进城第八个年头上，他听一个摆摊算卦的人讲，说这个地方孤零零一棵树像针一样，会使家里人患头疼病。恰巧妻子有时累了经常头疼，父亲就抽空回到村里，把院子里那棵树让人锯掉了。在他的心目中人要比树重要，尤其是他的后辈儿孙平平安安、无病无灾比什么都重要，一棵树算什么，他会毫不犹豫用全部的爱甚至生命来保护后辈们。2010 年开春我们扒倒老屋盖新房，村里拆房是有讲究的。拆房那天父亲执意气喘吁吁地在人们的搀扶下爬上老屋顶，庄严地向烟囱砸下了第一镢头，说：“有什么不对冲我来，房子是我要拆的！”

我们村人最多的时候约有两千多人，现在只剩下三分之一左右的人口。这里有当年走西口人的后代，也有许多蒙古族同胞，在一个村子里生活得非常和睦友好，所以村名由什达岱改名为团结村。父亲说，农业学大寨的时候，青年突击队在村边种了好多杨树林带，村周围也是纵横的林带，周围十里八村的人都羡慕绿树掩映中的团结村，说这个村有风水。农村和农民离不开这些乡土树种长成的木材。锹把犁柄木耧车、叉耙扫帚马套车等农具都是就地取材来做，盖房子的栋梁椽檩、家里的橱柜桌凳也要靠这片土地生长的木材来打造。甚至那些勤苦一生的老农溘然长逝后，又是一副柳木棺材板护佑着他们那耗尽力气、流干汗水的身躯。坟墓上那一棵棵青青的柳树，则是他们生命的延续，守望在他们辛勤耕耘过的这片土地上。一棵又一棵坟树，默默地伫立在这割舍不下的田陇里，是乡村田野上最平常的景致。

“绿树村边合”，树天生是村庄的伙伴，离开了村庄树就少了灵性。走进了城市后，我没有认真打量过一棵公园里或路边的树，它们也肯定没有正眼瞧过行色匆匆的我。在我的心目中，我的村子里我家的院子里那些树才是真正有灵性的树，我一直惦记着他们……

记忆中的“过生儿”

孔融《论盛孝章书》云：“岁月不居，时节如流，五十之年，忽焉已至。公为始满，融又过二……”一不小心匆匆忙忙活到了孔融所写的这个年纪。眨眼又一个生日来了，我突然想起了记忆里那些过生日的情景。

我小的时候，土默川农村很穷，人们除了盼过年过节就是盼过生日才能吃点好的，当地人管过生日叫“过生儿”。那时人们虽然穷，但各种礼仪都非常讲究，满月、百岁儿、圆锁儿等都过得非常庄重，仪式感满满。回望记忆里一个又一个生日礼仪，如同一个又一个人生驿站，“长亭更短亭”，每一站都饱含父母的深情和长辈的关爱，这人间至爱伴随着我成长，我又把这人间至爱传递给下一代，饱含深情的生辰礼仪使得“儿孙代代长相继”。

20世纪五六十年代条件简陋，一个人能够平安出生并健康成长真是一件天大的喜事。和在那个年代出生的大多数农村人一样，我也是接生婆在炕上把我迎接到这个世界，我感谢接生婆顺利地把我捧到了土炕上，让我哭出了响亮的第一声。父亲后来告诉我，他把我的胎衣用两个粗瓷碗合扣，埋在了老屋的门柱之下，在我们土默川农村这叫顶门垫户，因为男孩可以传宗接代。后来妹妹的胎衣碗扣碗埋到了院子里，聊起这件事她还挺有意见，我说这个事与我无关，与老爸老妈也无关，是乡下传了几千年的习俗，“不管胎衣埋在哪里，老爸老妈对咱们还不是一样地亲嘛！”

父母亲都年纪大了才有了我这么一个头胎男丁，他们肯定欣喜若狂。给我起了一个小名叫称心，感谢父母给我起了这么好一个乳名，不像别的大人给孩子起名得真难听：拴狗、丑小、拉砘、碌碡……据说名字起得越贱越俗越好养活，这也包含了天下父母的一片苦心。其实，宋人王楙在《野客丛书》中就说：“所谓犬子者，即小名耳。父母欲其易于生养，故以狗名之……今人名字犹有此意，其理甚明。”王楙是福州福清人，看来宋代的南方和我们土默川的习俗有些相似。不过我还是喜欢父母亲给我起的乳名，一直用到小学四年级，才感觉这个乳名太不洋气，回去和妈妈说：“我的名字太小孩子气，想改个大人名字。”妈妈笑着说：“那你就加个鹞，一个鹰一个鹞，不过你多大妈也得叫你称心。”我到小学里和续二威老师一说，续老师推敲：“鹞的谐音是耀字，就叫殷耀吧。”

父亲中年得子肯定好好给我过满月、过百岁岁喜庆过一番，即使光景再穷一顿油炸糕还是要吃的。在托克托县农村孩子生下就戴长命锁，我小时候一直戴一个银锁，这个银锁是一个小银驴造型，有两个小银铃铛，这个可爱的银锁儿是我过满月时妈妈给我戴上的。听妈妈说，过满月时她给我把胎发剪下来包在了一个缝好的小红布袋里，然后缝在了我的虎头枕上。说是胎发不可乱扔，要不就会气成个秃小子。在我过百岁岁和一岁生日时，姥姥都要用乾隆通宝和蓝线线或红线线给我辫一盘线锁儿，我们管乾隆通宝叫制钱。妈妈说一岁时的线锁儿用三枚制钱来辫，“天一枚，地一枚，你一枚。”后来我知道这应该是走西口带来的晋北的习俗，《大同府志》记载“男子生弥月而周岁，辫红绳以带之”。再后来每当我听到陕北名歌《兰花花》里唱的“青线线儿那个蓝线线儿”时，就想起了我的线锁儿。

十二岁之前每年过生日姥姥都要给我辫线锁儿，我记事后感到用蓝线线和红线线辫的线锁儿戴在脖颈里挺神气。十来岁的时候，姥姥曾告诉我，线锁儿每年要辫一盘，一周岁时用三个制钱，以后每长一岁加一个制钱。十二岁我圆锁的时候，姥姥把这些线锁解开，把所有的制钱儿串起来戴到我的脖子里，把那些蓝线线和红线辫成了一根漂亮的红蓝线裤带，给我系在了腰里，说是镇邪去灾的。从小吃了不少苦的姥姥是个心灵手巧的农村妇女，她不光会剪纸、绣花、蒸面人人等手艺，还会接生，还敢用打碎的碗片给初生的婴儿挑舌筋，我们托克托称这是扎“盘舌舌”。每当村里来了卖针线的人，姥姥和妈妈会挑好多大大小小的绣花针和粗细不同的五彩丝线，我记得包绣花针的纸包儿和彩线都特别漂亮鲜艳，我也不知道姥姥哪里来的那么多制钱儿。

在我上小学以前，父母亲给我穿的是女儿装。把男孩当作女孩养，在我们土默川是一种为了驱病避灾让男孩健康成长的习俗，因为那个年代医疗条件差，有不少孩子养不大就病夭了。大人们往往给男孩儿辫上小辫子，或者梳成女孩子的头型，像我的几个舅舅儿岁时都辫着辫子。我不愿意辫辫子，妈妈就把我打扮成女孩儿，她的针线活儿好，我穿得花枝招展，像个大户人家的千金。一些布头和剩料在妈妈精心缝制下，成了我穿戴的毛茸边帽子、虎头镶毛边鞋和花棉袄、小肚兜儿。在父母亲的百般疼爱下，我战胜了水痘、天花、麻疹等疾病活了下来，我们托克托县管这些病叫当康彩和耍麻麻，叫得挺轻松的，其实很凶险，不少孩子过不了这儿关，想想自己闯关成功真幸运。

小的时候每逢我们兄妹过生日，妈妈都会为我们点亮一盏灯。生日这天一大早，天还没有放亮，妈妈就会把红躺柜擦得干干净净的。往煤油灯盏里添满油，放在灯台上点亮，怕被风吹灭了或被冒失的我们碰倒了，妈妈小心翼翼地把灯放在靠墙角的柜顶上。这盏灯一直要点到第二天天亮。煤油不够时，妈妈会格外小心地拧开油灯盖，麻利地续上煤油，必须保证灯还亮着。红躺柜上灯光摇曳着，柜顶上的油漆折射出了红红的光亮。只感觉这生日过得好温馨，过得挺神秘又庄重。妈妈告诉我，过生日要点一整天的灯，还要保证不熄灭，才能保佑孩子长命百岁。

那个年代在乡下农村，只有过年接神时，才在红躺柜上点上通宵煤油灯，或点燃一对红烛，但我知道：在爸爸妈妈的心里，孩子们的份量比任何神仙都重要，为了我们长命百岁，父母亲花再多的钱也不吝惜。后来在我们兄妹的坚持下，父母亲过生日也点亮了灯。家里形成个规矩：不论谁过生日，都要点上一盏长命灯。后来有了蜡烛，过生日的长明灯就用一对红红的蜡烛替代煤油灯。再后来，有了电灯，白炽灯泡又替代了蜡烛……即使再忙，妈妈也不会忘记我们的生日。我到县城读高中后，过生日这天，妈妈仍然要点亮一盏长明灯：我在县城读书，灯在家里亮着，保佑着我长命百岁。

在我们土默川农村，认为孩子十二岁以前魂灵不全，所以到了十二岁要圆锁儿庆贺一番，有点儿像成人礼。就像我上面说的，十二岁以前害怕邪神侵害娃儿，从一岁生日就开始戴锁，长辈每年会辫一盘线锁儿戴上保佑孩子，到十二岁时圆满解锁。如果从小没有戴过线锁儿，用面圈套在脖颈里象征性地进行解锁仪式。《绥远通志稿》记载："素不戴锁，十二岁时亲戚送面圈或金银首饰、布帛襦裤，主人备酒延客，与儿女过生日，亦谓之圆锁。"我十二岁圆锁的时候，亲戚们蒸了面圈和带一块布料来祝贺，除了姥姥给我戴上线锁儿，我也套了面圈。当面圈套在脖颈上时，我在面圈上咬了一口，吞下这口白面膜我便是一个不用再戴锁来保护的大男孩了，大男孩就要操心家里的事儿了，父亲经常给我讲"刘秀十二走南阳"的故事，过了十二岁就意味着我告别了懵懂无知的童年，好不情愿哟！

那个时候亲戚朋友们来回走动讲究个礼字，给孩子过百岁圆锁儿也是完成一个礼仪。好多礼仪讲究让人感到生活是很精致的，不像现在，有些人举办各种满月宴、百岁宴、周岁宴、圆锁宴，订个饭馆请个乐队，吵吵闹闹胡吃海喝一顿，只要礼来人不来最好，宴席纯粹是为了敛钱，毫无礼仪感可言，当然也不会有发自内心的温暖与感动。

当我为人父之后，我才知道这一个又一个生日就像一个又一个阶梯，每上一个台阶都会让我欣赏到更加曼妙的人生风景。当我们给年迈的父母过生日时，他们会露出孩子般烂漫的笑容；当我们给天真的孩子点亮生日蜡烛时，他们会显得满足而快乐。想一想，除了过年，我们还有生日这个驿站可以放慢时光，静静地回味一下人生的幸福，不是一件非常美好的事情吗?

如今我过生日时亲朋们的祝福当然不会少，各式各样的祝福好比妈妈当年点亮的长明灯，让人心情敞亮温润。只要有爱，生日会像花朵一样绽放芳菲，心中就会点亮一盏照亮人生的长明灯!

六

情义绵绵家乡话

民俗·民风·民韵

此地名物多异趣

——趣话内蒙古西部方言（一）

俗话说“三里不同调，十里不同音”，但在内蒙古西部地区，即从锡林郭勒市南部半农半牧区到乌海市这一广大的范围内，用方言交流几乎没有障碍。尽管有河套话、土默川话、后山话、乌盟话等区别，尽管个别词汇和音调略有不同，但一些主要词汇是能听得懂的。这里的老百姓管方言土语叫“此地话”，无论是当年走西口人的后代，还是当地土生土长的蒙古族群众，此地话成为这一方百姓表情达意重要的工具，方言土语流行于黄河两岸和阴山南北。

内蒙古中西部地区的老百姓不少是走西口过来的，所以“此地话”和陕西、山西、河北等地的方言比较接近。由于工作关系我经常在这一地区的农村采访，能够听到地地道道的此地话，不同地域的口音是不同的：像鄂尔多斯南部的乌审旗、伊金霍洛旗等地更接近陕北方言，阿拉善盟的群众则是操宁夏和甘肃口音多，乌兰察布市东部的一些旗县则有冀北和晋北口音。但是黄河从乌海市进入内蒙古一直到清水河县流入晋陕大峡谷，形成一个830多公里的巨大的几字弯，黄河两岸的各族群众有两个特别明显的习惯：吃酸焖饭，说此地话。此地话里对山川名物有着独特的叫法，今天这一篇我们叫先说说内蒙古西部话对山川名物的称呼法，就算是开卷之第一篇，主要是名词。

先从日月星辰和天时说起吧。内蒙古西部群众管天叫“老天爷”，太阳叫“阳婆”或“阳婆爷爷”，“庄户人哪有不受阳婆爷爷气的”。有的地方月亮叫“后天爷”，星星叫“星宿”。冰雹叫“冷蛋子”或“冷雨”。“今年收成不行，叫冷蛋子打了”；彩虹叫“绛”，“刚下完雨出来绛了”。打雷叫“捣雷”，霜叫“呵雪”；阴云笼罩的天空叫“阴麻忽出”，绵绵细雨叫“闷生生雨”。

晚秋地冻以前的雨叫“封地雨”。在时间的称谓上，前天是“前儿”，昨天是“夜儿”，明天是“明儿”，大后天叫“老外后天”。在一天之内，黎明叫“五明头”，早晨叫“打早起”“清早起”或“一打早”，上午叫“前晌”，中午叫“晌午”，下午叫“后晌”，傍晚叫“黑将来”。上午十点左右叫“半前晌”，夏天的中午十二点左右叫“亮红晌午”，也叫“亮红杠晌午”，下午四点左右叫“半后晌”。

再说山川河流和地形的名词。丘陵叫“圪梁（gē liáng）”，反切为“冈”，就是山冈；湖泊一般称作“海子”，这是蒙古语借词。“圪塄”反切为“埂”，指田埂。“圪牢”指角落，“圪钵（音 bā）”是指低洼处，“圪台”是指台地，在内蒙古西部好多村庄是以圪堵、圪钵、圪洞、圪梁、圪台等命名的，这些都是根据村落的地形命名的，好比北京、河北一带的“各庄”，或者东北的“窝棚”。在内蒙古农村里家家户户都有一个种菜或堆放柴草的院子，当地人管这叫“圐圙”，读作 kū lüè，这是蒙古语的音译，又译为“库伦”，就是土墙围起来的空地。在一个村子里，有打谷场，此地话叫“场面”。有饲养牛马的地方，叫“喂养院”或者“饲养院”。村子里又细又窄的街巷叫“黑浪”，反切为“巷（ hàng ）”。

现在该说说房子及日常生活用具的称呼了。人们把好的砖瓦房称作“砖瓦圪洞”。过去的土坯房院落的大门叫“罗门”，院子的栅栏叫“栅栅”。院子里除了有正房，旁边还有放置杂物的“凉房”，远处盖有“茅子”，就是厕所。人们管院子里的垃圾叫“恶煞”，过年的时候打扫院子里的垃圾叫“除恶煞”，大年初五送穷土叫“送恶煞”。过去土坯房人们用草帘子编有和房顶的隔层，人们把这种顶棚称作“仰层”，如果顶棚不用龙骨，直接糊到椽檩上，叫做“靠山仰层”。房架前后两个柱子之间的大横梁普通话里叫“房柁 (tuó)”，此地话叫“担子”。土坯房活的是一盘火炕，炕边的墙壁和屋顶是用白泥粉刷的，这种白泥容易起皮弄脏衣服被褥，人们便围绕墙面刷上二尺多高的“炕围子”，也叫“腰墙子”，在腰墙子上作画，被称作“炕围画”。

炕的一头连着锅灶一头连着烟囱，炕这边的进烟口俗称“猫巷”，炕内走烟的曲折通道叫“炕洞”，炕洞和烟囱接头处的洞叫“狗窝”，也叫“阁窝”。炉灶里漏灰用的炉条叫“炉齿”或“燎盘”，灶下储灰的坑叫炉清，也叫“炉清圪牢”。“炉清圪牢”还放着“炭盆”，铲子当地叫“火铲”，捅炉子用的火箸，也叫“火筷子”“炉勾子”。“烟囱”此地话里叫“烟洞”，锅台叫“炉台”，乌兰察布盟一带叫“锅脖子”。炉台和炕连接的一角放着发酵酸米饭的罐子，当地叫做“浆米罐子”。炉台上还放着一块抹布，此地话叫“搌（zhǎn）布”，有时也叫“代手”。灶台一侧装有鼓风用的风箱，此地话叫“风匣”。

过去，内蒙古西部普通农家都有一些日常生活用具，这些生活用具都有独特的叫法。一进门靠墙壁的地上是两三个水缸，当地叫“水瓮”，水瓮上挂一个铜做的舀水用的舀子，叫“铜瓢”。水瓮上方有一排挂东西的钩子，上面挂着的铁铲子叫“铁匙”，还有锅刷子、笊篱等用具。水瓮旁还有一个小碗柜，碗柜里放着碗筷盘碟等，还有案板和菜刀，当地把菜刀称作“切刀”，把擀面杖称作“骨碌子”。还有蒸笼叫“笼浸”，还有直接放在锅上蒸东西的箅子叫“浸箳（píng）子”，用高粱秆制作而成的放饺子或面条的盖帘儿叫“拍（音 piē）子”。炊具多的人家还有捣东西用的铁钵（bō）子，摊饼用的铁鏊子。碗柜上一般放暖壶和一把茶壶，“茶壶”此地话里叫“囱壶”，“茶杯”叫“茶缸”或“茶瓯子”。有的人家碗柜旁边摆一个脸盆架子，放有脸盆、毛巾等，旁边有一个放香皂的盒子，过去人们洗脸用的是胰子，胰子是用猪胰脏和草木灰合成的。一般人家正面摆着一顶双开或三开的红柜，用来放衣服和贵重物品，当地人叫“红躺柜”。红躺柜上方悬挂有配有对联的镜子，当地人称作“中堂”。炕上人们最早铺着用秸秆编织的席子，还有用白布刷漆作画而成的“油布”，后来有条件了铺毛毡和地毯，靠墙壁把被子叠成一摞，人们把被子叫“盖窝”或“盖体”。过去有的人家到了晚上用煤油灯照明，人们管灯台叫“灯树”，最早用麻油点灯时灯树上放置的是“灯瓜瓜”，点灯用的火柴叫“取灯子”，再早一些用火镰和火石取火。

民以食为天，该说说吃喝了。有一句俗谚叫“好吃不过饺子”，在我们那一带人们管饺子叫“扁食”，后来才知道饺子在蒙古语中里发音是“扁食”。还有一种美食是“油炸糕”，是逢年过节的稀罕吃食。油炸糕是用黍子籽面做的，黍子去皮后俗称黄米，黄米磨成面就是黄米面，蒸出糕来非常黏。我小的时候人们非常穷，好多人家把高粱面或玉米面搅拌成黏黏的拿糕吃，光景好点的人家用莜面或荞面来做拿糕，拿糕使多少穷苦人熬过了那饥饿的艰难岁月。莜面是内蒙古西部群众喜爱的食品。包产到户之前，庄户人家也没那么多莜面，就把高粱面掺和到莜面里吃，美其名曰二莜面。莜面有好多种吃法，有窝窝、囤囤、块垒、拿糕等花样。用饸饹床子压出细细的面条蒸熟吃，这叫莜面饸饹。把莜面搓成小鱼儿状下锅煮，这叫莜面氽鱼鱼。还有把山药（土豆）擦成细丝，然后裹上莜面蒸，老乡们管这叫莜面丸丸。有一句歇后语叫山药莜面和起了——丸（完）了。吃莜面要蘸汤，把黄瓜、水萝卜等擦成丝放到腌菜的汤里，此地人叫“盐汤”。“盐汤”里要放香菜，人们管香菜叫“芫荽（yánsui）”。吃莜面就上点蒜当然好了，独头蒜叫“秃葫芦蒜”，爬山调里唱道“秃葫芦蒜不分瓣”。

说到内蒙古西部美食，不得不说一说浆米罐子。在内蒙古西部黄河流经的地方，农村每家的锅台圪牢几乎都放着一个浆米罐子，把糜米放在浆米罐子里发酵变酸，然后捞出来做酸粥、酸米饭、酸焖饭等，当地俗谚云“酸不过的浆米罐子，亲不过的老婆汉子”。焖出来的饭是焖饭，山药介介酸焖饭是我小时候常吃的饭。稀饭叫酸稀粥，这也是困难时期的救命食品。内蒙古西部还有一种美食叫稍麦，用羊肉和大葱作馅，用薄薄的面皮包起来，束口处捏扎如花瓣儿，皮薄馅嫩入口香，“稍麦”也写作“烧麦”“稍美”“稍卖”等。还有一种美食叫羊杂碎，以羊的内脏为主，有的地方再加上土豆条和辣椒面。内蒙古西部管牛的小肚叫“百褶”，管猪的瘦肉叫“黑肉”。白面擀成一片一片煮在锅里叫“圪达子”，搓成小卷儿下锅叫“圪团儿”，把面拌成小团儿下锅叫“拌汤”，荷包鸡蛋汤叫“跌蛋汤”。小的时候我们最爱吃白面烙饼，饼在大锅里正好烙出来一面略鼓起来，我们叫它“背锅烙饼子”。白面摊成煎饼叫“欻（chuā）煎”，大概是欻一下就煎好了。平时吃饭就的杂腌的咸菜叫“烂腌菜”，鄂尔多斯的农村还有褐红色的红腌菜。内蒙古西部管伙食叫“茶饭”，也叫“吃水”，“这家人家吃水不赖。”管饭菜的味道叫“味数”，味淡叫“甜的”，味咸叫“味重”。说到饭菜这里该说说庄稼，在土默川农村把庄稼叫作“庄户”或“庄禾”，马铃薯叫“山药”，高粱叫“茭子”，高粱秆叫“茭棒榔榔”，向日葵叫“朝阳阳”，玉米叫“玉茭茭”，甜菜叫“糖菜”。花草里也有挺多本地特征明显的词语，比如蜀葵花别称大蜀季，本地人讹成了“大出奇”。

现在再说一说牲畜动物和鸟兽鱼虫。内蒙古西部农村的人们把牲畜叫做“牲口”。公牛叫“犍牛”，母牛叫“乳牛”。马骡骆驼等大牲畜公的是“儿”，比如“儿马”。母的是“骒”，比如“骒骡”。公驴是“叫驴”，母驴是“草驴”。驴马发情叫“起骒”。公山羊是“骚胡”，公绵羊叫做“圪羝（dī）”，饲养使用多年的种公绵羊叫“老圪羝”，“羯子”是阉割过的公羊。狗分为“儿狗”和“母狗”，猫分为“郎猫”和“米猫”，鸡分为“公鸡”和“草鸡”。鸟兽鱼虫里，燕子叫“胡燕”，鸽子叫“鸪鸪”，伯劳是“呼不劳儿”，戴胜鸟叫“牛脖咕”，麻雀是“老家子”，乌鸦是“黑老洼”，老鹰是“饿老鵰”，猫头鹰是“秃嘶怪”。癞蛤蟆叫“疥蛤蟆”，青蛙叫“金疥蛤蟆”。“花大姐”是蝴蝶，屎克郎叫“粪巴牛”，蝙蝠叫“夜匹蜂”，蜻蜓叫“河西西”，蟋蟀叫“秋蛉儿”，蚜虫叫“油汗”，臭虫叫“壁虱”。蜥蜴叫“沙和尚”，又叫“蛇狮子”，小时候经常听大人教育小孩说：“不知你成个龙呀，还是成个蛇狮子。”人们把牛马的毛色叫做“毛片”，骂那些道德不好的人叫“灰毛片”。把“赶牛羊”叫做“吆牲口”。

说到这里该说农事了，农民在田里辛勤劳动，种庄稼叫“安种”，也叫“舞艺”，小的时候父亲经常和我说“舞艺庄户”，这“舞艺”包括耕、种、耙、锄、刨、浇等农活儿。老农民把伏天耕过的轮歇地称作“压青地”，因为上边还有青草。在没有翻耕的茬地里耕种叫“闯茬”。最早一般用农家肥给作物追肥，叫做“奶庄户”。在内蒙古西部，“耕”叫“经”，耕地叫“经地”，耕种叫“经种”；锄地的短柄锄叫做“薅锄”。收割叫“收秋”，收秋要用到钗子、耙子、木锨、碌碡等农具，木锨的“锨”的发音是qiān，有一次我替父亲去和一位大爷借木锨，说成了木头锨，人家直笑我。钗耙锨扫帚等手持的工具也被称作“作杖”，后来“作杖”这个词儿被引伸为东西，骂人不是东西会说，“这个家伙还叫个作杖了”。内蒙古西部农村还有一些特殊的生产工具，比如制作扫帚用的“栽橛”。

现在该说一说衣裳穿戴了。直到20世纪六七十年代，人们还管布匹叫“洋布”，村里好多人家都要用碓布石来碓布，像我穿的衣服都是母亲做的。那些村里的婶婶大娘都会做针线活，家家户户都有针线笸箩，里面放着纳鞋底用的“顶针子”，补袜子用的“袜楦子”，捻线用的“线陀罗”，有的人家还有手工纺棉线的“八垫儿”。在内蒙古西部，人们的穿着称为“穿戴”，裤的发音是“裤儿”，上衣叫“袄儿”和“褂子”，贴身背心叫“腰子”，过去小孩子们穿一个兜肚，当地人称作“牌牌”。有衬里的上衣叫“夹袄儿”，没有袖子的夹袄叫“坎肩”，对襟上衣叫“对门门”，衣服上的兜兜叫“倒衩衩”，围巾叫“围脖子”。当地人们把“鞋”念作“嚡（hái）”，穿的棉鞋叫“靴靴”，用细麻绳密缝帮子的鞋叫“实纳帮”，由几块硬帮缝合而成形状似牛嘴的鞋叫“牛鼻鼻鞋”，还有一种直接擀制而成不缝合的毡靴叫“毛嘎咚”。女人们一般要戴一副银镯子，叫“手抓”。老人们拄一根手杖，叫“拐棍”。人们把洗衣服洗下来的脏水叫“恶水”，洗衣服也叫“洗恶水”。过去人们在行的方面最多有一个“二饼子车”，就是木制的两轮车，改革开放初期有的人买了摩托车，人们叫“电驴子”或“一脚踹”，由于摩托车安全事故多，当时人们编的俗谚说“要想死得快，就买一脚踹。”改革开放之前农村很少见小轿车，人们管小轿车叫“板蛤蟆”，现在好多人家出行都有了“板蛤蟆”。

现在该说到人了。在内蒙古西部人们把贼寇和小偷称作“忽拉盖”，这个词儿来自蒙语，衍生出“贼忽拉”等称呼。过去管在外边的浪荡货或当土匪的人都叫“刮野鬼”，有点像“海了混”，就是游手好闲的人。还有“椽头子”就是指瘟神，20世纪初鼠疫流行，在当地人们把鼠疫称为“椽头子病”。人们管懦弱胆小或身单力小的人叫“怂包”或“怂宝”，做事情没有分寸冒失莽撞之人叫“砍货”，呆痴之人叫“半脑子”“半吊货”或“二百五”，也称作“七成”或“二求坯”。“愣货”也叫“不机迷”，也叫“茶（nié）货”，“有点成数”大意是长点脑子。奸滑之人是“尖头”，外行是“凉棒”，容易被人点动起来的人是“糖货”。爱起哄的人是“哄孙”，甚也干不成叫“宝器”。“咬难货”是办事情有前手没后手的人，倔强无比的人叫“僵八头”，固执不化的人叫“死凿头”，倔强耿直的人是“直脖头”。不规矩顽皮的娃娃会被大人骂一句“没头鬼”。行为轻佻的人会被称作“跳达干”，不珍惜财物的人叫“破败兴”，这个“破败兴”也指淘气老弄坏东西的小孩。骂故意制造矛盾的人“搅蛆货”“醋棍子”，骂背后挑拨是非的人是“翻舌子”。骗子是“骗子手”，吝啬的人叫“毛鬼神”，爱占小便宜叫“撇（音 piē）浮油”，借债不还的人被称为“皮不利”，就想占便宜不想吃亏的人叫“揉糜贼”，见甚爱甚拿归自己的人叫“泼布贼”，害人的人叫“害虎种”。在内蒙古西部对人贬损的词汇不少，一种是“猴”，如“灰猴”“爬床猴”等；一种是“干”，如“跳达干”和“撩皮干”；一种是“货”，如“没调货”“砍求货”和“讨吃货”；一种是“鬼”，如“刮野鬼”“料子鬼”和“没头鬼”等；还有上面提到的各种“贼”，还有一种叫“头”，比如“泥头”和“嫖头”。除了这些贬损的称谓，也有对人的敬称，如老师傅是“老把什”，厨师是“大师傅”，教师是“先生”。

人的五官四肢在此地都有很特别称谓。当年父亲和我说，后街上有个姓茹的老汉在私塾念书，先生指着自己的头问他：“这是个啥字？”“脑袋字。”“甚？”“骷髅字。”“嗯？”“吃饭圪旦字”……说到底就是没说“头”

字，挨了一顿戒尺。听了这个故事我笑得不行，在西部方言里，头还被叫做“得老子”。我们从上往下说，头顶是“天灵盖”，也叫脑瓜盖。头发的刘海叫“马鬃”，梳的小辫子叫“辫鬏（jiū）子”。额头是“眉老骨”，也叫“崩髅”。眼眶是“眼阆阆”，“阆阆”读 kāng láng，此地话读作 kè lǎng，反切就是“框（kuàng）”，阆阆本指建筑物中空旷的部分，即房舍楼宇的主体部分。抽象一点说文章的框架也叫“阆阆”，“这篇文章的阆阆已经完成了，只剩填内容了”。眼睫毛叫“眼眨毛”，双眼皮叫“花眼眼”。眼框下边是“鼻梁凹”，此地人把鼻涕叫做“浓袋”或“鼻子”，鼻孔叫“鼻窟窿”，鼻翼叫“鼻蛾子”。腮帮子叫“牙叉骨”，嘴里的牙床叫“牙铧子”，口水叫“憨水”。后脖颈是“后把子”，也叫“后板筋”，还叫“脖腔骨”。耳朵眼叫耳朵窟窿，耳屎叫“耳信”，耳光叫“逼兜”。脸上长黑痣叫“黑眼”，男同志的胡须叫“胡彩”。人的面容叫“脸脖脖”，“啊哟，这个闺女长得脸脖脖真好！”脸上的雀斑叫“残色”，疣子叫瘊（hóu）子。

该说到人的身躯四肢了。在此地话里，肩胛骨是“铲板子”，喉咙叫“忽咙”，食道和气管等叫“忽咙系统”，胸部叫“脯子”，乳房叫“奶”，腰部是“腰接股”，脊背叫“直背”。右手叫“正手”，左撇子叫“左膀子”，大拇指叫“大马哥”或“大马指头儿”，“我伸大马哥夸你”。小指头叫“小马哥”或“猴马勾勾”，肘子叫“圪扭子”，骨与骨连接之处叫“窝儿骨”，肋骨叫“落肢”，髋骨是“胯腋骨”。肚脐叫“肚卜脐”，腹股之间叫“脐叉”，屁股叫“启（音dú）子”，《玉篇》：“启音笃……尾下窍也。”膝盖叫“圪膝盖”或“波罗盖”，踝骨是“滑拉骨”，小腿骨是“梆榔骨”或“腿不浪”，脚面是“脚梁面”，脚是“脚板子”。人身上的胎记叫“记”，光着身子叫“红麻不溜”，也叫“赤不溜溜”或“红麻肉棍”，光屁股叫“赤启（音 dú）子”。光脚板叫“赤脚板”，也叫“赤脚打板”。

过去谁家没有个七大姑八大姨，亲人亲戚之间的称谓在此地话里也很独特。人们管父亲叫“大”，祖母叫“娘娘”，外祖母叫“姥姥”。舅母叫“妗妗”，岳父叫“外父”，岳母叫“外母娘”，妻兄叫“大兄哥”。姐妹的丈夫之间互称“连襟”，也叫“挑担”。兄弟的妻子之间互称妯娌（zhóu li），此地话念“妯”为“竹”。相差一两岁的兄弟姊妹叫“挨肩肩”，第一台叫“头首首”，双胞胎叫“双生生”，排行最小的宝贝娃娃叫“垫窝窝”，也叫“老根儿”。一母两父的弟兄姊妹叫“接山弟兄”或“接山姊妹”。抱养兄弟的子女叫“过继的”，是用来“顶门子”的。抱养外人的子女叫“经由的”。邻居叫“接壁子”，拜把子弟兄叫“接拜”，客人叫“戚人”。亲朋之间来往最多的当然是红白喜事，娶媳妇嫁闺女是红事宴，安顿老人的后事叫白事宴。这里有一些特殊的名称，过八十岁生日叫“庆八十”，改嫁叫“后走”。在白事宴里，老人去世叫“老圪沾”了，盖在脸上的纸叫“苫（shàn）面纸”，灵前的灯叫“照尸灯”，院门上悬挂的纸叫“冲天纸”。孝子手持的哭丧棒叫“戳丧棒”。给老人新确定墓地叫“擒坟”，下葬第三天到墓地叫“复三”。我为什么重点介绍白事宴这些名称呢，因为有些人骂人时专门用这些名词，骂人冒失着急往前抢叫“抢孝帽子”了，骂人是丧门星说“你看这个戳丧棒”。

在内蒙古西部方言里，还有许多意思比较抽象的名词，我这里简单举一些例子。比如，办法叫“辙套”，“这个人辙套挺多的。”坏办法就叫“苦零丁方子”；住店或路费盘缠和花销叫“呐绞”，“这回出门的呐绞大了”；情形不对叫“势色不对”，“势色”也叫“架势”，还叫“棱状”或“棱嶒”；下落叫“着落”或“扎落”，私底下叫“暗埋”，债务叫“饥荒”或“害债”。吵架叫“嘴言”；“这个人挺有万气的”，“万气”是本事。节骨眼上是“点忽细”。有些词汇用反切法可以找出原字解释，即前一字的声母和后一字的韵母组合拼音。比如“秤秃罗（tū luó）”就是“秤砣（音 tuó）”。“不浪”，反切为“棒（bàng）”，就是棍子。

在内蒙古西部农村里，有一些方言用得恰如其分，其间的妙处真是不好解说。上面我说了这么多名物，如果你了解了一半左右，你就明白了“一方水土养一方人”的道理，在时光积淀的过程中，一代又一代人在交流中把方言堆积成了美轮美奂的语言殿堂，让人流连忘返。一方人使一方水土活了起来，于是有了遮不住的青山隐隐，流不断的绿水悠悠。

此地名物多异趣。这里的山川风物赋予了方言土语黄河奔流般的蜿蜒曲折，大青山横亘的绵延耿直。

怎一个“圪”字了得
——趣话内蒙古西部方言（二）

有一个有趣的现象，内蒙古西部方言用“圪”字搭配组成的词汇使用频率非常高，而且好多“圪”字词汇从锡林郭勒到乌海这一辽阔的区域内大家都能听懂。在乡里民间人们聊天拉家常也好，互相打招呼问候也好，总能听到柳枝舞腰般柔软而韵味独特的“圪”字词汇。

说起“圪”字词汇，首先得说内蒙古西部名骂“圪泡”这个词儿，市井乡野之中经常能听到这个词。“圪泡”的意思是“没有父亲的野孩子”，说白了就是私生子的意思，就像北京土语里的“丫听”或“丫”，意思是“丫头养的”或“丫鬟养的”。有人说“圪泡”就是“羔”，用圪的声母和泡的韵母来拼就是“gāo”，小羊羔当然不知道生父是谁。骂人有高低深浅：骂岁数大的是老圪泡，岁数小的是小圪泡。“圪泡”已经成为一个符号，其类型主要决定于定语，还有活、死、懒、愣、砍、灰等“圪泡”种类。有人说，这里的“灰”就像《红楼梦》里焦大骂的“扒灰”的“灰”，意思是公公和媳妇生的野种，骂人骂得太狠了。如果骂得还不解恨，还有害疥圪泡、活捉圪泡等，“害疥”就是生疮的意思。20世纪90年代人们骂那些“假洋鬼子”说：“远看是个归国侨胞，近看是个本地圪泡。”

别以为“圪泡”就一味是骂人的，有时候年龄相仿的特别好的朋友之间打招呼也互称“圪泡”。有一年在呼和浩特市居住的村里几个老汉来看我父亲，多年没见大家都挺希罕的，没想到他们互相拍打着肩膀打招呼：“这个圪泡这些年你去哪儿了？”我惊奇：我们年轻人互相希罕得不行才“圪泡长圪泡短”地打招呼了，想不到这些七八十岁的老汉一见面也是这样打招呼。一阵圪泡“骂”完，这些老爷子们热烈地聊着他们当年如何去武川拔麦子，如何到呼和浩特市打工掏壕挣钱，时不时还夹杂着一句名骂。我知趣地准备好茶水到了另一个屋：聊吧，老要颠狂少要稳重！在内蒙古西部，如果一个人给特别要好的朋友或相好的打电话，对方会说：“圪泡你还不眊爷来。”意思是你还不看我来，看来恨一个人要骂他圪泡，爱一个人也要骂他圪泡。“圪泡”后面如果加一个叠词“泡”或后缀“儿”，意思就变成气泡的意思了，比如“水里冒圪泡泡了。”“圪泡”延伸出来的四字熟语有“圪泡打旦”“圪泡流细”等，都是骂人的狠话。

再比如“圪旦”这个词儿，有着非常丰富的含义。“圪旦”的本意是指圆球状的物体，这个圆球可大可小。比如地球可以说“地球圪旦”，铅球是“铅球圪旦”。内蒙古西部方言说颗粒状物或球状物体时，细碎的颗粒叫圪糁糁，如“不要在炕上吃馒头片了，掉下一炕圪糁糁了”。圪糁糁与圪渣渣同意，但圪渣渣更不规则一些；比圪糁糁大一些是圪团儿或圪旦旦，如“纸圪旦旦”“糖圪旦旦”或“面圪团儿”；比圪团儿大一点就是“圪旦”了，“头上碰起鸡蛋大个圪旦”，这是指肿起来的包，相当于普通话里的“疙瘩”。圪旦也有山冈或土丘的意思，“我们走到前面那个圪旦上歇一下”，这是小土丘的意思，有时和“圪台”的意思差不多。如果再大一点的土丘就叫圪堆，可以指整座山丘。

“圪旦”还可以指领导或当官的。蒙古语“达拉嘎”是领导和当官的意思，“嘎力阿哈”是带头人的意思，在内蒙古西部逐渐音讹传为“圪旦”，也指官或领导，当地俗语说“海红果（海棠果）打炭，大小是个圪旦”，这里的圪旦就是指当官的。“村里来了个大圪旦”，就是村里来个大领导。“今儿个可是来了一个灰圪旦”，“灰圪旦”是指领导的官衔挺大的，也称为“灰圪节”。“圪旦”有时是用作形容词，有点像“很”的意思，二十多年前我去准格尔旗大路乡（现在的大路工业园区）采访，乡里的贾书记说：“我们要把大路乡的人变成富圪旦，山变成绿圪旦，路变成黑圪旦（指柏油路）”，这里的“圪旦”表示程度，大致是“很”的意思，但感觉还是只可意会不可言传。大路乡后来实现了这个目标，老乡们把贾书记称为“三圪旦书记”。“圪旦”叠用可以用作形容词，“这个娃娃吃得肚圪旦圪旦的”，意思是肚吃得滚圆滚圆的。

在内蒙古西部方言里，和“圪旦”一样形容地理方位和物体形状的带“圪”的词还有很多。从上面提到的圪台、圪堆、圪节等可以看出，这样的词汇“圪”字就是一个前缀，后面一个字大概能表述出这个词的基本意思。比如“圪洞”是小洞的意思，“圪钵（音 bā）”是指低洼如钵儿的地方，当然还有“圪洼”，这三个词表述的洞穴或低洼处依次是由小到大。与“圪洼”相对的是“圪梁”，形容地形高低不平是“圪梁圪洼”，形容路况不好是“圪底圪钵”。“圪洞”还可以引申为深宅大院，如“砖瓦圪洞”就是指砖瓦房。还有一些常用词指物体的如“圪塄”指田埂、地堰，“圪台”指台地或平台，“圪桩”指木桩棍或石桩……这些词汇从后一个字可约略知道意思，但有的也不完全是这样，而且词汇引伸出来的意思更让人难以理解。比如“圪堵”指拳头或像拳头一样握着的东西，如蒜圪堵、花圪堵等，意思是蒜瓣儿、花瓣儿抱团如拳头状，如果是一个整体的东西就叫“圪旦”了，如芥菜圪旦、蔓菁圪旦等。“圪堵”也有“一堆”的意思，“你拿了这么一圪堵东西”。“圪堵（音 dū）”还有噘嘴的意思，“嘴圪堵的这是不满意哇”；“圪桩”还引伸为懒惰不机灵的活死人，大概是行尸走肉的意思，“你是个出气的活人，还是一个死圪桩。”在内蒙古西部，有好多村庄是以圪堵、圪钵、圪洞、圪梁、圪台等命名的，前边加上这个自然村的特点如沙圪堵、红泥圪梁等，或者加上走西口最早来的人的姓来命名村庄，如托克托县的霍家圪洞、焦家圪梁等，这种命名来源于晋陕地区，如陕北就有康家圪台、蔺家圪卜等村庄。

上面提到“圪节”作为意指当官的名词是其引申之意，“圪节”的本意主要指一段细长的物体。圪节可长可短，如“树圪节”“麻糖圪节”“草圪节”等，越来越细短。如果比圪节更长的东西就叫“圪榄”了，比如树苗或木头椽檩等。比喻一个人个子高就是“长下这么高个灰圪榄。”如果比“圪榄”再细一些的恐怕就是“圪针”了，“圪针”就是荆棘上的刺儿，我们那里有句歇后语说“冷水泡圪针——又寡又扎心”，寡是没味道的意思。比“圪节”粗和短的物体是“圪墩”，圪墩是指像树墩一样又粗又重的东西，引伸比喻人长得粗壮结实，“这个娃娃长得圪墩圪墩的”，但这是用作形容词了；带“圪”的还有指方位的名词，比如角落或墙角是圪牢，如背阴圪牢、尿尿圪牢。缝隙或有间隙叫圪拉，如“从这个圪拉钻过去”。鄂尔多斯还有一个纸牌游戏叫“扎圪拉”，这个圪拉就是指两张牌之间的牌。圪劳和圪拉这两个词语和“旮旯”意思差不多，是指角落或狭窄偏僻的地方。人的身体上也有带“圪”的名词，手肘是圪扭，腋窝叫圪劳此窝，膝盖叫圪膝……这些都是人身上的弯曲关节处。名词中还有“圪”字打头后二字重叠的名词，比如花圪堵堵、肉圪糁糁、土圪台台、糖圪蛋蛋等。

“圪”字打头的动词也非常多，有的可以从第二个字来猜测词汇大概意思，有的则不一定。先从人的动作从头到脚说开来，头发“圪炸”起来就是竖起来，这个“炸”还是挺形象的，“头发圪炸谁也不怕”，蔺相如怒发冲冠时敢逼着秦王击缶；人的面部表情非常丰富：额头或脸上有皱纹叫“圪出”，也叫“圪折”，衣服有皱折也叫“圪出”和“圪折”，形容吝啬的财主也叫“圪出”，不过是由满语演变而来，满语意为“刻薄”的意思，引申为吝啬的意思。“圪折”还有难为情的意思，“羞得脸上圪折的”。如果遇到愁烦的事叫眉头“圪皱”的，或“圪出”的。眉毛弯弯的叫“圪弯”，眼睛眨着叫“圪眨”或“圪眯”，对人或事不满意会露出不满意的眼神，这叫“圪翻”，“圪翻”也指翻动物品；脸上肌肉抽动叫“圪抽”，也叫“忽抽”。“圪抽”也有忸怩或不痛快的意思，“不用圪抽了，给你就拿上哇”“圪抽甚了，快点”；如果慢待一个人会“圪本”着脸，如果是心不在焉或傲慢无视叫“圪操”着头；如果是不情愿会“脸上圪出起”或者“嘴圪噘起”，小孩嘴噘得老高叫“圪都”。嘴是用来吃饭喝水和说话聊天的，小口品茶叫“圪抿”，吃饭咀嚼叫“圪嚼”，有时说话也叫“圪嚼”，说鬼话叫“鬼圪嚼”，背后说人是非叫“瞎圪嚼”或“瞎圪翻”；如果一个人说话啰里啰嗦，人们就会说他“圪嗒（音 tà）”，两个人闲聊叫“闲叨拉”或“瞎圪嗒”，小孩子呀呀学语不流利叫“圪丢半嗒”，其同意词是“圪嗒半气”。

人体的动作也有许多以“圪”打头的动词。闭目小睡叫“圪眯”或“圪盹”，休息一下叫“圪躺”。身体蜷曲着叫“圪团”或“圪蜷”，散步叫“圪蹓（音 liù）”或“圪转”，闲逛也叫“圪转”。漫无目的的散步叫“圪跄（音 qiàng）”；小碎步走叫“圪拃（音 zhǎ）”，拃是量词，指张开大拇指和中指（或小指）两端的距离，这个用来形容小碎步非常形象；胖人走路左摇又摆叫“圪筛（音 shǎi）”或“圪摇”；有气无力或无精打采地走叫“圪信”，往后退叫“圪褪（音 tùn）”或“圪搡（音 sǎng）”，蹲下叫“跎蹴”或“圪蹲”。把腿抬起叫“圪撩”，记得小时候有一个大人哄孩子的游戏叫“点豆点”，最后一句是“一只毛蹄圪撩起”，孩子就会笑得口水直流把小脚抬起来。

稍微抽象一点的动词也不少。有的时候想蹭饭守在厨房边不走叫“圪踅（音 xué）”，有来回走的意思，也可以叫“圪蹭”；用手挠脚心和圪劳此窝发痒叫“圪哩”。如果再抽象一些，事理不顺叫“圪尥（音 liào）”或“圪别（音 bié）”，不正弯曲叫“圪溜（音 liū）”，假装隐瞒叫“圪装”，故意抢延叫“圪阴”，等待机会叫“圪伺（音 cì）”。环境太脏让人恶心想吐叫“圪瘾”，偷偷把东西揣起来叫“圪縻（mí）”，将就凑合着叫“圪且”。办事不认真吊儿郎当叫“圪混”，有人说是满语演变而来，满语原指明亮清楚，但我觉得汉语“混”是对这个词最好的诠释。有些老人大病在家将养，这叫“圪养（音 yāng）”的了。心里生气叫“圪愤”，忍耐火气叫“圪压（音 yā）”，忍耐也叫“圪耐（音 nāi）”或“圪服”；心里惦记叫“圪念”，“这两天家里老人圪念你了”。感到惋惜也叫“圪念”，不过念字发音 niē，“打烂那么好的一个花瓶，圪念死人了”。有些表示行为的动词可以从后一个字猜测其意，比如朋友在一起聚会叫“圪攒（音 cuán）”，憋气用劲是“圪努”，有时也劝人努力，如“孩子期末再圪努一下，就进前五名了”。我一直有两个词汇的意思有点不好区分，“圪耻”和“圪谄”，小孩撒娇叫“圪耻”，小孩捣蛋叫“讫谄”，女子撒娇装嫩也叫“圪耻”。“不要瞎圪耻，看打你的啊！”有人说，圪谄是语言不庄重，含有撩拔、谄媚之意，我觉得过分圪耻就是圪谄。

以“圪”字打头的形容词好多是三字后二字叠用，如硬圪锄锄、俏圪丢丢、软圪溜溜等，如“圪在在打了一个逼兜”，“逼兜”是耳光的意思，“圪在在”是用劲响亮又解气的意思；再比如说水开了是“水滚得圪代代的”。四字的如形容速度快是“圪低害菜”，“这两个小伙子，圪低害菜把一大盆面喝完了”；形容高低不平是“圪底圪钵（音 bō）”，有一个熟语说“不羞不气不兰信（本地话：羞臊），圪底圪钵咬蔓菁”；还有“圪堆”伸延为“圪堆丫叉”，意思是满满当当，“圪堆丫叉给了我一碗米饭”，这个词的近义词是“圪堆戴帽”；“圪堵板嘴”是一本正经挺认真的样子，“这个娃娃圪堵板嘴坐在那里看书了”；“圪洞”伸延为“圪洞洼切”的，意思是坑坑洼洼的；一个人蜷曲不展或办事不爽快叫“圪出打旦”，又称“圪出八代”，其近义词是“圪怂连天”。路途弯弯曲曲叫“圪溜把弯”的，棍棒弯弯曲曲叫“圪溜料欠”的，螃蟹或蜈蚣蹄蹄爪爪多叫“圪抓麻燕”的，米谷里有茎叶等杂质叫“圪渣牢蠕”的。

这里要说一下“圪”字打头的语尾助词，经常出现在内蒙古群众的问候交谈中，与圪字搭配的有呀、了、来、哇、啦等，“圪呀”表示将要完成动作，“吃饭圪呀”。“圪了”也是未完成动作，“这个文件很重要，我得赶紧取圪了。”“圪来”是已完成动作，“昨天我去县城圪来”，也有商量语气的未完成动作，“走，咱们吃饭圪来”。“圪来来”是托克托县农村打招呼经常用的词汇，后边两字叠用只是语气加重以引起重视。“去哪圪呀？”“去哪圪来？”“吃饭圪哇！”“出地圪啦”……这些活色生香的词汇时时刻刻出现在我们的生活中，就像生活中的柴米油盐一样用来用去，就像高天上的流云和厚土上的溪流一样自在悠然。

一个“圪”字真是包罗万象，既是代表一方水土的方言土语，更是折射嬉笑怒骂的生活写照。九曲黄河在内蒙古西部写下了一个巨大的“几”字，听着黄河几字弯两岸响彻“天下黄河几十几道湾”的率性高歌，吃着软圪溜溜的胡麻油炸糕，喝着发酵熬制的酸米汤，内蒙古西部百姓用“圪”字词汇，表达着天然率真的嬉笑怒骂和诚心实意的软语商量。你会觉得这“圪”字词汇，是春天里黄河坚冰散去后泼喇喇跃出的开河鱼，是漂满流凌的河面上响起的迎春曲。

“吃饭圪！”“睡觉圪！”……听着带“圪”的方言，我就想起了父母亲当年对我牵肠挂肚的爱，我搜肠刮肚找不出一个有分量的词汇形容这种爱，心里一直圪慊慊的。

三字熟语有味道
——趣话内蒙古西部方言（三）

在内蒙古西部话里，有好多散发着泥土芬芳的三字熟语，这些三字熟语流传广泛，是这方水土的百姓们表情达意的重要语言工具，在其他方言土语里这种熟语很少见。

这些简短的熟语代代相传，摇曳在内蒙古西部人的生活里，守望着乡土和乡土上人们平凡的生活，会让人想起记忆中的土地、村庄和炊烟，这些三字熟语印证了《道德经》那句“道生一，一生二，二生三，三生万物”，让人在谙熟的乡音中感受到了故乡的召唤，乡心和梦魂又贴近了那一片熟悉的泥土。

今天这篇单说三字熟语，这种三字熟语在内蒙古西部话里运用太广了，远远超出了普通话里的三字熟语。先肯定要说的是“但求是”，这是内蒙古西部对事物状态和工作业绩的评价，意思是“不咋地”。有一个笑话说一个涉农大企业的董事长来检查在内蒙古西部一个分公司的业绩，问当地老百姓：

“这个企业对你们服务得怎么样？”一位老乡说：“但求是。”董事长问身边陪同人员：“但求是什么意思？”陪同的人一边点头一边说：“就是非常好的意思。”这位董事长就在大会上说：“分公司的业绩但求是，我们这么多年的经营目标就是为了但求是，希望你们以后继续但求是。”会场不少人笑出了声。和“但求是”意思相近的还有“但寡是”，就是不多可以忽略不计的意思，老乡们聊天经常会说“今年收成咋的了？”“但寡是。”

三字熟语里有不少是指代各类人的。如常用的“忽拉盖”来自蒙语，指贼寇和小偷，衍生出“贼忽拉”等称呼。过去管在外边的浪荡货或当土匪的人都叫“刮野鬼”，陕北民歌有一句唱词是：“你抽洋烟我刮灰，好人抽成个刮野鬼。”有点像“海了混”，就是游手好闲的人。还有“椽头子”就是指瘟神，20 世纪初鼠疫流行，在当地人们把鼠疫称为“椽头子病”。我小的时候，听到人骂人“椽头子”，并不明白是什么意思，后来读《绥远通志稿》卷六十五看到，鼠疫流行时呼和浩特附近“乡村出进路口，专人守望，见有入村者，则举木椽挥之，俾不敢进；强进，以椽撞之。故当时乡人遂号鼠疫传染为椽头子病云。”小的时候我常听到隔壁的召小大娘骂那些淘气娃娃是“椽头子”和“枪崩货”，枪崩货我们是知道的，就是普通话里“挨枪子的”。

说起“货”来还是挺多的，比如“半吊货”就是指冒冒失失的人，或呆痴的二百五，也称作“二求坯”。愣货也叫“不机迷”，“咬难货”是办事情有前手没后手的人，倔强无比的人叫“僵八头”，固执不化的人叫“死凿头”，倔强耿直的人是“直脖头”，当地有句俗谚说：“溜沟子（拍马屁）走遍天下，直脖头寸步难行。”不规矩顽皮的娃娃会被大人骂一句“没头鬼”。行为轻佻的人会被称作“跳达干”，不珍惜财物的人叫“破败兴”，这个“破败兴”也指淘气老弄坏东西的小孩。骂故意制造矛盾的人是“搅蛆货”“醋棍子”，骂背后挑拨是非的人是“翻舌子”。骂坏老太婆是“灰老板”，“老点心”是骂人老奸巨滑。驼背是“背锅子”，后来人们管一面凸出的烙饼也叫“背锅子”。老师傅是“老把什”，骗子是“骗子手”，有道是“骗子手说的良心话。”吝啬的人叫“毛鬼神”，爱占小便宜叫“撇（音 piē）浮油”，借债不还的人被称为“皮不利”，就想占便宜不想吃亏的人叫“揉糜贼”，见甚爱甚拿归自己的人叫“泼布贼”，害人的人叫“害虎种”。

人的五官四肢也有不少三字固定称谓。如头顶是“天灵盖”，额头是“眉老骨”，眼眶是“眼克琅”，鼻梁上的一部分是“鼻梁凹”，腮帮子叫“牙叉骨”，嘴里的牙床叫“牙锌子”。后脖颈是“后把子”，也叫“后板筋”。肩胛骨是“铲板子”，腰部是“腰接股”，左撇子叫“左胯子”，肘子叫“圪扭子”，骨与骨连接之处叫“窝儿骨”，髋骨是“胯腋骨”，膝盖叫“圪膝盖”或“波罗盖”，踝骨是“滑拉骨”，小腿骨是“梆梆骨”或“腿不浪”，脚面是脚梁面。有时一些本地话搭配还很固定，比如膝盖着地摔倒叫“触（chǔ）了圪膝盖”，再如骂人话有“枪打天灵盖”。

有些三字熟语后两个字是叠用的，这种情况在内蒙古西部方言里特别多。先说名词，刚开始成长的娃娃叫“人牙牙”，相差一两岁的兄弟姊妹叫“挨肩肩”，双胞胎叫“双生生”，排行最小的娃娃叫“垫窝窝”；第一次干某项工作的

人叫“初虎虎”，技艺不精的人是“二揽匠”；和自己一条心的人叫“里弯弯”，憨厚的人叫“憨虎虎”，脑子不够用的人叫“半脑脑”，冒失莽撞的人叫“二砍砍”，容易被别人煽点起来的莽撞行事的人也叫“二盂唐”，也叫“脚脑风”。人的容貌叫“脸脖脖”，也叫“梆模样”，脸部的光滑润泽程度叫“水色色”，手指关节叫“骨牛牛”。衣服上的兜兜叫“倒衩衩”，对襟上衣叫“对门门”。细窄的巷子是“黑廊廊”，挑剩下的东西叫“退残残”。鸟兽花木里边的称谓也不少，“野鹊鹊”是喜鹊，蜻蜓叫“河西西”，向日葵叫“朝阳阳”，玉米叫“玉茭茭”，爬山调里有一句“玉茭茭开花一圪撮撮毛，想哥哥想得耳朵烧。”

后两个字是叠用的三字熟语还有用作动词和形容词。交换出工叫“变工工”，往一起扎堆聊天叫“打攒攒（音 cuán）”；互相辩论打嘴仗叫“对缝缝”，也叫“拨圪梁”；轮流替换叫“调替替”，重复叫“重沓沓”；用作形容词时，形容脑袋大是“肉憨憨”或“肉星星”，非常平整叫“展收收”或“展应应”，馒头蒸得又虚又开花叫“虚奋奋”的，天空长阴不晴叫“麻阴阴”。拿回来的棍子太长或者装的东西撑得鼓鼓囊囊的叫“擩（rǔ）楦楦（xuàn）”的，其实袜楦子就是用来撑的，这个词用得很有趣。感觉有风吹来叫“风嘶嘶”，“这个地方风嘶嘶的，吹着人呀”。背着人偷偷干某事叫“偷悄悄”，生气本着脸叫“古别别”，有古怪别扭的意思吧。有时一个词可以表达多种意思，关系疏远不来往叫“寡彻彻”，饭菜没味叫“寡彻彻”，戏剧或书籍不吸引人也叫“寡彻彻”。有些词真还得本地人意会，如“一小小耍大的”，就是从小玩耍长大的；“一里里天短了”，就是越往后白昼越来越短；“你就会这一量量”，就是说就有这么一种技能或本事。

在内蒙古西部方言里，三字熟语运用于生活的方方面面。比如一天的时间内黎明叫“五明头”，早晨叫“打早起”或“一打早”，上午、中午、下午分别是“前晌儿”“晌午儿”“后晌儿”；上午十点左右叫“半前晌”，临近中午叫“小晌午”，下午四点左右叫“半后晌”，傍晚叫“黑将来”。

鸟兽鱼虫中，麻雀是“老家子”，乌鸦是“黑老洼”，老鹰是“饿老鸮”，猫头鹰是“秃嘶怪”，爬山调里有一个老曲子叫《秃嘶怪占了凤凰巢》。癞蛤蟆叫“疥蛤蟆”，青蛙叫“金疥蛤蟆”。“花大姐”是蝴蝶，屎克郎叫“粪巴牛”。花草里也有挺多本地特征明显的词语，比如蜀葵花别称大蜀季，本地人讹成了“大出奇”。

我小的时候就听到许多走心的三字熟语，已经深入到了我记忆的深处。比如懒得干某事叫“不待要”，小的时候没少被大人批评：“这个娃娃可会说个‘不待要’了，去，勤践点（勤快点）！”还有，不理你就叫“不尿你”，不管你叫“不该管”，想打就打叫“咋就咋”，小伙伴们吵架没少用这几个词儿。当然还有“不进眼”，这是惹人讨厌的意思，但热恋中的女青年会含情脉脉地骂男青年“不进眼”，小孩们不明白，原来男女之间特别对眼也叫“不进眼”，当然看见小孩特别亲也叫“不进眼”，进眼不进眼真还是看人了。还有“打定醒”，就是愚笨的人多思考一下，我们经常听到的一句话是“二求坯多打个定醒”，意思是脑筋不灵活的人多思考一会儿也能把事情想明白。还有不好的结果叫“灰兰旦”，小时候我们考试经常考下个“灰兰旦”。闯祸叫“屙圪旦”，有一句当地歇后语说：“喝上稀粥屙山药——屙圪旦”。我们小时候没少被大人咋唬过：这下你屙圪旦了。还有现在年轻人们时兴的 A A 制，我们小时候叫“打平伙”，上高中时同学们也起了钱“打平伙”。

描述人的动作的词汇，也有好多有趣的三字熟语。如吃饱饭打饱嗝叫“打饱声”，打哈欠叫“打呵（音 hē）牙”，梦呓叫“发迷（音 mì）怔”，打冷战叫“冷圪瘮”；闲聊天叫“打嗒嘴”或“闲拉嗒”，聊天内容重复一遍又一遍叫“翻沙（sè）地”；干活时滥竽充数叫“挛头子”，当托儿就是“拉黑牛”，挨骂叫“挨头子”；迷失了方向叫“转脖子”，有意和人找别扭叫“罗茬儿”，自控能力差叫“没底距”，“这个人喝酒可没底距了”；跑步叫“挖蹦子”，洗脏衣服叫“洗恶水”，食物变质叫“蓝毛儿”了，扫除拉圾叫“扫恶煞”。夫妻俩吵架叫“闹饥荒”，还债叫“打饥荒”，硬给别人往下推销货物叫“打圪堆”。还有一些比较抽象的，比如“抱粗腿”就是普通话里的“攀高枝”，巴结上了有权有势的人，“溜沟子”也是巴结的意思。一个人不好和人交往叫“难行事”，“扎黑枪”是背后说人坏话，不着边际地瞎说叫“抖（音 dōu）没的”或“抖凉的”。村里人特别讲究人活着就要凭良心，不能“葬良心”，就是坏了良心的意思；做了坏事得到报应叫“损着啦”。还有人活着要“得理饶人”，不能“得了扣不饶人”，这“得了扣”是占了上风或占住了理的意思。父亲当年在村里经常去给乡亲们帮忙，杀猪宰羊，起屋盖房，我问他为什么？他说“乡里乡亲，实在意不过。”我知道“意不过”是过意不去的意思。这些抽象的意思，也可以慢慢琢磨出味来。

三字熟语里还有好多表示程度的词语。如形容突然叫“定猛儿”，或者“冷梦共”，还有“冷不防”；迟疑一下叫“一愣等”，勉强做到叫“强互能”，更加是“越发了”，形容速度快是“且说且”或“戳马儿”，等不上是“且不上”，受不了叫“戗不住”；无论如何叫“甚不甚”，差不多叫“不差甚”，也叫“不离乎”；炕头特别冷叫“冰巴凉”，十分软叫“稀流软”，东西特别烂叫“稀巴烂”，湿瓜子或玉米晒得特别干叫“成响干”，东西或物品特别新叫“一铲新”，特别不好叫“吸板灰”。还有表示抽象时间和方位的熟语，“这忽兰”是这里，“那忽兰”是那里，“这向子”是这段时间，“那向子”是那段时间。

有些熟语现在还活在方言土语里，有些熟语已有好多人听不懂了。如“干下个半撇子你不要走了。”这“半撇子”和普通话的“半拉子”差不多；“这个事有点克门儿了。”这“克门儿”是指合适的机会。再比如不死心叫“不瞎心”，就是这样叫“磕巴了”，擀面杖叫“骨碌子”，浑身不穿衣服叫“赤不溜”，光屁股叫“赤启（音 dú）子”，现在内蒙古西部一些农村还这样说。但管火柴叫“曲灯子”，茶壶叫“囱壶子”，茶杯叫“茶瓯子”，炉渣里没烧尽的炭块叫“骨碌瓷”，给人当小羊倌叫“打伴子”，梅毒叫“天暴疮”，给庄稼施农家肥叫“奶庄户”……这些词儿已很少用了。有一次我和一个小学同学聊天，我说：“赶紧给娃娃在城里买房哇。”他说：“我倒想了，底三板不硬哇！”我一下子大睁眼：“‘底三板’是甚了？”他笑着说：“钱哇！”

三个字的乡土熟语，就像春风解冻时黄河流凌的冰块一样，孕育着春天的气息。当它流过内蒙古西部的黄河岸边时，遇到渴望生长的种子，就变成了滋润禾苗的水分。当这里的方言土语妆点出内蒙古西部大地的姹紫嫣红时，这些词汇为方言提供着不竭的滋养和水分。

乡土成语妙趣多

——趣话内蒙古西部方言（四）

在内蒙古西部话里，除了上文提到的三字熟语，还有好多四字、五字乡土熟语，我们姑且称它们是“乡土成语”。这些流传广泛的“乡土成语”散发着浓郁的地方气息，融精练性、形象性、警辟性于一体，鲜明、生动、准确地表情达意的同时，也酝酿和传递着生活的美，人们在忍俊不禁之余，不仅理解和领会了“乡土成语”所蕴含的深义，也得到了美的享受。

小的时候父母亲教育我们没少用这些“乡土成语”，我听了好多这样走心入肺的成语。比如小时候我特别顽皮，母亲会说：“不要皮眉顽涎的，大人说话不能待耳不答，不要以当无然的。”“皮眉顽涎”是淘气不听话的意思，“待耳不答”是充耳不闻的意思，“以当无然”是不当一回事。我们冒冒失失地跑逛着玩，大人会告诫我们不要“接风愣怔”的，不要“雷返更震”的。“接风愣怔”和“碰头七砍”的意思差不多，就是横冲直撞的意思，当然“碰头七砍”还有干活找不着头绪的意思。如今在我们那一带农村还是这样教育孩子，不要“杵头砍脑”地跑，不要跑得“雷返更震”，不要“掏猫失窟”地害（玩耍），更不要“戳东拐西”地害，不要“疯死漾活”地害。“杵头砍脑”就是“碰头七砍”的意思，“雷返更震”是指跑动时声响过大，也叫“雷鸣击鼓”。“掏猫失窟”是指到处祸害，“戳东拐西”是到处闯祸，“疯死漾活”就是很疯狂。小孩子喜欢撩逗别人来找乐，这叫“猫捯（dáo）狗戏”，大人们经常安顿孩子不要这样。

农村真正是一个讲礼仪的地方，凡事都要遵循规矩和礼仪。小时候父母没少教我们做人的规矩，一定要“以礼如然”，按“古时常理”来做人做事，就是要按礼数来行事。不能“舀油难水”的，“舀油难水”是做事随便不认真，吊儿郎当没规矩。平时要“言干正经”就是注意言行一本正经。不要“轻皮抖擞”即轻佻，要坐有坐样、站有站样。走路不能“弹蹄漾胯”，就是随便乱动，和“卜楞弹挣”一个意思；坐着不能“拧启（音dú）筛胯”，就是坐卧不宁。说话不能“嘴尖毛长”的，即说话刻薄得罪人，也不能“多嘴淡舌”，即抢别人的话，也不要“嘴马相赢”，说话老是占上风。看到好吃的东西要先让老人和大人吃，不要“见眼食馋”。穿着仪表都是有讲究的，不能“得溜连挂”。头发要梳好，不能“刺毛秃沙”，即乱糟糟的，也叫“干毛十翘”。行影动作要“依了本登”的，不能“黄风雾气”的，不要“爬墙上树”，也不要“疯妆咬饰”的，就是行动要规规矩矩的，不能想怎么样就怎么样。吃饭要吃热的，不能“冷掏湿握”。冬天出门要防止感冒，不能“赤脚铙头”，就是光着头脚。更不能在外边“冷风咳气”地吃东西，就是就着冷风吃东西。为人要“吃皮耐厚”，做事要“公理奉道”的，就是公平合理，不能“古精马爬”，即做奸滑之人，也叫“拣筋摸皮”。客人来了要“热接热待”的，不能“冷里凉情”的，使场面“冷勾兰淡”的。在客人面前不能“玄躺顺卧”的，更不能“抖皮露肉”地轻佻。

有一个很有趣的现象，一种意思可以用多个乡土成语来表述。比如心烦意乱叫“麻烦圪倒”，或“麻里倒烦”，还可以叫“泼麻乱燥”；再比如说话走路慢腾腾的，可以叫“慢油踏水”，或者“死烟得烂”，或者“慢攘圪蠕”。当然“死烟得烂”主要是指没精打采；索然无味叫“少勾没头”，也可以叫“寡汤淡水”；再比如好吹牛的人说话往往“呵天驾雾”，就是吹得云里雾里的意思，也可以叫“云山雾罩”；人们说琐屑的小事是“求胡麻查”，这些小事往往是“不值烂操”，是“些来小”的一点事情，算下来“头绪不大”，“点儿些儿”的，也叫“眉毛眼杂”或“碎糜烂糠”；再比如不穿衣服叫“红麻不溜”，也叫“赤不溜溜”或“红麻肉棍”；再比如土默川一带说“菜汤烂水”，乌兰察布叫“奶逼圪菜”，就是说话办事忸忸怩怩，不是大大方方痛快的样子。也可以用“小心圪气”“球毛烂干”“球胆忽戏”“球毛鬼胎”等乡土成语来描述；鬼鬼祟祟叫“鬼出遛皮”，也叫“鬼出烂气”或“鬼忽零丁”；糊里糊涂叫“迷了麻旦”，也叫“迷马忽醋”的。乱喊乱叫叫“死声嗬哇”，也可以叫“直嚎了叫”。

以人的四肢五官的动作、表情或神态作为乡土成语的不少，除了眉眼已经专门写过一篇，我们再欣赏下面这些成语。形容孩子可爱叫“圆头杏脑”，也说“虎头杏脑”；小孩受了委曲快要哭的表情叫“扭唇板嘴”的；小孩和大人提条件要嘴皮叫“攒牙撂嘴”的；一本正经地端坐着叫“圪堵板嘴”的；不顾脸面向人乞讨或借贷的叫“舍脸扒皮”的；不管羞耻或体会不到别人很烦叫“没皮菜脸”；手舞足蹈特别着急叫“搓脚漾手”的；办事利索叫“脚踢手打”；干活不使劲叫“软腰圪趔”“软腰趔胯”；干活干得腰酸背疼叫“背膀腰困”，小的时候父亲从地里干活回来，我老听他说“背膀腰困”的；磕睡了伸出双手打呵欠叫“呵牙舞爪”的；脸上全是灰尘又黑又脏叫“黑眉挖道”的；女子走路卖弄风骚叫“扭腰涮胯”的，也可以叫“扭腰作怪”；针尖大一点的利益也能看起来叫“小眼薄皮”的；一个人态度特别不好叫“睁眼霸王”的；想人想得特别厉害，叫“锥心挖髓”；对亲朋无微不至地关心接济叫“掏心挖髓”；耗尽精力或用尽钱财叫“根尽沥髓”，“这几年盖了新房又给小子娶过媳妇后，我已经根尽沥髓了。”

有不少描述动作的乡土成语非常传神。比如“就是干的事情，还装茶（音 nié）设呆了”，“装茶设呆”就是假装不知道；“这个娃娃跌皮打瓦的，老缠着人”，“跌皮打瓦”也叫“踢皮打瓦”的，就是耍赖的意思，有点缠磨大人的意思。如果缠磨大人没完没了，大人会说不要“没廉捯耻”的，有点没羞没臊的意思；小孩子特别淘气推门拉窗叫“打门楔窗”，对人不满意表现出了肢体动作叫“歪三直愣”，或者叫“直愣马爬”；大惊小怪叫“打惊失怪”；心思不灵活、死心眼叫“死求一计”，也可以叫“死搬硬套”；深一脚浅一脚叫“闪深踏浅”；跌跤打滚叫“跌倒骨碌（音拢）”；满地打滚也叫“打滚卜连”；彻底豁出去叫“大破（音 pǒ）大舍”；又哭又笑叫“哭失流笑”；又哭又叫叫“哭声呶（náo）哇”；引经据典狡辩叫“讲今比古”；对事情或人物完全了解叫“悉底尽明”；装出斯文的样子叫“酸文假醋”，也叫“酸胖烂气”的；说话文绉绉的叫“文牙武绉（音 zhòu）”，巧舌如簧叫“剜花铰细”，胡说八道叫“胡诌野扯”；根据事理来推断预测叫“察理想（音 xiáng）情”；人们组织起来各自干各自的叫“叫不起套”，也可说“抽求掉胯”的；偷偷接济和帮助别人叫“偷死瞒送”，这一般是瞒着媳妇给老人钱物，也叫“偷眉圪戳”；说话办事破绽百出叫“丢底掉（音 diē）帮”；睡眼朦胧叫“半醒搁悟”；光景很好或家底很厚叫“铜底铁帮”；割袍断义叫“刀割水清”；游手好闲叫“风游洒落”；阵势和排场很大叫“灯笼火把”；东西悬空堆放或人虚有其表、无实学叫“支棱凳架”，也叫“虚林炸乎”；辛勤劳动、不停干活叫“扑前战后”；紧紧抓住不放叫“紧把牢捉”；聪明伶俐叫“精急伶俐”；老是骗人叫“接煽带骗”；狡辩耍赖撂白话叫“急逼赖害”；死僵不听话叫“僵头不赖”；互相闹意见叫“扭股裂棒”。

一些乡土成语用来说明程度、趋向、可能和状态，多用作状语和补语。说话不着边际或来回重复叫“扯逼淡延”，也叫“重返没理”；两个人前后脚到达叫“擦前抹后”；跑得气喘吁吁叫“喘气马爬”，也叫“局气马爬”；从很远处来叫“无远驾近”，“你无远驾近来眊我，我心里暖八八（温暖）的”；表示愿望强烈叫“恨盼不得”；干活非常迅速叫“急雷火炮”；加班加点、赶着出活叫“赶天连（音 liàn）地”；仓猝上阵叫“急慌打忙”，也叫“急抓憋挖”；不紧不慢往前走或过日子叫“紧破烂绽”；拖而不决或迁延日久叫“拉长磨短”；事情顺理成章叫“不因不由”的；不经意间或不知不觉出现某种结果叫“不将由顾”，也念成“不将宜故”，“不将由顾慢慢就喝多了”；哭得“抓麻顿地”或“抓麻黑漆”，就是呼天抢地的意思；屠宰场里鲜血淋漓的场面叫“血淋溅乎”，也可以说“血撕武害”；屋里烟气太大叫“烟蓬雾罩”的，太黑暗叫“黑窟拉窍”；炕上冰凉叫“冷冰不菜”的；味道难闻叫“臭天圪洼”；满地打滚叫“打滚不趔”；错过时机叫“冷打生色”，“冷打生色误了车了”；彻底粉碎叫“粉格扬碎”；不断变换品种叫“改般调样”；沾满灰尘叫“灰土麻绳”；又黑又干叫“黑死烂干”；吃食东西太硬叫“硬僵傀儡”的；绳索特别细叫“单麻细捻”的，捆绑特别松叫“松死破肚”的；人非常瘦叫“瘦死可怜”，一个人的光景不好也可以叫“瘦死可怜”；由穷变富又由富变穷叫“吹起捏塌”。

在内蒙古西部方言里，有一种辽阔叫“展油活水”，“展油活水”既可以描述地理上的平坦，也可以形容心情的舒畅；有一种光滑叫“冰倒擦滑”，指有冰的路面太滑，在冰面上滑行叫打“忽流叉叉”；有一种不平整叫“涩疤溜欠”，也叫“涩鳞圪疤”；有一种弯曲不正叫“歪流欠启（音 dú）”；有一种干净叫“干颜刮净”；有一种不干净叫“柴渣棍草”，就是满地柴草；有一种不清楚叫“糊麻忽出”；有一种寂寞孤单叫“寡流少淡”；有一种冷清是“冷清克水”的，比如“商场里冷清克水”的；有一种堆积如山叫“堆山积塄”；有一种找合适机会叫“对井方圆”，“对井方圆给打听的，给娃娃介绍个对象”；有一种惹人讨厌叫“赤忽念念”的，也叫“赤忽势势”；有一种不识好歹叫“不识移好”；有一种燥热叫“热火圪燥”；有一种胃里不舒服叫“生食烂气”；有一种软弱叫“软鸡圪能”；有一种坐法叫“稳排大坐”，就是正襟危坐；有一种站法叫“立枪竖马”，就是莽撞冒失；有一种放心是“以心托实”，就是彻底放心；有一种饭菜可口叫“有滋辣味”；有一种睡觉法叫“整铺大盖”；有一种拥挤叫“挤窝插窟”的，可以挤得“插箭不入”；有一种谢天谢地叫“王迷唐坊”，其实是从“阿弥陀佛”音转而来。

在内蒙古西部方言有好多乡土成语是特殊的称谓。孤单没人照应的人叫“单薄（音 bā）孤人”，挑动别人打架或起其他事端的人叫“人命诱子”，牛皮灯笼内秀的人叫“思气孔明”；说不进耳朵里话的人叫“实逐不通”；

“生色白棒”是指蛮横凶恶之人；从小缺少教养的孩子叫“野驴少马”；呆板反应慢的人叫“迟求墩儿”；邻居叫“房前业后”，也叫“夹壁两邻”或“居邻接壁”；阴暗角落叫“背阴圪劳”，边边角角叫“边头拉半”；坏事做绝叫“做了个枯”；打寒战叫“打冷圪瘆”；夏天的正午时分叫“亮红杠晌”；冬天叫“冬时寒月”；急性胃炎叫“攻心霍乱”；蓬头垢面叫“次毛突沙”；那个地方叫“那忽滥滥”。还有一些声音的成语也很有趣，鼓打的“不丁吆菜”指难听，唱歌声音太尖叫“尖麻吱啦”，喝面条的声响是“泼溜似海”的。

在四字乡土成语里，有好多带数字的成语。先从喝酒说吧，朋友们叫“三朋四友”，在一起喝得非常认真叫“顶（音 dīng）一把二”。当然“顶一把二”还可以是数一数二的意思，“喝酒他可是顶一把二的好手。”如果几个人喝得差不多叫“一听二半”，酒喝到一半儿没尽兴叫“二不干干”，喝得略带醉意叫“五麻六乱”，这时说话“吆二踏三”，会“七高八低”，甚至会“高吆二喊”。这时有的人喝酒会捣鬼，会“夹二撇三”地应付着喝；有的人不好好喝叫“七抽八撤”；有的人喝多了会唱歌，唱得不好听叫“七声二气”。

在生活中这种数字乡土成语会经常遇到。小时候大人经常安顿我们小伙伴要好好在一块玩，不要“三黄两脸”的，意思是不好相处经常变脸；为人一定要实实在在，不要“鬼七练八”的，就是捣鬼说谎，也叫“鬼三溜四”；交朋友一定要交“一普真心”的，就是对人真诚相待、一片真心，千万不能“七渣八糊（音 hù）”，什么人都交往，“七渣八糊”就是乱七八糟的意思，有时也叫“七逼八调”，和“乱三搅四”意思相同，比如：“乱三搅四来了一伙人。”“七逼八调尽点甚人了。”在内蒙古西部，众人皆知叫“一股齐名”，干事情利落叫“三把两下”，傻里傻气叫“二八五七”，也叫“二八雾气”；东西扬撒得到处都是叫“四撒五掖”。贼眉忽拉眼的人神情是“五眼六贼”的；在内蒙古西部农村这种七七八八的成语很多，一个人莽撞行事叫“砍七愣八”，人一瘸一拐叫“七拐八趔”，牙长得不整齐叫“七齐八豁”，胡诌乱扯叫“七勾八扯”，使劲拼凑叫“七拆八簇”，大声喧嚷叫“张八盖九”。

还有一些单个字是数字的成语，“半截（念 qiè）五寸”是指不完整，“把饼吃完，不要半切五寸扔了”；“腰打二晃”是指办事不认真，“这个人做营生腰打二晃的”；“二鬼抽筋”是形容舞姿不好，就像跳大神一样。“踢溜二连”就是穿着不整洁破破烂烂的，“这两口子邋遢的，给两个娃娃穿得踢溜二连的”；做事情有点憨傻叫“二求漾憨”，“这个娃娃做甚也二求漾憨的，不好好想一想”；“圪料二三”形容一个人爱找别扭，不好交往；假惺惺对人不真诚叫“假眉三道”；干净利落叫“乒乓五戏”的；静悄悄的叫“暗五厅堂”；能说会道叫“嘴巴六色”的；胡说八道叫“灰说六道”；亲戚朋友叫“亲家六人”；味道很难闻叫“七香辣味”；逢年过节叫“时分八节”。再比如“十冬腊月”是指农历十月、十一月（冬月）、十二月（腊月），是一年中天气最寒冷的季节，这是一个古代成语，清无名氏《刘公案》第五十九回：“十冬腊月喝凉水，临死埋在灶火坑。”在内蒙古西部话中也是比较常用的词汇。

四字成语里有不少叠字词汇，表达一种动作的程度，多用作状语。先说双字重叠的，如“营生终于做完了，可以躺心躺心睡上一觉了”。“躺心躺心”就是放心的意思。“没想到这件事情搧搧夺夺就办成了。”“搧搧夺夺”就是挤时间抢进度的意思；“这点营生叼叼夺夺就干完了。”“叼叼夺夺”就是抽空捎带的意思；“大人们都出去打工了，把两个娃娃留在村里流流求求的。”“流流求求”是孤单流浪的意思；“这个娃娃说话丢丢旦旦的真亲。”“丢丢旦旦”是学语咬字不真的意思；“他和人交往拉拉乎乎的。”“拉拉乎乎”是随和不计较的意思。再比如“挤挤插插”形容十分拥挤，“等等都都”形容不会干，没法下手，“楞楞阁阁”是形容整整齐齐。还有一些象声的成语，“哩哩啦啦”形容下雨或水流得没完，“嘻嘻嘶嘶”“井井呱呱”形容说笑轻佻不庄重，随便乱叫是“吱吱哇哇”。

还有不少是单字重叠的成语。如“生嘎吱吱把人家赶走了”。“生嘎吱吱”是硬生生的意思；“你咋悄悄圪密就来了。”“悄悄圪密”是偷悄悄的意思；

“这个娃娃指给你一个营生咋巍巍不动。”“巍巍不动”是一动不动的意思，内蒙古西部农村有句俗谚：“圪桃虫（蛴螬，金龟子的幼虫）挖蹦子（本地话，奔跑）了——巍巍不动”；“这个人可钻干（钻营）了，甚窟窟野窍也不放过。”“窟窟野窍”指不容易把握的机会；“这里面我连个得烂股股也没有。”“得烂股股”是指特别小的股份。还有一种两字反复的成语，如“比如撇沿撇沿给我舀了一碗稠的”，“撇沿撇沿”就是快要往出溢的意思；“平时嫌这个娃娃害（淘气）了，这两天人家不在感觉忽少忽少的。”“忽少忽少”就是冷清寂寞的意思。

乡土成语也有五字及以上者。“脚踢手扒（音不）拉”形容干活儿特别利索；一推了事叫“一推六二五”；棍状物分成几段或文章故事不连贯叫“七断八圪节”；满地打滚叫“丢滚十八跌”，办事情敷衍不认真叫“腰来腿不来”，翻箱倒柜、无孔不入或淘气到处祸害叫“搜行縻旮旯”；说好的事情结果一去不回头叫“拍马不回头”；“这两个娃娃搜行灭旮旯地害（淘气捣乱）个不停”；光景过得不好不坏叫“淹不死煮不烂”；执迷不悟叫“弯眼儿不开”，“这个人弯眼儿不开，没法和他共事（相处）”；“驴粪蛋蛋面面光”是形容表面光鲜、内里草包的人；“四面打豆腐八面光”是形容八面玲珑的人；“反葫芦倒水罐”比喻说话办事翻来复去；给富人送不需要的东西叫“墓圪堆上添土”；马马虎虎叫“迷得儿麻弹儿”；彼此之间利益清清楚楚的叫“清滩儿利滩儿”的；时间很短叫“绕了个眼花儿”。

在内蒙古西部方言里，还保留了好多古语词汇，“白眉赤眼”，是平白无故的意思，也叫“白凭无故”。《金瓶梅词话》第五十二回：“那里有猫唬了他？白眉赤眼的！”《红楼梦》第三十四回“白眉赤眼的，作什么去呢？到底说句话儿，也象件事啊。”用在内蒙古西部话里，意思都是不知害臊，“这个人白眉赤眼的，一看就不是个好东西。”有时也用成“白眉处眼”。其实明清时的北京城就有这种用法，明沈德符《野获编·补遗四·神名误称》：“京师相詈，指其人曰白眉赤眼儿者，必大恨成贸首仇，其猥贱可知”；“打惊失怪”是大惊小怪的意思，宋代洪迈《夷坚三志己卷》：“善谑诗词”云，“后人多少继遗踪，到我便失惊打怪。”再比如“雅没静雀”是形容静悄悄的，这个词古语为“鸦默雀静”或“鸦没鹊静”，《红楼梦》第五十回：“我因为到了老祖宗那里，鸦没鹊静的，问小丫头子们，他又不肯叫我到园里来。”在内蒙古西部农村的主妇们经常用这个词形容静悄悄，不过声音讹成了“鸦明静悄”或“哑鸣静悄”。再比如蹑手蹑脚是轻手轻脚的意思，《红楼梦》第五十四回：“于是大家蹑手蹑脚，潜踪进镜壁去一看。”内蒙古西部讹成了“拿手拿脚”或“拿脚扭手”，有轻手轻脚的意思，也有过度谨慎放不开手脚的意思。再比如“花马掉嘴”就是花言巧语的意思，《红楼梦》第六五回：“你不用和我‘花马掉嘴’的！咱们‘清水下杂面，你吃我看’。”内蒙古西部发言也作“花麻掉嘴”。再比如“青堂瓦舍”是指青砖砌屋、灰瓦盖顶的砖瓦房，明代李开先《宝剑记》第十四出：“你在这青堂瓦舍里坐着，到也自在。”内蒙古西部农村经常用“青堂瓦舍”形容好宅院，这气派的院落往往是“青蓝雾罩”的，窗户玻璃是“明光炽烂”的，屋里炕上是“暖窑热八”的。

乡土成语就像脍炙人口的唐诗宋词，兼具内容和形式之美。在弯弯曲曲的黄河内蒙古段两岸，在绵延起伏的阴山南北，这些言简意赅的乡土成语扎根乡土，生长于寻常百姓家，人们在出言吐语间不经意间就说到用到。就像大脍菜油炸糕一样让人口角噙香，就像二人台爬山调一样让人百听不厌，那独特的韵味如同乡村的袅袅炊烟不绝如缕于天地之间。

眉眼传情最动人

——趣话内蒙古西部方言（五）

在内蒙古西部方言里，眉眼的表情真是太丰富了。想夸赞小孩长得好看眉清目秀，就说“花眉盛眼”或“花眉俊眼”；形容一个人凶巴巴的样子，就说“立眉霸眼”；对人反感不用好眼神看人，就说“瞅眉腕眼”……在这一方水土里，眉眼真是万种风情。

最出名的当然是“求眉杏眼”，大意是不识眼色惹人嫌。“求眉”在此地话里是不识眼色或反应迟钝的意思，和它意思相近的本地词汇是“二求坯子”或“痴求墩儿”。有一个笑话这样讲：呼和浩特旧城的一个老太太正在看世界杯足球赛，穿着时髦的儿媳妇进屋看到后，用普通话说：“妈，你还是个球迷了！”婆婆一听生气了：“呀呀，这个娃娃咋说话了，你才是个求眉了！”当地人使用这个词儿的频率很高，一个人没有朝着另一个人指的方向看，这个人会嫌他反应迟钝，会说“求眉杏眼往哪儿看了！”这个词语也有不机灵或笨拙的意思，本地话说“求眉杏眼甚也挛不成”，“挛”在此地话里是“干”的意思，我的同事小任是山东人，分配工作到呼和浩特市来一两年学会了说“求眉杏眼”，但把“杏”字发音成了“献”字，我笑着说“你真是求眉杏眼。”

与“求眉杏眼”意思相近的有“痴眉杏眼”和“蔫眉杏眼”，不过也有微小的区别。“痴眉杏眼”是发呆的样子，有时候还有不机灵发愣的意思，和“死眉漾眼”一个意思。“痴眉杏眼”和“痴眉漾眼”一个意思，还有一个同义词是“操眉驾眼”，意思是注意力不集中而心不在焉；“蔫眉杏眼”是因身体不舒服没有精神发懒的意思，和“瘫（念 tǎn）眉杏眼”意思相同，小孩子病了没有精神头，大人会说：“这个娃娃咋瘫眉杏眼的？”眉毛耷拉下眼睛没有光彩，形容得非常贴切。除了形容发呆的，还有形容发愣的，叫“愣迷扯眼”。

小时候我经常听到的还有“灰眉处眼”和“土眉混眼”两个词。农民经常在地里干活，因此他们经常用这两个词来形容满面尘土的样子，父亲在世的时候经常和我念叨“土眉混眼庄户人”，这是山西的老话土语，随着走西口人传到了口外。“灰眉处眼”可指黄尘满面，也可以指碰壁后丧气的样子，“唉，灰眉处眼碰了一鼻子灰”；还有“鬼眉溜眼”则是形容一个人鬼鬼祟祟的样子，有时也说“贼眉溜眼”，是说神情贼溜溜的。爬山调有一句唱词：“圪丁瓮子二号盆，鬼眉溜眼装好人”，“圪丁瓮子”指小瓮，比喻灰人装好人。但有时熟人之间也经常以此提醒应光明正大地做人做事，“这个家伙你言敢正经（四字俗语：光明正大）地来哇么，鬼眉溜眼做甚了。”

我的家乡还有一句流传非常广的俗语——“土默川的狼，善眉善眼地吃人哩”，到现在我都在反复琢磨这句俗语的含义。字面意思很好理解，“善眉善眼”就是慈眉善目的意思，老舍《老张的哲学》十一里有一句：“门房里坐着一个老人，善眉善眼象世传当仆人的样子。”后来我明白这句俗语和狼外婆的故事差不多，就是借指凶狠无比的坏人伪装出十分慈祥的样子，过去“土默川的狼”一般指算计别人的奸商或剥削长工的财主，后来大家互相开玩笑也用这句话。这句俗语和另一句俗语“笑面虎虎吃人了”意思差不多。“善眉善眼”和“和眉善眼”差不多。

说到形容人面部表情还有好多，这些有眉有眼的方言词汇反映出了人们的喜怒哀乐，汇成了悲欢离合的生活。比如有伤心事会哭得“胖（音 páng）眉肿眼”，擦眼泪叫“扦（音 qiān）眉抹眼”；形容人喜形于色时会说“喜眉笑眼”“喜眉色眼”或“舒眉展眼”；人猴性爱开玩笑叫“猴眉杏眼”，当年母亲没少嘱咐我“不要猴眉杏眼的”；形容一个人特别神气会说“神眉佛眼”或“囊眉佛眼”。形容对人带理不理是“本眉丢眼”，这个的意思和“本不丫叉”一样，也称作“本不六丢”。对人或事吃惊或害怕时会“怔眉溜眼”，办事情砍七愣八的砍货就会显出“砍眉杏眼”的神态。表示出对人不满的神色是“丢眉漾眼”，形容一个人臭酸烂气装高雅的叫“酸眉醋眼”，不正经撩拨的眼神叫“骚眉处眼”。

上面提到形容人面容姣好称“花眉盛眼”，其实这是从古语转来的。“盛”应作“毵”，毵本音 sān，形容毛发或枝条等细长的样子，“晴烟漠漠柳毵毵”“鬓毛不觉白毵毵”……唐宋人的诗词里经常用到这个字，年长日久，此地话把 sān 讹转成了 shèng。此外，还有好多形容人的容貌的眉眼词汇，比如形容一个小伙子长得精神焕发也叫“光眉俊眼”或“光眉处眼”，长得浓眉大眼是“宽眉大眼”，憨厚老实是“憨眉处眼”，黑不溜球的、头发眉毛挺浓是“黑眉盛眼”；形容一个姑娘长得光彩照人、眉目含情，一般和夸小孩一样，也说“花眉盛眼”或“花眉俊眼”，在乌兰察布地区也用“粉眉淡眼”形容姑娘长得粉面桃花的，但在我们托克托县“粉眉淡眼”有时也指化妆擦粉过度。形容人长得面目小巧叫“小眉碎眼”的，人老了则被形容为“老眉圪眨眼”，耳聋反应慢是“聋眉扯眼”。

还有一些词汇的用法要稍微抽象一些。比如“人眉六眼”，有的地方也说“人眉丢眼”，意思是看上去和正常人没有两样，结果做出来的事情让人意想不到。比如说：“看上去人眉丢眼的，想不到他做出这种事来。”再有说孩子不好哄的：“这个娃娃刚刚还人眉六眼的，定猛（突然）这是哭甚了。”还有一个词语叫“没眉糊眼”，就是只管满足自己的需求，不管别人的感受和看法，有点贪得无厌的意思。“这个人没眉糊眼的，抿（音 mǐn）倒骷髅（不顾周围人们感受）就顾个人（自己）了。”大人们经常会教育孩子：“不少没眉糊眼就管个人，互相搭照（帮扶）上。”

有眉有眼的词汇使这里的方言土语活了起来，像庄稼有了饱满的汁液和水灵的色泽。“水是眼波横，山是眉峰聚”，滔滔黄河水是这一方水土传神的秋波，巍巍大青山是这一方水土跳动的眉峰，使这一方水土有了摄魂钩魄的动人处。说起这些有眉有眼的词汇，我就想起了往日那有悲有喜、有嗔有怒、有情有义的生活，使一个个冰冷的日子变得像花朵一样颜色鲜丽、香味馥郁，使一张张远去的面孔变得像往日一样神情饱满、言笑晏晏。

时光如水一般带走了往日的人和事，但带不走这些眉眼盈盈的词语。原来岁月深处曾经姹紫嫣红都开遍，想起昔日那些熟悉的慈眉善目让人温暖，听着今天这些有眉有眼的词语让人陶醉……静穆的青山前泉水依然在流着，古朴的村庄里炊烟仍然在飘着，水流山静花明媚，眉眼盈盈处流淌着这些打小相伴的熟悉的音符。

“风搅雪”的方言更传神

——趣话内蒙古西部方言（六）

在内蒙古西部广袤的平原和起伏的山峦里，居住有来自晋陕冀和山东等地的外来移民，清代时还有西北来的回族和东北来的满族。内蒙古西部方言是走西口先辈们和当地各族群众交往交流交融的语言结晶，这里的方言除了以晋陕语为代表的汉语成分外，还有其他少数民族语言杂糅其中，形成了一种独特的“风搅雪”语言，听懂的人感觉有一种说不出的好听和舒服。

在内蒙古西部方言里，好多话里完整或部分地保留了蒙古语词汇。最出名的是“忽拉盖”，蒙古语里是指贼寇或小偷，汉语音译为“忽拉格”或“忽拉盖”。在内蒙古西部农村，人们骂那些不守信用的人或奸滑之辈为忽拉盖，也骂作“贼忽拉”，比较好地保留了蒙古语的发音和意思。逐渐地人们把那些游手好闲和坑蒙拐骗之辈也骂作“忽拉盖”。但有时见了特别亲昵的好朋友打招呼时，也会说“贼忽拉你这两天去哪里了。”还有一个词儿叫“灰塌二乎”也很常用，形容冷清、凄凉，这个词蒙古语发音为“灰塌日乎”，是变冷的意思，逐渐引申为冷清的意思。

内蒙古西部方言里说“跑”是“逛”，比如说“这个人逛得没影儿了”，其实就是说“这个人跑得没影儿了”。我最初以为这就是汉语“逛”替代“跑”，其实这个“逛”是蒙古语“贵和”的音转，蒙古语“贵和”的意思是“跑”。再比如说一个人是种地的能手，当地方言称为“种地的好把式”，“把式”是蒙古语的音译，也译为“巴克希”，汉语意为老师，当地方言里引用来称赞能工巧匠。再比如形容一个直来直去的人是“直忽筒”，“忽筒”亦译为“胡同”，即井的意意，井当然是直来直去的啦！20世纪五六十年代，在土默特左旗一带有的农村还把食盐称作“达卜素”，汉语意就是食盐；好多地方把不生育的牛称作“速拜”，完全借用蒙古语的音义。

过去的内蒙古农村里，每家在房前屋后会扎篱笆墙或土坯墙围一块空地，在里面种一些蔬菜或堆放柴草，当地人管这叫“圐圙”（kū lüè），这是蒙古语的音译，又译为“库伦”，意思是指土围墙，我是小时候在土圐圙里耍大的那一代人，提起圐圙就想起了那个简陋而温暖的家。“圐圙”的“圙”有时读为二声，是指表示用细长的东西围起来的圆圈，“画一个圐圙”是指画一个圈，“炸油圐圙”是指油炸的面圈儿，“用铁丝窝一个圐圙”是指铁丝窝的圆圈儿。“圙”读成平声时，“圐圙”是一个动词，是蜷屈的意思。说到油圐圙，我想起了小时候常吃的“拿糕”，拿糕是用玉米面、高粱面、莜面或荞面做成的发粘的糕，“拿”是蒙古语“粘”的意思，其实就是一种“粘糕”。在那个粮食短缺的年代，拿糕特别是高粱面拿糕是穷人们的当家食品，它使多少穷苦人熬过了饥饿艰难的岁月。

还有一些经常听到的词语也是蒙汉合璧。比如乡下孩子们贪玩，把家里弄得乱七八糟，大人会说“娃娃们把家里害成个虎卜尔害了”，第一个“害”是淘气贪玩的意思，“虎卜尔害”是土默特地区流行蒙古语方言的音译，是乱七八糟的意思，其实比较标准的蒙语发音是“阿瑞好瑞乌贵”，在土默特地区逐渐讹转成了“虎卜尔害”。再比如“叨拉”，在内蒙古西部方言里经常出现，是聊天拉家常的意思，“叨拉”是蒙古语，意思是歌唱。蒙古族有一种说唱艺术叫“叨拉”，这个词被汉语吸收后就转为闲聊的意思。

蒙古族词汇在汉语中的运用，还体现在了二人台、漫瀚调等地方曲艺中。当年土默川的民间艺人云双羊是二人台的创始人，既熟悉蒙汉民间歌曲又能拉丝弦会打坐腔的云双羊，首创用蒙汉两种语言混合的“风搅雪”形式演出。云双羊等在演出《走西口》时，加入蒙汉语混合道白：“进了土默川，不愁吃和穿。乌拉（山）高，岗勒（河）弯，海海漫漫米粮川……‘有水请你给一碗，我要解渴把路赶。’‘塔奈勿圪（你的话）免德贵（不知道），忽勒登雅布（快走）指向西。’手指口渴嗓子干，她却给一碗酸酪蛋（干奶酪）。”描述了太春进入西口外看到的情景。云双羊的代表剧目之一《亲家翁相会》的道白也是“风搅雪”，比如“塔奈（你）到了玛奈（我）家，正赶上玛奈不在家。门上碰上个锁圪垯（方言：锁子），对不起呀，失礼啦！瞎眼的脑亥（狗）咬塔奈，塔奈抽出大烟袋，狠狠地揍了它的陶勒盖（头），让你受惊怨玛奈”。爬山调里也有这种“风搅雪”的词汇，比如“二套牛车拉榃萲，路上路下眊你来”，“榃萲”是蒙古语音译，汉语意思是红柳，内蒙古西部地区有好多叫“榃萲图”的村子，就是“长红柳的地方”的意思。再比如“山药皮皮盖脑包”，脑包就是敖包，草原上用于路标或祭拜的石堆。

“漫瀚调”更是民族交融和文化交流的结晶，是蒙汉人民水乳交融孕育出了独特的民族民间音乐。漫瀚调不仅曲调取自蒙古族短调，好些歌词也是蒙汉混唱“风搅雪”，比如漫瀚调艺术之乡准格尔旗过去曾流行一些蒙汉语混合的漫瀚调，如“毛日牙乌奎（汉译：马儿不走）拿上鞭子打，努呼日依日奎（朋友不来）捎给一句话。爬场（方言：不好的）毛驴也是额勒吉格（毛驴）哇，小脚脚女人也是努呼日（朋友）哇……”再比如著名的漫瀚调《黑召赖沟栽柳树》的唱词：“黑召赖沟呀栽柳树，咱看那毛阿肯（汉译：坏丫头）妹妹扭两步；黑召赖沟呀栽柳树，正好是阿木尔门德（汉译：平安）的縻马处（方言：拴马的地方）……”从这些歌词里可以看出，内蒙古西部方言是以晋陕等地方言为基础，杂糅蒙古语词汇。

在呼和浩特市一带，还生活着大量满族群众，这里的方言也是挺有意思的。康熙雍正年间清廷对西北用兵，满族将士陆续进入呼和浩特市，乾隆年间驻防右玉的八旗官兵部分迁居到呼和浩特市，因此也形成了满汉混杂又带晋西北口音的“此地话”，当然也有不少满语词汇。比如夸赞“这个娃娃长得很敦实”，满语“阿克敦”是指人长得挺壮实，满汉合一成了“敦实”；再比如“八洞”，是指地上的深坑，这个词儿就来自满语，原指大石头，引申为地上的坑；“喝上温突水了”，“温突”满语是指不冷不热的水；“红麻肉棍”，是满语“胡来混”的音转，意指赤身露体；“这可拉下糊糊了”，意指闯下祸了，满语原指“酒糟”，后来泛指闯祸；“这个娃娃毛糙的”，满语“毛糙”原指笨拙，引申为毛手毛脚的意思；“这个人咋糊里八都的”，满语“阿里八图”

原意是做事不利索，后讹为“糊里八都”，指办事情糊里糊涂，用此地话说就是“甚也闹不机迷”。

我的家乡在托克托县团结村，打小好多此地话耳熟能详，我不知道这些带着山西味的词汇是源自满语。小的时候常听到女人们骂他们的男人“窝脓格儿”的，是嫌自己的男人没本事窝囊，“窝脓格儿”满语原意是小东西，后来指做不成事的人，就是此地话说的“求也挛不成”。在此地话里“窝脓格儿”还有推不在人前头的意思，就是“死狗扶不到墙上”的意思；在土默川一带，一个人脸皮太厚就会被人说“这个人咋这么白了”，这个“白”也说成“贫”，“这个人贫的”，就是恬不知耻的意思，满语里“白”是“贫说白道”的意思，后来衍生出不知羞耻的意思，就是此地话讲的“白眉醋眼”或“白眉疏眼”的意思，即这个人的举止行为让人反感。

有好多化作了家乡方言的满语，听起来是那么的走心，使我想起了我生活的那个村庄和已经远去的父母和长辈，他们曾用这些词汇教育或夸赞过我们。“不要穿的黑死烂干的”，“黑死烂干”满语就是衣衫褴褛的意思；“有点骨气，不要让人黑眼”，“黑眼”是满语“哈眼”的音转，原指放荡女人，后指被人鄙视、瞧不起；“你咋这么蜡塌了”，满语“蜡塌”原指迟钝，后泛指不干净。“勒特货”满语是呆笨的意思，此地话是说穿得不整洁的人；“那个家伙真是个圪出老财”，“圪出”满语意是“刻薄”的意思，引申为吝啬的意思；小时候大人老让我们“杀格”饭菜，就是吃光剩余饭菜，有些村子叫“格杀”，这“格杀”满语原指鸟兽的残食，后衍化为吃干净。有的村子也说“把饭扎格了”，这“扎格”满语原意是吃食东西，后来引申为把饭菜吃干净的意思。在土默川好多村里，现在好多人还把筵席上整理下来的饭菜称为“扎澄（音 dèng）”，和呼和浩特市新城区满族群众的说法一模一样。

熟悉的乡音里居然有这么多“风搅雪”般的词汇，就像家乡的二米饭那样适口，就像回荡在阴山脚下黄河岸边的爬山调一样。当年山曲儿随着走西口的人们进入黄河对岸，于是阴山南北响起了爬山调，爬山调多为一人演唱，赶车的、放羊的、耕地收秋的……都可以一展歌喉，歌声里的方言洋溢着黄河东流水一般的美。我小的时候听人唱控诉财主的歌，“老毛驴跌在卤汤锅，财主舒服得脱了骨”，这是啥意思？后来知道“卤汤”是指煮肉的汤，“脱骨”是形容太舒服的此地话。“半碗黑豆撒河头，年年起来挨（音 nāi）鬼头”，我不知道“挨鬼头”是啥，父亲告诉我是借高利贷的意思。“麻筋筋常是细处断，天年不好饿穷汉”，父亲告诉我说“天年”就是指遇上灾年的意思。“黑夜盘肠白天气”，这盘肠是失眠的意思，“气”就是生气……这些曲儿里的语汇，是山西或陕西的走西口先辈们传下来的。

听着这些亲切的方言土语，我体会着祖辈们的朴实情怀；听着这些风搅雪的词语，我遥想着先人们淳朴的交往。一方水土养一方人，他们在交流中孕育出了这让人陶醉的方言土语，使得大青山南麓的这片故土变得有情有义，当这些遥山远水的乡音变得越来越亲切时，你才知道无论你走多远，活灵活现的幸福就在你童年时的乡土里，有声有色的情感就在你改不了的乡音中。

独具韵味前后缀
——趣话内蒙古西部方言（七）

在内蒙古西部方言里，像“圪”字一样的前后缀经常用到，这些前后缀使方言土语形成了独特的韵味。这些带有前缀或后缀的词汇弥漫在一方百姓的生活中，人们在出言吐语的日常生活中把它们播洒在岁月飞扬的时空，这些前后缀音就像油盐酱醋一样把生活烹调得有滋有味，流逝的岁月流淌着一个又一个水灵灵的音符，就像溪流河床上的鹅卵石一样鲜亮鉴人，圆润光滑。

除了上文提到的“圪”字多，此地话里用的最多的前缀恐怕要数“日”字了。用的比较多的是“日它”，这个词汇有点像普通话里名骂“我操”，但用的日久天长人们就把意思转了，主要是因为其语气干脆带劲。“日它，连这么一袋子土豆也搬不动，怂货。”“日它”在鄂尔多斯和巴彦淖尔还有糟蹋、祸害的意思，“一群羊跑进玉茭地，可日它了个灰（厉害）”，土默川一般不这样说。此外还有四个字的“日它祖祖（即祖宗，此地人发音）”也成了一个口头禅，是乡野恚骂的粗鄙之词。还有个四字的动词叫“日下鬼头”，就是闯下祸的意思，爬山调里有一句唱词“水涨船高浪头大，日下鬼头妹担当”。

“日”字做前缀的词汇，一般能从后一个字了解其大概意思。在用作动词的词汇里，吃饭叫“日馕”，“你真能往肚里日馕了”；训斥批评叫“日噘”，“他这次犯下大错了，可让领导日噘了个灰”；哄骗叫“日哄”，“你可千万不要日哄人”，和“日哄”意思相近的还有“日鬼”和“日捣”，这两个词都有背后搞小动作的意思，“这个家伙不知道背后瞎日鬼甚了”；吹牛叫“日粗”，和此地话“呵砣”意思差不多，不过前者要比后者吹得更玄乎离谱。在内蒙古西部还有个词儿叫“日眼”，有点像普通话里的“腻歪”，意思是因次数过多或在人面前时间过长而让人感觉厌烦讨厌，但当地还有一句俗语叫“日野不黑眼”，就是虽然他来的次数多或老在面前出现，但你还不觉得他讨厌，甚至挺亲的，一般多指小孩儿。

日字做前缀的形容词也有不少，多用作谓语。形容一个人心灵手巧有能耐叫“日能”，“这个人挺日能，甚电器也会修理”；事情很蹊跷奇怪叫“日怪”，“这么日怪了，今天咋一个人也没来”；一个人很凶恶叫“日恶”，“看把你日恶的，想咋了？”。和“日恶”意思相近的是“日玄”，“咦，日玄成个不像了。”但“日玄”还有“日能”的意思，“他挺日玄的，这么难的题都能解出来”；形容环境挺脏的叫“日脏”，“他把个家住成猪圈了，挺日脏的”。有的动词就只有内蒙古西部人能懂，比如“日拎（līn）”是为了占便宜特别善于钻营的意思，这个人不仅要有机灵，还要钻头不顾尾只顾自己。还有一个词叫“日殃”，就是好笑的意思，一个人的言行奇怪或有趣引人发笑，“这个人咋这么日殃了，真失笑（好笑）”。还有一个四个字的形容词也经常用，“日怂邋塌”专门用来形容不整洁、不利落、脏乱的人，一个人要是日怂邋塌，就挺窝囊走不到人前头。

在内蒙古西部方言中，“忽”字一般多用作动词的前缀，这个动作意思以后边的动词为主，动作往往有重复不止、连绵不断的意思。如抖动是“忽抖”，“再忽抖忽抖，还有点面了”；撩起叫“忽撩”，撩起窗帘叫忽撩，舀水时舀来舀去也叫忽撩，不停地搅动叫“忽搅”；少量洒水或绵绵细雨不止叫“忽洒”，也叫“忽潲（音 shào）”，“往地下忽潲点水”；习习轻风吹来也发音为“忽少（音 shào）”，“凉风风忽少上真舒服”；水多了从盆里溢出叫“忽溢”，但“溢”字此地话里发音为 yǎn；闪开叫“忽闪”，失约也叫忽闪。“约好人家你不去，忽闪甚了”；微微摇动叫“忽摇”，大幅度摇摆叫“忽摆”；颠来颠去叫“忽颠”，绕来绕去叫“忽绕”，颤来颤去叫“忽颤”；抖动不止叫“忽抖”，一个人举止行为轻佻也叫忽抖，“你不要在外头瞎忽抖了，赶紧回家吃饭哇。”不停眨眼叫“忽眨”，抽动不止叫“忽抽”，一个人犹豫不爽快或者忸怩作态也叫忽抽，“不要忽抽了，快点走哇。”被鞭子或树梢略微扫了一下叫“忽捎”了一下，有大概有捎带的意思；水波荡漾叫“忽漾”，有时叠用后一个字也形容人多，“忽漾漾来了这么多人。”

有一些词语的意思要抽象一些，不解释外地人真还弄不明白。比如慢慢地往前走叫“忽信”，“你这么个忽信着，天黑怎么能到了村里了”；往高蹿跳拿东西叫“忽拾”，“你看树上的苹果，忽拾一下就探住了”；光线太强晃眼睛叫“忽熠（音 yì）”，“这个镜儿反光了，忽熠得人甚也看不见”；再比如“忽呲”直白点说是呲牙咧嘴，但有时引申为挑衅的意思，比如“不要给爷忽呲啊，看爷收拾你的”。我想，这“忽呲”是因为呲牙咧嘴表露出了不满挑衅；挑拨煽动叫“忽点”，“他俩打架就你忽点的来来。”我想，这“忽点”是点燃了一方的怒火。再比如“忽攒（音 cuán）”是对工作敷衍塞责，和这个词意思相近的词是“忽挛”。“有点营生不好好做，这个家伙就会忽攒。”我想，忽攒就是随便拼凑堆砌一下来应付了事，这样解释也契合“攒”的本意。此地话里还有一个常用词叫“忽碌”，磕睡打盹叫“忽碌”，反应迟钝或人比较笨也叫“忽碌”，“这个娃娃忽碌的，这还能念成个书了。”

“忽”字为前缀还有好多象声词，后一个字有时叠用为三字词组。踩到泥潭里了，只听“忽处”一声。“忽处”还有突然、一下子的意思，“你咋忽处一下就来了。”玻璃碎了“忽啦”一声，碗掉地上“忽菜菜”一声，鞋掉地下了“忽汰”一声。石头掉到地上“忽咚”一声，粉条咽下去“忽溜”一声，门“忽嗒（音 tà）”一声关住了，“忽飒飒”一下飞来一片鸟。忽字当前缀，后面两个字重叠，多用作形容词，“豆腐软得忽颤颤的”，“气得我忽塌塌的”。有时两字重复叠用表示程度更深，如“气得我肚子忽歇忽歇的”。喝的水多了肚里“忽赖忽赖”的。风吹水流得快叫“忽淌淌（音 tàng）”的，火炉子出烟通畅，炉子会“忽隆隆”地响，一个人在家孤单冷清会感觉“忽少少”的。

以“忽”字为前缀的四字熟语不少，有这么几个常用词。变来变去没有准确的说法叫“忽丁打闪”，也叫“忽流闪电”，多形容说话不算数的人，“这个人忽流闪电的不能听他的。”还有水渍和尿渍一片又一片叫“忽低忽烂”的，也称“忽里忽烂”的，小时候经常听大人抱怨“这个娃娃把褥子尿得忽低忽烂的”，那个时候孩子爱尿床吗？其实还是大人们舍不得扔东西，不像现在生活条件好了，各种尿不湿侍候着，用完便扔。拿不定主意是“忽心忽事”的，犯瞌睡叫“忽碌扇天”的，糊里糊涂也叫“忽碌扇天”的。杯盘碗碟等器物相碰叫“忽零了啦”，也称作“忽里了啦”“忽铃了啦”。

这里还要说一下以“一”字打头的方言词汇，“一”有时是前缀，有时是量词，日常用得非常频繁。比如“二茬韭菜挣（捆的意思）把把，咱们弟兄好容易兑在一打打”，这个“一打打”是一块儿的意思；“蔫人一实计”，这个“一实计”就是死心眼的意思；再比如破烂东西堆在一起叫“一塌堆”，形容一个人破败时的模样也叫“一塌堆”，“这个人这会儿灰成个一塌堆了”；还有上下一般粗叫“一笼统”，穿的一模一样叫“一色水水”，感冒流行一阵子叫“一令子”，说话一套一套的叫“一特唠”；从来或一直叫“一至眼儿”，“他一至眼儿就不愿意去这个地方”。一共、总共叫“一至门儿”，“这一至门儿是百十来个饺子。”一起叫“一裹连茬”，“他一裹连茬把肉和骨头都买走了。”车开过去弄得尘土大叫“一炮黄尘”，有时做一件事弄得派头大或气势很大也叫“一炮黄尘”。勤劳叫“一扑二砍”，“这两口子一扑二砍的，这两年刨闹的过得不赖。”

内蒙古西部方言里还有“且（音 qié）”字为前后缀的词汇。如“且待”是正想、正准备的意思，“且待弄好了，让他忽搅了。”再比如“正且”，也是正想的意思。“我正且出发呀，来了一个客人。”还有琢磨是“抠且（音 qié）”，“把这道题好好抠且抠且”，“且”字为后缀表示做这个动作的时间较长要持续一阵子，“把这条鱼刮且刮且。”还有一个较特殊的用法是“尽”字表示普通话“全”的意思，“今天来的尽是大腕。”“挣上两个钱尽短下了。”值得一提的还有内蒙古西部方言里最有意思的一个后缀“来来”，除了上文我说的“圪来来”之外，还有“得来来”表示程度更厉害，“这个娃娃今儿跳得来来”“唉，看这灰得来来”“看把你宽得来来”。

在内蒙古西部方言里，韵味独特的前后缀还有不少，这些缀前或缀后的字赋予了词汇的地方风味。这些前缀和后缀就像黄土高原窗棂上的窗花那么鲜艳，就像河套平原、田野上的庄稼那样朴实，耳边响起这些亲切的缀音，就想起了流水般的过往里有那么多鲜艳明媚的时刻，有那么多“掬水月在手”的美好如诗的时光，流淌着家乡话音符的岁月长河时时会泛起让人思念的涟漪。

动人动心说动词
——趣话内蒙古西部方言（八）

在内蒙古西部方言里，好多惟妙惟肖的动词说出来非常有意思。一些听得懂的人对这些行为动作会心一笑，听不懂的人则一头雾水不知所云。动词在方言土语里的运用使语言生动形象起来，好比让天上的云游了起来，让地上的水流了起来，让这一方水土活了起来，让这里的人们神采飞扬起来，拨动心弦奏响动人的歌。

记得 1982 年我刚学英语，和父亲聊起英语挺难学，父亲说咱们此地话才难学呢。父亲举例说，同样是说下雨，下小雨叫滴（音 diē）答的了，小雨下个没完叫“淋啦”的了，碎生生雨叫“忽洒”的了，风吹得雨斜洒叫“忽潲”，下大雨叫“瓢泼”的了，再大一些是往下倒了……父亲笑着说：“你说咱们当地话难学不难学？可比英语难了。”我想了想也是的，刚一个下雨就有这么多说法，别说外国人了，外地人来了也会听得懵头转向。再比如人在一起相处交往叫“处交”，也可以叫“挨居”，还可以叫“七搅”，还可叫“攒闹”。再比如扔物品的“扔”叫“撄”，《集韵》的解释是“引也”，就是引弓的引，解释得很形象。随便扔东西叫“撄扻（音 kǎn）”。“撄”的同义词是“托（mào）”，“把没用的这些东西托了哇”。再比如“掯（音 kèn）”是指被难住了，“最近生意不好，他被掯住了”。人们也说“掯紧关头”，就是关键时刻。

上面提到的都是动词，在内蒙古西部方言里有好多动词的发音特别独特。我们先说一些单字词汇，衣袖里藏个东西叫“褪（音 tùn）”，“把手褪在袖子里”，往后撤也叫往后褪（音 tùn），“褪”又是后退的意思，后退也叫“捎（音 shào）”；垒叫“查（音 chá）”，有句爬山调唱“石头查墙夜蝙蝠飞，你看这个地方少短（方言：缺）个谁”；我小时候有几个词儿耳熟能详，比如“肿”叫“膖 pāng”，《博雅》的解释是“肿也”，“他夜儿（昨天）没睡好，眼睛膖的”；炕上满是尘土叫“炕上荡了一层土”，灰尘飞扬叫“荡”，小时候我们那一带沙尘暴一刮起，动不动就“荡下一家土”；再比如看望是“眊（máo）”，组词是“眊瞭”“眊稍”“眊初”等，既有探望的意思，也有打听的意思，还有侦察的意思；再比如“捋（luō）”，本意是五指持物，内蒙古西部方言是“动”的意思，可以组词“捋动”就是动的意思，或“捋招”是招惹的意思，“捋粗”是粗心的意思，“捋茬儿”就是找茬的意思。

有好多单字动词用法新颖，细细想来回味无穷。如西部农村说被事情难住叫“箍”，“没钱才把个人箍住”，“箍”解释为“束缚住”很贴切；拴叫“縻（音 mì）”，爬山调唱“沙蒿钵钵縻毛驴，恐怕你走了忘妹妹”；系叫“钤（音 jīn）”，“赶快钤住鞋带”；着急叫“恳（kěn）”，“看见人家都分上红了，他恳的不行”；追赶叫“躖（音 duàn）”，“赶紧跑！后边的人快躖上了”，躖的本义是跑得快，我们上小学时有人让猜谜：“言字跑，身字躖，寸字后面踢启（音 dú）蛋（方言：屁股）”，猜出来是一个“谢”字。敲锣的“敲”叫“筛”，推磨的“推”叫“㨯（wēi）”。跨栏的“跨”叫“骗（piàn）”，一条腿抬起跨或跳过去就是“骗”，如“抬腿骗上马”。再比如“挛（音 luán）”就是应付着干的意思，“瞎挛”是瞎干的意思，敷衍了事叫“挛架”“挛算”“挛舞”或“挛头子”。

打小出生在土默川农村，好多单字动词早已种在了我的心里。小的时候，当糕蒸好后就见大人用力搋（chuāi）糕，这个搋字是我后来才学会的，就是用力揉物的意思。比如用筷子夹菜叫“戟（jǐ）”，“给我戟上一个糕”；把冷了的饭回笼蒸一下叫“熘（liù）”，这个“熘”和“熘肝尖”的意思不同。熘也叫“焊（hé）”一下，还可以说“熥”一下，熥本音 tōng，《集韵》解释为“以火暖物”，此地话里熥念作“téng”。小的时候吃到烩菜剩不多时，母亲就会给我熥一碗滚水（开水）。如果揭锅盖时被热气熥一下，会特别疼。再比如把东西铲起来放到另外的地方叫“擢（huō）”，比如“把烩菜从锅里擢到盆里”“把地里的积水擢出去”；再比如“搲 (wǎ)”就是用碗或勺子舀，小时候大人经常让我们去凉房搲米搲面或搲油搲咸盐；再比如“汆 (cuān)”是一种把食物放在水里煮的烹饪方法，小时候我们经常吃汆莜面鱼鱼。

再比如把树枝折断，叫“㱿（què）”，㱿字《集韵》解释就是“断也”；再比如伸手叫“擩（rǔ）手”，小时候我们经常说“擩”，打架叫“擩拳摸圪都”，洗脚要把脚擩在盆里，往出伸腿伸胳膊叫“擩架”，“擩架”还有虚张声势的意思；小时候大人老让我们去供销社买东西，“去，赀（zī）上半斤白糖”，这“赀”就是上秤称重；再比如此地说“擦”叫“蹴（cù）”，我小的时候经常写错字用橡皮"蹴"，我家姑娘从小在呼和浩特市长大，偏偏跟着我学会了这个词儿，和同学说"用橡皮蹴了！"听的那个孩子一脸茫然："啥？"；再比如内蒙古西部话里的"吺（dōu）"字，说一个人说话不靠谱叫"说凉的，吺没的"，"吺"字在《广韵》里解释为"轻出言也"，就是随便乱说。小的时候看父亲用栽橛做扫帚，把小木楔子往栽橛下的铁环里钉，这个动作方言里叫"捭（音bài）"。再比如擦玻璃，"擦"叫"搴（音qiān）"，擦柜也叫"搴柜"。

这里要重点说一下"抬"字了，"抬"字在内蒙古西部所含的意思非常丰富。普通话里抬的所有意思都可以用到方言里，比如两人合力抬轿子或抬土筐，一个人抬头或抬胳膊。本地有谚语说"人抬人高"，就是抬举的意思。两个人闹意见叫"抬"，"你们快不要抬了"；一个人想收拾另一个人，会说："看爷抬你的"；不让别人乱动东西，叫"不要瞎给抬"；把活干完或把工作干完，会说"赶紧把这点营生抬了。"把火抬熄、把水抬干……借、拿、干、灭、打、做等动作都可以用"抬"字来表达。再有一个"把"字，"这件事你好好把捉一下"，"把捉"是把握的意思。"他让重感冒把捉的"，这又是困扰的意思。"身上把捉的难活的"，这又是拘束的意思。我们经常听到"把接"这个词，就是抱着婴儿让其大小便，有时一个人不满意另一个人气焰嚣张或架子大，会说"这倒把接不下你了"；"把捉"的同义词有"别（音biě）撩"，有故刁难的意思，"种地不容易，不要在收购中别撩人家了"，这个时候同义词是"摆调"。"别"还有把东西固定起来的意思，俗谚云："屁股上别个死耗子，假装打牲（方言：打猎）的。""别"又有让对方改变意见或习惯的意思，如"好赖别不过这个家伙"。身上感觉衣服穿得不得劲叫"别劲儿"，备办或加工叫"别整"，折磨也叫"别整"。干活时把衣襟掖起来叫"别掖"，脑袋里不清楚也叫"别掖上了"；还有一个叫"刁（diāo）"在方言里是抢走的意思，"你这是想刁人了"。但"刁"也有抽时间的意思，"我刁空吧。""我刁夺地看吧。"这些都是挤时间的意思，抽时间也叫"然对"或者"然就"，平时顾不上就叫"参不来"或"没参来"。

有好多单字动词其实是古语沿用至今，只是发音或意思有所变化。比如用手推叫“揎（音 xuán）”，这是一个流传下来的古语，组词可以组成“揎攘”。再比如累叫“趹（音 jué）”，累得不行叫“差点趹死”，趹的本义是马奔驰，这是陕西古语，《史记·张仪列传》里就用“探前趹后”来形容秦地的马跑得快；再比如挣断或掐断叫“撧”音 juē，本地话说“撧上一个枝枝花”，元杂剧《玎玎珰珰盆儿鬼》里有句“我待撧枝在头上插”；还有“掇”是端的意思，《水浒传》：“且向店里掇条凳子，坐了两个时辰。”掇本音 duō，内蒙古西部方言讹成“duān”，“快不要掇你的臭架子了”；再比如“撬门”的“撬”用“拗（ǎo）”，是撬开、扳开的意思，唐末贯休《偶作》诗云“口如暴死人，铁石拗不开”；再比如“踅（xué）”，就是想达到什么目的来回走，《水浒传》里说“顾大嫂拿了两把大刀在堂前踅”。小时候我们想吃别人的饭那叫“踅饭”，寻找或物色是“踅摸”，“给我踅摸个营生”“给娃踅摸个对象”，我们土默川那一带经常这样说，也可以叫“瞅摸”或“瞅端”。“踅”还有用筛子来回旋转把没用的碎秸秆或谷壳弄到筛子中间，拣出去扔掉。因此土默川一带坏人凑在一起了叫踅攒（xuécuán）了，“踅攒”就是凑齐的意思；再比如“劐（huō）”是用犁铧等耕具划开土壤或用剪刀等刀具割剪开食物的表皮，《玉篇》的解释是“裂也”，人们经常说“把鱼肚子劐开”“把这个柚子劐开”。“劐”的同义词是“剺（lí）”，就是用刀割开，“剺开这个西瓜”；再比如“缯（zèng)”，古义有绑、扎的意思，如“把口袋缯住”。我听到过有一个人骂另一个不爱说话的人说“你喉咙上缯住扎口了”，骂得挺狠的。

有些单字动词的意思和普通话里的完全不同。小的时候大人没少说我们“害”，这害呀可不是害人，而是淘气顽皮，我的儿子现在 8 岁，正是“害”的时候，走在水泥墙边都想踢出一个坑来，老人们说“七岁八岁惹人嫌，人不嫌狗还嫌”，嫌他什么呢？嫌他害呢。“害”的同义词是“跳”，也是好动淘气的意思，跳还有“轻佻”的意思，普通话里是没有这些意思的。现在人们见面打招呼时，尤其是女士，只要说“你瘦了！”人家就高兴。可在我小的时候，见了面最让人高兴的是大人夸你“肉”了，这个“肉”是动词，就是发胖的意思，那个年代没油水，“肉”起来真难啊！再如“脸凹（wā）过看你那个球像”，“凹”就是阴沉的意思；“馒头蒸得变开花了”，这“变”就是裂开的意思；“今天熬得不行”，这熬可不是熬煮的意思，而是“累”，这个词儿如今在农村也经常使用。

现在该说说两个字的动词了。先从我们小时候玩耍吵架的一些经常用语说起，两个小朋友玩得要恼了，一个小朋友会说：“看爷逼兜耳光出息你的”，“逼兜”就是耳光，“出息”是打的意思；小朋友或者会说“看爷戳落你的”，“戳落（chuōluò）”就是收拾一顿的意思；小朋友或许还会说“看爷砸箍你的”，“砸箍”也称“砸垫（音 diǎn）”，或者“补砸”，也是打和收拾的意思。还可以说“揳（xiē）作”，也是锤打的意思。再往深了如果是以大欺小就叫“凌整”，也叫“整戳”。大人鼓励孩子努力学习要好好往前“启（音 dú）擦”的，就是慢慢向前，“启擦”也可以叫“启丢”，就是努力往前挪，也可以叫“圪努”。有时大人也会鞭策孩子往前“不楞”，“不楞”也就是努力或奋斗的意思，一个人想靠劳动来改变生活也叫“不楞”。“不楞”还有挣扎的意思，鸟想冲出笼子会来回“不愣”，马想冲出圈舍也叫“不愣”，都是不安于现状。

在表述说话谈论和出言吐语方面，不少动词别具特色。比如聊天叫“叨拉”，说普通话叫“咬京”。不断强调叫“提调”，“不用再提调了哇”；有意为难或摆布叫“摆调”；吹牛是“日粗”，也叫“呵（hē）砣”；嘴碎叫“嚼毛”，说上没完是“呐呐”。说假话叫“鬼嚼”或“嚼蛆”；讽刺叫“逼低”，“逼低”还有损失的意思。“他骑电动车撞了人家一个人，逼低了不少钱”。“逼低”也可以叫“炝淘”或者“沤擦”，有讥讽的意思；批评叫“呲喇”，批评到指责的地步叫“杵呛”，也叫“戳呛”，长辈责骂晚辈叫“操呋（jué）”，“这么个做看你大（父亲）操呋你的。”其同义词是操整，当然“操整”还有“操磨”的意思；“扯拉”是胡扯，争吵是“嗔（chēn）缠”，有理有据辩白叫“誁（bìng）对”，讨价还价叫“咬叫”，当然“咬叫”还有揭发别人的意思，不承认以前的约定或契约叫“扛白”；说好话叫“央美”，也叫“央计”，而甜言蜜语哄孩子叫“乖哄”；有一种说叫“谝（piǎn）”，拉话叫“谝拉”，瞎说叫“瞎谝”，胡说叫“胡谝”，没话找话叫“寡谝”。

表述动作的动词也有许多。身手敏捷叫“捉蹓”，也叫“滑唰”，招架叫“等当（音 dāng）”，双腿叉开叫“捌（bā）叉”，舒服地躺着叫“掸（dǎn 活）”，抓胳肢窝使人痒痒叫“个里”，蹲下叫“圪蹴”，唠叨叫“圪沓”，害怕叫“圪怯”，打盹叫“丢盹”，打猎叫“打牲”，脱衣服叫“脱剥”。围好毛巾衣服叫“围襻（pàn）”，如“出门围襻好，小心拍（音 piē）着（伤风）”。修理东西叫“扒撩”，处理事情有时也叫“扒撩”。探取东西叫“捞探”，看护孩子叫“把娃娃捞探住点”，凑近乎也叫“捞探”，“人家现在有钱了，你能捞探住了？”这个近义词是“拉挂（音 guà）”，就是联系上的意思；也可以是“把搂”，“把搂得挺紧”。有时一个字可组成多个意思的词汇，如处理掉叫“戳发”，闯祸叫“戳鬼”，长得精神叫“戳操”，风风火火闯九州是“戳莽”，怒火中烧是“戳火”。再比如注意力不集中叫“操架”，招架也叫“操架”，或者叫“戗架”不住。事情多被折磨叫“操磨”，也可以叫“操点”，还可叫“操整”。还有一种意思可以用多个词汇表达，如多管闲事叫“插拦”，“人家两个年轻人找对象，你瞎插拦甚了”。“插拦”和“黑拦”意思相近，也可以叫“驳弹”。

有好多动词的叫法在方言土语里是很特别的。比如伤风感冒叫“拍（音 piē）着”，闭眼叫“圪挤”，打扮叫“扎呱”，贪吃叫“下哇”，欠下债了叫“踏饕（tāo）”，瞎忙叫“烙毛”，折腾叫“拾翻”；再比如饭馊了叫“思气”了，油放时间长变质叫“黑拉”了，东西变霉了叫“兰毛”了，发霉散发出味道叫“恶扑”，菜或花等蔫了，叫“朽腌”了，人无精打采也叫“朽腌”。再比如住店叫“打尖”，去别人家蹭饭叫“钉锅”，失眠叫做“盘床”，树头枯死了叫“化梢”了，糜子快成熟时穗稍变黄叫“焦稍”了。在内蒙古西部，有一种把玩叫“团(tuán)握”，也有熟悉某活儿的意思；有一种耍赖叫“跌皮”；有一种多心叫“取心”；有一种嫌弃叫“黑眼”；有一种消灭叫“拍灭”；有一种浪费叫一点一点“零流”

了；有一种坠家风或给家族丢人叫“散德”；有一种背家破业叫“踢跶（dá）”；有一种不精明叫“阳鹜”，与其对应是“精为”或“精巴”，就是挺精明的；有一种脑袋不清楚叫“掖绾（yēwǎn）”，人们对那些做事莽撞的砍货会说：“这家伙脑袋里掖绾的了哇”，“掖绾”的同义词“别掖”；有一种给力叫“按劲”，有一种拼揍叫“拆处”，有一种侍弄叫“迷弄”，有一种庇护叫“护战”；把罪名加上也叫“按踏”，戴上个帽子，也叫“按踏”。占有叫“霸揽”，也叫“占揽”；糟塌是“作害”，帮忙叫“攒忙”，有一种值得叫“值搂”；拍马叫“溜舔”或“溜沟子”。

再说一说描写心理的动词。感到羞愧叫“阑兴”，有一个当地谚语说“不羞不气不阑兴，圪底圪钵咬蔓菁”；思念叫“结记”，“有人结记你多幸福呀。”给人资助财物叫“接济”，这和普通话中意思差不多；心烦叫“麻懊”，也叫“泼烦”。可惜叫“圪念”。痛惜叫“心疼”，心疼还有体贴的意思；孤单寂寞叫“孤哨”。寂寞也叫“哨的”；非常想去参与某些热闹游戏叫“心红”，嫉妒叫“眼红”，也叫“眼气”；恼怒是“嗔恼”，这是一个古语流传的用法；舒服叫“舒徐”“胎海”或“入法”，也叫“受用”，本地话发音为“受应”；爱显摆叫“显能”，客气叫“拿假”，生气叫“洌着”，急躁叫“毛躁”，“拿度（duó）”就是拿捏忖度，就是做决定。“掂度（duó）”就是掂量；称心、遂心叫“跟心”，我在托克托县上学时就听到很上口的串话：“黄连树，鸡爪爪，娶不过本地引侉侉（指外地媳妇）。时气（运气）来了命跟心，脱了帽子扣鹌鹑。”日子过得没趣叫“光景过得没心计”，此处心计不同于普通话中的心计。估计叫“估划”，也叫“相情”。难为情或尴尬叫“克凉”，古音是 kè liáng，写作“懭悢”，是“失意不得志”的意思。《集韵》解释：“懭，懭悢，意不得也”；不愿意干某事后撤叫“抽撤”，“抽撤不来”是不会做，“不要抽撤”是往后撤不愿做的意思。

好多的动词可以用反切法找到原字来解释意思，让人有豁然开朗的感觉。如“骨囵（gǔ lún）”是滚（gǔn）的意思，“足球在地上骨囵的了”；“不烂（bù làn）”是绊（音 bàn）的意思。“不拉（bù lā）”是“扒（bā）”的意思。“不来（bù lái）”是“摆（bái）”的意思；“掉进水里后他费了好大劲扑劳出来了”，“扑劳”反切为“刨”，有点狗刨的意思，还是很形象的；“这个娃娃你在纸上瞎忽拉甚了”，“忽拉（hū là）”反切就是画的意思，这是对这个方言词汇是最好的解释；“孩子想玩这个玩具你就让他玩吧，不要黑拦他”，这个“黑拦”反切为“喊”，这个喊也很形象，就是喝止的意思。有些象声词用反切法找出原字也很形象，如撕纸时“呲啦”一声，反切出来就是“嚓”；再比如内蒙古西部人叫打嗝为“嗝喽（gé lou）”，反切为“雊（gòu）”，打嗝声音可不就是“雊”嘛。我突然想到王维为文作诗就爱用“雉雊”这个词儿，比如“雉雊麦苗秀，蚕眠桑叶稀”，再比如“鹊巢结空林，雉雊响幽谷”。

在内蒙古中部，如在锡林郭勒盟南部的旗县已有向东部赤峰话过渡的意思，但西部一些词汇还保留。比如在多伦县闲聊天叫“哨”，麻烦叫“腻外”，这已经有点赤峰一带的口音了。但多伦县一带管明白叫“机迷”，这么多年了我对某些动词词汇的研究还没到了特别“机迷”的程度。

在城里生活多少年了，我还是忘不了这些深入到骨子里的方言土语。特别是家乡话的一些动词，小时候大人们骂我们冒失叫“你扑死了”，“扑死”这个词儿越琢磨越想笑，真是失笑得不行，日殃（好笑）得不行。这些活跃的动词啊，是一种抒情的歌唱，惬意的吆喝，就像花儿开在春风里，喜气和动感十足。

丰富多彩的形容词
——趣话内蒙古西部方言（九）

在这一篇里，我们该聊一聊内蒙古西部方言里的形容词了，其实也包括寓意丰富的介词、副词等，我小的时候听着这些具有方言特色的前置或形容词汇，觉得遥山远水皆有情，春花秋月都如画，内蒙古西部方言里这些副词介词或形容词，所拿捏的范围、程度与时间等是那么可丁可卯，入情入理。

先说说介词吧，我们小时候问候和回答时经常用到。比如“你赶紧叫他来哇”，这“叫”是“让”的意思。“他叫几个灰人打了一顿”，这“叫”是“被”的意思；再比如“驾南来了一群鹅，扑通扑通跳下河”，这“驾”是从的意思。有时也可以说“迎”，“唉，你这是迎哪儿来的”，这“迎”也是从的意思；“你捋（lǚ）着大路走”，“捋”就沿着的意思。在内蒙古西部方言土语里，“趁”叫“接”，“趁热吃”叫“接热吃”。“向”可以是“朝”，也可以是“照”，“向哪里走”叫“朝哪里走”，“向他学习”叫“照他学习”。

在方言土语里副词是非常丰富的，活色生香的副词用来修饰动词或形容词，表示范围、语气、时间、频率、程度、情态等。表示程度的副词是一个大类，我们先说说程度副词。“这个娃娃绝厉不听话了”，“绝厉”是更加的意思，也叫“绝发”或“绝发厉”，大人骂孩子捣蛋得没样子会说：“这个娃娃圪谄得绝发厉没样了”；“我惬（qiè）惬打了他一顿”，“惬惬”是狠狠的意思。“你欢欢儿和我走吧”，“欢欢儿”，就是快快的意思。这类词汇还有“慢慢儿”“悄悄儿”“款款儿”等；非常叫“海共”，还可以叫“海力”，“这个家伙海共厉害了。”“海共”也有总共的意思，“快吃了这儿个饺子哇，海共也剩下不多了。”“海共”的同义词还有“一自门儿”，是总共的意思，“一自门儿都给你哇”。“一自门儿”还有从一开始的意思。在强调程度或范围的副词里，仅仅叫做“产止”，“产止这么点，还用和你说了”；另外是“产另”“这是产另给你买的”，有单独、专门的意思；不止叫“不产”，“不产这么点哇”；勉强叫“护能”，“这回考试护能及格了”；“可可”是正好、刚刚好，所以也叫“可好好”，“他这一刀下去可可是一斤豆腐”。“手搧”，是指能够下的了手，而且下手动作快，“这个人打架可手搧了。”

给我印象最深的是一些婶婶大娘到我们家和母亲聊天时，一些表示时间的副词用得太流利了。“啊哟，这一向子（这阵子）我待里没出门”，“待里”也叫“待海里”，就是一直或经常的意思；“唉，我一赶到了车站，已经误车了”，

“一赶”就是等到的意思；“我将将才把这点营生做完”，“将将”也叫“将将儿”，是刚刚的意思。有一种带“且”的副词经常用到，“我正且走呀，结果来了个戚人（亲戚）”，“正且”是正准备的意思。“正且”的同义词是“且（音 qiè）待”，“且待”除了有正准备的意思，还有索性的意思，“等了这么长时间他还没来，且待我就走了”；“且说且你倒来了”，“且说且”是正当说话之际。“没且我去了，他们已经做完了”，“没且”是没等到的意思。“没且甚你倒很快”，这个“没且甚”指很短的时间。在方言里即将或马上叫做“紧达”，“赶紧走，尿憋得紧达不行了。”刚刚开始将持续下去叫“产才”，“我产才和你没完”；“经古”是长时间或一直的意思，“话不用经古叨拉了，我知道咋做了。”

后来我细细品味琢磨，这些时间副词有着眼于时间长短和早晚的，也有着眼事情缓急或重复延续，还有的着眼在事情的次序或是否罕见。比如着眼于时间快慢的，“当下就没油了”，“当下”就是马上的意思，也叫“欻（chuā）马”，也有很快的意思，“再圪支（方言：坚持）一阵儿，欻马就进城了”。还有形容很快的词叫“一气”，也叫“一掇气”，“快点，这么点营生了，一掇气就做完了”，“一掇气”的近义词是“一炮”，但“一炮”也用作量词，“喝了一炮烧酒”。形容快还有一个副词叫“齐流下水”，“这么点作业齐流下水倒做完了哇”；还有着眼于时段的副词，“那向子”那一段时间，“这向子”是这一段时间，“这向子你跑了哪了？”。形容一直以来叫“一自眼儿”，“一自眼儿这个娃娃学习就不赖”；再比如着眼于时间早晚缓急，“他把我拧（方言：催）得搓丝儿不转”，“搓丝儿不转”是非常紧迫。“营生得捋席根儿做了哇，哪能一下做完了”，“捋席根儿”就是渐渐的意思。

不少语气和情态的副词也是很有意思的。“不当话话，你这是从哪里来的”，“不当话话”有意想不到的意思，近似于“不得了”；“没敢定”是也许的意思，“我没敢定这两天去一趟城里”；“测至到背儿”是最终的意思，“测至到背儿，他也没挛成（做成）”。和“到究”意思相近，不过“到究”还有究竟的意思，“这到究是咋回事呀？”；“果不其然他没有来开会”，“果不其然”是果然的意思；无论如何是“甚不甚”，“甚不甚给我留上二斤豆腐”，无论如何还有一个词是“反正”；一定叫“长圆”，“娃娃事宴上你长圆来”；或者叫“或居”，“或居咋样你也得去”，就是不管咋样；超不出某种范围叫“不外乎”，差不多叫“不离乎”“不大离乎”，也叫“不差甚”；“闯或间”是或许的意思，“进城闯或间碰见我们小子你捎句话”；“无来”是无比的意思，“头发长得无来长”；“王迷唐坊”作为语气助词有谢天谢地的意思，“王迷唐方，总算把你盼来了”；忽然、猛然叫“定猛”，“希罕的，你咋定猛来了”，“定猛”也可以叫“冷猛共”，“冷猛共跑出一条狗，吓死人了”。如果是这样叫“量之”，仅仅如此叫“产之”，未必如此叫“未之量”。形容微不足道叫“些来小”，形容小叫“猴”，“这个猴人人亲的”。徒劳叫“枉徒然”；打招呼的语气词或拟声词也很有趣，比如“欻(chuā)啦一声，打了一摞碗”，欻拉就是拟声词。问候时说“咋地个？”，是“咋样”的意思。“咋来来”是怎么了？“咋也能了哇”是推测的语气。

有一些独特的副词形容出了行为或状态的独特特征，有点既像形容词又像副词。比如有一种苦叫“顶嗓子苦”，“这药好难吃，顶嗓子苦”；有一种软叫“稀流软”，“这糕炸得稀流软”；有一种烂叫“稀巴烂”，“碗掉在地下打成个稀巴烂”；有一种不软和叫“挺巴老硬”，“这肉冻得挺巴老硬了”；有一种凉叫“冰巴凉”，“这水冰巴凉不能喝”；有一种差叫“吸板灰”，成绩或收成特别差叫“吸板灰”，“这次期中考了个吸板灰”，“今年地里的收成吸板灰”；有一黑叫“黢（qū）死黑”，“街上路灯坏了，黢死黑”。有一种少或不多叫“寡”，“寡”解释为寡少（shǎo），也有无聊的意思，挺寡叫“寡溜溜”，特别寡叫“吸寡”，冷淡是“寡彻彻”，“寡菜菜”是很冷淡；有一种守本分叫“依了绷灯”，“依了绷灯过日子，咱们错不了。”；有一种受不了叫“呛不住”，或者说“呛架不住”，“这几天苦太重了，实在呛架不住了”。实在忍不住、受不了、认输了叫“草鸡了”。在此地话里苗条叫“秀柳”，明亮叫“明和”。“饭被吃了个罄净”，“罄净”就是干干净净的意思。“酒要逍匀肉要烂”，“逍匀”是慢慢品味的意思。

现在，该说说有趣的形容词了。在土默川农村里，有一些形容词用得恰如其分，其间的妙处真是不好解说。比如说“这个家伙神的”，“神的”是神气看不起人的意思；“这个人宽的”，“宽的”是得意忘形，有点放不下的意思；“嫐的”是美的，一般指穿着，“穿上新衣服这个娃娃嫐的不能了”；“跳的”是轻浮的意思，也指小孩子淘气，“这个娃娃跳的不行了”。有一种讨人嫌叫“赤忽念念”，“这个家伙赤忽念念的，看见他可不进眼了”。“不进眼”是惹人讨厌的意思，但有时不进眼其实是看上了眼，“这个娃娃不进眼的”，其实是表示亲昵之词；有一种精明能干是“精巴”，“这个媳妇儿可精巴了”；有一种拖沓叫“咬难”；有一种坚固叫“牢靠”，也叫“固实”；有一种整齐叫“齐楚”，“你看人家的队伍，真齐楚了”。有些字组成词时，以这个字的意思为主，比如“急”字，“急溜”形容身手敏捷，也指精干灵活。“急活”形容精明能干；“急灵”是形容人有精神，也形容人为占便宜善于钻营。再比如“套”字，有一种灵活叫“活套”，“这个人挺活套的”，这就肯定不是死搬硬套；“这俩人干活能踏套在一打（一起）了”，“踏套”形容配合默契，能套在一起肯定配合得好；再比如特别多叫“涌广”，“他的钱挺涌广”。飞鸟成片而来叫“涌涌不退”，这个“涌”字太形象了。再比如“奓（zhà）”字是打开或张开的意思，形容打扮得过度或穿得太过鲜艳叫“艳奓”，形容头发或东西凌乱叫“奓沙舞掖”。

有时一种意思可以用多种方言来表达。比如人长得漂亮叫“袭人”，也叫“克稀”，还叫“酸整”。形容一个人的样子如果是“汤水”就含有贬义，和“净气”或“架套”是同义词，“看你那个汤水，能把这个事办成？”干活办事能力强叫“扛硬（音 nìng）”，也可以叫“硬戳”或“硬强”。如果再泼辣麻利一些叫“泼糙”，“泼糙”也有经得住折磨的意思，“这件衣裳挺泼糙的，咋也穿不烂。”偏僻或僻静叫“背静”，“把东西放在一个背静圪牢”，“背静”

也叫“利静”。再比如严实叫“严嵌（qiàn）”，也叫“安嵌”。“砍快”是形容一个人性格爽快或痛快，“这个人说话办事挺砍快的”，也可以叫“展趟”，“展趟”本来是形容地方宽敞的，借用来形容人心胸宽广办事痛快。再比如形容一个人吝啬叫“求毛”，也叫“小气”，还可以叫“圪出”，还能叫“不出血”。形容人的性格有好多形容词，人挺“善静”的，是指善良温和；人挺“软作”，就是软弱；人挺“没调”，是指没有成数，人格很差叫“操次”；人挺鲁莽叫“夹脑疯”；人挺凶狠叫“生色白棒”。爱挑剔的人叫太“扎牙”，也叫“呐牙”；两个人关系非常融洽叫“吸惬”；一个地方人情不厚道叫“消（xiāo)薄”，普通话里叫“浇(jiāo)薄”。

有些形容语或副词可以用反切法找出原字可以解释，即前一字的声母和后一字的韵母组合拼音。讲起话来“一特落一特落”的就是一套一套的，“特落（tè lào）”就是“套（tào）”；讲起话来“一出链一出链”的就是一串一串的，“出链（chū liàn）”就是“串（chuàn）”；比如“你咋走路忒烂忒烂的”，“忒烂（tè làn）”是无精打采、有气无力的样子，反切为“瘫（念 tǎn）”是非常形象的；再如“家里明光炽烂的”，“炽烂（chì làn）”可以反切出“灿（càn）”字了，灿烂的解释是非常贴切的；“忽录”反切为“惑”，形容人反应迟钝或比较笨；再如“急灵”反切为“精”，这就很好理解它的意思了，就是“古精”的意思，老为自己的利益考虑。

在内蒙古西部农村里，有一些形容和修饰的词汇用得恰如其分，其间的妙处真是不好解说。比如“这个人走了一个一刮高”，“一刮高”是像刮过风一样无影无踪了。我读《红楼梦》第一一九回时，刘姥姥说：“这有什么难的呢？一个人也不叫他们知道，扔崩一走就完了事了。”“扔崩”是一个副词，也是干脆或快的意思，在土默川方言里也这样说。记得二十六年前我去五原县采访，有一个爱说串话的农民叫王三儿，他形容当时天气预报不准时说“说晴不晴，说阴不阴，下不下雨不敢定，实在下下我们也没责任”，“不敢定”可不能从字面上理解其意思，而是“不一定”的意思，有的地方也说“没敢定”。

小的时候，母亲用此地话给我励志，那些话语至今记忆犹新。“称心，我和你大在地里熬死欠活受苦，就为你能念成书了。你不蒸（争）馒头气也蒸（争）个糠窝窝气，你念成书，我们趴死挣命也值喽！”为了不让母亲失望，我真的很用功读书，用勤奋来弥补天分的不足，说这话我可没胡柳（难为情）。

妙趣横生歇后语

——趣话内蒙古西部方言（十）

小时候我们上学，当学业成绩有很大提高时，大人会夸一句“老母猪上树——大有进步”，大人喜爱一个孩子时会说“眉毛上挂山药——进眼圪旦”。妙趣横生的内蒙古西部歇后语，使这一方水土变得山蓬勃水流畅，使这一方水土变得鸟解语花生香，使这里的人们变得你诙谐我幽默，入耳入心之际你会觉得单调的生活原来可以变得风情万种。

在内蒙古西部有一些俗谚流传非常广泛，这些俗谚寓理于事形象生动。比如“白萝卜扎刀子——不出血”，这是一个形容吝啬鬼的歇后语。再比如“一脚踢烂个娄西瓜—— 登（蹬）红了”，“娄西瓜”是指过熟后瓜瓤已化为汁的西瓜，“登红”就是走鸿运的意思。有时一个道理可以用多种事来比喻，比如“取灯棍（火柴棍）当椽檩——不是正经材地（材料）”，形容一个人没出息难当大任。类似的歇后语有“朝阳圪榄（向日葵杆）做担子（大梁）——不是正经材地”，“麻杆子做大梁——不是正经材地”等；再比如“黄瓜顶门——犟圪支（支撑）的了”，也叫“硬撑的了”，寓意相近的有“猫喝烧酒——够呛”或“毛驴驾辕——撑不住了”。这种用黄瓜的软和脆来说事寓理的歇后语不少，比如“用黄瓜敲锣打鼓——一槌子买卖”；再比如“螺马蛛蛛（蜘蛛）网上绣花——底子不行”，类似的歇后语有“麻袋上绣花——底子不好”；

有时一个事可以说出几个喻理来，比如“夜壶（过去男人晚上小便的工具）掉了把子——难拿圪旦”，这是形容人比较难打交道或者事情比较棘手，还有一种说法是“夜壶没把子——光剩一张嘴了”，这一般贬低光说嘴不干实事的人。再比如“耗子舔猫蛋”，这个比喻有几种说理，一种是“溜沟子（方言：拍马屁）不要命”，还有一种是“戳天鬼（方言：极危险）”。

有些歇后语在民间流传虽失大雅，但在民间流传甚广，让人忍俊不禁。比如形容各色人等的，“胡彩（胡子）里的虱子——咬嘴货”，“咬嘴货”此地话也叫“呐牙货”，就是不好交往的人。“裤带上别山药——腰紧（妖精）圪旦”，比喻妖里妖气的人，“别”就是掖、系的意思，此地话里是“紧”，“圪旦”是指山药，这个歇后语用的也是谐音的手法。再比如“割上驴求敬神了——驴也疼死了，神也得罪了”，比喻本来想巴结人了结果没把事情办好，反而得罪了想巴结的人，这是“溜沟子（拍马屁）溜在胯沿骨（髋骨）——没溜对地方”，或者说“拍马屁拍到马蹄子上了——被踢了个马爬”。此地人说这种事也是“疥蛤蟆跳门限——又蹲启（音 dú）子（屁股）又伤脸”，真是两头不落（lào）好。

想一想设喻寓理的一些情节，仿佛是一场又一场小情景剧，越想越好笑。比如说“大年三十披上盖体（被子）看旺火了——红火得找不见扣门子”，旺火是当地群众在除夕点燃迎新年的篝火，被子上当然没有扣门子了，这个歇后语形容出了一种狂欢的情景。寓意相近的歇后语有“粪趴牛（屎克郎）骑辣椒——红不顾天”；再比如“种上荞麦上来豌豆——灰得连棱子也没了”。荞麦是有棱子的，豌豆是圆的，这个歇后语是形容一个人坏得没样子了，还是非常形象的；再比如“哈巴狗和狼打架了——凭你的嘴了还是凭你的腿了”，你想一想这种力量悬殊的对比，就真觉得哈巴狗有点不自量力了；再比如“屁股上别个死耗子——假装打牲（打猎）的”，形容滥竽充数的人，这种情景真是活灵活现；再比如“公鸡戴嚼子——抖起来了”“山羊钻栅栅——露露你那个毛脸脸”“耗子拉木锨——大头头在后边呢”……这些耳熟能详的歇后语越想越回味无穷。

有些歇后语理解起来必须对一方水土人们的生活足够熟悉，否则就会一头雾水难以会意。比如“一进门就上炕——没怨（院）”，这个也用了谐音喻法，但对内蒙古西部农村的住房知识应有了解，每户人家都有个院子，进了院子再进家上炕，如果一进门就上炕那肯定是没院子；再比如“搐鼻骡子卖了个驴价钱——不值钱就在一张嘴上了”，这个歇后语形容不会说话而费力不讨好。在内蒙古农村过去常常使用牲畜驮运或耕地，公马和母驴交配生的骡子叫马骡，其力量比马和驴都大，是理想的畜种，要比毛驴卖得价高。而公驴和母马交配生的骡子叫驴骡，不如马骡耐久，而且容易生成“搐鼻子”，即俗称为“地包天”，下嘴唇长上嘴唇短。搐鼻骡子在牲畜交易时比驴价高不了多少。还有一些歇后语你必须对方言有足够的了解，比如“烧红火箸烫猪头——

烙毛了”，“烙毛”是帮忙打杂的意思，还有不务正业的意思。再比如“喝上稀粥屙（ē）山药——拉圪旦了”，“拉圪旦”是闯祸的意思。再比如“水泥电线杆——灰圪榄”，“灰圪榄”是指一个人个子高。再比如“烂夜壶——没人尿”，夜壶烂了不能用了，当然没人尿了，但“没人尿”在本地话里是没人理会没人想交往的意思。还有骂娃娃不识惯也用这句话，小时候我们经常被大人骂“没人尿的烂夜壶”。

还有一些歇后语有着非常鲜明的地域特色，这种歇后语一般只在部分地区流传。比如“土默川的狼——善眉善眼吃人哩”，这句歇后语所述和狼外婆的故事差不多，表达的是“笑面虎虎吃人”的意思，就是指凶狠无比的坏人伪装出十分慈祥的样子，过去“土默川的狼”一般指算计别人的奸商或剥削长工的财主，后来大家互相开玩笑也引用，这句歇后语到了后山或偏西就变成“乌拉山的狼儿子——善眉善眼吃人哩”。再比如和林格尔县城关镇有个二道河村，有一句歇后语叫“二道河的蛐蛐——斗眉斗眼”，原来是指二道河的蛐蛐不肯缠斗，只是跳来跳去互相对看，外地人不了解，但在当地流传开来。和林县还有一句歇后语叫“袁雀儿老婆坐车——再好活一阵儿”，这个笑话出自和林县西山，说一个农妇第一次从呼和浩特坐班车回家，坐班车既新鲜又舒服，到站乘务员让她下车，她说“再好活一阵儿”，结果到了清水河县才下车，成了当地百姓张口就来的歇后语。再比如土默川一带流传着“七虎子娉闺女——干忙没做的”，这大概是有一个七虎子这么个人，故事的内容已难详知。还有“沙海子的墓虎——漫得宽”，这句歇后语来形容那些瞎跑瞎逛的游手好闲之徒，在土默川一带广为流传。我的家乡离土默特右旗的沙海子镇只有约20公里，小时候我听大人们讲沙海子墓虎吃人的故事，吓得头发都上奓（zhà）了，晚上睡觉不敢朝玻璃外的院子看。

此地歇后语用来隐喻或比喻前半句的有好多种情况，先说一下以人物设事寓理的此地歇后语，普通话有的歇后语我就不举了。比如我们托克托县有一句歇后语叫“武大郎打拳——出手太低”，形容做事或写文章站位低，水平不高。还有一句叫“二圪旦骑骡子——颤也不颤”，有人解释“二圪旦”是“愣头青”的意思，“骑骡子”是驯化骡子，这句歇后语意思是指满不在乎，也有不理睬的意思。在歇后语的人物里人们往往拿“讨吃子”即乞丐来说事儿，比如“讨吃子喝醋——穷酸”“讨吃子掏山药——逮住大圪旦了”“讨吃子斗蛐蛐——穷开心”……我觉得这就是人心不厚道处，人家已经够穷了，还要拿穷人来说事儿开心。人无论穷富，都不能笑话别人，这是做人最基本的道德素质。说几个不含歧视性的歇后语吧，比如“大姑娘坐轿——头一回”，这在日常生活中人们经常用到，意思也很明了。还有“二姑娘坐轿——靠后些”，人们经常用这个歇后语告诫他人往后排队去。再比如说一件事情很有把握时，会说“老娘娘擤鼻子了——手拿把握”。再比如说揽了个大买卖，说“钉盘碗的揽住个火车头——大玩艺儿”。

用草木鱼虫来作歇后语的喻体很多，闪现着一方百姓在劳动和生活中积累的经验和智慧。比如用农作物和草木作比喻的“荞麦皮子打浆糊——粘（沾）也不粘（沾）”，还有“路畔畔的谷子——一对对没头鬼”，头都被人掐了。“莲豆上了架了——找见靠山了”，“柳树开花——没结果”。用鱼虫禽鸟等作比喻的有许多，比如“苍蝇爬在玻璃上了——有光明没前途了”，比喻还挺贴切的。“公鸡头上戴乌纱——官（冠）上加官（冠）”，比喻接连升迁。再如“圪桃虫㧐（wǎ）蹦子（方言：跑步）了——微微不动”，“圪桃虫”是金龟子的幼虫蛴螬，根本跑不动，这个歇后语比喻指派给一个人干活根本没有动静。“十月的蚂蚱绕滩蹦（到处乱蹦）——不知死的孽虫”，这个寓意同于“秋后的蚂蚱——蹦跶不了几天了”。“咕咕鸠（斑鸠）亲嘴——一对对灰鬼”，这是嘲讽人说的。在昆虫里人们多用“粪趴牛（屎克郎）”来做比喻，如“粪趴牛上马路——假装黑吉普了”“粪趴牛搬口粮了——滚蛋”。在飞鸟里人们多用乌鸦即黑老鸹（音 guā，此地话念 wā）以及老家子（麻雀）来作比喻，比如“黑老鸹落（lào）在猪身上了——一样样的毛片”，说明人的品行不好，还有一种说法是“谁也不要嫌谁”，意思是都挺黑；“黑老鸹死了三年了——全靠嘴支的了”，形容光靠嘴说了；再比如“老家子飞到大豆地——白亮了一翅子”，形容扑了一场空，因为大豆太大，麻雀吞食不下去；再比如“老家子刚出窝——翅膀不硬”，形容一个人初出道。

说到拿动物来作比喻的歇后语那可太多了，想一想那些动物的神态，真是比喻得惟妙惟肖。比如“风箱里的耗子——两头受气”，用来形容一个人窘迫的处境。“耗子带笼头——假充大牲口”，是骂人架子太大。“耗子啃玻璃——吃了大（劲）镜了”，这是利用了谐音的比喻法。关于耗子的歇后语可以举出几十个来，狗也是经常被拿来做比喻的，比如最常见的一句“狗戴帽子——装好人”，“狗咬狗——两嘴毛”形容两个坏人吵架，“狗咬烂羊皮——撕扯不清”形容纠缠不清。老母猪也是常常用来设喻的动物，比如“老母猪蹓（音 duàn，追赶）兔了——趺（音 jué）得呼呼的”，形容一个人急切地想达到某种目的。“老母猪拱住个萝卜窖——踅（xué）住不离了”，形容老往一个地方跑不挪窝。此外，牛马骆驼羊都可以入喻，“老牛尿官道——哩哩啦啦”形容一个人说上没完；“没笼头的马——野惯了”形容一个人缺少教养或者喜欢在外面不受拘束瞎跑逛；“骆驼的屁股——高眼儿”形容一个人瞧不起人；“驮棺材压死毛驴——双份逼低”形容特别倒霉；“毛驴掉在汤锅了——舒服得脱骨了”，“脱骨”是特别舒服的意思，有一句爬山调唱到“老毛驴跌在卤汤锅，财主舒服得脱了骨”，卤汤锅就是煮过肉的汤锅，这里把财主比喻成了老毛驴。

以器物来论事说理的歇后语也不少，这要好好来把握器物的特点。比如“玻璃炕板子——悉底尽明（席底镜明）”，过去人们在炕上铺席子，炕席底下就是炕板子。“牛皮灯笼——里明外不明”，形容一个人内秀，心里非常明白。“墙里的柱子——暗使劲”，说明暗中发力帮忙。“尿盆子里栽树了——长不成个材地”，形容基础太差。还有借神鬼说事的歇后语，如“狼吃鬼了——没影儿”形容根本是没有的事情，“毛鬼神坐轿——压轻不压重”形容一个人自带不稳重，“脚板子上吊——哄鬼了”这一句很好理解，“乱坟滩里啃羊头——鬼嚼牙叉骨了”形容胡说八道。谐音是歇后语最常用的手法，其精彩者略举一二，“耗子拉炉条——倒贴（倒铁）”“拿石膏捏猫狗——白受（兽）”“瓦房不漏——语（雨）在言（檐）前”“一百斤白面蒸了个大寿桃——废（费）物点心”。

在当地方言的歇后语里，以事寓理的手法更多，听起来真是妙趣横生。比如“炉坑里头生豆芽了——可扎下灰根了”，形容打下了不好的基础；“圪针地里縻（mí，拴）毛驴——哪有你插嘴的地方”，用来骂那些多嘴的人；“尺八纸糊了个驴头——好大的脸面”，骂人不看自己的脸面；“脱了裤子放屁——多费一道手续”，形容干事情走了弯路或做了无用工；“大年下吃烧山药了——灰心入了肚了”，意思是心里不求上进，小孩子不好好学习经常被大人这样说；“赤启（音 dú）子坐板凳——有板有眼”，形容干事情认真；“盖房请了个箍桶的——认错人了”，这是一个自我解嘲的歇后语；“跟上汽车拾粪——胡混了”，这形容得非常形象；“骑上扫帚掠蹦子（跑步）——后奓（zhà）的不行”，形容一个人轻佻得不行。还有一些以事寓理的歇后语看字面就能理解其意，比如“黄河里下豆面——碗大汤宽”“墙上挂麻袋——不像话（画）”“割了圪针喂牛——尽心了”“迎喜神提出个拨拉火棍——搬错牌位了”……这样的歇后语通俗易懂，人们经常挂在嘴上。“药铺门前卖棺材——你是想叫他活了还是想叫他死了”，这个歇后语在理解上要稍微绕个弯子，但绕过弯来你会哑然失笑。

一起欣赏完这些忍俊不禁的歇后语，不觉已写了十篇《趣话内蒙古西部方言》。我突然觉得这片土地是那么有情有义，当初我出生在这个世界上，家乡的土地用所有的热情迎接了我，使我从最贴近生活的民间开始学起，学会说本地话，学会穿衣吃饭，学会看懂人世间的艰辛不易，在懂得了艰难和困苦后知道如何善待这个世界和每一个人。这一片土地上的人们用劳动创造了山水之美和人情之和，当朴素的语言随风荡漾时，你才会领略到柴门犬吠的简朴之美。平淡而真诚的此地话淋漓尽致地渲染出了故乡的万种风情，我观察乡亲们每一个生活和劳动的细节，我聆听许多朴实而无华的此地方言，我铭记并参与父母的辛勤与劳作。一年又一年的耕耘与收获使故乡有了各种悲伤与欢乐相间的复杂表情，一年又一年的交流与表达使人们有了各种含蓄与张扬相和的生动方言，这种表情只有我这个曾经身在其间的人觉察其微，这种方言只有我这个已经走出故乡人的理解其细，所以我一定要把这容易消逝的方言土语记录下来。

在整理和写作的过程中我再次为方言之美而陶醉。感谢生活，如果不出生在一个土默川的普通农家，我不会读懂父母那一辈农人丰收的欢愉和歉收的悲伤；如果不在那一片土地上从小生长，我不会读懂那片土地上的语言蕴含的丰富含义。对于至今在那一片土地上坚守的人们的艰辛和不易，我或许有悲悯与同情，但更多的是崇敬与仰望。

这里的方言土语哟，因一代又一代人汗水和泪水的浸泡而饱满滋润，因一代又一代人嬉笑和怒骂而丰富生动。新的一年又来临了，还是让我说两句此地的歇后语祝福大家——“脯子上挂钥匙——开心”“三伏天的茭子（高粱）——节节上升”。